호접몽전

호접몽전

청빙 최영진 장편소설

6

산양성 혈투

폭스코너

6권의
주요 등장인물

- **정립 중덕** 권모술수에 능한 장신의 책사. 대담하며 상황을 관조하는 능력이 뛰어나다. 정사에서는 조조에 의해 개명하여 '욱'이라는 이름을 썼으나, 본명은 립이다. 정사와 달리, 화흠에게 등용되어 원술 밑으로 들어간다.

- **화흠 자어** 젊은 시절부터 높은 식견으로 이름을 떨쳤다. 효렴으로 천거되어 낭중이 되었으나, 병에 걸려 임지에 가지 못했다. 동탁이 장안으로 천도한 뒤, 남양으로 도주하여 원술을 섬기고 있다. 제멋대로인 원술을 제어하는 몇 안 되는 인물이며, 정립을 초빙하여 등용하는 데 성공했다.

- **몰차란 목홍** 천강 제24위로, 천구성(天究星)의 성력을 받았다. 겉보기에는 금발로 탈색한 양아치지만, 복싱을 베이스로 강력한 근접 전투력을 발휘한다. 뇌횡과 호형호제하는 사이이다.

• **삽시호 뇌횡** 천강 제25위로, 천퇴성(天退星)의 성력을 받았다. 각력이 뛰어나 삽시호(揷翅虎, 갑자기 뛰어드는 호랑이)라는 별호가 있다. 별칭처럼 발차기가 주특기이며, 사바테라는 무술의 고수다.

• **제갈량 공명** 정사에서 유비를 도와 촉을 세운, 《삼국지》 최고의 모신 중 한 사람. 와룡 혹은 복룡이라는 별호를 가졌다. 그러나 아직은 어린 소년인 터라 원래 역사와 바뀐 난세에 휘말린다.

(* 각 인물의 역사적 발자취에 대해서는 본문 안에 충분히 언급하고 있으므로, 여기서는 이 책 내에서의 특징만 설명하였습니다. 따라서 본래 역사와 다를 수 있습니다. -편집자 주)

차례

외전

1

함정에 빠지다

정욱(程昱), 자는 중덕(仲德).

연주 동군 동아현 사람으로, 본명은 정립(程立)이다. 어릴 때 해를 받드는 꿈을 꾸었다는 얘기를 들은 조조가 이름에 해 일(日) 자를 더해주어 정욱(程昱)으로 개명하였다. 조조가 연주를 차지했을 무렵 초빙받아 임관했다. 권모술수에 능하고 사태를 파악하는 능력이 뛰어났으며 담력이 두둑했다.《삼국지연의》에서는 유비 휘하에 있던 책사, '서서(徐庶)'를 꾀어내기 위해 거짓 편지를 쓰는 장면으로 유명하다.

191년 말, 연주자사 유대가 정욱이 뛰어난 인물이란 얘기를 듣고 그를 초빙했다. 그러나 정욱은 측근들에게 "내 발로 사지에 들어갈 이유가 없다"라고 말하며 거절했다. 유대의 경솔함과 연주 정세의 불안함을 꿰뚫어보고 한 말이었다. 이후 유대는 수십만의 청주 황건적에게 무리하게 맞서다가 죽고 만다. 조조는 포신의 권유로 유대를 대신해 연주에 입성했다. 그리고 순욱이 정욱을 천거하여 초빙한다.

원래는 이렇게 돼야 했지만, 지금 조조는 연주를 도모하기는커녕 제 영지도 잃은 상황이었다. 게다가 정욱을 조조에게 추천해야 할 순욱은 용운을 대신하여 업성을 다스리고 있었다. 순욱이 앞서 천거한 곽가와 순유 등은, 그와 개인적인 친분이 있어서였다. 그러나 정욱은 친분 때문이 아니라 그의 평판을 듣고 조사한 후 추천한 것이다. 즉 이 세계에서의 순욱은 현재 정욱과 접점이 없었다. 자연히 정욱의 운명도 변하게 되었다. 또한 그에게 정욱이란 이름을 지어준 사람이 조조이니, 앞으로 쭉 정립으로 불리게 될 터였다.

정욱, 아니 정립은 쉰이 넘은 나이에도 불구하고 관직에 나아가지 않고 있었다. 마땅히 섬길 대상을 찾지 못했기 때문이다. 동아현에 있던 그는 여포군의 공격으로 가족을 거느리고 피신하려 했다. 여포는 황제를 지키는 충신을 표방했지만, 그에 대해 뿌리 깊이 박힌 인식은 좀체 바뀌지 않았다. 또 전쟁이 벌어지면 필연적으로 백성이 다치기 마련이었다. 거기에 대한 원망은 고스란히 여포에게 돌아갔다. 늘 일어나던 일임에도 불구하고. 정립 또한 가족을 두고 도박을 할 수는 없었기에 피하기로 한 것이다.

'동쪽으로 가자니 원소와 기주목이 전쟁 중이라 관도와 평원 일대가 흉흉하고……. 서쪽으로 가자니 여포가 언제 다시 복양성을 칠지 모른다.'

결국 정립은 좀 멀어도 남하하는 길을 택했다. 그는 꼬박 보름을 쉬지 않고 움직여 천이백 리(약 500킬로미터. 서울에서 부산까지의 거리가 대략 400킬로미터)를 내려왔다. 그리하여 간신히 여양에 이르렀을 무렵이었다.

"허어."

그는 생각보다 안정된 여양의 모습에 감탄했다. 벌판에 밀과 보리가 가득했고 시장도 북적였다.

여양현은 여남군에 속한 지역이었다. 현재 여남을 다스리는 자는 원술이었다. 원술은 여남뿐만 아니라 남양까지 포함하여 꽤 넓은 지역을 차지하고 있었다. 그 전역에 풍년이 든 것이다. 원술은 적당히 세금을 거둬들이는 대신, 정병을 보내어 황건적 잔당과 도적떼를 퇴치했다. 곳간이 차자 자연히 민심도 넉넉해졌다. 살기 좋아지니 자연히 원술에게 칭송이 향했다. 여포의 경우와 정반대였다.

'원공로의 역량이 이 정도였던가?'

정립은 이때 미처 몰랐다. 여기엔 한 사람의 힘이 크게 작용했다는 것을. 그는 바로 화흠이었다.

화흠(華歆), 자는 자어(子魚).

대장군 하진의 부름으로 순유 등과 함께 임관하여 상서령(尙書令, 황제의 주변에서 칙령이나 문서를 관장하는 상서대의 장관)을 지냈다. 하진이 십상시에게 암살되고 동탁이 실권을 장악하여 장안으로 천도했을 때, 화흠은 하규현의 현령이 되어 지방으로 달아나려 했다. 그러나 병에 걸리는 바람에 부임하지 못했다. 나중에 장안을 빠져나와 남양으로 도주한 뒤 원술을 섬겼다. 정사에서는 이때 화흠이 원술에게 동탁을 칠 것을 간언했다가 거절당하자 그를 떠나게 된다. 그 후 잠시 손책과 손권을 섬기다가 마지막에는 조조에게 임관하여, 뛰어난 행정력과 충성심으로 요직을 두루 거쳤다. 아들인 조비 대에는 상국(相國)에까지 임명됐으며 위의 여러 신하 중에서도 가장 우대받았다.

그러나 이 세계에서는 정욱이 그랬듯, 화흠의 운명 또한 달라졌다. 애초에 원술이 화흠의 간언을 거절한 이유는 동탁과의 싸움에서 딱히 얻을 게 없었으며 그의 세력이 너무 강성한 것도 두려워서였다. 그런데 동탁이 예정보다 일찍 암살되는 바람에, 화흠이 원술에게 동탁을 치자고 간언할 일이 없어졌다. 자연히 그를 떠날 계기 또한 사라져버렸다.

결정적으로 원소의 세가 크게 약해져, 그에 대한 열등감으로 점점 더 비뚤어지던 원술의 성정이 적당한 선에서 멈추었다. 내정의 명수인 화흠은 원술을 잘 구슬려 영지의 세금 비율을 낮추고 강병을 육성했다. 또 주변의 재사들을 부지런히 불러 모았다. 원술의 몰락에는 주변에 제대로 된 인재가 없었던 것도 한몫했는데, 그 공백을 화흠이 메웠다. 이는 용운조차 예상하지 못한 반전이었다.

얼마 후, 정립의 소문을 들은 화흠이 그를 직접 찾아갔다. 화흠은 잘 다듬은 수염에 관모를 단정히 쓴, 전형적인 선비의 외양이었다. 다만 눈빛이 형형하고 목소리가 청아하여 예사 사람이 아님을 느낄 수 있었다. 화흠은 정립을 대면하자마자 칭찬을 늘어놓았다.

"동군의 은자(隱者)께서 여기까지 오셨으니, 이는 실로 주공의 홍복이 분명합니다."

"허허…… 과찬이시오. 나는 그저 시골 늙은이에 불과하외다."

"한낱 시골 늙은이의 소문이 어찌 제 귀에까지 들어왔겠습니까?"

"그러는 화자어 공이야말로 조정에서 상서령까지 지낸 인재가 아니오?"

"전 정립 님에 비하면 필부지요. 앞으로 잘 부탁합니다."

화흠은 정립의 임관이 기정사실인 양 너스레를 떨었다. 정립은 진심으로 호기심이 일어 물었다.

"여긴 우리 둘뿐이니 내 단도직입적으로 묻겠소. 사실 원공로(원술)는 원본초(원소)나 조맹덕에 비해 역량이 부족하다는 평이 많았소. 그런데 그대는 원공로에게서 무엇을 보고 그를 택한 거요? 바로 밑에는 유경승(유표)이 있고 위에는 한창 상승세인 기주목 진용운이 있으며, 당시 진류에는 조맹덕도 있었거늘."

화흠은 노한 기색 없이 차분하게 답했다.

"그래서 지금 주공과 유경승, 진용운, 원본초, 조맹덕 중 누구의 상황이 제일 좋습니까?"

"음……."

핵심을 꿰뚫는 질문에 정립은 잠깐 멈칫했다. 그 틈에 화흠은 유표에 대해 세간과 정반대의 견해를 드러냈다.

"형주의 유경승이 선비를 아낀다 하나, 그는 우유부단하고 움직이기를 싫어하니 형주에는 이미 고인 물과 같은 현상이 나타나고 있습니다. 주변 제후들이 시시각각 군사력을 키워가는 데 반해, 학문과 예술에만 열중하고 있지요. 게다가 유경승이 권력 강화를 위해 끌어들인 외척들이 득세하고 있어 향후 십 년 안팎으로 형주는 위태로워질 것입니다."

정립은 묵묵히 고개를 끄덕였다. 형주에 대한 화흠의 생각은 그의 예측과 거의 일치했다. 지금은 강하팔준(江夏八俊, 강남 지역의 뛰어난 여덟 선비)의 선두이니 뭐니 칭송받고 있긴 하다. 하지만 그따위는 난세에 아무 쓸모가 없었다. 전쟁이 났는데 화려한 의관이 무슨 소용인가. 화흠은 물 흐르는 듯한 언변으로 말을 이었다.

"원본초와 진용운은 어느 한쪽이 패망할 때까지 싸움을 멈추지 않을 것으로 보이니, 자연히 그 땅은 황폐하고 백성들도 피폐해질 것입니다. 조맹덕은 저도 눈여겨본 이였으나, 아쉽게도 여포에게 패하여 쫓겨갔으니 지금은 논할 대상이 못 됩니다."

"하면 그대는 최악보다 차악을 택했다는 말이오?"

정립의 물음에, 화흠이 진지한 기색으로 말했다.

"중덕 공, 호사가들의 말과 달리 주공은 절대 차악이 아닙니다. 최악은 더더욱 아니지요. 최악인 것은 무능하면서 고집 센 군주요, 그다음이 유능하나 독선적인 군주이며, 그보다 좀 나은 것은 비록 부족하지만 뛰어난 가신의 말을 경청하여 고쳐나가는 군주입니다. 주공은 맨 끝의 경우에 속합니다. 의외로 직설적인 간언도 잘 들어주시지요."

"흐음."

"즉 주공에게 임관하시면 직접 전면에 나서지 않으면서도 난세를 다퉈볼 기회가 온다, 이 말입니다. 무수한 장기 말 중 하나가 될 게 아니라 직접 장기를 둬보시지 않겠습니까?"

정립은 새삼 화흠을 다시 바라보았다.

"이 사람, 알고 보니 무서운 위인이로군. 부족한 주인을 제 뜻대로 움직이겠단 소리 아닌가."

"칭찬으로 듣겠습니다."

정립이 화흠의 적극적인 천거로 원술의 막료가 된 것은 며칠 후의 일이었다. 화흠은 뛸 듯이 기뻐하며, 다 모인 자리에서 정립에게 가신들의 면면을 소개했다. 알고 보니 원술에게는 쓸 만한 인재가 제법 있었다. 동탁군과 싸우던 중에 교유, 장훈 등의 무장을 잃었지만, 기령(紀靈)이라는 뛰어난 장수가 중심을 잡았다. 무장으로는 뇌박, 악취, 이풍 등이 있었으며 문관으로 화흠 자신을 비롯하여 노숙, 염상, 제갈현이 있었다. 염상은 깐깐한 인상이었지만 의복이 검소하여, 청렴한 관리임을 알 수 있었다. 제갈현은 온화하고 부드러운 사람인데, 기가 약하여 사신으로 파견하면 눌릴 듯했다.

'내정을 맡기면 백성들을 자식처럼 돌볼 터이니 잘 어울릴 것이다.'

특히, 정립은 노숙을 눈여겨보았다. 아직 약관에 불과하나 자질이 뛰어나 보였다.

문무관을 쭉 훑은 정립에게 화흠이 말했다.

"최근에는 목홍과 뇌횡이라는 장수를 얻었는데, 둘의 용

맹이 남다릅니다. 그 둘은 지금 자리에 없습니다만, 나중에 기회를 만들겠습니다."

"목홍과 뇌횡이라……. 기억해두겠소."

정립은 원술의 곁에서 알토란 같은 조언과 충고를 아끼지 않아 점차 신임을 얻었다. 그는 곧 화흠과 더불어 각각 원술의 왼팔과 오른팔이 되었다. 특히, 화흠에겐 다소 부족한 군략적인 면을 갖췄다는 점이 원술을 기껍게 했다.

얼마 후, 정립은 원술에게 낙양을 시작으로 하는 장대한 전략을 제출했다.

"현재 기주목 진용운과 발해태수 원소가 하북의 패권을 두고 다투고 있습니다. 이는 우리에게 호재입니다. 여포가 조조와 진규를 치러 간 사이 낙양을 들이쳐 황제를 옹립한다면, 주공의 기반인 강남을 기점으로 천하를 넘보는 발판이 될 것입니다."

원술은 가신들의 의견을 물은 후 이를 허락했다. 그리고 화흠에게서 들은 두 장수, 목홍과 뇌횡을 부려 낙양성을 함락하기에 이르렀다.

몰차란(沒遮攔, 가로막을 사람이 없다는 뜻) 목홍(穆弘). 위원회 소속이며 천강 제24위였다. 사방으로 뻗쳐 덥수룩한 머리를 금발로 물들인 험악한 외모의 청년으로, 뒷골목에서 눈이라도 마주치면 시선을 회피해야 할 듯한 느낌이었다.

삽시호(揷翅虎, 날개 달린 호랑이) 뇌횡(雷橫). 은발로 염색한 머리를 단정하게 빗어넘겼다. 목홍보다는 곱상한 생김새였으나 눈빛이 매서웠다. 마찬가지로 위원회 소속의 천강위 제25위였다. 천강위 36인 중에서는 비교적 서열이 낮은 둘이지만 108인으로 따지면 상위에 해당한다. 썩어도 준치라고, 무력이 원술과 정립을 만족시키고도 남았다. 무력 수치만 놓고 따져보면 관우나 여포를 능가할 터이니 그럴 만했다.

원술 진영은 축제 분위기였다. 공포의 대명사인 여포의 허를 찔러 낙양성을 탈환한 까닭이었다.

"그대가 늘 옆에서 도리를 말해주며, 갈 길 몰라 방황하던 날 이끌어준 덕이오. 그대를 초빙한 것이야말로 내 평생 가장 잘한 일인 듯싶소. 중덕."

원술은 대전에서 한창 정립을 칭찬하고 있었다.

그 모습을 보던 목홍이 작게 투덜거렸다.

"쳇, 고생은 우리가 다했는데 꿀은 저 영감이 빠네. 안 그러냐, 뇌횡?"

목홍은 현대에서의 나이가 25세로, 아직 치기 어린 모습이 남아 있었다.

뇌횡이 웃으며 그를 달랬다.

"좋게 생각해, 목홍 형. 정욱 영감의 전략에는 우리도 감탄했잖아. 시키는 대로 나아가서 싸우기만 하면 됐으니까 편하기도 하고. 솔직히 우리가 책략 이런 건 잘 모르잖아."

"하긴. 왜 정욱, 정욱 하나 싶더라."

두 사람은 현대에서 《삼국지》를 통해 먼저 정욱을 알았다. 이에 정립이라는 본명을 쓰는 지금도 그를 정욱이라 칭하고 있었다.

"처음에 위원장이 원술 쪽으로 가라고 했을 때는 우리한테 엿 먹이려는 건가 싶었는데, 이게 또 색다른 재미가 있다니까."

목홍은 금술잔의 술을 한 모금 들이켜고 물었다.

"뭔 재미? 노가다하는 재미?"

"생각해봐, 목홍 형. 우린 원래 게임을 할 때도 제일 약하다고 사람들이 기피하는 캐릭터나 직업을 골라서 했잖아."

"맞아, 흐흐. 이제 네 말뜻을 알겠다. 유비나 조조, 손책을 섬겨봐야 무슨 재미가 있어? 역사까지 다 아는 주제에, 그 셋의 밑에 들어가서도 대륙을 통일 못 시키면 그건 등신이고. 원술처럼 난이도 있는 군주로 해내야 보람이 있는 거다, 이 말이지?"

"역시, 그래야 목홍 형답지."

목홍과 뇌횡은 PC카페에서 게임을 하다 만났다. 죽이 잘 맞아 금세 호형호제하는 사이가 됐고 위원회에서도 나란히 24, 25위 서열을 받았다. 이 세계로 넘어온 후에는 똑같은 콤플렉스를 가진 것이 둘의 우정을 더욱 깊게 해주었다. 그것은 바로 두 사람 다 천강위임에도 불구하고 병마용군이 없다는 사실이었다.

"이제 때가 왔다. 이번 임무만 처리하면 원술을 천하의 패자로 만드는 것도 꿈은 아니야. 게임을 클리어하는 거지."

목홍이 중얼거렸다.

둘은 며칠 전 오랜만에 송강의 지령을 받았다. 바로 상당군을 점령하고 있다가 진용운 일행이 도착하면 포위하여 죽이라는 것이었다. 목홍이 말한 이번 임무란 그 명령을 의미했다.

"아무래도 진용운이 거느리고 있다는 사천신녀가, 그거 맞는 것 같지? 진한성이 훔쳐간 우리의 병마용군."

뇌횡의 물음에 목홍은 새삼 이를 갈았다.

"진한성. 망할 몬스터 자식. 하필 훔쳐가도 24, 25번은 왜 훔쳐가? 그럴 거면 절대십천이나 가져갈 것이지."

"그때는 진 사부도 어느 게 어느 넘버인지 모를 때였지. 만약 진짜 그랬다면 큰일 났게."

"알아, 나도. 그냥 짜증나서 해본 소리야. 그런데 넌 아직도 진 사부라고 한다?"

"하하, 교육 기간의 인상이 워낙 강렬해서……."

목홍은 뇌횡의 머리를 슥슥 쓰다듬었다.

"정신 차려, 인마. 그때나 사부지, 지금은 적이야. 그리고 우리도 그때의 우리가 아니라고. 육체적으로 더욱 강해진 데다 천기까지 생겼으니, 이제 몬스터가 우릴 피해야 할걸?"

"그런데 형, 손은 왜 떨고 있어?"

"……."

잠시 마주 보던 둘은 약속이나 한 듯 동시에 침을 뱉고 발로 바닥을 비볐다.

'불길한 이름을 너무 많이 입에 올렸어…….'

'아, 불길하다.'

곽가와 화타를 중산국에 두고 떠난 며칠 후였다. 용운은 깊은 산속 어딘가를 달리고 있었다. 사천신녀는 안 먹고 안 자고도 며칠 내내 달리는 게 가능했다. 하지만 용운은 그렇지 못했기에, 중간중간 한 번씩 검후의 등에서 내려 쉬어줘야 했다. 그래도 이동이 워낙 빠르니, 어느새 상당군을 코앞에 둔 지점까지 왔다. 곽가와 함께 움직였다면 불가능한 일이었다.

'그럼 애초에 곽가와 화 선생도 업고 달렸으면 되지 않나?'

용운은 문득 이런 생각이 떠올랐지만, 어쩐지 사천신녀가 거부하리라는 확신이 들었다. 또 모두가 검후처럼 용운을 업고서도 지친 기색 하나 없이 달릴 수 있는지도 모를 일이었다.

'모르겠다. 어차피 늦었는데 뭐.'

등에 가만히 업혀 있으니 딱히 할 일이 없었다. 워낙 속도가 빨라서 대화도 쉽지 않았다. 휙휙 지나가는 풍경을 보는 것도 금세 질렸다. 그러다 보니 어느 순간 내부로 침잠하게 됐다. 용운은 조금 전부터 계속 걸리는 게 있었다.

'이상해.'

용운은 거대한 탑 안을 돌아다니는 중이었다. 기억의 탑. 이는 실재하는 탑이 아니라, 그의 정신 속에 만들어둔 가상의 공간이었다.

'순간기억능력'은 한 번 본 것을 사진 찍듯 머릿속에 담아두는 능력을 의미한다. '과다기억증후군'은 굳이 저장하지 않아도 될 사소한 정보까지 모조리 기억하는 증상이다. 이 두 가지에 다 해당하는 용운은, 하루에 저절로 수집되는 정보의 양이 보통 사람의 수천 배에 달했다. 지금만 해도 중산국에서부터 이곳까지 오는 동안의 지형지물을 죄다 기억하고 있었다.

이 거대한 탑은 그런 증상 때문에 생겨났다. 폭주하는 정보를 적절히 분류하고 담아두려고. 탑 내부에 있는 방의 구조는, 뇌의 시냅스가 연결된 모양과 비슷했다. 한 층마다 거미줄처럼 얽힌 수십만 개의 방이 있었다. 그런 층이 또 수만 개 쌓여서 탑을 이뤘다. 실재한다면 어마어마한 규모이리라. 다만 이곳은 용운의 정신세계이므로, '이동'을 떠올리기만 하면 순식간에 해당 층으로 옮겨가는 게 가능했다. 용운은 이런 방식으로 각 층을 옮겨 다녔다.

그는 기억을 정리, 검토하는 중이었다. 이는 너무나 과도한 정보가 꼬이거나 얽히지 않게 하기 위한 작업이다. 그러면서 재분류도 이뤄진다. 중복되는 정보는 삭제한다. 컴퓨터 윈도우의 '레지스트리 정리'나 '디스크 조각 모음'과 비슷한 과정이었다.

'역시 뭔가 걸려.'

용운은 이상한 위화감에 고개를 갸웃거렸다. 바로 아버지와 관련된 부분에서였다. 처음에는, 아버지의 편지를 하필 가짜 흑영대원 7호가 가져다준 탓에 찜찜한 거라고 여겼다. 그러나 그 외에도 뭔가가 더 있음이 느껴졌다. 그래서 아버지에 대한 정보를 저장해둔 '진한성의 방'에 와봤지만 특별한 게 없었다.

'편지를 한 번 더 확인해볼까?'

용운은 잠깐 멈춰 서서 한 손을 허공에 저었다. 그러자 영화에서 그러듯 홀로그램이 생겨났다. 구김 하나, 얼룩 하나까지 아버지의 편지를 그대로 스캔한 홀로그램이었다. 여전히 그의 머릿속, 즉 가상의 탑 내부에서 벌어지고 있는 일이었다. 실제의 용운은 검후에게 얌전히 업힌 채, 눈을 반쯤 뜨고 정신 작업에 몰두하고 있었다.

> 아버지다. 바로 못 찾아가서 미안하다. 4월 1일에 산양성에서 보자.

필체 이상 무. 기억에 있는 아버지의 글씨체가 맞았다. 누군가에게 강요당한 흔적도 없었다. 재료 역시 평범한 양피지와 먹이었다.

'역시 이상한 점은 없…….'

편지를 살펴보던 용운은, 순간 입을 벌렸다.

'아차!'

바로 못 찾아가서 미안하다고?

'이 아버지라는 위인이, 지금까지 나한테 한 번이라도 사과를 한 적이 있었나?'

답은 '아니오'였다. 심지어 어머니의 임종을 지키지 못했을 때도, 용운을 혼자 버려두다시피 한 채 세계를 떠돌아다닐 때도 미안하단 소리는 들은 적이 없었다. 그래서 용운은 아버지를 늘 그리워하면서도 미워했다. 그런데 바로 보러 오지 못했다고 미안하다는 말을 편지에 쓴다?

'절대 있을 수 없는 일이지.'

이 세계로 와서 아버지로부터 직접 연락을 받은 게 처음이라, 들뜨고 흥분한 나머지 그 생각을 미처 못했다. 편지의 사실 여부에만 신경 썼을 뿐. 용운은 순간, 예전에 아버지와 지나가듯 했던 대화를 떠올렸다.

"아들, 혹시 나한테서 문자나 이메일이나 편지나, 아무튼 뭐라도 연락이 왔는데, 거기다 내가 평소에 안 하던 소리를 했다면 믿지 마라. 심지어 통화하면서 말해도 믿지 마. 예를 들면 사랑하는 아들이라거나 하는 말. 그걸 우리의 암호로 하자."

"……왜 그런 걸 정해야 하는데요? 뭐 이상한 일 하고 다니세요?"

"나야 당연히 떳떳한데 시샘하는 놈들이 있어서 그런다. 또 틈만 나면 연구 성과를 도둑질하려는 놈들도 있고."

"암호라. 별걸 다 알아둬야 하네요. 역시 그냥 회사원 아버지가 좋았어."

"큭. 아무튼 그런 암호가 들어간 편지의 내용은 정반대로 생각하면 된다. 그러니까 오라고 하면 오지 말고 오지 말라고 하면 와라. 돈 부치라고 하면 부치지 말고, 또……."

"부칠 돈도 없거든요. 아버지나 생활비 좀 잘 보내주세요. 자꾸 민주 부모님께 신세 지잖아요."

"그 돈이 바로 내가 보내준 돈이야, 멍청아."

"아, 멍청이라니. 지금 말은 암호 아니겠네요."

용운은 그 암호에 맞춰서 편지 내용을 다시 구성해보았다.

아버지다. 미안하긴 개뿔. 내가 내킬 때 찾아갈 테니 가만히 있어라. 산양성 거쳐서 갈 거다.

마치 음성 지원이 되는 듯한 착각에 용운은 눈살을 찌푸렸다. 그러고 보니 하필 날짜를 4월 1일로 명시한 것도…….

'만우절이잖아. 거짓임을 암시한 거였어.'

아마도 위원회의 눈을 의식했거나, 감시받는 상황이었기 때문이리라. 비로소 위화감이 풀렸다. 깨닫고 나니 허무할 정도로 간단한 문제였다.

'망할 아버지.'

그 사실을 알았다고 당장 크게 변할 건 없었다. 관도 전투에 대해 보고받고 뒤처리를 해야 했다. 무엇보다 조운이 보고 싶었다. 그래서 빨리 돌아가고 싶은 마음은 여전했다. 단, 4월 1일에 맞추기 위해 죽도록 달릴 필요는 없어졌다.

'그런 줄도 모르고 괜히 협곡을 타고 와서, 도중에 정보를 하나도 못 들었잖아. 미리 알았다면 굳이 곽가를 두고 올 필요도 없었을 텐데.'

용운의 생각은, 갑자기 가해진 미미한 충격에 중단되었다. 검후가 멈춰 선 까닭이었다. 기억의 탑에서 나와, 눈을 뜬 용운이 물었다.

"검후, 무슨 일이야?"

"죄송합니다, 주공. 부딪히셨나요?"

"아니, 조금 놀랐을 뿐이야."

"아무래도 귀찮은 일이……."

검후는 정면의 숲을 노려보고 있었다. 그녀뿐만 아니라 나머지 사천신녀들도.

"……생긴 것 같습니다."

"응?"

검후의 어깨너머로 정면을 살피던 용운이 눈을 비볐다. 잠깐 이상한 게 보였다 사라졌기 때문이다.

'뭐였지?'

분명 숲 여기저기에 수많은 빨간 점 같은 것들이 나타났다 사라졌다. 숲 전체를 메우다시피 하는 어마어마한 수였다. 마치 개미떼를 포착한 레이더 화면을 본 듯한 느낌이라고나 할까. 그런 레이더가 있다면. 그게 뭔지 깨달은 용운이 나직하게 말했다.

"복병이야?"

"네."

용운의 가슴에 닿아 있는 검후의 등이 뻣뻣해지는 게 느껴졌다. 그냥 복병이라면 그녀가 긴장할 리 없었다.

"수가 좀 많네?"

"그게 느껴지세요, 주공?"

"아니, 너희가 긴장하니까."

용운의 오른쪽 옆에 와서 선 청몽이 말했다.

"수가 많은 게 다가 아니에요. 뭔가 굉장히 위험한 기운이 감지됩니다."

"어떤 놈들이지?"

상당군 외곽에서 이 정도로 대규모의 병력을 운용하려면, 상당태수가 묵인해줬거나 명령 주체가 태수 자신이 아니고선 어려웠다. 그러고 보니 상당을 점령하고 있는 세력이 어딘지 들은 적이 없었다. 전예가 따로 보고한 일도 없는 것으로 보아, 아직 정해진 주인이 없거나 조정에서 보낸 관리가 맡아 다스렸으리라. 이제까지는.

'그렇다면 최근 며칠 사이에 주인이 바뀌었다는 소린데.'

게다가 그 주인은 용운의 행보도 알고 있음이 분명했다. 잠시 후, 수풀이 버석거리더니 그 사이에서 병사들이 끝없이 쏟아져 나왔다.

성월이 중얼거렸다.

"대충 봐도 이만, 아니 삼만은 되겠네."

원소군과 싸울 때 그랬듯, 사천신녀는 이, 삼만 정도는 찜쪄먹을 수 있었다. 문제는, 그 사이에 거슬리는 존재가 끼여 있다는 거였다. 병사들 틈을 헤치고 그 거슬리는 존재 둘이 모습을 드러냈다. 투구 아래로 각각 금발과 은발이 드러나 보이는 장수들이었다.

금발의 장수는 현대의 권투장갑과 매우 흡사한, 가죽으로 된 장갑을 양손에 끼고 있었다. 다만, 손등에 철 재질의 뾰족한 가시가 촘촘히 박혀 있다는 게 달랐다. 다른 무기는 없었다.

은발 장수는 무릎 바로 아래까지 오는 장화를 신었다. 뒤꿈치에 톱니 모양의 징이 달린 물건이었다. 그도 마찬가지로 따로 무기는 들지 않았다.

험악한 생김새의 금발 장수가 느물거렸다.

"여어, 드디어 오셨구먼? 헐? 그것도 여자한테 업혀서? 호강하는 놈일세."

은발의 장수가 그의 말을 맞받았다.

"그러게요. 그나저나 역시 영감. 산맥을 타고 상당으로 들어오려면 이 길밖에 없을 거라고 하더니, 정말이네요."

용운은 검후의 등에서 내려, 두 사람을 향해 대인통찰을 발동했다. 정체는 대충 짐작이 갔지만, 확실히 하기 위해서였다. 곧 둘의 이름과 수치가 눈앞에 보였다.

'목홍과 뇌횡이라.'

금발 쪽이 목홍, 은발이 뇌횡이었다. 무력 수치는 각각 120과 118이다. 단순히 수치만으로 보면, 여포보다 좀 더 센 놈 둘이 한꺼번에 나타난 셈이었다. 거기에 삼만 정도 돼 보이는 적병은 덤이었다.

'《수호지》의 스물네 번째, 스물다섯 번째 두령이네. 동선이 위원회한테 발각된 건가?'

명백한 위기였다. 용운은 침을 꿀꺽 삼켰다.

검후가 나직하게 말했다.

"제 뒤로 물러서십시오, 주군."

그녀는 어느새 양손에 각각 필단검과 총방도를 뽑아든 후였다. 그 옆으로, 거대 망치 뇌신추를 든 사린이 와서 섰다. 뭔가를 우물거리며 씹고 있었다. 청몽은 홀연히 모습을 감췄고 성월은 뒤로 멀찌감치 물러났다.

"그래, 뭐 피차 대화는 필요 없겠지. 우리 목적에도 대화는 불필요하거든."

목홍이 히죽 웃으며 말했다. 그 말이 떨어지기가 무섭게, 화살 한 대가 그의 안면으로 날아들었다.

"어이쿠!"

목홍은 상체를 뒤로 젖혀 간신히 화살을 피했다. 그를 지나친 화살은, 바로 뒤의 애꿎은 병사에게 적중했다. 병사는 외마디 비명과 함께 뒤로 날아갔다. 그 병사의 뒤에 서 있던 병사들이 그 서슬에 겹겹이 쓰러졌다.

콰앙! 목홍의 가슴 위로, 뇌횡의 한쪽 다리가 뻗어 있었다. 사린이 내리친 망치를 복숭아뼈 부위로 받아낸 것이다.

"이씨."

사린은 긴장한 기색으로 망치를 거두고 재빨리 물러났다.

"아, 개아프네. 다짜고짜 공격이야?"

뇌횡이 투덜거렸다. 전투는 이미 시작되었다.

상당군 외곽 산야 지대에서, 목홍과 뇌횡이 이끌고 온 원술군 대 용운 일행의 싸움이 시작됐을 무렵이었다.

중산국은 북쪽의 탁군과 흑산적이 차지한 양국현 사이에 위치했다. 곽가와 화타가 머무르고 있는 곳이기도 했다. 중산국에서 제일 번화하고 규모가 큰 고을은 노노현이었다. 그 노노현의 시전에 기이한 일행이 나타나 사람들의 이목을 잡아끌고 있었다. 이남이녀(二男二女)로 구성된 일행의 면면은 다음과 같았다.

부끄럽지도 않은지 맨다리를 훤히 드러낸—이 시대 사람들 기준으로—이국적인 옷차림의 갈색 머리 소녀. 얼핏 보면 무복 같지만 뭔가 다른 흑색 옷차림에, 팔짱을 낀 채 연신 웃음을 흘려대는 소년. 눈이 번쩍 뜨일 정도로 잘생긴 얼굴에, 어딘지 모르게 한기를 내뿜는 백색 장포의 청년. 마지막으로 묵빛의 긴 치마를 입고 요란스레 틀어올린 머리를 한, 작은 체구의 무표정한 소녀. 이들은 호연작과 진명 그리고 두 사람의 병마용군인 백금과 윤하였다.

호연작은 동그란 눈을 더욱 크게 뜨고 사방을 두리번거리며 구경하기에 여념이 없었다. 진명은 후후 하고 웃으며 딱히 대상이 정해지지 않은 허세를 부리기 바빴고 윤하는 말이 없었다. 혼자 조바심 난 건 호연작의 병마용군 백금이었다. 그는 본래 냉철한 성격이었으나, 비정상인 세 사람 사이에 섞여 있으니 울화가 터질 수밖에 없었다.

"이봐, 다들 언제까지 태평스럽게 놀고 있을 거야? 진용운 일행이 지나가고도 남았을 시간인데 여태 안 보이잖아. 혹시 놓친 거 아니야?"

백금의 말에, 호연작이 건성으로 대꾸했다.

"놓쳤으면…… 어쩔 수 없잖아요. 우리 넷이 이 넓은 중산국 전체를…… 24시간 틈 하나 없이 감시할 수도 없고……. 애초에 이곳만 덜렁 알려준 게 무리……."

"그래? 그럼 아니다 싶으면 돌아가야지 왜 여기서 며칠째 어슬렁거리는 건데?"

"처음 와보는 동네라…… 재미있어서 그러죠."

말하던 호연작이 걸음을 멈췄다. 한 객잔 앞에서였다.

얼떨결에 따라서 멈춘 백금이 투덜거렸다.

"왜? 또 뭐 사 먹으려고? 이제 돈도 다 떨어졌어."

진명은 왼손으로 머리를 쓸어넘기며 웃었다.

"후후, 과연. 내가 실력을 인정하는 소녀여, 눈치챈 건가?"

백금은 어리둥절해져서 되물었다.

"뭐? 뭘 눈치채?"

호연작이 손을 뻗어, 자신보다 키가 큰 백금의 머리를 쓰다듬으며 말했다.

"이 근처에서…… 이 객잔만 주변에 수백의 병사들이…… 지키고 있어요. 안에서 좀 묘한 기운이 흘러나오기도 하고……. 사람 많은 데서 난리 치지 말라고 해서…… 그저께부터 여기 주변을 돌아다니며 기다렸는데……. 사냥감이 나오질 않네요. 호무룩."

백금은 깜짝 놀랐다. 당과와 꼬치구이 따위를 사 먹고 돌아다니며 노는 줄 알았더니, 관찰하고 있었던 건가?

진명이 허세를 실어 호연작의 말을 거들었다.

"조금 다르지만 익숙한 기운. 잔뜩 억눌러놔서 나도 알아차리기 힘들었을 정도이니, 백금 형씨가 못 느낀 건 수치가 아니야. 우리 외에 따로 파견 나온 회의 형제가 없다면, 이건 분명 진용운이 거느린 사천신녀의 기운이라는 얘기지."

그때 계속 침묵을 지키던 윤하가 입을 열었다.

"도련님, 역시 반응이 있습니다. 주변에 머무르던 오백 정도의 병사들이 우리의 움직임을 주시하는 기색입니다. 객잔을 중심으로 포위망이 형성됐습니다."

진명은 씩 웃으며 말했다.

"빙고."

곽가는 이제 조금씩 기운을 차리고 있었다. 일어나 앉은 그가 옆에 있던 화타에게 물었다.

"화 선생, 어째 주위가 어수선한 기분인데 밖에 무슨 일이 있습니까?"

"글쎄요. 제가 잠깐 나가서 알아보고 오겠습니다. 4호님, 봉효 님을 부탁해요."

화타의 말에, 방문 앞에 서 있던 흑영대원 4호가 정중히 답했다.

"알겠습니다, 화 선생."

화타는 일어서서 방문을 열고 나왔다. 그런 그의 눈이 기이한 빛을 발했다.

2

절체절명

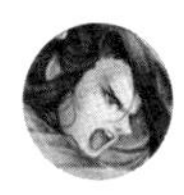

호연작은 즐거운 상상에 빠졌다. 바로 용운의 아름다운 얼굴을 어떻게 뭉개줄까 하는 상상이었다.

'먼저 눈을 빼내고 코를 뭉개버릴 거야. 그럼 그 예쁜 입에서 듣기 좋은 비명이 나오겠지? 아, 기대돼.'

그녀는 원래 귀엽고 아기자기한 걸 좋아하는 소녀였다. 하지만 사람들에게 괴물 취급을 받고 도피생활을 거듭하는 사이에 성격이 비뚤어졌다. 그 결과, 예쁜 것을 파괴할 때 쾌감을 느끼는 변태 성향이 되어버렸다. 천강위에서 이규와 더불어 2대 사이코로 꼽혔다.

"저 방 안이야."

진명이 객잔 2층의 방 하나를 가리켰다.

호연작은 고개를 끄덕였다. 그녀의 느낌과 같았기 때문이다. 중2병이 너무 심해서 마음에 안 드는 녀석이지만, 실력은 인정할 만했다.

그때, 진명이 지목한 방문이 벌컥 열리더니 한 남자가 걸어 나왔다. 진용운은 아니었다. 호연작과 진명의 얼굴이 미미하게 동요했다.

'뭐야? 누구……?'

'사천신녀라면 여자라는 뜻인데, 왜 저 남자한테서 형제들과 비슷한 기운이 느껴지는 거지? 분명 처음 보는 자인데.'

그는 바로 화타였다. 화타는 삐걱거리는 나무 계단을 내려와 두 사람 앞에 멈춰 섰다. 그의 행동이 너무 태연해서, 호연작과 진명은 물론, 두 병마용군조차 반응하지 못했다.

화타의 외모는 기이했다. 어찌 보면 늙은 사람 같기도 하고 또 어찌 보면 새파란 애송이 같기도 해서 나이가 짐작이 가지 않았다. 한 가지 확실한 것은 용모가 매우 신비롭고 아름답다는 거였다. 백금의 얼굴이 깎아놓은 서양 조각 같다면 화타는 절묘한 곡선을 뽐내는 도자기 같았다. 그 신비로운 얼굴을 들이대고, 화타가 말했다.

"꺼져."

"……?"

"……."

황당함에 잠깐 말을 잃었던 호연작과 진명에게서 스멀스멀 살기가 피어올랐다. 원래대로라면 더 말을 섞을 필요도 없이 죽였을 것이다. 하지만 화타에게서 감지되는 묘한 기운이 손을 쓰길 주저하게 만들었다. 너무나 황당해서이기도 했다. 이자가 대체 뭘 믿고 이러는지 궁금했다. 그러고 보니 동양인 치고는 홍채 색이 특이했다. 테두리 바깥쪽이 회색인 파란색을 띠고 있었다.

"아저씨, 죽고 싶……."

그 눈을 보며 말하던 호연작이 갑자기 굳어버렸다. 말 그대로, 입을 벌린 채 눈도 깜빡하지 못했다.

"여자?"

"……."

백금은 그녀에게 일어난 이변을 알아채고 이를 갈며 화타에게 덤벼들었다.

"무슨 짓을 한 거냐!"

쩌어엉! 화타의 몸이 얼음으로 뒤덮였다. 백금의 장기인 동결이었다. 객잔 1층에 있던 사람들이 비명을 지르며 달아났다. 화타가 가볍게 몸을 비틀자, 얼음이 우수수 깨져나갔다.

'절대영도로 얼린 빙결을 풀었어?'

놀라 눈을 부릅뜨는 백금에게, 화타가 말했다.

"네 주인은 내가 공기를 이용해 기혈을 눌러 잠깐 마비시켰을 뿐이다. 데리고 사라져라. 내 즐거움을 방해하지 말고."

공기를 이용해서 뭘 했다고? 어안이 벙벙해서 서 있는 백금의 옆구리를, 윤하가 찔렀다.

"어서 가요, 백금."

무표정한 그녀의 얼굴에 희미한 공포가 어려 있었다. 윤하의 특기는 분석과 정신 공격이었다. 그녀는 화타의 정신에 침범하려다가, 감히 범접하기 어려운 미지의 존재를 봤다. 상대가 보내줄 때 빨리 여길 떠나야 했다.

백금이 보니, 진명 또한 허세 어린 웃음을 머금은 상태로 굳어 있었다. 눈동자는 바삐 움직이는데 손가락 하나 까딱하지 못했다.

"실례할게요, 도련님."

윤하는 진명을 들어 안고 서둘러 객잔을 나갔다. 마찬가지로, 호연작을 한 팔에 끼고 나가려던 백금이 걸음을 멈추고 고개를 돌렸다.

"너는 대체 뭐냐?"

화타는 미미한 웃음을 머금고 말했다.

"하긴 네 주인에게 돌아가서 할 말이 있어야겠지. 가서 전해라. 지금은 그냥 지켜봐줄 테니, 필요 이상으로 날뛰지 말라고. 내 이름은 좌자(左慈)다."

"좌자……. 알았다. 기억해두지."

화타는 백금이 호연작을 옆구리에 낀 채 나가는 걸 지켜본 후 방으로 돌아왔다.

누워 있던 곽가가 물었다.

"화 선생, 무슨 일입니까?"

화타는 여느 때와 다름없는 미소를 띠고 답했다.

"별일 아닙니다. 어떻게 새나갔는지, 제 얘길 듣고 환자 둘이 찾아왔기에 치료해줬습니다."

"아, 과연 선생의 의술은 대단하군요. 하지만 이제 슬슬 여길 떠나야 할 것 같습니다. 외부에서 사람이 찾아올 정도면……."

"제 생각도 그렇습니다."

그는 곽가의 말에 답하며 머릿속으로 생각했다.

'오랜만에 뵙습니다, 좌자 님. 그리고 저들에게 이름을 알려줘도 괜찮은 겁니까?'

좌자는 화타의 의식 속에서 지내는 존재였다. 그는 지금까지는 절대 함부로 존재를 드러내 보이지 않았다. 용운과 위원회가 원래 역사에 개입하면 안 되는 것처럼, 그도 언젠가부터 인간들의 일에서 물러나야 할 입장이 됐기 때문이다. 어떨 때는 화타가 불러도 대꾸하지 않기도 했다. 그래서 화타는 가끔 그가 있다는 사실을 잊었다. 한데 갑자기 잠깐 나가자고 전해오는 바람에 깜짝 놀랐다. 좌자는 아주 드물게 화타의 몸을 차지해 대신 움직일 때가 있었다. 이번이 그랬다. 그럴 때 화타의 눈빛은 회색이 섞인 파란색으로 변했다.

—일부러 힘을 드러내 보인 것이다. 안 그랬다간 나도 승부를 장담하기 어려운 자들이다. 내 원래 몸을 가졌다면 문제없지만, 지금은 많이 제한된 상태이니 네가 위험해질 수 있다. 또 저들의 수장이 나에 대해 안다면 조금이나마 몸을 사릴 것이다.

'헉! 그랬습니까?'

화타에게 좌자는 신(神)과 같은 존재였다. 어쩌면 진짜 신일지도 몰랐다. 그런 그가 승부를 장담할 수 없다 하니, 위원회가 얼마나 무서운 자들인지 새삼 실감이 났다.

—지금은 떠났지만 언제 다시 돌아올지 모른다. 빨리 업성으로 가자꾸나.

'예, 좌자 님.'

좌자는 젊은 시절에 이미 점성술과 변신술, 연금술 등에 통달한 도사였다. 어느 날 그는 별을 보고 한 왕조가 멸망하리라는 사실을 알았다.

'이제 세속의 관직을 얻는 것도 무의미하고 재산 또한 도적이나 군대에 빼앗길 테니, 현세에서 명예와 영달을 구하는

것은 허망할 뿐이다.'

이에 좌자는 도교 수행에 전념하여, 곧 육갑(六甲, 육십갑자의 약칭으로 하늘과 땅이 작용하는 이치)과 귀신 부리는 법 등을 익혔다. 또한 자신의 전생과 본래 정체도 깨닫게 됐다. 그러나 난세가 도래하자 마음이 어지러워졌다. 죄 없는 백성이 무수히 죽어나가고 그로 인해 천지의 조화마저 흔들릴 지경이었다.

'난 이번 생에서 무엇을 위해 도술을 익혔는가?'

결국, 좌자는 그 답을 의술에서 찾았다. 전쟁터에서 죽어가던 화부라는 청년을 본 것이 계기였다. 화부는 다친 황건적 병사를 치료하려다, 그 모습을 오해한 관군에게 칼을 맞았다. 그 관군은 또 다른 황건적의 창에 찔렸다. 그러자 화부는 앞의 황건적 병사는 물론, 자신을 벤 관군마저 치료하고 힘이 다해 쓰러졌다. 그 모습을 기이하게 여긴 좌자가 그에게 물었다.

"너는 어찌하여 너를 해친 자에게까지 의술을 베푼 것이냐?"

"어르신…… 여긴 위험합니다. 피하십시오."

"내 한 몸 지킬 능력은 되니, 묻는 말에나 답하거라."

화부가 보니, 과연 눈먼 화살이 노인을 피해가고 있었다. 악에 받친 황건적과 관병들도 마치 노인이 안 보이는 것처럼 눈길조차 주지 않았다.

"그것은…… 사람을 살리는 것이 의원의 본분이기 때문

입니다…….”

화부는 점차 몸이 식어가고 있었다. 죽음이 다가왔음이 느껴졌다. 그런데도 눈앞의 기묘한 노인이 묻는 말에는 꼬박꼬박 대답하게 됐다.

“만약 내가 너를 살려준다면 뭘 할 것이냐?”

“또 다른 전쟁터를 찾아가 다친 사람들을 치료하고 병든 이들을 고칠 것입니다.”

잠시 생각하던 좌자가 말했다.

“좋다. 내게 몇 가지 재주가 있으니, 너를 살려주마. 대신 조건이 있다.”

“그게 무엇입니까?”

“난 이제부터 네 몸 안에 들어가 지내면서, 네가 행하는 일들을 함께할 것이다. 그래야 널 살릴 수 있기 때문이다. 대신, 내가 필요할 때 가끔 너의 몸을 빌려줘야 한다.”

화부는 노인이 보통 사람이 아님을 깨달았다. 그는 순순히 답했다.

“어차피 죽을 몸, 그리하시지요.”

이렇게 해서 좌자는 청년에게 빙의하여 당분간 함께 살아가기로 했다. 육신은 이미 그에게 무의미했다. 만약 정 몸이 필요해진다면, 다른 이에게 깃들거나 죽은 사람의 몸을 쓰면 될 일이었다.

두 사람은 그렇게 이십 년의 세월을 보냈다. 좌자는 화부에게서, 화부는 좌자에게서 많은 것을 배웠다. 시간이 흐르는 사이, 청년 화부는 40대 후반의 장년이 되었다. 그래도 좌자의 기운으로 여전히 젊어 보였다. 그는 의술에 비례하여 명성을 쌓아갔다. 하지만 한 사람의 힘으로 의술을 전파하는 데는 한계가 있었다. 그러던 어느 날, 업성에서 전쟁이 벌어졌다는 얘기에 그리로 향했다가 용운을 만나게 됐다. 사천신녀를 보자마자, 화타의 의식 속에 있던 좌자가 깨어나서 말했다.

—이미 세상을 떠난 혼백을 불러와서, 사람 모양의 인형에 담아놓았구나. 이건 내가 귀신을 부리는 방법과는 다른데……. 실로 흥미롭구나.

'헉, 저 아름다운 분들이 혼백이란 말입니까?'

용운을 진찰하던 화타는 또 한 번 놀랐다. 도저히 살아날 수 없는 중상이었는데 벌써 회복하는 중이었기 때문이다.

—주머니에 생명력을 전해주는 기물이 들어 있다. 그 힘이 작용하는 듯하구나. 체질 자체도 특이하고.

'이 사람의 피와 체질을 연구하면, 많은 사람을 살릴 영약을 만들 수 있을 듯합니다.'

—네가 원하는 대로 해라. 나도 이곳의 인간들에게 관심이 생겼다.

그렇게 용운의 곁에 머무르게 된 화타와 좌자는 각자 다른 의미에서 그에게 큰 흥미를 느꼈다. 화타는 용운이 다른 제후들과 달리 의술에 호의적이며, 체계적으로 의술을 발전시키려는 부분에서. 그리고 좌자는…….

—진용운의 별은 패왕의 자리에서 빛난다. 난세는 이번이 끝이 아니다. 앞으로 대략 1900년 후, 인간은 거대한 불덩어리와 그로 인해 생긴 죽음의 빛 때문에 멸망하게 된다. 저 아이가 왕이 된다면 그 멸망을 막을 수 있다.

화타는 좌자의 말을 잘 이해하지 못했다.

'1900년이라면 어느 정도의 시간인지 상상도 가지 않습니다. 그때의 일을 어찌 진 공이 막는단 말입니까? 그때면 죽어서 백골조차 먼지가 됐을 터인데요. 거대한 불덩어리와 죽음의 빛이라는 건 다 뭐고요?'

—내가 너의 정신 속에서 잠들어 있는 사이 본 것들이다. 지금은 창칼과 화살로 싸우지만, 1900년 뒤의 인간들은 죽음의 빛을 만들어내는 불덩어리를 서로에게 뿌리며 싸우게 된다. 이리 말해봐야 너는 모르겠지. 나도 환상 속에서 본 것들을 말할 뿐, 정확한 정체는 알 수 없다. 좌우간 이 아이의 곁에서 도우며 지켜라. 그리하면 네 의술도 자연스레 발전하게 될 것이다.

위원회의 인물들과 맞닥뜨리고 온 후, 화타는 예전에 좌자가 했던 말을 떠올리고 있었다.

"준비되었습니다."

흑영대원 4호가 들어와 채비를 마쳤음을 알렸다.

곽가와 화타는 업성을 향해 출발했다.

용운 일행이 병난 곽가를 남겨두고 떠날 무렵.

업성의 조운은 아침부터 영 마음이 뒤숭숭했다. 정확히는 어제 회의에 참석한 후부터였다. 그는 관도성을 장료의 부장인 여건에게 맡기고 업성에 돌아와 있었다. 양수의 부탁 때문이었다. 양수는 관도 전투에 참여하여 승리에 일조했다. 덕분에 참모로서의 능력을 인정받았으나, 정작 그는 업성에 두고 온 채문희가 그리워 병이 날 지경이었다. 이에 현재 유일한 인맥인 조운에게 말했다.

"자룡 님, 제가 보기에 당분간 원소의 도발은 없을 듯합니다. 죄송하지만 업성으로 돌아가면 안 되겠습니까? 여긴 어쩐지 공기도 물도 저한테 안 맞고……."

양수가 횡설수설했지만, 조운은 그 이유가 채문희 때문임을 짐작하고 있었다. 은인이기도 한 그의 간청을 거절하기 어려웠다. 마침 용운이 돌아올 무렵이기도 했다. 조운의 서신을 받은 순욱은, 여건을 관도현 현령으로 임명함과 동시에 교위를 겸임케 하여 관도성을 지키게 했다. 대신 조운과 서황

그리고 양수를 불러들였다.

업성에 귀환한 조운은 병사를 조련하며 시간을 보냈다. 가끔 장합을 만나거나 장료와 비무도 했다. 조운은 자신이 두 번, 벽을 넘어섰다고 느꼈다. 첫 번째는 여포의 맹공에 빈사 상태가 됐을 때. 두 번째는 조조의 장수들에게 둘러싸여 위태롭게 싸우다가 화살을 맞고 강에 떨어졌을 때였다. 두 번 모두 분명히 실력이 향상됐다. 이제 한 번만 더 벽을 깨면 어떤 경지에 다다를 듯했다. 그런데 그 벽이 좀체 보이지 않았다.

'조급해하지 말자. 전장을 찾아다니다 보면 또 기회가 오겠지.'

조운이 장료를 비무 상대로 택한 이유는, 그의 무공에서 자신과 비슷한 느낌을 받았기 때문이다. 장료 또한 생사를 건 혈투 속에서 발전해온 듯했다. 장합, 마초, 방덕 등도 강했지만 뭔가 달랐다.

그러던 어느 날, 전략회의가 소집되었다. 전예는 주변 세력의 동태를 늘 감시하고 있었다. 한데 최근, 여러 곳에서 급격한 변화가 생겼다. 이를 알리고 대처방안을 논의할 필요가 있었다. 곧 대전에 가신들이 모였다. 주로 책사와 무관 중심이었다.

"원소는 평원에서 흑산적을 대파하고 남피로 돌아갔습니다."

흑산적 두령 장연은 요즘 업성 내의 저택에서 여자를 끼고 빈둥거리고 있었다. 이로써 적어도 그의 말이 사실임은 밝혀졌다.

전예의 보고에, 희지재가 날카로운 눈빛으로 물었다.

"그럼 평원성을 비워두고 갔단 말이오?"

"아닙니다. 원래 유비 현덕에게 평원태수 자리를 주기로 약조했던 것 같습니다. 하지만 그 일로 인해 둘 사이는 아마 소원해질 겁니다."

"어째서요?"

"확인한 바에 의하면, 원소의 책사 순심이 평원에서 청야전술을 썼습니다. 그것도 하천과 우물에까지 독을 풀었을 정도로 지독하게 말입니다."

순유는 어이없다는 듯 헛웃음을 지었다. 순심은 그에게도 친척이었다. 심성이 독한 줄은 알았지만 그렇게까지 잔인할 줄은 몰랐다.

"분명 원소는 퇴각하면서 평원성 내에 피신해 있던 백성들까지 대거 끌고 갔다고 들었는데……. 유비는 남 좋은 일만 해주고 쭉정이를 받은 셈이로군."

순유의 말에, 전예가 대꾸했다.

"소문에 의하면 유비의 의제 장비가 뒤늦게 그 사실을 알고는 당장 원소의 목을 따러 가겠다며 길길이 날뛰었다고 합니다."

"장연에 이어서 또 뒤통수를 맞은 사람이 나타났구려. 그랬다간 원본초 주변에 사람이 남지 않을 텐데."

나쁜 일은 아니었다. 아니, 용운에게는 오히려 좋은 일이었다. 적어도 원소와 유비가 손잡고 평원을 기점으로 하여 쳐들어오는 일은 없게 됐으니까.

"그리고 얼마 전, 원술이 낙양을 점령했습니다."

이어진 전예의 보고에 가신들 모두 깜짝 놀랐다. 그러나 놀랄 일은 그게 다가 아니었다.

"원술은 거기서 그치지 않고 북쪽으로 군사를 보내 상당까지 접수했다고 합니다. 머지않아 하내와 진류까지 진출할 가능성이 있습니다."

희지재는 믿기 어렵다는 투로 말했다.

"이 행보는…… 내가 아는 그 원공로가 맞나 의심스럽군."

여기서 경계해야 할 새로운 이름들이 입에 올랐다. 정립과 화흠. 원술을 움직이는 것으로 예상되는 책사들이었다. 두 사람을 맞아들인 이후, 원술은 뭔가 변했다.

빈집을 털린 꼴이 된 여포가 그 사실을 알고 양국에서부터 되짚어오리라는 예측. 그리고 앞으로의 대처에 대한 논의를 끝으로 회의는 끝났다. 그때부터 조운은 목에 가시가 걸린 듯한 찜찜함을 누르기 어려웠다. 뭔가 마음에 걸리는데 그게 뭔지 정확히 알 수가 없었다.

'공명(서황) 님을 찾아가서 술이라도 한잔할까.'

업성에 함께 돌아온 이후, 서황은 통 만나기가 어려웠다. 그가 손바닥만 한 계집애 옷을 직접 만드는 걸 봤다는, 원인도 출처도 불분명한 괴상망측한 소문이 떠돌았다. 원소의 장수인 삭초라는 자를 쓰러뜨리고 그가 쓰던 도끼를 서황이 얻은 사실은 조운도 알았다. 통짜 쇠로 된 조운의 창을 으스러뜨린 도끼다. 마침 서황이 주로 쓰는 무기와 같은 대부(大斧)이니 잘된 일이었다. 무공에 큰 진척이 있을 터였다.

'분명 그 무기에 빠져 계신 게지. 손에 길들이기도 해야 하고 아직 마땅한 관직도 없으니. 그런데 계집애 옷을 만들고 있다니, 웬 해괴한 소문이란 말인가. 공명 형님보다 남자다운 이를 본 적이 없거늘.'

조운이 훈련장을 나와 서황의 거처로 향할 때였다. 평범한 장사꾼처럼 보이는 자가 옆으로 다가와 지나가는 투로 말했다. 흑영대원이었다.

"자룡 장군님, 대주님께서 부르십니다."

"……알겠소."

전예가 그를 따로 찾는다니. 전할 말이 있으면 어제 회의에서 진즉 했을 터였다. 뭔가 느낌이 좋지 않았다. 조운의 얼굴이 미미하게 굳었다. 자신이 느끼는 위화감과 무관하지 않으리란 직감이 들었다.

"찾으셨습니까?"

조운을 맞이하는 전예의 표정은 역시나 심상치 않았다. 그는 빠른 투로 말했다.

"시간이 없어 바로 말씀드리겠습니다. 아무래도 주공이 위험하신 듯합니다."

"예?"

"중산에서부터 주공과 사천신녀의 행방이 묘연해졌습니다. 곽봉효가 병이 나서 먼저 떠나셨다고 하더군요. 한데 주공 일행이 마지막으로 흑영대원에게 목격된 곳이 악평현이었습니다."

인근인 상산 출신의 조운은 재빨리 지형을 떠올렸다. 그리고 용운과 사천신녀의 성향도.

"악평현에서부터 모성과 상당까지 이어지는 큰 협곡이 있습니다. 아마 그 협곡을 따라 전속력으로 직진해 내려오시려는 모양이군요. 섭현에서 강줄기를 따라 동진하면 업으로 이어지……."

말하던 조운이 멈칫했다. 어제 회의에서 들은 내용이 떠오른 것이다. 그는 비로소 불안함의 정체를 깨달았다.

전예는 그가 무슨 생각을 하는지 눈치채고 말했다.

"예. 최근 원술 쪽의 움직임이 심상치 않아서 감시를 강화했습니다. 한데 며칠 전, 갑자기 삼만의 군사를 상당 북쪽으로 움직였다고 합니다. 거긴 험한 산맥과 협곡이 이어질 뿐, 수천 리나 아무것도 없는 지역입니다."

"……주공의 행로가 원술에게 노출된 겁니까?"

"아무래도……."

원술의 동태 및 얼마 전 4호와 교대하여 귀환한 2호의 보고, 그리고 어찌 된 영문인지 장연, 양봉과 함께 돌아온 3호의 보고 등을 취합한 결과였다.

"지금 이 사실을 아는 사람은 저와 문약(순욱) 님뿐입니다. 제가 색출한다고 했지만, 지금 성내에는 원소와 성혼단 쪽 첩자들이 분명히 남아 있을 겁니다. 경솔하게 움직였다가는 그들에게 이 일이 알려질 우려가 있습니다. 또 성내에 혼란이 벌어질 수도 있고요. 그러니 비밀로 해주십시오."

"원술…… 그자가 왜 주공을 노리는 겁니까?"

"글쎄요. 정확히는 모르겠지만, 한 가지는 확실합니다. 주공을 해치거나 붙잡으면 우리는 끝이라는 겁니다. 모두 뿔뿔이 흩어지겠지요. 아니면 원술에게 항복하거나."

조운은 전예의 말에 이견을 표할 수 없었다. 업성에서 용운의 존재감은 그 정도로 컸다.

"알짜배기 땅인 위군과 업성을 날로 먹는 셈이니, 그것만으로도 움직일 이유는 충분합니다."

조운의 눈에서 차가운 분노가 피어올랐다.

'감히 누구를?'

용운은 주위 사람들과 백성을 돌보려고 애쓰는데, 주위에서 가만히 놔두질 않았다. 사실 한 영지의 주인이자 최근 세간의 관심을 한 몸에 받고 있는 용운이 따로 움직인 것부터 조운은 불만이었다. 어찌 그런 위험한 짓을 했단 말인가. 게다가 그 일행에는 그의 정인(情人)도 끼여 있었다.

"제가 뭘 하면 됩니까?"

전예는 기다렸다는 듯이 말했다.

"청광기 오천이 준비되어 있습니다. 최대한 빨리 상당 북쪽으로 가주십시오. 설령 잘못된 정보라 하더라도 주공을 호위하여 모셔올 수 있으니 최소한 헛걸음은 아닙니다."

그는 말끝에 덧붙였다.

"문약 님께서 그러시더군요. 이 임무는 반드시 자룡 님께 맡겨야 한다고."

조운은 고개를 끄덕였다. 다른 사람에게 시켰다면 상당히 화가 났을지도 몰랐다. 마침 업성에 도착하자마자 새로 주문한 창도 완성되었다. 이런 일이 일어날 걸 예견이라도 한 듯.

"잘 보셨습니다. 바로 출발하겠습니다."

상당군 북부에는 협곡이 끝나면서 세 갈래로 갈라지는 분지가 있었다. 용운과 사천신녀는 그 안에 갇힌 꼴이 되었다. 삼만의 병사는 사실 사천신녀에게 엄청나게 큰 부담은 아니었다. 문제는 용운을 지키면서 싸워야 한다는 것. 그리고 거기에 두 명의 천강위가 끼어 있다는 거였다.

"또 온다!"

은신한 청몽의 외침에, 검후와 사린이 재빨리 용운을 앞뒤로 막아섰다. 이어서 비 오는 듯한 화살이 허공을 뒤덮었다. 분지를 둘러싼 수천의 궁병들이 일제히 내쏜 것이다. 채채채채채채챙! 검후가 휘두르는 총방도와 사린의 뇌신추 위에서 불꽃이 튀었다. 수백 발의 화살이 사방으로 튕겨나갔다.

"이얍!"

성월은 그 튕겨나간 화살을 받아 그대로 되쏘는 신기를 보였다. 몇 명의 적병이 쓰러졌다. 그러나 워낙 수가 많아서 별 소용이 없었다. 그사이 청몽이 적병 사이에 유령처럼 나타났다.

"으악!"

"나, 나왔다!"

그녀가 휘두르는 사슬낫에 적병 수십이 짚단처럼 넘어갔다. 그때 목홍이 나타나 그녀에게 덤벼들었다. 좀 전부터 쭉 같은 양상이었다.

"망할 두더지 같은 년. 땅속으로 이동하다니."

목홍은 가시 박힌 장갑을 낀 주먹으로 마구 휘둘렀다.

천기, 백열타(百裂打)

음속에 가까운 수백 회의 주먹이 날아왔다. 공기 터지는 소리가 펑펑 울려 퍼졌다. 파팟! 주먹이 스친 부위의 피부가 찢어졌다. 청몽은 아슬아슬하게 주먹을 피해내며 땅속으로 숨어들었다.

"흥, 같은 공격은 두 번 안 통해!"

땅에서 튀어나오며 낫을 휘두르는 공격에 낭패를 볼 뻔했던 목홍이 재빨리 스텝을 밟아 위치를 이동했다. 하지만 이번에는 머리 위에서 거꾸로 낫이 날아왔다. 청몽이 사슬낫을 남겨둔 채 몸만 숨기고, 사슬을 원격 조종한 것이다.

"이런 젠장!"

목홍은 급한 대로 옆의 병사를 붙잡아 내밀었다. 병사 두 명이 순식간에 난도질당했다. 그 피를 덮어쓴 목홍이 부득 이를 갈았다.

"아, 진짜 빌어먹을 년이…… 인형 주제에."

그사이 뇌횡은 용운 쪽에 가 있었다.

천기, 마왕퇴(魔王腿)

태산 같은 기세를 품은 뒤꿈치 내려치기가 용운의 정수리를 노리고 떨어졌다. 화살 공격이 끝나자마자 홀연히 나타난 그가 공격해온 것이다.

"어딜!"

검후는 총방도를 내밀어 그의 뒤꿈치를 받아냈다. 사린이 재빨리 용운을 밀어냈다. 쾅! 총방도와 마왕퇴가 충돌했다. 폭음과 함께 거대한 진공파가 일어났다.

그 반동에 검후는 아래로, 뇌횡은 위로 각각 휘청거리며 튕겨나갔다. 뇌횡은 공중제비를 돌아 충격을 해소한 후, 몇 미터 떨어진 곳에 착지했다. 그가 짜증스럽다는 투로 중얼거렸다.

"그 칼, 보통 물건이 아니군. 마왕퇴를 받고서도 부서지지 않는다니."

검후는 몸을 일으키자마자 일언반구도 없이 뇌횡에게 돌진했다.

"어이쿠."

뇌횡은 재빨리 병사들 틈으로 숨어들었다. 그러자 이번에는 용운의 등 뒤로 병사들이 일제히 창을 내찔렀다.

"죽는다!"

사린이 망치를 휘둘러 창을 쳐냈다. 창대가 우수수 부서져 나갔다.

난전 중에 성월이 혀를 찼다.

"아아, 정말. 이런 일이 생길 줄 알았다면 예비 화살을 챙겨오는 건데. 초절난사 한 방이면……."

그녀는 소지한 화살을 다 소모한 후, 적이 쏘아 보낸 화살을 주워서 쓰고 있었다. 그러자 어느 순간 화살 공격이 멈췄다. 먹히지도 않을뿐더러 그녀에게 화살만 제공한다는 사실을 눈치챈 것이다. 대신 장창병과 방패병을 내세워 압박해왔다. 그 바람에 성월의 역할이 확 줄고 말았다. 이는 곧 전력이 감소했다는 뜻이었다.

전황을 살피던 용운의 표정이 어두워졌다.

'이대로는 안 돼.'

다행히 목홍과 뇌횡의 무력은 사천신녀가 감당할 만했다. 일대일이 아니라 둘씩 붙었다면 이겼을 것이다. 천강위치고는 서열이 낮은 덕인 듯했다. 그러나 거기에 삼만의 병사가 더해지자 일이 어려워졌다. 위원회 둘이 낀 삼만의 적병과 그냥 삼만 군사는 전혀 달랐다. 무엇보다 용운 자신을 보호하느라 사천신녀의 움직임이 제한되는 게 큰 문제였다. 누구 한 사람이 용운을 보호하고 나머지가 적군을 쓸어버릴라치면, 어김없이 목홍과 뇌횡이 방해했다. 그러는 사이 점차 날이 저

물어갔다. 반나절을 꼬박 싸운 것이다.

목홍이 질렸다는 투로 내뱉었다.

"아씨, 뭐 이런 괴물 같은 년들이 다 있어?"

그때였다. 적 부대의 움직임이 미묘하게 변했다. 아홉 명 단위로 뭉친 병사들이 매끄럽게 교차하고 이동하며, 뭔가를 만들어내고 있었다.

"어, 어, 이게 뭐야?"

당황한 사린이 외쳤다. 그녀는 검후가 용운을 지키는 사이, 적 가운데에 뛰어들어서 꾸준히 수를 줄이는 중이었다. 그런데 갑자기 그녀가 나아가는 곳마다 공간이 생겼다. 적 부대가 마치 하나의 생물처럼 반응한 것이다.

"이씨!"

물론 병사의 움직임이 사린을 능가할 순 없었다. 그녀는 재차 돌진하여 전방의 적병들을 뭉갰다. 그러자 갑자기 사방이 적군으로 둘러싸여버렸다.

'아차! 검후 언니 혼자 주군을 지키기 어려울 텐데.'

성월과 청몽 또한 사린과 비슷한 상황에 부닥쳤다. 당황한 그녀들이 병사들을 학살하며 날뛰었다. 하지만 애초에 맞서 싸우려는 게 아니라 절묘하게 이동하면서 분리하고 고립시키니, 세 여인은 더욱 당황했다. 죽이려고 뛰어들면 전력을 다해 물러나고 그녀들이 있던 자리를 다른 병사들이 메웠다.

삼만의 부대 전체가 하나의 거대한 미로가 된 것이다. 아니나 다를까, 검후가 혼자 있게 된 순간, 목홍과 뇌횡이 동시에 그녀를 덮쳐왔다.

"병사들이 움직이는 모양을 보니, 영감님이 도착한 모양이군그래."

목홍이 스트레이트를 내뻗으며 말했다. 무심히 내지르는 주먹 같았지만, 대상이 된 검후에게는 박격포와 같은 충격이었다.

천기, 유성권(流星拳)

쩌엉! 아슬아슬하게 막아낸 그녀의 등 뒤로 뇌횡의 발차기가 작렬했다.

"그러게요. 후딱 끝냅시다."

천기, 등활각(等活脚)

검후의 몸이 총알처럼 날아가 병사들 사이에 처박혔다. 그런 그녀의 등 뒤를 시퍼런 불길이 태우고 있었다. 뇌횡의 발에서 일어난 불꽃이었다. 곧 그 모습마저 적병 사이에 파묻혀 사라졌다.

"검후!"

애타게 외치는 용운을 향해 목홍이 말했다.

"지금 그쪽을 걱정할 때가 아닐 텐데?"

병사들 틈에서 이상하게 소란이 일기 시작했다. 그러나 목홍과 뇌횡은 거기 신경 쓰지 않았다. 괴물 같은 계집들이 셋이나 날뛰고 있을 테니, 조용한 게 더 이상했다. 병사야 오천이 죽든 일만이 죽든 상관없었다. 심지어 원술이 죽는 것도 별문제는 아니었다. 이 진용운이란 놈을 없애는 순간…….

"게임 클리어지."

뇌까린 목홍은 주저 없이 최강의 천기를 발동했다. 시간 끌다가 주인공에게 반격의 기회를 주는, 영화나 만화 속의 어리석은 악당이 될 생각은 추호도 없었다.

'이 게임의 주인공은 나라고.'

천기, 혜성권(彗星拳)

순간 용운의 몸 전체를 뒤덮을 듯한 거대한 주먹이 날아들었다.

3
재회

용운은 시야를 온통 뒤덮은 거대한 주먹의 환영을 보았다. 아니, 환영이 아니라 목홍의 기가 실제로 만들어낸 형상이었다. 실체화된 기의 덩어리였다. 너무도 비현실적인 광경이라 환영처럼 느껴졌다.

목홍과 용운 사이의 거리는 1미터 남짓했다. 주먹이 날아와 닿는 시간은 그야말로 한순간. 하지만 수십 가지의 생각이 교차했다. 손을 들어 막을까? 뒤로 물러날까? 앉아서 피할까? 맞으면 많이 아플까? 결론은 하나였다. 피할 수 없다. 그리고…….

'맞으면 죽는다.'

순간 위기를 감지한 용운의 뇌가 폭발적인 연산을 시작했다. 목홍의 주먹이 다가오는 속도가 확 느려졌다. 실제로 느려진 게 아니라, 용운의 신진대사와 반응속도가 빨라져서 상대적으로 느리게 느껴진 것이다.

주변에서 벌어지는 모든 상황을 분석하고 대응하여, 신체 능력을 한계 이상까지 발휘, 통제하는 특수 모드. '초상감각 절대통제'가 마침내 발현되었다. 이번에는 용운 자신도 그 사실을 깨달았다.

'그때의 그 감각이다.'

호연작의 공격을 피해냈을 때, 그리고 임충의 검기를 반사했을 때의 감각이었다. 여전히 스스로 발동할 수는 없었지만, 느낌만은 의식하게 됐다.

'기의 종류는 파괴력을 상승시킨 권기(拳氣). 생체에너지를 강화하여 대상을 파괴한다.'

위원회가 사용한 천기의 구성과 속도, 원리를 순식간에 분석하여 돌려보낸다. 위원회 입장에서는 악몽과 같은, '천기의 천적인 천기'가 발동했다.

천기 발동, 반천기(反天技)

콰아아아앙!

무신 같은 강력함을 표출한 임충조차 당한 반천기였다. 그나마 임충은 어떻게 당했는지는 알아차렸다. 목홍은 무슨 일이 벌어졌는지 알기는커녕 비명도 지르지 못하고 피떡이 되어 날아갔다.

"목 형……?"

잠깐 멍해졌던 뇌횡이 곧장 반응했다. 그의 반응은 제법 빨랐고 바람직했다. 무엇인지는 몰라도 용운이 뭔가를 한 건 확실했다.

"이 새끼!"

뇌횡의 발차기가 용운을 향해 날아왔다.

'느리다.'

그런데 그 느린 발을 피할 수가 없었다. 반천기를 발동한 직후라 대응하기가 불가능했다. 그나마 다행이라면, 뇌횡 또한 강적인 검후를 일격에 쓰러뜨리기 위해 천기 등활각을 사용한 후라는 것이었다. 그래도 그의 발차기는 아름드리나무 정도는 쉽게 꺾어버릴 위력이었다. 용운은 천천히 다가오는 발을 보며 생각했다.

'움직여, 움직여라, 내 몸아!'

답답했다. 분명 제 몸인데 말을 듣지 않았다. 용운은 온 힘을 다해 간신히 머리를 비틀었다. 콰득! 그의 귓가에 자신의 왼쪽 빗장뼈가 부러지는 소리가 똑똑하게 울려 퍼졌다. 머리가 부서지는 걸 모면한 대신 왼팔을 잃었다. 지탱해주는 뼈가 부러진 팔이 축 늘어졌다. 고통이 지나쳐서 오히려 느껴지지 않았다. 은발을 풀어헤친 채 자신을 죽이려고 덤벼드는 악귀 같은 뇌횡의 얼굴만이 시야에 가득했다.

"용운아!"

검후의 처절한 목소리가 아련히 들려왔다. 그녀는 뇌횡의 최강 천기인 등활각을 정통으로 맞았다. 쓰러진 그녀에게, 원술군 병사들이 다시 몇 차례 창검을 찔러 넣었다. 그럼에도 불구하고 불사조처럼 일어나 달려오고 있었다. 온몸이 피투성이가 되어서. 하지만 좀 늦고 말았다.

'검후, 무사했구나……. 그런데 급해지니까 내 이름을 막 부르네.'

용운은 멍하니 이런 생각을 떠올렸다. 언젠가 저런 목소리와 어조로 자신을 불렀던 누군가가 있었던 것 같았다. 부상의 충격 탓에 떠오를 듯하면서도 떠오르질 않았다.

뇌횡은 몸을 회전하며 비틀거리는 용운의 오른쪽 관자놀이로 뒤꿈치를 꽂아넣었다.

'들어갔다.'

쩡! 묵직한 소리가 울렸다. 뇌횡의 발은 용운의 머리 바로 옆에서 멈춰 있었다. 그는 뒤꿈치의 징을 정확히 찌른 창날을 보았다.

'뭐지?'

뇌횡이 다급히 발을 치우고 물러났다.

백마를 탄 장수가 어느새 용운의 뒤에 있었다. 기이한 일이었다. 몇 미터의 거리가 있었는데도, 그가 겨눈 창이 바로 앞에 다가온 것 같았다. 말에서 뛰어내린 장수는 오른손에 쥔 창끝을 뇌횡에게 겨눈 채 왼팔로 용운을 안아 부축했다. 원술군 병사들도, 뇌횡도 섣불리 움직이지 못했다. 그 정도로 사내의 위압감은 대단했다.

"주공!"

그의 입에서 반가움과 안타까움이 뒤섞인 외침이 흘러나왔다.

그를 본 용운이 눈을 휘둥그레 떴다.

"형……님?"

"예, 접니다. 자룡입니다."

이건 꿈인가? 죽기 직전에 마지막으로 꾸는 달콤한 꿈? 아니었다. 허리에서 느껴지는 단단한 팔뚝이, 얼마나 서둘러 달려왔는지 알 수 있는 거친 숨결이 꿈이 아님을 알려주고 있었다. 조운을 바라보던 용운의 눈에 서서히 물기가 차올랐다.

"형님, 무사하셨군요……."

"주공……."

두 사람 다 미처 말을 잇지 못했다. 무수한 말이 떠올랐지만, 입 밖으로 나오지 않았다. 하지만 재회의 감격을 오래 누릴 만한 상황이 아니었다.

필사적으로 달려오던 검후가 우뚝 멈춰 섰다. 파래진 그녀의 입술이 파르르 떨렸다. 조운과 함께 돌격해온 청광기 중 몇 기가 그녀 주변을 둘러싸 보호했다. 한눈에 보기에도 부상이 심각했기 때문이다. 그러나 검후는 그런 것도 의식하지 못했다.

'이제야 돌아왔군요.'

조운을 보는 순간, 검후는 새삼 깨달았다. 자신이 그를 얼마나 걱정했으며 그리워했는지.

'왜 이렇게 늦었어요?'

조운의 시선이 검후를 향했다. 늘 단아하던 그녀는 피투성이에 만신창이가 되어 있었다. 그는 가슴이 저려 입술을 질끈 깨물었다.

'주공을 지키려고 최선을 다했구려.'

얼른 치료해주고 싶었다. 따스하게 안아주고 고생했다며 위로하고 싶었다. 그러나 먼저 해야 할 일이 있었다. 두 사람의 눈이 마주쳤다. 검후는 젖은 눈으로 천천히 고개를 끄덕여 보였다. 조운은 그 의미를 이해했다.

"주공, 우선 적을 처리하겠습니다. 청광기는 전원 주공을 지켜라!"

오천여 기의 청광기가 용운을 중심으로 방원진(防圓陣, 방어에 특화된 원형의 진법)을 펼치면서 물러났다. 탄성이 나올 정도로 빠른 전개였다.

뇌횡은 비로소 좀 전부터 원술군 뒤쪽에서 들려오던 소란의 정체를 깨달았다.

'어느 틈에…….'

용운에게 너무 집중한 나머지 적병의 기습을 눈치채지 못했다. 그사이 적들은 원술군 진영을 돌파하여 여기까지 다다른 것이다. 저 창잡이 사내가 지휘하는 적들이.

조운은 뇌횡에게 시선을 고정한 채 천천히 다가갔다. 그 눈빛이 차갑게 가라앉아 있었다. 도중에 덤벼드는 원술군 병사들은 어김없이 단 한 수에 절명했다. 뇌횡은 조운의 행동을 보면서도 함부로 움직이지 못했다. 그렇다고 도망칠 수도 없었다.

'으윽, 저 빌어먹을 창…….'

창끝이 여전히 그를 겨냥하고 있었다. 한눈에 보기에도 무게가 만만치 않은, 강철로 된 장창이었다. 오른손 하나로 든 그 창은 미동도 하지 않았다. 그야말로 무시무시한 악력과 팔힘이었다.

'아까 분명 자룡이라고 했지? 젠장, 창 잘 쓰는 자룡이면 조자룡이잖아? 내가 진짜 《삼국지》의 그 조자룡과 싸워야 하

는 거야? 창의 귀신이라는?'

목홍과 뇌횡 또한, 삭초와 비슷한 경우였다. 위원회 멤버 중에서는 전투원으로 분류됐다. 그렇다고 호연작이나 임충 같은 초인은 아니었다. 물론 일반인을 훨씬 뛰어넘는 힘과 속도에 더해 천기라는 초능력도 가졌다. 단, 무술 및 전략에는 문외한이나 마찬가지였다. 무술 수련은 진한성에게서 두어 달 정도 교육받은 게 전부였다. 팔이 긴 목홍은 기초적인 복싱을, 다리가 긴 뇌횡은 사바테(savate, 발기술이 화려한 프랑스식 킥복싱의 일종)를 배웠다. 물론, 그것만으로도 수천의 병사를 감당할 수 있긴 했다. 그러나 진짜 강자를 만나면 밑천이 드러났다. 걸음마를 시작할 무렵부터 창을 쥐고 수련해온, 그런데도 절대 자기 실력에 자만하지 않는 그런 강자 말이다.

조운의 가슴속에서는 시퍼런 불꽃이 이글거렸다. 그는 용운에게 전력을 다해 말을 몰아 달려오면서, 용운이 뇌횡의 공격을 아슬아슬하게 피했지만 대신 어깨를 맞는 순간을 목격했다. 그때만큼 자신이, 자신의 준마가 느리게 느껴진 적이 없었다. 미칠 것만 같았다.

'감히 네놈이, 누구를!'

당시의 감정은 분노의 불꽃이 되어 타올랐다. 지금, 그 불길이 마침내 뇌횡에게로 향했다. 다가오던 조운의 걸음이 조금씩 빨라졌다. 그는 마침내 창을 내밀고 달리기 시작했다.

그의 입에서 거친 기합 소리가 터져나왔다.

"이야아아아!"

뇌횡이 긴장하여 자세를 잡았을 때였다. 슉! 마치 창이 갑자기 쭉 늘어난 것처럼 인중을 찔러왔다.

"헉!"

뇌횡은 급한 김에 입을 벌려 창날을 물었다. 콰득! 그는 앞니 하나를 희생하며, 목을 돌려 창을 흘려보냈다. 이어서 그 반동을 이용, 물 흐르는 듯한 옆차기를 뻗어냈다. 부웅! 조운은 창을 거둬들임과 동시에, 양다리를 쭉 펼치며 자세를 낮췄다. 날카로운 발차기가 그의 머리를 아슬아슬하게 스치고 지나갔다. 투둑! 스친 것만으로도 머리끈이 끊어져서 머리카락이 흩어졌다. 조운은 뇌횡의 발차기가 지나가자마자 용수철처럼 몸을 튕겨 일어나며, 창대를 위로 쳐올렸다. 사타구니 사이로 창이 올라오자 뇌횡은 또 한 번 기겁했다. 맞았다간 고환이 터지는 정도가 아니라, 세로로 몸이 찢길 듯한 기세였다.

'피해야 해!'

뇌횡의 몸이 뒤쪽 대각선 위로 붕 떠올랐다. 무릎을 굽혔다 펴는 최소한의 준비 동작도 없었기에, 예측 못한 조운의 창은 허공을 갈랐다. 바로 뇌횡이 신고 있는 장화, 유물인 '유자(游子, 나그네)'의 힘이었다. 유자에는 중력의 영향을 줄이고 몸의 균형을 잡아주는 효력이 있었다. 또한 발차기의 위력을 크게 올려주기도 했다.

여느 장수였다면 순간적으로 당황하여 대응이 늦었을 것이다. 그러나 조운은《삼국지》의 장수 중 가장 먼저 위원회의 존재를 접한 이였다. 최초로 마주했던 왕정륙을 쓰러뜨린 장본인이기도 했다. 비교적 최근에는 천강위의 삭초마저 죽였다. 그는 이번에도 상대가 회의 인물임을 짐작하고 있었다.

'발재간과 공중제비에 특화된 자인가. 하지만…….'

조운은 위로 헛친 창을, 어깨를 축으로 하여 그대로 한 바퀴 돌려 옆구리에 꼈다. 동시에 앞으로 섬전처럼 쏘아져 나갔다. 창신합일(槍身合一). 말 그대로 창과 사람이 하나가 된 듯했다.

'하늘을 나는 새조차도 언젠가는 내려앉아서 쉬어야 하는 법. 하물며 인간이야 두말할 나위가 있겠는가.'

조운은 뇌횡이 착지할 지점을 예측하여, 위로 창을 내찔렀다. 낙하하던 뇌횡은 그대로 창에 꿰뚫릴 것처럼 보였다. 그러나 그가 괜히 천강위 서열에 있는 게 아니었다. 치욕을 느낀 뇌횡이 이를 악물었다.

'아주 신나셨군. 조자룡이라고 해봐야 결국 평범한 인간이잖아. 나는 21세기의 지성에다 초능력까지 갖춘 선택받은 사람이라고!'

뇌횡은 정신을 집중하여, 유자의 중력 저항치와 균형 보정을 최대로 끌어올렸다. 그 결과, 그는 발끝으로 조운의 창날 위에 가뿐히 올라섰다. 여기에는 조운도 움찔하지 않을 수 없었다. 그 찰나의 순간을 노린 뇌횡이, 왼발로는 창날을 밟은 채 오른발로 공 차듯 조운의 안면을 걷어찼다.

"윽!"

조운은 황급히 왼팔을 들어 발길질을 막았다. 빠악! 둔탁한 소리와 함께 그의 머리가 휘청했다. 입술이 터져 피가 흘러내렸다. 유물의 힘으로 강화된 발차기는 막아도 그 충격이 엄청났다.

공격이 먹히자 위축됐던 뇌횡의 기가 살아났다.

"하, 하하, 어떠냐. 천하의 조자룡이라 해도 나한테는 못 이긴다고!"

신이 난 뇌횡은 연이어 발차기를 해댔다. 퍽퍽! 잔혹한 소음과 더불어 피가 튀었다. 청광기들 틈에서 지켜보던 용운이 안타깝게 외쳤다.

"형님!"

그런 용운의 상황도 썩 좋진 않았다. 전력을 다해 그를 보호하는 청광기들과 검후를 향해, 원술군의 맹렬한 공격이 쏟아졌다. 검후는 등활각에 맞은 부상이 심해 제힘을 내지 못했다. 천기를 사용하기 어려울 정도의 부상이었다. 기동력이 최고의 장점인 청광기 또한, 한 곳에 멈춰 선 채 방어 일색이 되자 싸움이 힘겨워졌다. 그러나 용운을 보호하기 위해선 어쩔 수 없는 선택이었다.

그나마 위태로울 때마다 난전 중에도 어디선가 성월이 화살을 날려 도와주고 있었다. 그런 성월도 여러 곳에 상처를 입었다. 근접전에도 능한 그녀였지만, 활만으로 삼만 대군과 맞서 싸우기에는 역부족이었다.

청몽과 사린도 이를 갈고 있었다. 분명 적병이 앞을 가로막을 때마다 깨부쉈다. 그런데 계속 새로운 병사들이 땅에서 솟아나듯 앞을 가로막았다.

"아아악, 짜증나! 뭐야, 뭔가 이상해!"

참다못한 사린이 분통을 터뜨렸다. 마치 망치를 휘둘러 허공에 매달린 얇은 종이를 후려치는 기분이라고나 할까. 얼마든 구겨버릴 수는 있지만 찢어발기질 못했다.

두 자매는 검후의 기가 크게 약해졌음을 느꼈다. 분명 용운과 검후에게 뭔가 사달이 난 모양이었다. 빨리 그들에게 가야 하는데 그러질 못하니 마음만 조급해졌다.

용운은 고통을 참으며, 오른손으로 왼팔을 붙잡은 채 전장을 관조하려 애썼다. 그 결과, 적병의 움직임이 예사롭지 않음을 깨달았다.

'닮진 않았지만 언젠가 비슷한 느낌을 받은 적이 있다. 이건 분명…….'

그랬다. 흑산적과의 전투 당시, 곽가가 청광기를 운용했을 때 맛봤던 전율. 그것과 비슷한 기운이 원술군에게서 풍겼다. 이는 곽가급의 누군가가 원술군을 지휘하고 있을 가능성이 있다는 뜻이었다. 원술에게 그런 책사가 있었던가?

'대체 원술군의 책사가 누구지? 지금 어딘가에서 전장을 지켜보며 지휘하는 자가?'

그 상대는 놀랍게도, 일반 병사를 이용하여 사천신녀를 분산시키고 힘을 헛되이 소모하게 했다. 노련함에서는 오히려 현재의 곽가보다 뛰어난 면이 있었다. 지금은 청광기와 용운의 존재를 알아채고 집중 공격을 가해오고 있었다.

조운은 거센 파도 같은 뇌횡의 공격 앞에 고전 중이었다.

"아오, 좀 쓰러져라. 쓰러져!"

뇌횡은 창날 위에 서서 정신없이 조운을 걷어찼다. 발차기가 적중할 때마다 조운의 상체가 흔들렸다. 하지만 그는 끝까지 창을 놓치지 않았다. 눈과 코 등 급소를 막은 왼팔도 내리지 않았다. 그러다 결국, 중력 저항의 유지 시간이 끝났다. 뇌횡의 체중이 원래대로 돌아오며, 묵직한 체중이 창끝을 내리눌렀다. 한데 창은 여전히 꼿꼿이 수평을 유지하고 있었다. 한쪽 팔만으로 창의 무게에 더해, 뇌횡의 몸무게까지 떠받친 것이다.

"어? 무슨 힘이……."

뇌횡이 놀랄 때였다.

"이 무게. 드디어 사술을 풀었구나."

나직하게 뇌까린 조운은 힘껏 창을 쳐올렸다.

"우왁!"

위로 튕겨 올라간 뇌횡이 조운을 비웃듯 외쳤다.

"하하, 소용없다! 또 아까와 똑같은 상황의 반복일 뿐이다!"

"과연, 그럴까."

슉! 창날이 뇌횡의 발바닥을 찔러왔다. 뇌횡은 재빨리 중력을 조절하여 다시 창끝에 올라섰다. 그러자 창이 뒤로 빠졌다. 뇌횡의 발아래가 텅 비어버렸다. 이어서 재차 곧바로 찌르기가 가해졌다. 연격의 속도가 어찌나 빠른지, 창이 마치 그 자리에 그대로 있는 것처럼 보였다.

"어딜!"

톡! 뇌횡은 또 창날 끝을 박차고 튀어올랐다. 그런 그를 향해, 연이어 찌르기가 날아왔다. 슉! 슈욱! 창날이 바람을 가르면, 톡! 토독! 재주부리듯 그것을 밟고 뛰었다. 슉! 슉! 슉! 슈슈슈슉! 그러나 창은 점점 더 빨라지고 뇌횡은 '창날 밟기'가 점점 힘들어졌다. 타이밍 맞추기가 어려워지고 있었다. 숨이 차지도 않는지 공격을 멈출 기미가 없어 보였다. 결국, 뇌횡의 입에서 먼저 죽는소리가 새어나왔다.

"어…… 자, 잠깐……."

슉! 슉! 슉! 슉! 슉! 슉!

"으, 아, 안, 돼, 이, 이러면……."

그리고 마침내 중력을 약화하고 균형감각은 강화해 창끝을 밟고 튀어오르던 뇌횡이, 창의 속도를 따라잡지 못하는 순간이 왔다. 용운은 위급한 중에도 조운에게서 시선을 떼지 않고 있었다. 얼굴이 온통 피투성이가 된 채 공격을 멈추지 않으며, 풀어헤쳐진 머리카락 사이로 눈을 번득이는 야차 같은 형상. 평소의 자상한 모습과는 완전히 다른 사람이었다. 그런 조운의 머리 위에, 붉은 글자가 떠올랐다.

절기, 무한섬전(無限閃電)

슈슈슈슈슈슈슈슈슈슈슈슈슈슈슈슈슉! 그것은 창으로 행해진 찌르기가 아니라, 차라리 번개였다. 지상에서부터 허공으로 거꾸로 내리치는 번개. 무수한 번갯불이 뇌횡의 양발을 꿰뚫었다.

"으아아아악!"

비명을 지르던 뇌횡의 입에서 피가 터져나왔다. 발을 관통한 창날 하나가 성난 용처럼 치솟아, 그대로 그의 아래턱을 찔러버린 것이다. 턱과 입천장을 통해 뇌까지 뚫려버린 데야

제아무리 천강위라 해도 살 도리가 없었다.

"으픕……."

파삭! 창에 꿰인 채 부르르 경련하던 뇌횡의 몸이 순식간에 먼지가 되어 흩어졌다. 조운은 이미 세 번째 경험하는 일이라 새삼 놀랄 것도 없었다. 한 차례 창을 회전시킨 뒤 옆구리에 낀 그가 내뱉었다.

"먼지가 돼 사라져라. 감히 주공을 핍박한 대가다."

용운은 환희 반 경악 반의 심정이 되었다.

'형님이 위원회의 일원을, 그것도 천강위급을 정면대결로 이겼어!'

이는 많은 것을 시사하고 있었다. 원소와의 대결 때, 용운은 임충과 호연작의 난입으로 큰 충격을 받았다. 결과적으로 전투에서는 이겼지만, 사천신녀조차 감당하지 못한 그들의 무력은 큰 골칫거리이자 변수였다. 그런데 비록 하위 서열이긴 해도 조운이 그런 천강위와 일대일로 싸워 이긴 것이다. 이는《삼국지》의 장수들로도 천강위 인물들과 맞설 수 있음을 의미했다.

'형님, 그사이에 무슨 일이 있었던 건가요?'

용운은 조운을 향해 대인통찰을 사용했다. 그리고 또 한 번 놀라지 않을 수 없었다.

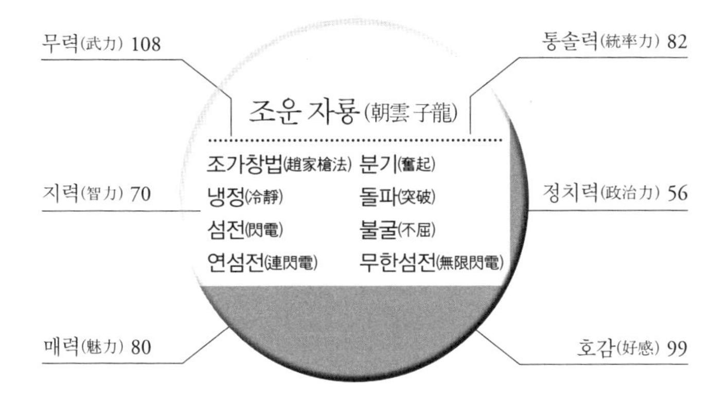

S급, 아니 SS급의 스탯이 눈을 어지럽혔다. 전반적으로 모든 수치가 상승했다. 특히, 무력은 용운이 기억하는 제일 최근 수치인 93에서 무려 15나 오른 상태였다. 또한 연섬전과 방금 본 무한섬전이라는 새로운 특기도 생겨나 있었다.

'이러면 특기가 대체 몇 개야!'

무력 수치의 상승은 새 특기와도 무관하지 않아 보였다.

'저기서 분기가 발동한다면, 무력 수치 118인 뇌횡과도 충분히 해볼 만했겠다. 거기에 어릴 때부터 익힌 창술 솜씨와 이제까지 쌓인 실전 경험 등이 더해지면…….'

조운이 천강위를 이긴 것은 이변이 아니라 당연한 일이었는지도 모르겠다.

'그리고 호감도도 99네. 헤헷.'

그 와중에 흐뭇해하는 용운이었다.

"주공."

조운이 용운을 향해 돌아서서 다가왔다. 그때였다. 동요하는 적병들 틈에서 시커먼 뭔가가 튀어올라 조운의 등 뒤로 날아들었다. 그것은 반천기에 맞아 나가떨어졌던 목홍이었다. 뭔가 이상함을 느낀 조운이 황급히 돌아섰지만, 한발 늦은 후였다.

"위험해요!"

"형님!"

검후와 용운이 동시에 외쳤을 때였다. 퍽! 둔탁한 타격음에 이어, 붉은 피가 흘러내려 바닥을 적셨다.

조운이 눈을 크게 부릅떴다.

"맹기…… 님?"

조운의 앞을 마초가 막아서고 있었다. 그런 마초의 명치에 목홍의 주먹이 틀어박혔다. 바닥을 적신 피는 마초의 입에서 흐른 거였다.

마초는 조운이 비밀리에 출진할 때, 용케 그 사실을 알아채고 달려와 참전시켜달라며 졸랐다. 이는 마초가 싸울 기회를 잡기 위해 늘 병력의 움직임을 주시하고 있던 까닭이었다. 그만큼 마초는 간절하고 절실했다. 빨리 전공을 세워, 용운의 세력을 북부로 진출하게 하고 흩어진 일족을 찾아 데려오

는 것. 그게 그의 꿈이었다.

마초의 부탁에 조운은 난색을 표했다.

"하지만……."

"부탁입니다, 자룡 님. 절대 누가 되지 않겠습니다. 비밀 작전이라 판단해서 영명(방덕) 님에게도 말 안 하고 왔습니다."

망설이던 조운은 결국 승낙했다. 조운이나 장합 등은 전시가 아니더라도 각자 맡은 임무가 있었다. 하지만 마초는 아직 정식 관직을 받지 못한 데다 방덕 외에는 특별히 가깝게 지내는 이도 없어서 안 보여도 눈에 띄지 않을 터였다. 또 계속 마초에게 붙잡혀 시간을 허비하기도 아까웠다.

마초는 조운이 먼저 돌진한 후, 적진이 혼란스러워지면 다른 방향에서 소수의 병력을 이끌고 나타나기로 했다. 이에 옆쪽에서 치고 들어오다가 조운의 위기를 목격한 것이다. 생각보다 몸이 먼저 반응했다. 정신을 차렸을 때는 이미 조운을 막아선 후였다.

'내가 왜 그랬지? 알게 된 지도 얼마 안 된 사람을…….'

마초는 자신의 행동이 이해가 가지 않았다. 그는 용운의 세력에 가담한 이래, 짧은 시간에 가장 많은 전투를 경험한 장수였다. 그러면서 자신도 모르는 사이 소속감이 빠르고 강하게 자라났다. 그게 마초를 움직였다.

"우웩!"

마초는 또 한 차례 피를 토했다.

"맹기 님!"

크게 놀란 조운이 그를 부축하려 했다. 휭! 그런 두 사람에게, 목홍이 주먹을 휘둘렀다. 조운을 뿌리치며 주먹을 피한 마초가 외쳤다.

"얼른 가서 주공을 지키세요!"

과연 용운과 검후는 한눈에 보기에도 다급한 듯했다. 에워싼 채 차륜진(車輪陣, 여러 명이 수레바퀴가 돌아가듯 교대하며 연속해서 공격하는 진법) 형태로 끝없이 밀려드는 적의 공격을 청광기가 감당해내지 못하고 있었다. 조운이 보는 중에도 쓰러지는 자가 속출했다. 이 경우에는 밖에서 진형을 부숴줘야 했다. 조운은 입술을 깨물며 말했다.

"맹기 님, 반드시 무사하십시오."

마초는 그를 돌아보지 않고 고개만 까딱했다.

조운이 창을 꽉 쥐고 용운을 향해 달려갔다.

목홍을 마주한 마초가 피식 웃었다.

"이미 무사하지 못하다고……."

그런 마초의 가슴이 움푹 파여 있었다. 주먹질 한 방에 갑옷이 찌그러지며 가슴뼈를 부순 것이다. 마초는 후들거리는 다리로 간신히 서 있었다.

'주먹 한번 무식하게 세네……. 혹시 이놈이 주공이 경고했던 임충인가?'

'이 녀석은 임충의 발끝에도 못 미친다. 아니, 그게 아니고. 애송아, 정신 똑바로 차려라!'

조개가 창 속에서 애타게 외쳤다. 하지만 그 목소리는 마초에게 가닿지 않았다.

목홍은 양손을 올린 권투 자세를 취하고서 마초를 노려보았다. 온몸은 피투성이에 두 눈이 온통 붉었다. 반천기에 당한 그는 고통과 분노에 반쯤 미쳐 있었다. 그가 씹어뱉듯 중얼거렸다.

"진용운이고 조자룡이고 다 죽여버린다, 개새끼들."

목홍은 반천기에 적중됐으나, 착용하고 있던 장갑 형태의 유물인 '투신갑(戰神匣)' 덕에 목숨은 건질 수 있었다. 주먹 세기를 강화하는 투신갑은 카운터에 당하는 경우에 한해 충격의 절반을 상쇄하는 효능도 있었다. 이에 반천기를 카운터로 인식, 타격을 줄인 것이다.

그래도 어마어마한 데미지를 입었다는 사실에는 변함이 없었다. 고통에 겨워 병사들 틈에서 뒹굴던 목홍은, 뇌횡의 죽음에 겨우 정신을 차렸다. 그리고 조운이 등을 돌리자마자 기습한 것이다.

목홍이 경쾌한 발놀림으로 마초에게 돌진해왔다. 마초가

이를 악물고 창을 내뻗었다. 목홍은 숙인 상체를 양옆으로 흔들면서 피했다. 복싱의 회피 기술인 위빙(weaving)이었다. 마초는 생전 처음 보는 해괴한 움직임에 놀라고 말았다.

"이게 무슨?"

"딱 달라붙으면 창은 쓸모없지."

순식간에 마초의 코앞으로 다가온 목홍이, 그의 배 깊숙이 주먹을 찔러넣었다. 퍽!

"우욱!"

통렬한 충격에 마초의 몸이 절로 숙어졌다. 아래로 내려오는 그의 턱을, 송곳 같은 주먹이 수직으로 치솟아오르며 강타했다. 어퍼컷이었다. 보통 사람의 수십 배 힘을 가진 초인이 독기를 품고 올려친 어퍼컷이었다. 마초의 턱이 부서지며, 그의 몸이 허공에 떴다.

'엄청난…… 위력…….'

이 생각을 끝으로, 마초는 정신을 잃고 말았다. 그는 기절한 상태에서 환영을 보았다. 어딘지 모를 희뿌연 공간에 자신이 서 있었다. 거기에 아름다운 나체의 여인이 나타났다. 그녀는 부끄럽지도 않은지, 몸을 가릴 생각도 않고 대뜸 마초를 질책했다.

'함부로 끼어들더니 꼴좋구나, 애송아. 그리고 네가 조자룡 그자를 왜 몸으로 막아주느냔 말이다!'

눈을 끔벅이던 마초가 어눌하게 대꾸했다.

"어라, 죽기 직전에 이런 눈 호강을 할 줄은 몰랐는데……. 혹시나 해서 묻는 건데 저승사자는 아니시지요?"

'난…….'

잠시 망설이던 여인이 말했다.

'잠잘 때도 안 되더니, 정신을 완전히 잃고 네 말마따나 죽기 직전에서야 침입을 허락해주는구나. 나는 조개다.'

"누구? 조개가 누군데?"

'조개, 그러니까 네놈이 금마창이라고 이름 붙인 창이 바로 나란 말이다.'

"헉, 금마창이라고?"

'시끄럽고, 네놈의 정신력이 비정상적으로 강해서 곧 깨어날 게다. 그러니 살고 싶다면 지금부터 내 말을 잘 들어라.'

환상 속의 대화는, 마초가 기절한 찰나 순식간의 일이었다. 떨어지던 마초가 눈을 번쩍 떴다. 목홍은 위로 뛰어올라 재차 공격하려다 움찔했다.

'턱을 정통으로 맞고도 벌써 정신을 차려? 맷집이 좋은 놈이로군.'

하지만 부질없다. 고통만 오래 맛볼 뿐.

'얼른 이놈을 처리하고, 조자룡과 진용운을 죽여서 뇌횡의 복수를 할 것이다.'

천기, 유성권(流星拳)

목홍의 오른쪽 주먹이 마초의 안면으로 빛살처럼 뻗어왔다. 그때였다. 창을 움켜쥔 마초의 입에서 나직한 목소리가 새어나왔다.

"1층, 금(金)."

목홍이 눈을 크게 떴다.

그때 마초의 전신이 순간적으로 금빛으로 물들었다. 쩡! 유성권이 마초의 얼굴에 작렬했다. 사람의 얼굴과 주먹이 부딪쳤는데 쇳소리가 울려 퍼졌다.

마초는 자기도 모르게 눈을 질끈 감았다. 한데 이상했다. 전혀 아픔이 느껴지지 않았다. 오히려 목홍이 얼굴을 잔뜩 찌푸린 채, 오른쪽 손을 흔들며 물러났다. 이성을 잃었던 그는 방금 벌어진 일로 정신이 번쩍 들었다.

'이것은 분명 조개 장로의 탁탑천왕술이다. 저놈이 어찌? 헉!'

목홍은 그제야 마초가 든 창을 알아보았다. 조개의 사념이 깃든 유물, 탁탑천왕이었다.

'그렇다면 지금 저자를 움직이는 건 조개 장로인가? 그래, 그게 아니고선 탁탑천왕술을 쓰는 게 설명되지 않는다.'

'탁탑천왕술'이란 유물 탁탑천왕이 가진 기술의 통칭이었다. 7층으로 된 석탑에 빗대어, 1층부터 7층으로 명명된 일곱 가지의 기술이 있었다. 그중 첫 번째가 1층인 '금의 층'이었다. 순간적으로 사용자의 전신을 강철처럼 단단하게 변화시켜 어떤 공격이라도 막아내는 기술이다.

예전에 용운을 암살하려 했을 때, 조개는 이 탁탑천왕술을 쓸 기회가 없었다. 마땅히 조종할 대상을 찾지 못해, 송강이 만들어준 미라 형태의 인공 육체를 움직이고 있었기 때문이다. 시체를 이용해 만든 인공 육체는 조개의 영혼을 담을 순 있었으나, 살아 있는 사람의 기가 필요한 탁탑천왕술까지는 발동이 되지 않았다. 만약 그가 강한 장수를 조종하여, 이 탁탑천왕술까지 구사했다면 용운은 살아남기 어려웠을지도 몰랐다. 이제 선천적으로 기가 풍부한 마초가 탁탑천왕술을 사용하자, 그 위력은 알려준 조개조차 놀랄 지경이었다.

'역시 보통 녀석은 아니었어. 애송이.'

원래 조개는 이 술법을 관도 전투 때 알려주려 했다. 그러나 거기에 임충과 호연작이 출진하지 않아, 마초는 딱히 심각한 위험에 처한 적이 없었다. 또 그의 정신 방어막이 어찌나 굳건한지 알려주려야 알려주기도 어려웠다. 완전히 기절한 후에야 비로소 정신에 접촉할 수 있었다. 그 틈을 타, 조개는 마초에게 탁탑천왕술 중 두 가지의 사용법을 알려주었다.

'그나저나 나는 왜 그사이에 영혼전염을 쓰지 않고 탁탑천

왕술이나 알려주고 자빠진 거지? 이놈의 몸뚱이를 차지할 절호의 기회였는데.'

조개는 자문해보았다. 답은 하나였다.

'쓸쓸할 것 같았다.'

조개에게 혼을 빼앗긴 이에게서는, 더는 아무 생각이 전해지지 않았다. 기억은 읽을 수 있지만, 마음은 사라진다. 그것은 마치 사방 벽에 정보가 빼곡히 쓰인, 회색 방 안에 갇혀 있는 것과 비슷한 감각이었다. 그러나 창 안에서 마초의 마음을 읽고 그의 눈과 귀로 세상을 보고 들을 때, 조개는 희로애락이 존재하는 총천연색의 세상을 보았다. 잊은 지 오래였던 음식과 술의 맛도 느껴졌다. 그러면서 조금씩, 이 멍청하고 단순한 것 같으면서도 누구보다 순수하고 책임감 강한 녀석에게, 그의 삶의 방식에 빠져들었다. 그녀는 씁쓸하게 웃었다.

'목홍이 날 알아봤으니, 졸지에 회를 배신한 꼴이 됐군. 이제 이 애송이가 언제 다시 나와 대화할 수 있을지도 모르는데…….'

그래도 그 짧은 순간은 후련하고 행복했다. 마초가 자신의 말에 대답할 때마다 뭉클했다. 그 기억만 가지고도 마초의 곁에서 평생 금마창으로 머무를 수 있을 것 같았다.

한편, 마초도 놀라긴 마찬가지였다. 그는 의식불명 상태에서 조개의 사념과 만났다. 자신을 금마창에 깃든 혼이라 소개한 조개는, 유물 탁탑천왕을 활용하는 방법을 일러주었다.

'금마창의 원래 이름은 탁탑천왕이다. 이 창이, 그러니까 내가 얼마나 대단한 물건인지 넌 잘 모를 거다. 그저 다른 창처럼 휘두르고 찌르는 데만 쓰지.'

"그럼 또 어디다 쓰는데?"

'내게는 일곱 가지의 술법이 있다. 네 머리로 다 외우지도 못할 테고 시간이 없으니, 일단 두 가지만 일러주마. 잘 듣고 똑똑히 기억해라. 첫 번째 술법은 〈1층, 금〉이라고 말하면 된다. 동시에 네 온몸이 쇳덩어리로 변했다고 생각해야 한다.'

"와, 이거 꿈치고는 엄청나게 구체적이고 실감 나네."

'꿈이 아니니까 닥치고 듣기만 해라. 그럼 몸이 정말로 무쇠처럼 단단해져서 몸으로 능히 창칼을 받아낼 수 있다. 하루에 딱 한 번만 쓸 수 있는 구명절초이니, 가장 위험하다고 판단되는 순간에만 써라.'

여인의 어조에서 다급함을 느낀 마초는 순순히 고개를 끄덕였다.

"1층, 금. 그리고 몸이 쇠로 변했다고 생각하란 말이지? 알았어."

순간 조개는 생소한 감정을 느끼고 당혹스러웠다. 고개를 끄덕이는 마초의 모습이 마치 강아지 같아서 귀엽기 짝이 없었다. 그녀는 재빨리 그 생각을 떨쳐버리고 말을 이었다.

'두 번째는 2층, 목(木)이다. 1층과 마찬가지로 〈2층, 목〉이라 말함과 동시에 너 자신이 한 그루의 나무가 됐다고 생각해라. 그러면 아무리 심한 부상을 당했어도 한동안 버텨낼 수 있다. 단, 상처가 낫는 게 아니므로 반드시 치료해야 한다.'

마초가 깨어난 것은 그 직후였다. 그는 정신 차린 후에도 잠깐 반신반의했다. 그러나 기절한 사이에 꾼 꿈이라 치부하기에는 너무도 생생했다.

'우왓, 떨어진다! 나 공중에 떴었어?'

어차피 추락하는 사이 들어오는 공격을 피하거나 막을 길이 없었다. 이에 밑져야 본전이라는 심정으로 금의 술을 썼는데, 정말 여인이 말한 대로 된 것이다. 그는 주저 없이 두 번째 술법을 사용했다.

"2층, 목."

그러자 놀라운 일이 벌어졌다. 아파 죽을 지경이던 가슴과 턱의 상처에서 더 이상 통증이 느껴지지 않았다. 후들거리던 팔다리에도 힘이 들어갔다.

'좋아. 이 상태면 싸울 수 있다!'

마초와 목홍은 조금 떨어진 곳에 각각 착지했다. 발이 땅을 닿자마자, 두 사람은 다시 격돌했다. 하지만 이번에는 결과가 조금 달랐다. 이성이 돌아온 게 오히려 목홍에겐 패착이었다. 전신에서 느껴지는 극심한 통증이 그를 옥죄었다. 반대로, 마초는 잠깐이나마 최상의 몸 상태가 되었다.

파파팍! 공격 유효 거리가 더 긴 마초가 먼저 창격을 발했다. 힘이 있으면서도 빛살 같은 찌르기를 구사하는 조운과는 달리, 좀 더 느린 대신 비스듬히 긁어내는 듯하여 피하기 까다로운, 마초 특유의 창술이었다. 마치 먹잇감을 노리는 매의 발톱과도 같았다. 목홍은 아까와는 달리 제대로 피해내지 못했다. 위빙과 더킹(ducking, 몸을 빠르게 낮춰 공격을 피하는 복싱의 회피 기술)을 반복했지만 한 방이 기어이 왼쪽 어깨 깊숙한 곳에 꽂혔다.

"끄악!"

목홍은 비명을 지르면서도 내달려 거리를 좁혔다. 이어서 오른 주먹을 힘껏 휘둘렀다. 낮은 훅이 마초의 옆구리에 와서 박혔다.

"켁!"

마초는 고통에 숨을 들이켰다.

'최소 늑골 두 대는 나갔네, 이거.'

이상한 체술(體術, 몸을 이용한 격투술)을 쓰는 자였다. 무섭도록 강했다. 조조를 추격하다가 만났던 전위라는 자와 맞먹거나 그 이상인 듯했다.

'하지만 근성은 내가 최고다. 난 지지 않아!'

이를 악물고 견뎌낸 마초는 반격을 위해 창을 당겼는데,

박힌 채 빠지지 않았다. 목홍이 어깨 근육을 힘껏 조여 붙잡은 탓이었다. 당황한 마초의 눈에, 목홍의 오른팔이 다시 뒤로 젖혀지는 게 보였다. 퍽! 마초는 목홍의 두 번째 주먹을, 옆구리에 붙인 왼팔로 간신히 막았다.

"큭!"

단 한 방에 팔의 감각이 사라졌다. 옆구리가 시큰했다. 막 세 번째 주먹질이 날아오려 할 때였다.

"야, 바보! 뭐하는 거야. 냉큼 때려눕히지 않고!"

마초의 귓가에 소녀의 낭랑한 외침이 들려왔다. 용운이 걱정되어 기어이 진을 돌파하고 달려온 사린의 목소리였다. 그 목소리를 듣는 순간, 몸이 절로 움직였다. 좋아하는 여자 앞에서 지는 꼴을 보일 순 없었다. 그래, 어떻게든 이기는 놈이 장땡이다!

"에라이!"

한소리 크게 외친 마초는 이마로 목홍의 안면을 힘껏 들이받았다. 빠각! 목홍의 코가 내려앉으며 피가 터졌다.

"크악!"

목홍이 비명을 질렀다. 인간의 이마, 그러니까 머리뼈는 신체에서 가장 단단한 부위 중 하나다. 거기에 마초는 괴물 형상이 새겨진 투구까지 쓰고 있었다. 뻑! 빠악! 마초는 목홍을 들이받고 또 들이받았다. 투구에 새겨진 괴물이 피로 물들었다. 마치 괴물이 살아나서 목홍을 물어뜯은 듯했다.

마침내 목홍의 눈이 풀리며 스르르 주저앉더니 뒤로 넘어갔다. 그의 어깨에서 창을 뽑아낸 마초는 주저 없이 심장에 내리꽂았다. 가슴을 관통한 창이 바닥에 꽂혔다. 알아보기 어려울 정도로 얼굴이 뭉개진 목홍이 눈을 부릅떴다. 팥죽처럼 된 얼굴 가운데서 눈만 빛나 보였다. 그가 힘겹게 입을 열어 중얼거렸다.

"장로, 배신하다니……."

"뭔 소리야, 이 자식. 내 이름은 장로도 아니고 원래 너희 편도 아니라고."

다음 순간 마초는 기겁하고 말았다. 목홍의 몸이 갑자기 창에 찔린 부위에서부터 먼지처럼 변해 흩어지기 시작한 것이다. 그는 금세 형체도 안 남기고 사라져버렸다. 주인 잃은 한 쌍의 장갑만이 덩그러니 남아 있었다.

"으헥! 뭐야, 이거! 무서워!"

이어진 외침에 조개는 실소를 금치 못했다.

"내가 이렇게 강한 거야? 상대를 먼지로 만들어버릴 만큼?"

'……네놈답구나, 애송이. 그래도 당당히 천강위를 이기다니, 장하다.'

조개는 가당지 않을 칭찬을 했다.

장갑을 내려다보던 마초가 그것을 주워들었다.

“오, 이거 좀 멋있는데? 나한테 더 잘 어울릴…….”

말하던 그가 눈을 부릅뜨더니 바닥을 뒹굴었다. 목의 술이 효과가 다해, 고통이 일시에 몰려온 까닭이었다. 다행히 원술군은 뇌횡과 목홍을 차례로 잃고 진형마저 무너져 물러나고 있었다. 쓰러져 신음하는 마초에게 사린과 청광기가 황급히 달려갔다.

4

상당 전투 종결

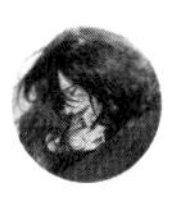

전황을 지켜보던 정립은 눈살을 찌푸렸다.

'일이 이상하게 돌아가는구나.'

그는 양손에 수기를 들고 언덕 위에 서 있었다. 용운 일행이 갇힌 분지 주변에는 여러 개의 언덕이 병풍처럼 둘러쳐졌는데, 그중 하나였다. 처음에 목홍과 뇌횡이 기주목의 행보를 알려왔을 때만 해도 그는 불신했다. 원술 진영에서 정보를 다루는 자는 정립 자신과 화흠이었다. 둘이 입수한 정보를 대조한 후, 일치하거나 신빙성 있는 것만 처리했다. 정보의 독점을 방지함과 동시에 신중을 기하려는 조치였다.

기주목의 행보에 대한 정보는 정립과 화흠, 둘 모두에게 없었다. 정확히는 기주목이 유우를 떠나 중산국에 들어선 후 행방이 묘연해졌다. 한데 그 정보를 무관인 목홍과 뇌횡이 안다? 믿기 어려웠으나 두 사람이 허위일 경우 목을 베어도 좋다는 군령장(군사 명령을 적어놓은 문서)까지 써놓고 주장하자, 속는 셈 치고 출진했다.

'삼만의 군사가 움직이는 데는 상당한 물자가 허비되지만……. 진류 공격에 앞서 훈련 한번 했다고 생각하면 되겠지.'

그래도 될 만큼 형편이 넉넉해서 내린 결정이었다. 특히 곡물은 곳간마다 차고 넘쳤다. 정립은 큰 기대 없이 출진했다. 그런데 정말로 기주목이 상당 북쪽, 협곡이 끝나는 분지에 모습을 드러낸 게 아닌가. 이에 정립은 재빨리 부대를 움직여 진을 펼쳤다. 여기서 기주목 진용운을 사로잡는다면, 싸우지 않고 업성을 삼킬 수도 있었다.

'그럼 강남 이전에 하북을 평정하는 것도 꿈은 아니다.'

갑자기 찾아온 기회에 가슴이 마구 두근거렸다. 정립은 냉정함을 유지하려 애썼다. 그가 펼친 진은 '팔문진(八門陳)'이었다. 역사상에서는 조조가 《손자병법》을 응용하여, '팔문금쇄진(八門金鎖陳)'이라는 진법을 창안했다. 유비의 모사 서서가 그 팔문금쇄진을 파훼한 걸로 보아, 병법을 연구한 책사들 사이에는 이미 비슷한 진형이 알려졌을 가능성이 있었다.

정립은 원술 세력에서 거의 유일하게 군략에 능통한 입장이 됐다. 이에 책임감을 느끼고 병법서를 더욱 연구했다. 그 결과, 팔문금쇄진과 흡사한 팔문진을 먼저 만들어낸 것이다. 본래 역사에선 없던 일이었다.

팔문은 말 그대로 여덟 개의 문이며 각각 두 개씩의 생문(生門, 살아나는 문), 사문(死門, 죽는 문), 상문(傷門, 다치는 문), 두문(杜門, 막는 문)으로 이뤄졌다. 생문으로 들어가면 무사하고 사문과 두문은 고립되며 상문은 움직일 순 있으나 공격받는다. 그 길과 문을 만드는 것은 병사들이었다. 즉 팔문진이란, 한마디로 사람으로 이뤄진 거대한 미로였다. 진의 특성상 구성하려면 최소 일만 이상의 병사가 필요했다. 문을 끊임없이 바꾸면서, 아군은 미리 정해둔 신호를 따라 생문으로만 움직이고 적은 상문을 거쳐 사문과 두문으로 인도하는 것이 팔문진의 목표였다. 여기 걸려든 적은 상문에서 힘을 소모한 뒤, 사문과 두문에서 치명타를 입게 되는 것이다. 청몽과 사린, 성월이 허우적댄 이유였다.

그런데 어느 순간부터 정립은 이상함을 느꼈다. 적장이나 적 부대가 사문과 두문에 고립되면 아군의 피해는 없고 적이 크게 상해야 한다. 그러나 적을 뜻대로 인도했음에도 불구하고 병사의 피해가 눈덩이처럼 불어나고 있었다. 지켜본바 원인은 분명했다.

'여인의, 아니 인간의 몸으로 어찌 저리 강하단 말인가!'

세 여인은 진법에는 문외한임이 분명했다. 이끌면 이끄는 대로 덥석덥석 잘도 걸려들었다. 하지만 그야말로 야차처럼 싸웠다. 활을 든 여인은 화살을 줍기만 하면 문의 경계를 무시하고 날려댔다. 복면 여인은 홀연히 사라졌다 나타나기를 반복하며, 사슬에 달린 낫으로 병사들을 도륙했다. 자루 달린 금빛 추를 든 소녀는 아예 벽과 문을 무시하고 달려들었다. 사문에 든 건 세 여인인데, 사문을 이루는 병사들이 오히려 죽어나가는 판이었다. 그 결과, 팔문진의 효과가 조금씩 약해지고 있었다. 진을 이루는 병사의 수가 점점 줄어드니 당연한 결과였다. 통로는 좁아지고 문은 얇아졌다.

정립은 조마조마해하면서도 좀체 퇴각 명령을 내리지 못했다. 팔문진으로 세 여인을 붙잡은 사이, 목홍과 뇌횡이 기주목을 몰아붙이고 있었기 때문이다. 고작 여인 넷을 상대로 이토록 시간을 끌었다는 것 자체가 황당했지만 엄연한 사실이었다. 그나마 팔문진이 아니었다면 오히려 원술군 쪽이 격파당했을지도 모른다고, 정립은 생각했다. 등골이 서늘해졌다. 기회를 잡은 이상 여기서 반드시 결판을 내야 했다.

'조금만 더 버티면 대어를 낚을 수 있다.'

조운이 이끄는 청광기가 들이닥친 건 그때였다. 그는 동쪽에서부터 짓쳐들어왔는데, 하필 그때 동쪽의 생문이 열려 있었다. 청광기는 큰 저항 없이 중심부까지 돌격했다. 그리고 조운이 바람처럼 달려가, 절체절명이던 용운을 구했다. 거기까지 지켜본 정립은 탄식했다.

"아직 때가 아닌가. 하늘이 허락지 않는구나."

뒤이어 마초가 난입하자, 점차 진형이 무너지기 시작했다. 그 과정에서 목홍과 뇌횡, 두 장수마저 죽고 말았다. 뇌횡은 조운의 손에, 목홍은 마초에게 당했다. 정립은 두 사람이 쓰러지는 듯한 광경까진 봤지만, 거리가 있어서 먼지로 변해 흩어지는 모습은 제대로 보지 못했다. 전령들이 둘의 사망을 알려온 게 전부였다.

어쨌거나 이제 물러나야 할 때였다. 남은 병사를 일시에 몰아 싸워볼까 하는 생각도 잠깐 했다. 여전히 수적으로는 우위였으니까. 그러나 목홍과 뇌횡 없이 팔문진까지 파훼된 마당에 너무 위험한 선택이었다. 사천 남짓한 병력과 적장 여섯을, 이만의 군대가 감당하기 어렵다. 정립은 그렇게 판단했다. 믿기지 않지만 그랬다. 이제 돌아가서 여기에 대해 대비해야 했다.

'장수를 둘이나 잃고 성과 없이 돌아가게 생겼으니, 주공께 뭐라고 고한단 말인가.'

정립은 막막한 와중에도 귀신같은 솜씨로 병사들을 물렸다. 덕분에 원술군은 큰 피해 없이 퇴각해갔다.

용운과 정립의 시선이 마주친 것은 그가 막 언덕에서 내려가려던 차였다. 이목구비를 알아보기 어려울 정도의 거리였으니, 눈이 마주쳤다기보다는 서로의 존재를 느꼈다고 해야 할 것이다. 슉! 뒤이어 화살 한 발이 날아와 정립의 관모를 꿰뚫었다.

"헉!"

그는 엉덩방아를 찧고 몸을 부르르 떨었다. 화살이 한 치만 내려왔어도 머리 가죽이 벗겨졌을 것이다.

이는 용운의 명을 받은 성월의 솜씨였다. 일부러 빗맞힌 것까지 포함해서. 용운은 적이 철수하면서 드러낸 한순간의 빈틈에, 책사가 있을 법한 곳을 찾아냈다. 진형 전체가 유독 하나의 언덕을 중심으로 움직이고 있었다.

'저기다.'

용운의 눈이 빛났다. 과연 그 위에 작게 사람의 형체가 보였다. 장포 위에 갑옷을 걸치고 깃발을 들었다. 호위로 짐작되는 병사들과 확연히 구분되는 차림새였다. 거리가 멀어서인지 아쉽게도 대인통찰은 통하지 않았다. 마침 진이 해체되면서 미로에서 벗어난 성월이 곁으로 달려왔다. 용운은 그녀에게 명했다.

"성월, 저자를 저격하되 다치게 하진 말고 겁만 먹게 해줘. 나중에 아군이 될 수도 있으니까."

쉭! 가볍게 화살을 날린 성월이 말했다.

"모자를 뚫어서 혼비백산하게 해줬어요."

"잘했어. 아참, 성월, 저자의 생김새를 봤지?"

"네에."

"어떻게 생겼어?"

"흐음, 나이는 대충 사오십 대는 돼 보였고……."

"으잉? 사오십 대였다고?"

"네. 확실해요. 자글자글하던걸요? 모자 벗겨진 머리도 반백이었고요. 수염이 멋졌어요."

"그런가. 그럼 누구지……."

용운은 적 책사가 서서일지 모른다고 생각했다. 바로 사천신녀를 묶었던 진의 존재 때문이었다. 서서는 정사에서 유비의 모사로 활약했던 인물이며, 제갈량의 벗이기도 했다. 그의 재능을 경계한 조조가 어머니를 인질 삼아 제 세력으로 불러들였다. 이에 서서는 조조를 섬기게 됐지만, 그 후 평생 제대로 된 계책을 내놓지 않았다고 전해진다.

'실제로 본 게 처음이라 몰랐는데, 이제 알 것 같아. 그 진은 팔문금쇄진이 분명해. 성월도, 병사들이 만든 벽과 통로에서 꼭 귀신에 홀린 것처럼 헤맸다고 했으니.'

전투 도중, 청광기의 보고로 적이 원술군이란 사실은 알았다. 팔문금쇄진을 체계화한 조조가 원술군 책사로 있을 리 없으니, 그 진을 파훼했던 서서가 아닌가 하고 생각한 것이다.

'그런데 사오십 대라면 서서가 아니잖아. 대체 누구였지? 이때 원술에게 가 있을 책사가…….'

아무튼 어차피 싸움은 끝난 분위기였다. 적은 퇴각을 시작했다. 여기서 책사 하나를 더 죽인다고 크게 달라질 건 없었다. 책사를 죽여서 원술군이 혼란에 빠진다 해도, 공격하기에는 현재 아군 상태도 그리 좋지 않았다. 적장을 쓰러뜨린 덕에 이기긴 했지만, 여전히 원술군의 수는 이만을 상회했다. 반면, 용운 진영의 청광기는 사천 남짓 남았고 검후와 마초가 중상을 입었다. 조운과 청몽, 성월, 사린도 저마다 크고 작은 상처가 났다. 도저히 추격할 상황이 아니었다. 시간을 끌다가 적의 원군이라도 도착하면 낭패였다. 그 사실을 깨달은 조운도, 후퇴하는 적을 쫓기보다는 병력을 정비하는 쪽을 택했다.

"청광기는 부상자를 수습하고 주공을 보호하면서 협곡을 벗어난다! 목적지는 섭현이다."

용운은 멀어져가는 원술군을 보며 생각했다. 저 책사의 존재로 인해, 언젠가 벌어질 다음 전투에서 어려움을 겪을지도 모른다. 그러나 이번 일로 말미암아 원술군에서의 그의 입지는 어느 정도 좁아지리라.

'보아하니 천강위는 강력한 무력 덕분에 어느 세력에 가더라도 장수 대접을 받는다. 원소군에 있던 임충과 호연작도 그랬지. 그런 장수를 둘 다 잃었다. 어떤 형태로든 책임을 져야 할 거야.'

그리고 사천신녀의 움직임마저 제한했던 책사의 재주가 탐났다. 이게 제일 솔직한 이유였다. 어떻게 죽는지도 모르게 저격하여 죽이긴 아까웠다. 그사이에도 원술군은 썰물 빠지듯 물러났다. 사태가 정리되자 조운이 용운 앞에 다가와 최대한 정중한 자세로 포권을 취했다.

"주공께 고합니다. 신 조자룡, 복양성에서 조조군과 싸우던 중에 적장의 화살을 맞고 강으로 떨어졌으나 간신히 목숨을 건졌습니다. 하지만 의식을 잃은 사이 오랜 시간이 지나는 바람에 주공께 심려를 끼쳤습니다. 너무 늦게 돌아와서 송구합니다."

말하는 사이, 조운은 점차 목이 메어왔다.

"형님……."

그를 바라보던 용운의 콧등도 시큰해졌다. 이 사람이 또 나를 구했다. 맨 처음 이 세계에 왔을 때처럼. 용운은 조운에게 비척비척 다가갔다. 그리고 피투성이가 되는 것도 아랑곳하지 않고 그의 목을 오른팔로 끌어안았다.

"형님! 정말…… 정말 다행입니다."

"주공……."

조운은 전예에게 익히 들어 알고 있었다. 흑영대 총전력의 절반 가까이를, 실종된 자신을 찾는 데 투입하고 있었다는 것을. 용운이 업성에 있는 동안은, 하루도 빠짐없이 자신의 거처에 들러 무사 귀환을 빌었다는 것을. 어떤 주군이 가신을 이렇게 대하겠는가. 조운에게 있어서 용운은 주인이자 소중한 동생이고, 또한 천명(天命)이었다.

두 사람의 진심 어린 포옹에, 지켜보던 이들마저 숙연해졌다. 한동안 조운을 안고 있던 용운이 팔을 풀었다.

"이제 얼른 저쪽으로 가보세요. 그동안 검후가 애타게 기다렸어요. 저는 어깨 좀 치료해야겠어요."

전투가 끝나자, 검후는 더 이상 버티지 못하고 쓰러졌다. 의식은 있었지만 제대로 몸을 가누지 못했다. 보통 사람이라면 열 번은 죽었을 부상이었다. 특히, 등활각에 당한 등의 상처가 심각했다. 용운은 수레에 짚을 깔고 그 위를 깨끗한 천으로 덮어 검후를 누이게 했다. 자신은 부목을 대고 천으로 묶어 왼쪽 어깨와 팔을 고정했다.

누워 있던 검후에게 조운이 다가갔다. 걱정스레 그녀를 돌보고 있던 세 자매는, 시선을 주고받더니 자리를 피했다. 조운은 수레 안쪽으로 허리를 굽혀 검후의 뺨을 부드럽게 어루만졌다.

눈을 뜬 검후가 나직하게 말했다.

"자룡 님……."

"미안하오."

"무사히 돌아오셔서 기쁩니다."

검후는 파리한 안색으로 웃었다.

조운은 그녀의 뺨을 쓰다듬고 또 쓰다듬었다.

용운은 그런 둘을 미묘한 심정으로 바라보았다. 흐뭇하면서도 뭔가 빼앗긴 듯한 기분이 들었다. 그는 잠시 지켜보다가 몸을 돌렸다.

또 다른 수레에 마초가 누워 있었다. 그쪽으로 향한 용운은 마초의 손을 잡고 아낌없이 치하했다. 조운 외에도 또 한 사람, 천강위를 쓰러뜨린 장수를 보유하게 된 것이다. 꼭 그게 아니더라도, 자신을 구하려고 달려왔으며 조운을 몸으로 막아 보호했다. 백번 감사해도 모자랄 지경이었다.

마초는 온몸을 약초로 도배하다시피 하고 붕대를 칭칭 감은 상태였다. 돌아가면 반드시 화타에게 보여야겠다고, 용운은 생각했다.

"정말 큰일을 해냈어요, 맹기. 고생했습니다. 그리고 진심으로 고맙습니다."

마초는 칭찬을 받자 어울리지 않게 수줍어했다.

"마땅히 할 일을 한 것뿐입니다."

"돌아가자마자 이번 일에 대해 포상하겠습니다."

잠시 망설이던 마초가 말했다.

"저, 주공! 제가 정말 큰일을 해낸 겁니까?"

"그럼요. 그렇고말고요."

"그, 그러면 제가 감히 한 가지 여쭤봐도 되겠습니까?"

"그렇게 하십시오."

마초는 용운이 잡은 손에 힘을 주고 말했다.

"절대 화내거나 절 벌하지 않겠다고 약조하셔야 합니다."

용운은 대체 뭘 물어보려고 이러나 싶어 웃음이 나왔다. 역사에서는 가장 호전적이고 집요한 무장 중 하나로 묘사되지만, 가까이에서 겪은 마초는 장난꾸러기 동생 같았다. 용운보다 몇 살 어린, 현대에서라면 고등학생이었을 나이 때문일까. 천강위 인물을 무지막지한 박치기로 쓰러뜨리는 광경을 보고서도 이런 생각이 드는 걸 보니, 이제 용운에게도 피와 싸움은 일상이 되어가는 모양이었다.

그러고 보면 사천신녀의 태도도 많이 변했다. 처음엔 용운이 무릎만 까져도 호들갑을 떨었다. 그런데 이제 빗장뼈가 부러진 것 정도는 대수롭지 않게 여기는 느낌이었다. 그만큼 내가 강해졌다고 생각하는구나, 하고 이해하면서도 조금은 서운하기도 했다. 용운은 마초의 말에 고개를 끄덕였다.

"알겠습니다. 약조하지요."

용운은 속으로 짐작했다. 아마 마초가 죽인 목홍이 먼지로 변해 사라진 데 대한 질문이겠지. 거기에 대해 적당한 대답도 준비해뒀다. 사술을 쓴 대가로 몸이 파괴됐다고 할 참이었다. 이 세계에서는 사술이란 말이 은근히 잘 먹혔다.

용운이 허락하자, 마초는 심호흡을 한 번 하고 나서 낮은 목소리로 물었다.

"혹시 말입니다."

"네."

"혹시 주공은 여인이십니까?"

"……뭐라?"

예기치 못한 기습에 용운은 잠시 어리둥절했다. 뭔가 최근에 이 비슷한 일을 겪은 느낌이었다. 동시에 한 사내의 얼굴이 떠올랐다. 갑자기 마초까지 왜 이런 질문을 하는지 이해가 가지 않았다.

"그럴 리가 있나요. 전 당연히 남자입니다."

"역시 그렇지요?"

마초는 그렇게 말하면서도, 자신이 잡고 있는 용운의 손을 유심히 뜯어보고 있었다. 농담이 아니라 진심이었다.

황당해진 용운이 손을 빼며 말했다.

"언제 한번 날 잡아서 다 함께 목욕이라도 해야겠군요."

그가 이렇게까지 말하자, 마초는 황망히 몸을 일으키려 했다.

"죄송합니다. 제가 큰 무례를!"

용운은 그의 어깨를 부드럽게 눌러 누워 있게 하며 말했다.

"아니, 대체 왜 그런 의문을 갖게 된 거죠?"

"저, 그것이……."

마초가 그간의 얘기를 간략히 풀어놓았다. 장연이란 흑산적 수장이 업성에 쫓겨왔다는 것. 그리고 순욱과 교섭하던 그가 용운을 여인이라 주장했다는 것도.

다 듣고 난 용운이 한숨을 내쉬었다.

'장연. 역시 그자였군. 거록까지 점령했을 때 딱 멈췄으면 좋았을 텐데, 과욕을 부리다 결국 원소에게 졌구나. 게다가 뭐? 누가 어쩌고 어째?'

분명히 남자라고 말했는데 뜬소문까지 내다니. 용운은 살짝 짜증이 나려 했다. 그러다 고개를 설레설레 젓고 좋게 생각하기로 했다. 이유야 어떻든, 장연이란 장수를 휘하에 거뒀다. 십만의 흑산적 대군은 풍비박산 났지만, 대신 업성에 있던 수만의 흑산적 포로는 확실히 귀순시킬 수 있게 됐다.

'자룡 형님이 무사히 돌아오신 기쁜 날이다. 이런 사소한 일로 짜증낼 게 아니지.'

그 사소한 일이 앞으로 자신을 얼마나 머리 아프게 할지, 용운은 상상하지 못했다. 그는 부드러운 어조로 말했다.

"장연이라는 자가 뭔가 잘못 알고 있는 겁니다. 마침 우리에게 의탁했다니, 제가 가서 좀 타일러야겠네요. 이제 무리하지 말고 쉬세요."

"예, 알겠습니다."

그 말을 끝으로 용운이 마초 곁을 뜨자, 사린이 그쪽으로 슬며시 다가갔다. 그녀를 본 마초가 환한 웃음을 지었다.

"사린! 무사했구나."

둘은 지난번 뽀뽀 사건 이후 꽤 가까워졌다. 연인이라 하기엔 뭣하지만, 이제 서로 이름을 부르고 종종 만나서 밥을 먹었다.

마초의 말에 사린이 그녀답지 않게 톡 쏘았다.

"나야 당연히 무사하지. 어휴, 바보. 너 정말 약해 빠졌구나? 그 힘없는 놈을 상대로 싸워놓고 이렇게나 다치다니."

사린은 마초가 전신에 붕대 감은 꼴을 보자 어쩐지 속상했다. 그래서 마음에도 없는 소리를 늘어놓았다. 마초가 발끈하면서, 네가 한번 싸워보라고 소리 질렀으면 싶었다. 하지만 마초는 진짜 바보처럼 헤죽거렸다.

"헤헤, 그러게."

"뭐가 좋다고 웃어?"

"여기서 널 보니까……."

웃던 마초의 고개가 갑자기 옆으로 툭 떨어졌다. 화들짝 놀란 사린이 그에게 달라붙었다.

"어? 바보! 바보야! 맹기!"

그래도 마초는 눈을 뜨지 않았다. 사린은 더럭 겁이 났다.

"주군, 맹기가 이상해요!"

달려와서 마초의 상태를 살펴본 용운이 말했다.

"어, 그러니까…… 자는 것 같은데?"

"……네?"

과연 마초는 코까지 골면서 숙면 중이었다. 짧은 시간에 전력을 쏟아낸 까닭이었다. 그는 '2층, 목'의 효과가 끝나면서 한꺼번에 밀려온 고통을 내색하지 않고 참고 있었다. 용운과 대화할 때는 이미 피로가 극에 달한 시점이었다. 뺨이 붉어진 사린이, 괜히 마초의 이마를 검지로 쿡 찔렀다. 야수 형상의 투구를 벗은 그는 아직 앳된 소년이었다.

"뭐 그렇게 갑자기 잠든담."

마초는 잠든 중에도 창을 꼭 쥐고 있었다. 그 창 안에서, 조개가 중얼거렸다.

'고생했다, 애송아. 편히 쉬어라.'

조개는 마초와 사린의 짧은 대화를 보면서 또 다른 생소한 감정을 느꼈다. 그것은 서글픔이라는 이름의 감정이었다. 그녀는 절대 할 수 없는 일이었다.

'나도 잠시…… 쉬어야겠구나.'

용운은 조운의 뒤쪽으로 도열한 청광기를 뭉클한 심정으로 바라보았다. 자신을 구하려고 싸우다 천여 기나 희생되고 말았다. 그러나 그들의 굳센 표정에는 변화가 없었다.

'그래, 희생한 이들을 위해서라도, 살아남은 자들은 또 살아가야겠지.'

불행 중 다행으로 용운이 가장 소중히 여기는 이들은 모두 무사했다.

원소에 이어, 원술까지 잠재적인 적이 되었다. 마땅히 거기에 대비해야 할 터였다. 관도 전투의 전후처리를 해야 하고 장연과 면담도 해봐야 했다. 그러고 보니 태사자와 저수를 복양성에 너무 오래 방치했다. 누군가와 교대시켜주자. 오늘 쓰러져간 이들의 유족들에게 슬픈 소식을 전하고 그에 대한 보상도 마땅히 해줘야 한다. 곽가와 화타 쪽에 호위병도 더 보내야겠다. 해야 할 일이 산더미였다. 그러나 지금 당장 할 것은 한 가지뿐이었다.

용운은 낭랑한 목소리로 외쳤다.

"모두 돌아갑시다."

충성스러운 벗들이 기다리는, 그리운 집으로.

낭야군 지방관 제갈규의 거처.

날이 점차 더워지는 무렵이었다. 장남 제갈근은 생각지 못한 이의 방문을 받았다. 도인 같은 풍모의 오용이라는 학사였다.

"그러니까 송구하지만 다시 한 번 여쭙겠습니다. 제게 맹덕 공의 책사로 와달라는 겁니까?"

제갈근의 물음에 오용은 웃으며 답했다.

"맞습니다."

말(馬)을 연상케 하는 제갈근의 긴 얼굴이 당혹감으로 물들었다.

"으음…… 솔직히 조금 당황스럽군요. 아시는지 모르겠지만, 저는 보기와 달리 아직 어립니다. 겉모습만 보고선 절 서른 정도로 여기는 사람도 있습니다만, 아직 약관도 되지 않았습니다. 한데 제게 그런 자격이 있겠습니까?"

"자유(子瑜) 님이 솔직하게 말해주셨으니, 저도 솔직히 답하지요. 맹덕 공은 현재 부침을 겪고 있습니다. 하지만 단언컨대 예전보다 더욱 강성해져서 재기할 것입니다. 그러는 데 필요한 것이 바로 고정관념에 사로잡히지 않은 젊고 재기발랄한 재사입니다. 자유 님이 바로 그런 분입니다. 스스로 갈고닦은 학문과 재주를 펼치는 데 나이가 무슨 상관이겠습니까?"

"아직 많이 부족합니다."

망설이는 제갈근에게 오용이 열변을 토했다.

"실례지만 아버님께선 여태 낭야의 지방관으로 계시지요. 더구나 천하는 난세……. 조정에 임관해봐야 앞날을 보장하기 어렵습니다. 차라리 맹덕 님과 함께 시작하여 공신이 되어 보시는 건 어떻습니까? 이런 기회는 다시 오기 어렵습니다."

"저는……. 잠시 생각할 시간을 주십시오."

오용은 자리에서 일어나며 말했다.

"물론입니다. 다만, 너무 길어지지 않길 바랍니다. 인재가 풍족할 때와 그 반대일 때는 아무래도 대우가 달라질 테니까요. 지금 임관하시면 최소 오백 석의 대우는 받으실 수 있을 겁니다."

일어나 방을 나가려던 오용이 문득 걸음을 멈추고 물었다.

"둘째 아우분께선 올해로 몇 살이 됐습니까?"

"양(亮) 말입니까? 열두 살입니다."

"열두 살이라. 오는 길에 봤는데 총기가 넘쳐 보이더군요. 어른스럽고."

"가끔 무슨 생각을 하는지, 여섯 살이나 많은 형인 저도 도무지 알 수 없을 때가 있습니다."

"자유 님께서 기반을 다지신 후에, 가족분들을 모셔오는 것도 좋을 듯합니다. 금의환향이 따로 있는 게 아니지요."

"예, 뭐…… 이리 찾아주셔서 고맙습니다."

"그럼 다음에 또 찾아뵙겠습니다."

오용은 제갈규의 집을 나와 한동안 걸었다. 인적 없는 곳까지 온 그가 나직하게 말했다.

"너무 서둘렀나?"

그러자 바로 옆에서 여인의 목소리가 들려와 그의 말에 답했다. 투명한 몸을 가진 오용의 병마용군, 경이었다.

"그래도 마음이 좀 흔들린 것 같았습니다. 맹덕 님은 이미 천하에 이름이 알려진 제후. 무명서생을 직접 찾아와 청하는 게 흔한 일은 아니니까요."

"그래. 포기하지 말고 꾸준히 설득해봐야겠어. 삼고초려를 꼭 제갈량에게만 해야 하는 건 아니지. 어차피 제갈근이 임관할 수밖에 없는 상황이 곧 올 테니까."

사서에 의하면, 제갈량은 15세가 되기 전에 부모를 여의었다. 그날이 곧 다가오고 있었다. 그러면 실질적인 가장은 장남 제갈근이 된다. 그는 제갈량과 제갈균, 어린 두 동생을 돌보기 위해서라도 거처와 수입이 필요해질 터였다.

'그러고 나면 숙부인 제갈현에게 갔었지? 한데 서주에 난이 일어날 일이 없어졌단 말이야. 괜히 일이 이상한 방향으로 흘러가기 전에, 아예 부모와 숙부를 죽여버릴까? 경이 있으니 보통 사람 몇 명은 얼마든 병으로 위장하여 죽일 수 있다.'

오용이 무서운 생각을 떠올릴 때였다.

"그런데 좀 이상한 일이 있었습니다."

"무슨?"

"아까 그 집 주변에서 병마용군의 기운과 흡사한 기운을 감지했습니다."

"뭐? 그럴 리가. 현재 사천신녀라는 넷 외에는 공석이 없잖아. 진용운이 이 주변에 왔었던 건가? 아니면 다른 형제가?"

"죄송합니다. 아주 잠깐 느껴졌다가 곧 사라져서 정확히는 잘……."

"흠, 명령을 받아 나와 있는 천강위들도 제법 있으니까, 그중 누군가가 근처를 지났는지도 모르겠구나. 얼른 돌아가자. 가서 좀 쉬고 싶다."

"예, 주인님."

멀어지는 오용을, 큰 바위 뒤에서 은밀히 바라보는 두 쌍의 눈이 있었다. 맑은 눈동자의 소년과 다소 가무잡잡하지만 아름다운 여인이었다. 오용의 뒷모습을 바라보던 소년이 말했다.

"저 사람도 나쁜 바람의 일부야."

"그렇군요."

"그래서 자유 형이 저 사람을 안 따라갔으면 좋겠어. 하지만 아마 갈 것 같아. 형은 늘 평범한 시골 관리로 끝날 게 아니라 역사에 이름을 남기고 싶다고 말했었거든."

"공명, 당신은 어때요?"

"나?"

잠시 생각하던 제갈량이 입을 열었다.

"난 그냥 월영이랑 같이 평생 공부하면서 살았으면 좋겠어. 월영이 알려준 것들은 정말 신기해. 특히 그, 물리와 수학 그리고 화학이라는 학문들. 아무리 배워도 싫증이 안 날 것 같아."

월영이라 불린 여인은 애정이 듬뿍 담긴 손으로 제갈량의 머리를 쓰다듬었다.

"나도 당신을 가르치는 게 재미있어요, 공명. 하지만 공부만 하면서 살 순 없어요."

"왜?"

"그것은……."

월영은 잠깐 망설이다 말을 이었다.

"당신이 세상의 바람을 느끼기 때문이에요."

"그게 왜?"

"바람을 타고 하늘로 올라가는 것이 용의 운명. 그 바람은 결국 당신을 세상 밖으로 불러낼 거예요. 이제 그것을 어떤 방향으로 불게 하느냐가 당신이 해야 할 일이에요."

제갈량이 귀여운 얼굴을 찡그렸다.

"……나, 싸워야 하는 걸까? 머리를 쓰고 제후와 군대를 움직여서? 그 나쁜 바람을 막기 위해?"

"아마도요. 그리고 언젠가 내가……."

"월영이, 뭐?"

"아니, 아니에요."

월영은 자신의 기척을 지우는 특유의 기술을 가졌다. 덕분에 이제까지는 추적을 잘 피해왔다. 하지만 점차 이별의 날이 가까워지고 있음을 느꼈다. 다른 사람은 몰라도 '그'가 직접 온다면 숨을 방도가 없었다. 왜 일 년 넘게 나타나지 않고 있는지는 모르겠지만. 숲에 쓰러져 있던 자신을 제갈량이 발견한 이후의 일 년은 꿈처럼 행복한 시간이었다.

'날 너무 미워하지 마요, 내 작은 공명.'

네 번째 병마용군, 월영은 서글프게 웃었다.

5

귀환

용운은 사천신녀와 조운, 마초 등의 활약에 힘입어 상당에서 기습해온 원술군을 격파했다. 그 과정에서 약 천오백의 청광기가 사망했다. 검후와 마초 등 주요 장수들도 중상을 입었다. 하지만 적 병력은 삼만에 달했으며 뛰어난 책사인 '정립'이 지휘하고 있었다.

정립은 본래 정사에서 조조의 가신이 되어 정욱이라는 이름을 받은 자다. 순욱, 순유 등과 더불어 역사적으로 조조의 핵심 참모진 중 하나였다. 요절한 곽가보다 오히려 공헌도가 컸다. 거기다 원술군 장수는 천강위인 목홍과 뇌횡이었음을 감안할 때, 그 둘을 쓰러뜨리고 원술군을 패퇴시킨 것은 기적에 가까운 쾌거라 할 만했다. 이로써 천강위에는 총 세 개의 공석이 생겼다.

"자, 서둘러라! 부상자들을 태운 수레가 처지지 않게 하면서 속도를 유지하라!"

조운이 소리 높여 외치며 청광기를 지휘했다. 그는 용운을 구하러 달려올 때, 섭현에서 나룻배와 사공을 수배한 후 수레도 마련했었다. 이는 출발 전, 순욱의 조언을 따른 것이었다.

"이번 작전의 생명이 속도인 건 맞습니다. 그렇다고 지나치게 서두르다 일을 그르쳐서도 안 될 것입니다. 우선 수레가 있어야 합니다."

"수레…… 말씀입니까?"

"예. 업성에서부터 수레를 끌고 출발하면 쓸데없이 느려질 테니 섭현에서 마련하십시오. 대신 섭현까지는 최대한 빨리 가주시고요. 섭현에서부터 상당까지 걸릴 시간을, 업성에서 섭현으로 가는 동안 단축한다고 생각해주십시오."

"알겠습니다."

순순히 답하는 조운에게 순욱은 재차 당부했다.

"돈을 아끼지 말고 있는 대로, 오천의 청광기가 운용 가능한 최대 범위에서 수레를 사 모으세요. 절대 후회하시지 않을 겁니다. 아니, 반드시 필요합니다."

뚜껑을 열어보니 과연 순욱의 말대로였다. 수레 탓에 섭현에서부터는 진군 속도가 조금 늦어지긴 했다. 하지만 그걸 메우고도 남을 정도로 유용했다. 그 덕에 지금 검후와 마초를 비롯한 여러 부상자를 안정적으로 실어 나를 수 있게 된 것이다.

'일일이 업거나 말에 태울 수도 없는 노릇이고. 하마터면 곤란해질 뻔했다.'

또 수레는 운반에만 쓰인 게 아니었다. 방원진을 만들어 용운을 보호할 때도 크게 도움이 되었다. 청광기는 수레를 빙 둘러 세워서 화살을 막는 등 방패처럼 썼다. 수레가 엄폐물이 된 것이다. 이 수레들이 아니었다면, 용운과 청광기를 향해 집중적으로 쏟아지는 화살을 막기 어려웠을 것이다.

청광기의 무기는 대부분 삭(槊, 자루의 길이가 1장 8척 정도 되는 긴 창으로 대개 마상에서 씀)이었다. 삭은 본래 말에서 내리면 활용도가 떨어졌다. 그러나 수레 뒤에 숨어, 접근하는 적을 향해 그 사이로 내밀어 찌르기에는 안성맞춤이었다. 뇌횡을 쓰러뜨린 조운이 도와주러 오기 전까지 청광기들이 버틴 데는 수레의 역할이 컸다.

청광기를 출진시키는 일에서도 그랬다. 빠른 결단을 내리지 못했다면 어찌 됐겠는가. 순욱은 평소 모든 일을 다른 가신들과 협의하여 처리했다. 그는 자신을 향한 용운의 신임을 잘 알았다. 젊은 군주는 무슨 영문인지는 몰라도 처음부터 마치 순욱의 성격을 다 아는 것처럼 대했다. 거기에 더 감동해서 그는 총애로 인한 잡음을 만들지 않으려고 스스로 노력했다.

하지만 이번 일만큼은 독단으로 처리했다. 상황 설명에 이은 회의, 청광기 운용에 대한 협조 요청, 지휘관을 누구로 하느냐에 대한 문제 등등 온갖 절차로 시간을 허비해선 안 된다고 판단했기 때문이다.

'문약 님의 조언을 듣길 잘했구나. 주공께서 부재 시, 왜 문약 님에게 전권을 위임했는지 알겠다.'

조운은 새삼 순욱의 재지(才智)에 감탄했다.

용운 일행은 협곡을 벗어나 동쪽의 모성으로 이동 중이었다. 모성을 거쳐, 섭현에서 배를 타면 업성까지 한 번에 갈 수 있었다. 이에 조운은 용운과 사천신녀 및 부상자들을 따로 배에 태워 보낼 심산이었다. 그러면 혹시 추격을 받더라도 안심할 수 있었다. 이것 또한 순욱이 미리 일러준 방책이었다.

'나와 청광기가 육로를 통해 움직여 시선을 끌면 된다. 섭현 포구의 배를 다 사버렸으니 바로 쫓아오지도 못할 테고.'

그 생각을 하자 조운은 조금 안심이 됐다. 그래도 방심은 금물이었다. 원술군이 전열을 보강하여 돌아올지 모르므로, 일행은 행군 속도를 높였다.

용운은 조운의 말에 함께 탔다. 청몽은 수레 안, 검후의 발치에 앉아 있었다. 성월과 사린은 전사한 청광기 중 한 명의 말을 대신 모는 중이었다. 성월이 고삐를 잡고 사린은 그 뒤에 앉았다.

"좀 어때?"

용운은 검후와 청몽이 탄 수레 옆으로 다가와 걱정스레 물었다.

검후는 수레 안에 엎드린 채 잠들어 있었다. 수레가 흔들리자, 그녀는 낮게 신음했다. 아직 용운이 완전히 안전해진 게 아닌데 이렇게 정신을 놓는 건, 그녀에겐 없던 일이다. 등의 상처는 이제 용운군에게 일반화된 구급낭의 소독약으로 닦아낸 다음, 깨끗한 천으로 감싸놓았다. 그래서 환부가 보이진 않았으나, 상체를 온통 붕대로 감고 엎드려 있는 것만 봐도 안쓰러웠다. 깊이 잠든 검후 대신 청몽이 답했다.

"다른 곳은 괜찮은데 등의 화상이 문제예요."

용운은 검후를 가만히 바라보았다.

'미안해. 또 나 때문에. 늘 나를 지키려다.'

검후는 늘 강하고 당당했으며 여유로웠다. 그런데 그녀의 파리한 안색을 보자, 눈물이 핑 돌았다. 그 이유 외에도 이상하게 애틋하며 가슴이 아린 느낌이 있었다. 청몽을 대할 때와는 종류가 다른 감정이었다.

'이건 마치 오래전에 엄마가 입원했을 때의…….'

불쑥 그 생각이 들자 용운은 당혹스러웠다. 그러고 보니 검후는 어머니와 묘하게 닮은 데가 있었다. 외모는 전혀 달랐지만, 분위기가 가끔 깜짝 놀랄 정도로 비슷했다. 큰 키와 정중하면서도 여유로운 태도, 눈을 가늘게 뜨는 버릇, 일단 마음먹으면 가차 없는 점 등. 깨닫고 나자 이제까지 왜 그 생각을 못했는지 이상할 정도였다. 비로소 검후에게서 돌아가신 어머니가 겹쳐 보였다. 용운의 인생에서 가장 괴롭고 절망스러웠던 때의 기억이 밀려오려 했다. 그는 눈물을 들키지 않으려고 얼른 시선을 돌리며 말했다.

"화상이 심해?"

"우린 원래 어지간한 상처는 빠르게 낫는데 이번에는 뭔가 더디네요. 오히려 점점 더 심해지는 느낌이에요. 아무래도 화타 님께 보여야 할 것 같아요."

답하는 청몽의 목소리가 미미하게 떨렸다. 그 말에 용운은 어쩐지 불길한 예감이 들었다. 그가 이제까지 사천신녀를 대할 때의 생각은 다소 모순적이었다. 그녀들이 누구보다 소중한 사람이라고 생각하면서도, 마음 한편에서는 인간이 아닌 존재라고 여기고 있었다. 그럴 수밖에 없는 것이 용운이 하던 게임 속의 캐릭터와 똑같이 닮아 있는 데다 《삼국지》 세계에 갑자기 나타났다. 게다가 굳이 잠을 안 자도 되고 먹는 것도 그저 맛을 즐기기 위해 먹는 듯했다. 뼈가 부러진 중상조차 며칠이면 나으니, 인간이라고 보기 어려운 게 당연했다.

최근에는 위원회가 언급한 '병마용군'이라는 존재에서 그녀들에 대한 답을 어느 정도 찾았다. 그래도 여전히 확실한 정체를 알 수 없었다. 단지 거기에 대한 의문을 묻어두고 있을 뿐이다. 정체가 뭐든, 누구보다 자신에게 충성스럽고 소중한 이들임은 분명하니까. 한데 반 불사신이라 생각했던 그녀들도 어쩔 수 없는 경우가 있음을 눈앞에서 보고 말았다. 그게 용운을 불안하게 했다.

'괜찮겠지? 이럴 줄 알았으면 의학 관련 책도 좀 봐둘걸.'

그는 자기 자신을 타이르듯 중얼거렸다.

"그래, 화타 선생이 치료해주면 나아질 거야. 아, 넌 다친 데 없어?"

"네. 전 멀쩡해요."

"성월과 사린이는?"

"걔들도 괜찮아요. 몇 군데 멍들고 긁힌 정도? 그런 거야 오늘 안에 나을 테니까요."

"휴…… 이번에 돌아가면 좀 쉬자, 다들."

"주군 성격에 그러실 수 있겠어요?"

"당분간은 정말로 일 안 만들 거야. 원소나 원술이나 위원회가 날 먼저 건드리지만 않으면. 아, 여포랑 조조도. 유비는…… 아니겠지?"

"……먼저 건드릴 가능성이 높은 대상이 너무 많잖아요."

"하하, 그러게. 나 언제 이렇게 적이 많아졌지?"

용운은 머쓱하게 웃었다. 동시에 다짐했다. 돌아가면 반드시 무공 수련을 해보겠다고. 스무 살이 되면서 부쩍 힘이 세지고 체력도 좋아졌음을 깨닫고 있었다. 늘 품에 넣고 다니는 벽옥접상의 효력까지 더해지자, 밤새 강행군을 했음에도 불구하고 정예병인 청광기보다 쌩쌩할 정도였다.

'그런데도 난 짐만 되었어.'

이제 용운이 알고 있는 역사적 지식은 날이 갈수록 무의미해지고 있었다. 미래의 지식과 머리 외에는 아무 쓸모 없는 인간이 되기 전에 더 강해지고 싶었다. 최소한 제 몸은 스스로 지킬 수 있을 정도만이라도. 그것만 해도 사천신녀와 호위병들의 부담이 확 줄 터였다. 그러면 검후가 이렇게 다칠 일도 없을 것이다.

'자룡 형님에게 배우면 되겠지. 초감각 상태를 내 뜻대로 끌어낼 수만 있다면 정말 좋을 텐데.'

그때 가만히 듣고 있던 조운이 말했다.

"주공, 힘드시겠지만 밤에 쉬지 않고 계속 달려서, 내일 아침까지 섭현에 들어가시는 게 어떨까 합니다."

"그럴게요. 전 괜찮아요. 최대한 빨리 귀환하는 건 저도 찬성이에요."

"그럼 이만 지휘를 위해서 선두로 가겠습니다."

"그러세요."

검후의 부상은 가슴 아프지만, 돌아온 조운을 보기만 해도 피로가 사라지는 기분이었다.

조운은 잠깐 검후를 응시하더니, 입을 꾹 다물고 대열의 맨 앞으로 말을 몰아갔다.

이후의 일은 조운의 뜻대로 순조롭게 이뤄졌다. 용운은 섭현 포구에서, 조운이 미리 준비해둔 나룻배를 타고 곧장 업성으로 향했다. 사천신녀와 부상당한 청광기들도 배에 올랐다. 남은 수레는 섭현에서 모조리 헐값에 되팔았다. 덕분에 더욱 홀가분해진 청광기는 조운을 선두로 하여 업성으로의 행군 속도를 더욱 높였다.

용운 일행이 타고 내려간 강은 업성 서쪽으로 빠져나가 큰 호수를 이뤘다. 가신들은 흑영대의 연락을 받고 호숫가의 나루터에 나와 있었다. 모두 이미 한 시진 넘게 기다리는 중이었다. 그 가운데 있던 진궁이 순욱에게 말했다.

"문약 님, 어찌 그렇게 감쪽같이 비밀로 하실 수 있습니까?"

순욱은 용운이 무사히 빠져나왔다는 전갈을 받고서야 가신들에게 전말을 털어놓았다. 그게 대략 한 시진 전이었다. 가신들은 매우 놀랐으며 또한 안도했다.

"죄송합니다. 워낙 중대하고 시급한 사안이라 그리되었습니다."

"허허, 전 지금 나무라는 게 아니라 칭찬하는 겁니다. 정말 잘하셨습니다. 주공의 안전이 제일 중요하지요."

옆에 있던 희지재가 진궁의 말을 거들었다.

"그러게. 나라도 똑같이 처리했을 거요. 샌님인 줄 알았더니 뜻밖에 과감하구려."

순욱은 살짝 웃었다. 그래도 용운이 아직 도착하지 않았으므로, 완전히 긴장을 풀지는 않았다.

"알아주시니 감사할 따름입니다."

순욱은 단순히 용운과 가장 가깝다는 이유로 조운을 선택한 게 아니었다. 물론 조운은 다른 장수를 보냈을 때보다 훨씬 더 절박한 심정으로 용운을 구하려 할 터였다.

'최악의 경우, 자룡 장군은 주공을 위해 목숨마저 기꺼이 내던질 것이다.'

이것이 조운을 고른 첫 번째 이유였다. 거기에 하나 더, 중요한 특징이 있었다. 조운은 쓸데없는 자존심을 부리지 않았다. 일에 임하여 잡생각이 많지도 않았다. 이에 순욱 자신의 지시를 충실히 이행하리라 예상했다. 그러지 않고선 용운을 무사히 구하기 어려운 상황이었다.

'다른 장수는 수레를 끌거나 배를 준비해두는 일보다, 조금이라도 더 빨리 주공께 가는 게 중요하다고 판단하여 일을 그르칠 수도 있었다.'

전투에서 적당한 전술적 자율성은 중요하다. 하나를 말하면 두 가지를 해내는 장수는, 책사 입장에서 편하다. 그러나 때로는 위험하기도 했다. 이번 일은 전적으로 충실히 지시를 이행해야 했다. 설령 그게 이해가 가지 않거나 불합리하다고 느껴져도. 조운이야말로 거기에 적임이었다. 머리가 나빠서 시키는 대로 하는 게 아니었다.

그때, 가신 중 누군가가 외쳤다.

"아, 오신다!"

과연 나룻배 여러 척이 호수 안으로 밀려들어오고 있었다. 호수로 이어지는 강줄기는 대개 좁고 물살이 급하여 배가 다니기에 부적합했다. 용운은 관개사업 때, 호수로 유입되는 강줄기를 정비하여 수로를 만들었다. 주변으로 강이 범람하는 걸 예방하기 위해서였다. 이제 그 수로가 뱃길로 유용하게 쓰이고 있었다.

용운은 맨 앞의 배에 타고 있었다. 가신들을 알아본 그는 뱃머리에 서서 손을 흔들었다. 애타게 기다리던 가신들이 환호성을 질렀다.

"와아!"

"주공께서 무사히 돌아오셨다!"

가신들은 배에서 내리는 용운을 둘러싸고 저마다 환영과 축하의 말을 건넸다.

"주공, 경하드립니다."

"정말 큰일을 하셨습니다. 무사히 돌아오셔서 다행입니다."

그들은 듣기 좋으라고 아부하는 게 아니었다. 유우와의 동맹 체결 및 가장 큰 흑산적 세력인 장연의 회유는 실제로 큰 성과였다. 실질적으로 북쪽의 위협을 제거한 셈이었으니까. 생명의 위협까지 받아가며 직접 나서서 저 큰일들을 이뤄냈으니, 절로 칭송이 나왔다.

'돌아왔구나.'

용운은 업성에 이르러 아끼는 이들에 둘러싸이자 비로소 마음이 편안해졌다. 이제 서울이 아니라 이곳을 집이라 여기게 됐다.

"배에 다친 사람들이 있습니다. 우선 그들부터 옮겨주세요."

용운은 제일 먼저 부상자들을 이송하게 했다. 목표는 의료교육기관 겸 초대형 의원인 청낭원이었다. 화타가 제자들을 키워내는 곳이기도 했다.

이 무렵에는 검후도 깨어나 있었다. 그녀는 용운을 보며 작은 목소리로 말했다.

"죄송합니다."

용운은 괜히 마음이 아려서 버럭 소리를 질렀다.

"죄송하긴! 그런 말 하지 마."

"네……."

"소리 질러서 미안. 화낸 거 아니야. 푹 쉬어. 치료 잘 받고."

"네."

용운은 검후를 들것으로 옮겨 눕히는 일을 직접 도왔다. 그리고 그녀가 포구를 떠날 때까지 지켜보았다.

마초도 요양 대상자였다. 그는 실려 가는 와중에도 사린을 향해 열심히 손을 흔들었다. 다른 한 손에는 여전히 금마창을 꼭 쥔 채였다.

"야! 사린아! 문병 와라!"

"사양할게."

"기다릴게!"

마초의 목소리가 멀어져갔다.

그 옆을 방덕이 잔소리하며 따랐다.

"어떻게 저한테까지 비밀로 하실 수 있습니까?"

"어쩔 수 없었다고요. 주공을 구하는 작전이라서……."

"그게 아니라, 사린 소저와의 관계 말입니다."

"아, 그거요? 헤헤. 좀 더 진도 빼면 말하려고."

두 사람의 대화를 들은 사린은 어이없다는 듯 고개를 저었다.

용운은 청광기의 부상자들까지 다 옮기고 나서야, 주변을 둘러보며 모두의 얼굴을 확인했다. 무관은 장합과 전예, 문신(文臣)으로는 순욱, 진궁, 순유, 최염, 진림 등 모두가 나와 있었다.

'앗, 사마랑도 있네. 하마터면 지나칠 뻔했다.'

사마랑은 용운과 눈이 마주치자 뭔가 안도한 기색으로 묵례해 보였다. 간간이 처음 보는 이들도 섞여 있었는데, 그들조차 하나같이 반가웠다. 모두 진심 어린 미소를 띠고 용운을 바라보았다. 용운은 먼저 순욱을 진심으로 치하했다.

"잘해줬어요. 믿고 있었습니다, 문약."

순욱에게 이것보다 더한 칭찬은 필요 없었다. 그는 용운을 향해 최대한 정중히 포권했다.

진궁이 눈물을 글썽이며 깊이 허리를 숙였다.

"주고옹!"

용운은 진궁에게 다가가 양손을 꽉 잡았다.

"공대, 잘 지냈죠? 왜 이리 오랜만인 것 같지?"

"오래 떠나 계셨습니다. 앞으로 다시는 이렇게 위험한 일에 직접 나서지 마십시오."

"하하, 알았어요."

절대 잊지 않는 기억력을 자랑하는 용운이었다. 그는 가신한 사람, 한 사람에게 맡겼던 일을 언급하며 노고를 위로했다. 때로는 집안일이나 건강 상태를 묻기도 했다. 어린 노육도 나와 있었다. 사마의와 함께였다. 용운은 노육의 머리를 쓰다듬었다.

"육, 별일 없었니?"

"예, 주공. 열심히 공부하고 있었어요!"

"주공은 무슨. 형이라고 해, 인마."

용운은 현대에서 남동생을 가져본 적도 없고 친한 후배도 없었다. 그래서인지 자신을 곧잘 따르는 노육에게 유난히 정이 갔다. 꼭 노식에 대한 마음의 빚 때문만은 아니었다. 노육은 방글방글 웃으며 고개를 끄덕였다.

"네. 형이라고 할게요. 하지만 아무도 없을 때만 그럴게요. 헤헤."

사마의는 눈에서 정광을 발하며 포권했다.

"무사 귀환하셔서 다행입니다, 주목님."

"고맙구나, 중달."

사마의는 신이라도 보는 듯한 시선으로 용운을 우러러보았다. 용운은 한 달 새 부쩍 자란 듯한 사마의를 보고 놀랐다.

'사마의가 언제 이렇게 컸지?'

저 영리해 보이는 소년이 사실상 《삼국지》 최후의 승자였다. 거기다 제갈량을 좌절시킨 책략가이며, 조조가 세운 위나라를 무너뜨릴 원흉이라니. 이렇게 봐선 실감이 안 났다.

사마 가문은 원래 낙양 일대에 터를 잡고 있던 명문가였다. 용운의 설득에 응해 일족 전체가 업성으로 옮겨왔는데, 어쨌든 여러 방면에서 큰 도움이 되었다. 사마랑과 사마의의 아버지인 사마방은 기도위를 역임한 명신이었으며 강직한 관리였다. 특히, 자식들의 교육에 매우 정성을 쏟았다. 이에 용운은 그와 사마랑에게 아예 동군 전체의 교육 정책을 일임했다. 사마방은 업성을 대표하는 교육 기관인 태학의 학장이기도 했다. 그는 문답 형식의 독특한 수업방식으로 학생들을 가르쳤는데, 효과가 매우 좋았다. 덕분에 새로운 인재들이 꾸준히 양성되었다.

'그러고 보니 사마의가 올해로 열네 살이네.'

이제 한두 해 뒤면 임관할 나이였다. 용운은 그가 펼쳐낼 재능이 기대되었다. 그러자 자연스레 또 한 사람의 천재가 떠올랐다.

'이제 슬슬 제갈량의 동태를 파악해야겠어. 지금까지는 순욱 덕에 앉아서 인재를 받아들였지만, 원소를 격파하고 세를 키우려면 사람이 아무리 많아도 부족해. 무엇보다 제갈량을 적으로 만나는 사태는 겪고 싶지 않다. 방통과 서서도 찾아봐야겠고. 책사들뿐만 아니라 장수도 신경 써야겠지. 아오, 골치야.'

용운은 여러 가신의 인사를 받느라 분주했다. 한데 그 와중에도 대인통찰을 사용했다. 위원회나 성혼단의 첩자가 있을지도 몰라서였다. 가짜 흑영대원에게 죽을 뻔했다가 간신히 살아남은 흑영대원 3호가 알려온 바에 의하면, 모습을 그대로 복제하는 적이 있는 모양이었다. 용운도 이미 예전에 겪어본 경험이 있었다.

'사람을 보면 의심부터 하게 되니. 에이, 쩝.'

그는 우선 낯선 네 사람을 먼저 살폈다.

'헉?'

면면을 확인한 용운은 깜짝 놀랐다.

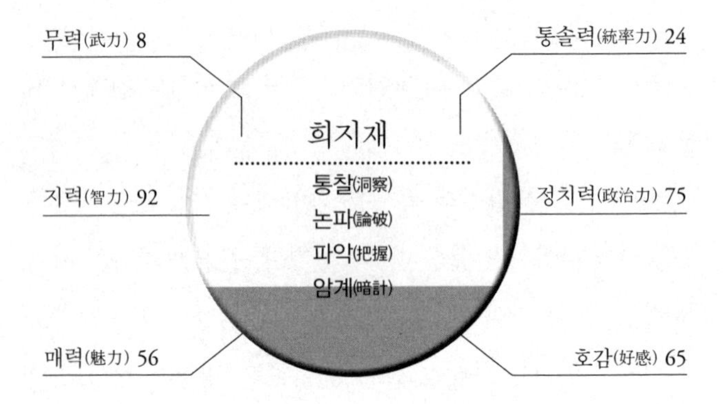

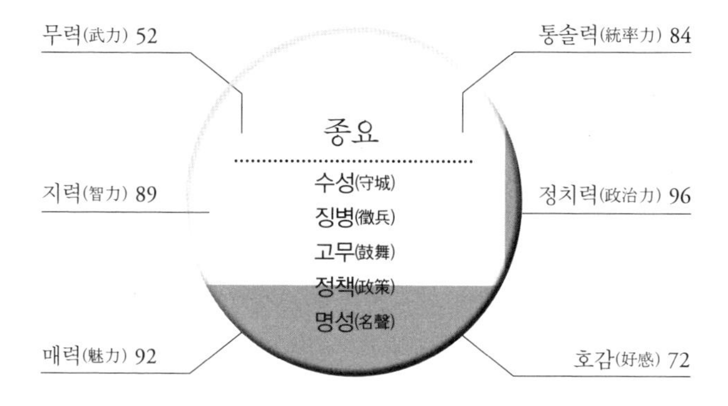
무력(武力) 52
통솔력(統率力) 84
종요
수성(守城)
징병(徵兵)
고무(鼓舞)
정책(政策)
명성(名聲)
지력(智力) 89
정치력(政治力) 96
매력(魅力) 92
호감(好感) 72

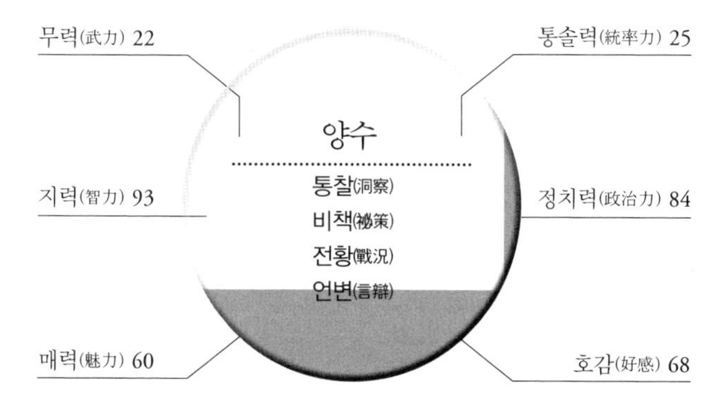
무력(武力) 22
통솔력(統率力) 25
양수
통찰(洞察)
비책(祕策)
전황(戰況)
언변(言辯)
지력(智力) 93
정치력(政治力) 84
매력(魅力) 60
호감(好感) 68

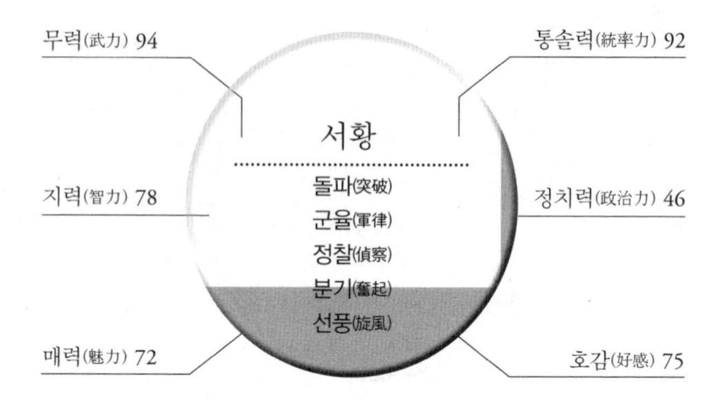

'희지재에 종요, 양수 거기다 서황까지!'

이게 웬 깜짝 종합선물세트란 말인가. 용운의 입이 떡 벌어졌다. 희지재는 조조가 곽가를 맞이하기 전까지 가장 아낀 책사였으며, 종요는 군략과 내정에 모두 능한 초특급 정치가였다. 양수는 조조의 후계 문제에 관여했다가 숙청당했지만, 분명 천재성을 자랑한 참모다. 서황은 또 어떤가. 《삼국지》 전체를 통틀어 무력과 지략을 겸비한 장수 중 열 손가락 안에 꼽을 만한 무장이었다. 마침 책사에 비해 장수가 부족하다고 느끼던 터라, 서황의 갑작스러운 합류가 더욱 반가웠다. 넷 다 수치와 특기만 봐도 엄청났다. 용운은 기쁘다 못해 어안이 벙벙했다.

'나 없는 사이에 대체 무슨 일이 일어난 거야?'

순욱이 나서서 새 가신들을 소개했다. 희지재와 종요는 순욱 자신이 초빙했고, 서황과 양수는 조운이 데려왔다고 했다. 용운은 순욱과 조운에게 뽀뽀라도 해주고 싶은 심정이었다. 얼굴에 절로 웃음이 번졌다.

"하하, 모두 진심으로 환영합니다. 나를 선택한 걸 후회하지 않도록 하겠습니다."

순욱의 소개와 용운의 인사에 이어, 새 가신들이 차례로 예를 올렸다. 마지막으로 서황의 차례가 됐을 때였다.

"처음 뵙겠습니다. 서황이라 합니다. 자는 공명을 씁니다."

용운에게 포권을 취하던 서황의 가슴께가 갑자기 불룩 치솟았다가 가라앉았다. 가슴 근육이 꿈틀거린 게 아니었다. 움직인 건 분명히 명치 부근이었다. 절대 인위적으로 움직일 수 없는 부위였다. 용운과 서황 사이에 잠깐 침묵이 일었다. 가슴 언저리를 가볍게 툭 친 서황이 말했다.

"앞으로 성심을 다해 모시겠습니다."

"그, 그래요. 기대하겠습니다."

용운뿐만이 아니었다. 청몽과 성월, 사린도 서황을, 정확히는 그의 가슴을 노려보았다. 네 남녀가 사내의 가슴을 뚫어지게 바라보는, 어찌 보면 묘한 광경이었다. 뭔가 태연하게 넘어가려 했지만, 서황의 콧등에는 어느새 땀이 송골송골 맺혔다. 용운은 동요하는 그를 보며 생각했다.

'뭐지? 방금 분명 아무 일도 없었던 척했어.'

호기심이 생긴 용운은 서황의 가슴을 향해 사물통찰을 시도해봤다. 그러나 대상의 모습을 못 봐서 먹히지 않았다. 엉뚱하게도 서황이 입은 가죽 갑옷의 성능만 확인했을 뿐이었다.

'뭐지? 토끼 같은 거라도 키우나?'

옆에 있던 청몽이 낮은 목소리로 말했다.

"주군, 저 사람 가슴 안에서 이상한 기운이 느껴져요."

"위험한 거야?"

"그건 아닌데 신기하게 익숙한 느낌이에요."

"익숙한 느낌이라……. 좀 있다가 자세히 얘기하자."

용운은 몹시 궁금했으나 모른 척 넘어가기로 마음먹었다. 숨기는 데는 그럴 만한 이유가 있을 터였다. 다행히 순욱이 본의 아니게 서황을 도왔다.

"주공, 그러고 보니 두 사람이 더 있습니다. 한 명은 가택연금 중이고 다른 한 분은 몸이 불편하여 휴양 중이라 이 자리엔 없습니다만."

"가택 연금이라니, 누구죠? 아픈 사람은 또 누구고요?"

"실은 흑산적 수령인 장연이 성내에 있습니다. 한번 가서 만나보셔야 할 듯합니다. 주공과 동맹을 맺었다면서 갑자기 찾아와서 말입니다."

순욱이 장연에 대한 얘기를 꺼냈다.

웃던 용운은 저도 모르게 얼굴을 찡그렸다.

"아아…… 맞아요. 나와 서로 돕기로 한 게 맞긴 맞습니다. 이렇게 찾아오는 일이 벌어질 줄은 몰랐습니다만."

말하다 보니 야릇한 시선이 느껴졌다. 장합이 자신을 유심히 바라보고 있었다. 주로 목 부위와 가슴 언저리를.

"준예, 나한테 뭐 묻었어요?"

"아, 아닙니다. 주공."

장합은 허둥지둥 눈길을 돌렸다. 용운은 속으로 한숨을 쉬었다. 이미 마초에게 들은 바가 있어서 장합이 왜 저러는지는 짐작이 갔다.

'젠장, 괜히 여장했나.'

또 스멀스멀 짜증이 올라오려 했다. 사실 어떻게 보면 별 것 아닌 일이었다. 한데 용운은 어릴 때부터 예쁘장한 얼굴 탓에 놀림 받거나 괴롭힘을 당해서, 거기에 대해 예민한 편이었다. 여장은 당시에 딱히 다른 방법이 떠오르지 않았던 데다 일행이 모두 즐거워하는 분위기라서 응한 것이다. 그래도 용운은 장연을 긍정적으로 생각하려고 애썼다.

'어차피 원소를 치려던 것이긴 하지만, 나 때문에 더 욕심을 낸 모양이니. 감정은 버리고 그놈……, 아니 그자로 인해 얻을 이익만 생각하자. 장연 자체도 능력치가 괜찮은 장수이

기도 하고.'

업성 내의 귀순한 흑산적들만 해도 수만에 달했다. 지금까지는 그들의 성향이 의심되어 제대로 운용하지 못했다. 그 탓에 대부분 둔전이나 토목공사에 동원하고 있었다. 하지만 이제 장연이 아군이 됐으니, 가용병력이 엄청나게 늘어난 셈이었다. 거기다 흑산적이 원소에게 패하여 흩어졌다곤 해도, 금세 또 몇 만을 모으기는 일도 아니었다. 장연이 조금만 움직이면 벌떼처럼 모여들 테니까.

"나머지 한 분은 임관한 건 아니지만, 우리에게 의탁해왔습니다. 자간(노식) 님과 인연도 있고 해서 일단 받아들였습니다. 바로 돌아가신 채백개(채옹) 님의 무남독녀인 채문희(채염) 소저입니다."

"아! 그랬군요. 그 소저가 많이 아픈가요?"

"계속된 도피생활로 정신적 피로와 여독이 많이 쌓였고 과로도 한 모양입니다. 아주 심각한 건 아닙니다."

두 사람의 대화를 들으며 눈치 보던 양수가 슬며시 끼어들었다.

"기주……, 아니 주공! 부탁합니다. 문희를 잘 돌봐주십시오. 그게 제가 자간 님에게서 받은 서신의 내용입니다. 그렇게만 해주신다면 저는 주공을 위해 분골쇄신하겠습니다."

순욱이 나서서 양수를 거들었다.

"양덕조 님은 이미 관도성 전투에 참모로 나서서 공을 세웠습니다. 또 덕조 님과 서공명 님 그리고 채문희 소저는 중상을 입어 의식이 없던 자룡 장군을 구출해 돌봐준 은인이기도 합니다."

"그랬군요. 그렇다면 채문희 소저는 당연히 우리가 지켜드려야지요. 본인이 원한다면 적당한 관직도 내릴 겁니다."

용운의 표정이 한층 부드러워졌다. 그는 양수의 부탁에 흔쾌히 응했다. 양수가 오히려 그 말에 깜짝 놀랐다. 여성이 임관하는 일 자체가 흔치 않았기 때문이다. 용운은 채염의 능력을 잘 알고 있었다. 어차피 사천신녀도 장수로서 활약하는 중이었다. 여성이라는 이유로 괜히 그녀의 재주를 썩힐 필요는 없다고 생각했다.

'거기다 양수의 충성까지 따라오는데 말이야.'

채염은 중국 역사에 몇 안 되는, 저명한 여류 문학가였다. 특히, 기억력이 뛰어났다. 그녀의 천재성에 대한 다음과 같은 일화가 있다.

채염은 여섯 살 때부터 아버지 채옹과 함께 밤에 금(악기)을 탔다. 채옹이 연주하던 중 현이 끊어지자 채염은 두 번째 현임을 정확히 지적했다. 이에 채옹이 다시 일부러 현 하나를 끊어놓고 물었더니, 이번에도 네 번째 현임을 맞혔다. 채옹이 우연일 뿐이라고 말하자, 채염은 이렇게 답했다.

"오나라의 계찰이 여러 나라의 노래를 관람하고 흥성할 나라와 망할 나라를 알았으며, 사광이 율관을 불어 남쪽 노래가 상대가 되지 못함을 알았습니다. 이로써 살펴보건대 어찌 족히 알지 못하겠습니까?"

계찰(季札)은 오나라의 현인이었다. 삼국시대 오나라가 아닌, 춘추시대 오나라로, 즉 훨씬 이전 시대의 인물이었다. 그는 현명하고 해박했으며 여러 나라를 돌아다니면서 주악을 감상하고 제후들과 회견했다.

사광(師曠)은 춘추시대 진나라의 눈먼 악사다. 그는 음률을 잘 판별했고 소리로 길흉까지 점쳤다. 제나라가 진나라를 침공했을 때, 새소리를 듣고 제나라 군대가 후퇴했음을 알았다고 한다. 둘 다 음율 감상과 구분에 뛰어나다는 공통점이 있었다.

즉 계찰과 사광 같은 이들이 이미 소리를 구분하는 능력을 지녔었는데, 자기라고 모를 이유가 있겠느냐는 당돌한 답변이었다. 여섯 살배기 딸의 말에 채옹은 놀라 마지않았다.

또 흉노에게 납치됐던 채염이, 조조 덕분에 고국으로 돌아온 후의 일이었다. 조조가 채염에게 물었다.

"채옹의 옛 전적(典籍, 책과 문서)이 많이 있다고 들었는데, 혹시 가지고 계시오?"

"예전에 4천여 편의 전적을 주셨지만, 난리 통에 다 불타고 흩어져서 남은 게 없습니다."

"저런, 실로 아까운 보물을 잃었구려."

"그나마 제가 400편 정도를 외우고 있습니다."

"십 년이 넘었는데 400편을 다 외우고 있단 말이오?"

조조는 반신반의하면서도 열 명의 관리를 보내, 그녀의 구술을 듣고 받아써오게 하려고 했다. 그러나 채염은 남녀가 유별하다며 거절하고 자신이 직접 써서 바쳤다. 그 문장에 빠지거나 틀린 부분이 하나도 없었다.

그러나 채염의 삶 자체는 매우 험난했다. 처음 혼인한 남편이 요절하여 친정으로 돌아왔다가, 그 지역을 침공한 흉노족에게 포로로 잡혀갔다. 거기서 흉노의 지도자인 좌현왕(左賢王)의 첩실이 되어 두 자녀를 낳았다. 그로부터 약 십이 년 후, 북방을 정벌한 조조가 거액을 내고 그녀를 데려왔다. 조조는 동사(董祀)라는 관리에게 채염을 시집보냈다. 그때 아들딸과 생이별하게 되었다. 그 동사마저 정이 들 만하자 얼마 안 가 죽었다. 실로 기구한 운명이 아닐 수 없었다. 고국으로 돌아온 후에는 뛰어난 기억력을 바탕으로 채옹의 저술 복원에 힘썼다.

순간적으로 채염에 대해 떠올렸던 용운은 속으로 안쓰러운 마음이 들었다.

'정말 파란만장했네……. 이제 내 가신이 될 테니 그럴 일

없겠지만.'

용운의 수락에 양수는 안도하는 기색이었다.

그때, 진궁이 좌중을 향해 목청 높여 말했다.

"자자, 여기서 이러지들 말고 들어갑시다. 이러다 포구에서 밀린 업무보고까지 다 하겠소."

최염이 맞장구를 쳤다.

"공대의 말이 옳습니다. 음식도 다 식겠습니다."

사린이 그 말에 기겁했다.

"헉, 그건 안 돼요!"

거기에 모두 웃음을 터뜨렸다. 용운은 신하들에 둘러싸여, 웃으며 내성으로 향했다. 약 한 달 만의 귀환이었다.

6
사람들을 만나다

가신들과 인사를 나눈 용운은 내성으로 향했다.

예를 마친 서황은 서둘러 거처로 돌아왔다. 그는 방 안에 들어오자마자 앞섶을 풀어헤쳤다. 그러자 그 안에서 어른 손만 한 작은 여인이 튀어나왔다. 그것은 바로 삭초의 병마용군이었던 요원이었다. 요원은 나오자마자 파르르 날아다니며 종알댔다.

"아유, 답답해! 죽을 뻔했네."

서황은 요원에게 언짢은 기색으로 말했다.

"그러게 내 집에 가만히 있으라 하지 않았소! 하마터면 주공 앞에서 봉변을 당할 뻔했소."

서황의 어깨에 내려앉은 그녀가 혀를 내밀었다.

"헤헤, 미안해요. 너무 덥고 답답해서."

요원은 그녀의 체형에 맞춰서 지은 호복을 입고 있었다. 서황이 서툰 솜씨로 직접 만든 것이었다. 누군가 지나가다 우연히 그 모습을 보는 바람에, 이상한 소문이 퍼지기도 했다. 바느질이 삐뚤빼뚤하고 실밥도 튀어나와 있었다. 그래도 요원은 그 옷을 썩 마음에 들어 했다. 박쥐 날개 같던 시커먼 날개는 잠자리의 그것 모양으로 변해 있었다. 아직 색이 희뿌옇긴 했지만, 점점 투명해지는 중이었다.

서황은 관도 전투가 끝난 후, 얼떨결에 요원을 습득했다. 삭초의 도끼와 함께였다. 그는 그녀를 요물이라 보고 태워버리려 했었다. 그런데 뒷마당에서 막 불을 붙이려던 순간 그녀가 눈을 반짝 뜨는 바람에 그러지 못했다.

"요망한 것. 네 정체를 밝혀라. 안 그러면 태워서 없앨 것이다!"

서황의 호통에, 요원이 눈물을 글썽이며 풀어놓은 사연은 대략 이랬다. 그녀의 정체는 이미 죽은 혼이었다. 그 영혼이 인형 안에 갇혀 있는 상태였다.

"강제로 혼이 불려와 갇힌 거랍니다."

"어찌 그런 일이?"

"그 도끼의 원래 주인, 삭초라는 놈이 이상한 수법을 쓴 거죠."

놀랍게도 인형은 그녀 하나뿐이 아니라고 했다. 또 각자 주인이 정해져 있으며, 불러낸 주인의 말에 절대복종해야 한다고 말했다.

"원래 인형에 혼을 가둔 자가 죽으면 영혼은 명계로 돌아가야 한다고 해요."

이는 대개 영혼의 주인과 술사가 깊은 인연으로 맺어졌기 때문이다. 혼을 잡아두는 건 인형의 힘과 술사와의 정신 연결이었다. 술사의 죽음으로 인한 충격을 못 버티는 것이다. 인형이라는 '그릇' 외에, 영혼을 현세에 붙잡아둘 끈이 사라지는 격이었다.

"하지만 저와 삭초의 관계는 좀 달랐어요. 그자는 생전에 저에게 집착하다 끝내 저를 죽인 놈이었거든요."

"저런……. 사특한 기운이 느껴지더니 역시 극악무도한 자였구려."

"그래서 술법의 연결이 끊기면서 충격은 좀 받았을망정 당장 제 영혼이 명계로 튕겨나가진 않았어요. 이대로라면 곧 그렇게 되겠지만요."

요원은 말끝에 간절한 눈빛으로 서황을 바라보았다.

'으음…….'

서황은 그녀의 처우를 두고 잠시 갈등했다. 요원이 거짓을 말하는 것 같진 않았다. 당장 살아 움직이는 그녀 자체가 증거였다. 어조가 바뀐 서황은 조심스레 물었다.

"저승으로 돌아가고 싶지 않소? 죽은 이의 혼이라면 마땅히 저승에서 영면을 취해야 편안하다고 들었소."

요원은 격렬히 고개를 저었다.

"누가 그런 개소리를 했대요? 싫어요! 거긴 너무 어둡고 무섭고 지루해요."

"그, 그렇소? 나야 안 가봐서 모르지."

"죽었을 때 저는 겨우 스물두 살이었어요. 조금만 더 인간 세상에 남아 있고 싶어요. 비록 이런 몸이라 해도요."

요원의 눈에서 구슬 같은 눈물이 흘러내렸다.

그 모습을 멍하니 보던 서황이 말했다.

"그러려면 어떻게 해야 하오?"

"당신이 나의 새로운 주인이 되면 돼요. 날 주워왔으니까 책임져요."

"허헛……."

"그리고 삭초의 도끼. 내가 있어야 제대로 사용법을 알 수 있을걸요? 그거, 상당히 좋은 물건이라고요. 보니까 아저씨도 도끼를 쓰던데."

서황은 결국 요원의 말에 넘어갔다. 그는 그녀가 시키는 대로 몸에 손을 대고 그녀의 이름을 세 번 불렀다. 요원의 동

공이 시커멓게 변하더니 기이한 목소리가 새어나왔다.

〈제3형 소울 컨테이너 유전자 코드—재인식 요청. 기존 사용자 소멸 확인. 핵은 그대로 남아 있음. 이상 현상. 버그는 아님. 삐……. 유저 재등록 및 재부팅 허용.〉

"이게 다 무슨 소린가?"

〈신규 유저 생체 패턴 및 유전자 감식 완료. 이름을 등록합니다. 당신의 이름은 무엇입니까? 한 번 등록하면 변경 불가능하니 신중히 말해주십시오.〉

"나, 나는 서황. 서황 공명이다."

〈서황 공명을 병마용군 요원의 신규 마스터로 등록합니다. 소울 에너지 연결합니다. 거기에 따라 병마용군의 외형 변화와 스킬 변경이 있을 수 있습니다.〉

서황은 그 목소리를 들으며 가만히 요원을 바라보았다.

'실로 아름답다.'

요원에게서는 이 세상의 것이 아닌 듯한 아름다움과 요사스러움이 느껴졌다. 서황은 처음부터 요원을 태울 생각이 없었다. 행여 사악한 마물(魔物)일지 몰라 위협했을 뿐. 이제 그녀가 삭초라는 자에게서 벗어나, 자신이 새 주인이 될 수 있다고 하자 뛸 듯이 기뻤다. 그러나 다른 한편으로는 쓴웃음이 나왔다.

'혼인도 해보기 전에 터무니없는 것에게 빠져버렸구나.'

서황이 《삼국지》 장수 중 최초로, 병마용군의 주인이 되는 순간이었다.

귀환한 용운은 눈코 뜰 새 없이 바빴다. 그야말로 몸이 열 개라도 모자랄 지경이었다. 당분간 쉬자고 청몽에게 말했지만, 당장 해야 할 일이 산더미였다. 최대한 빨리 처리해야 할 큼직한 건만 해도 몇 가지나 있었다. 이에 용운은 하루를 쉬고 곧장 업무에 들어갔다.

가장 먼저 처리한 일은 곽가와 화타를 호위할 병력을 추가로 보낸 거였다. 해당 지역은 흑산적 병력이 흩어짐에 따라 무주공산이 되어 있었다. 오히려 어느 규모 이상의 병력을 보내는 편이 충돌을 막을 수 있었다.

'내 움직임이 어떻게 원술에게 알려진 건지 아직 알 수 없다. 두 사람에게도 무슨 일이 생기면 큰일이야.'

용운은 그 일을 침착하고 상황판단이 뛰어난 장합에게 맡겼다. 물론 자신을 여자가 아닌가 하고 의심하는 눈으로 봐서 그런 건 절대 아니었다.

"부탁해요, 준예. 되도록 어느 세력하고도 충돌하지 말고 봉효와 화 선생을 무사히 데려오기만 하면 됩니다."

"염려 마십시오. 최대한 빨리 돌아오겠습니다."

장합은 삼천 병력을 거느리고 북쪽으로 향했다. 곽가와 화타의 행보는 흑영대가 꾸준히 알려오고 있었다. 이제 그들이 호위병의 출발을 알릴 터이니, 무사히 만나게 될 것이다.

두 번째는, 관도 전투와 상당 전투의 전사자 유족들을 다독이고 돌보는 것이었다. 그 수가 수천에 달해 일일이 만나기는 불가능했으므로, 대표자 백여 명을 성으로 불렀다. 용운은 그들을 위해 잔치를 열고 위로한 후, 자신의 이름을 걸고 남은 생계를 보장했다. 그것만으로도 백성들은 크게 감격했다. 연이은 전투로 다소 술렁이던 업성의 민심은 빠르게 안정되어갔다.

세 번째는 가신들의 논공행상(論功行賞, 공로를 살펴 상을 내리는 것)이었다. 가장 공이 컸던 이는 단연 순욱과 장료였다. 순욱은 용운을 대신해 업성의 대소사를 처리함과 동시에 관도성으로 과감히 원군을 파견해 원소를 격파했다. 장료는 단 오천의 병력으로 원소의 삼만 대군을 맞아 싸웠다. 특히, 적장 문추를 격살하여 승리에 방점을 찍었다. 용운은 두 사람을 크게 치하하고 부상으로 양곡 삼백 석을 내렸다. 또한 각각 관직을 부자사(部刺史, 지방 행정관을 감찰하는 감독관)와 편장군으로 승급했다. 순욱은 부자사가 됨으로써 공식적으로 용운의 대리가 됐다.

다음은 조운과 전예였다. 조운은 복양성을 방어하다가 적들의 합공에 죽음 직전까지 갔다. 그래도 끝내 살아 돌아왔을 뿐만 아니라, 서황과 양수 등의 인재까지 데려왔다. 또 순욱의 명을 잘 이행하여 용운 구출에 결정적인 공헌을 했다. 전예는 흑영대를 다방면으로 운용해 용운이 유우와 동맹을 체결하는 데 도움을 주었다. 원술의 수상쩍은 움직임도 사전에 감지했다. 거기에 아버지 진한성을 찾아낸 공도 있었다.

'전예가 늘 그늘에서 고생하는 거야 잘 알지.'

용운은 그 둘에게도 양곡 이백 석을 내렸다. 이미 용운의 무관 중 최고 위치였던 조운은 군사중랑장에 임명했다. 원래는《삼국지》에서, 형주에 있던 유비가 제갈량과 방통에게 내린 벼슬이다. 전예는 첩보 및 감찰부장에 더해, 독우(督郵)를 겸임케 하여 권한을 강화했다. 독우는 태수를 대신해 소속 현과 향을 돌면서 태수의 명령을 전달하고 관원들을 감찰하며 법 집행 상황을 살피는 관직이었다. 그 특성상 질이 나쁜 자가 이 자리에 있으면 덩달아 태수까지 백성과 관원들의 원성을 들었다. 반대로 우수하고 청렴한 사람이 맡으면 군의 정사가 깨끗해졌다. 그야말로 전예에게 적합한 직책이었다.

"저는 이제 햇빛이 싫어졌는데 말입니다."

관인을 받은 전예의 넉살을 용운이 받아쳤다.

"이제 돌아다니면서 운동도 좀 하세요. 흑영대 지부도 직접 점검하고요."

뒷말이 의미심장했다. 가짜 흑영대원의 일로 첩보부에 구멍이 났으니, 확인하라는 뜻이었다. 전예는 진지한 표정이 되어 포권을 취했다.

"염려하실 일 없게 하겠습니다."

그 밖의 맡은 일을 충실히 해낸 가신들에게도 크고 작은 상이 내려졌다.

며칠 뒤, 장합의 호위 아래 곽가와 화타가 무사히 돌아왔다. 마침 기력을 되찾은 곽가와 일행도 상당히 남하해 있었으므로, 도중에 만나 더 빨리 올 수 있었다. 마중 나온 용운에게 장합이 보고했다.

"사망자나 부상자 없이 전원 무사 복귀했습니다. 따로 특이사항도 없었습니다."

"수고했어요, 준예."

곽가는 계면쩍은 표정으로 뒤통수를 긁적였다.

"거참, 민망합니다, 주공. 괜히 저 때문에 일정도 늦어지고 따로 군사까지 보내셨군요."

그는 더 말랐지만, 안색은 좋아 보였다.

"이제 완전히 괜찮아진 거죠?"

"그럼요! 쌩쌩합니다."

용운은 웃으며 화타에게 말했다.

"화 선생, 곽가에게 새로 보약 좀 지어주세요. 더 쓴 걸로."

"하하, 알겠습니다."

둘의 대화에 곽가가 엄살을 떨었다.

"으악! 그것만은 제발 봐주십시오."

용운은 세 사람에게도 적절한 포상을 하여 치하했다. 막 물러나려던 화타를 용운이 붙잡았다.

"아, 그리고 화 선생, 검후의 부상을 좀 봐줘요. 화상을 입었는데 뭔가 이상해서……."

"그랬습니까? 짐만 풀고 바로 가지요."

이 각(약 30분)쯤 후에 화타가 보따리를 들고 왔다. 용운은 그와 함께 검후의 거처로 향했다.

누워 있던 검후는 난처한 표정을 지었다.

"이제 괜찮습니다. 움직이는 데도 별지장이 없고요."

"알았으니까 보여봐."

"그럼 실례하겠습니다, 검후 님."

검후의 등을 살피던 화타는 눈을 가늘게 떴다. 그는 별말 없이 고름을 제거하고 약을 발랐다. 거처를 나온 뒤, 화타가 용운에게 심각한 어조로 말했다.

"혹시 독에 당한 것입니까?"

"아니요. 적장 중 불을 다루는 자가 있었습니다. 그자에게 화상을 입은 겁니다. 파란색 불길이었는데……."

"지난번에 말씀하셨던 위원회라는 자들인가 보군요."

"맞습니다. 많이 안 좋은가요?"

"상처 자체는 나아가는 중입니다. 그런데 상처를 중심으로 기혈이 흐트러지고 있습니다. 그 탓에 검후 님의 기력이 조금씩 쇠하는 중입니다. 제가 독에 의한 상처냐고 여쭌 것도 그래서입니다. 의원인 제가 이런 말을 하기에 뭣하지만, 이건 뭐랄까……."

잠깐 망설이던 화타가 말을 이었다.

"마치 저주 같군요."

용운이 깜짝 놀라 반문했다.

"저주요?"

"느낌이 그렇다는 겁니다. 일반적인 화상도 물론 통증과 발열 등으로 환자의 기력을 쇠하게 합니다만, 그것과는 좀 다릅니다. 내부에서도 뭔가가 인위적으로 기의 흐름을 방해하는 느낌입니다."

"어떻게 해야 할까요?"

"지금은 일단 치료하면서 지켜보는 수밖에요. 자칫 단숨에 상태가 악화할 수 있으니 절대 무리해선 안 됩니다."

"그렇군요……."

용운은 자기 때문인 것 같아 마음이 무거웠다. 이 세계로 온 이래 사천신녀는 늘 그의 옆에 있었다. 그게 익숙해지자 어느 순간부터 그녀들의 소중함을 잊고 있었다. 당장 청몽만 해도 그랬다. 지금 이 순간에도 그녀는 근처 어디에선가 자신을 지켜주고 있을 터였다. 그는 앞으로도 종종 검후에게 들러 상태를 확인하고 말동무를 해주기로 마음먹었다.

"수고했어요, 화 선생. 이제 돌아가서 쉬세요."

"너무 심려치 마십시오. 방법을 찾아보겠습니다."

화타와 일별한 용운은 검후의 거처 근처에서 잠시 고민했다. 이후 만나봐야 할 사람이 셋 더 있었다. 모두 3월이 끝나기 전에 봐야 할 이들이었다. 그는 보기 싫은 쪽을 먼저 찾아가기로 했다.

'그래. 매도 먼저 맞는 게 낫다고.'

용운은 장연이 연금되어 있는 저택으로 향했다.

대낮부터 술을 마시던 장연은 잔뜩 화가 나 있었다. 연금 중이라곤 해도 외부의 분위기는 눈치로 대충 느끼던 터였다.

'기주목이 돌아온 지 며칠이 지난 걸 아는데, 날 찾아오기는커녕 하인 하나 안 보내다니!'

순욱은 그와 약속한 대로 정기적으로 여자를 보냈다. 보수를 내걸어 자원한 기녀 중 나름대로 엄선하여 뽑은 여자들이었다. 음식과 술에도 신경 써서 불편함이 없게 했다. 하지만 장연은 늘 불만스러웠다. 정확히 말하면, 기주목을 본 이후부터 어떤 여자도 성에 차질 않았다. 눈만 감으면 기주목의 얼굴과 늘씬한 몸매가 아른거리니 다른 여자 생각이 날 리 만무했다.

"에잇! 확 뛰쳐나가버릴까?"

장연이 침상에서 벌떡 일어나며 외쳤을 때였다.

"그건 곤란하지요, 중랑장."

그가 꿈에도 그리던 목소리가 귓가에 들려왔다. 용운이 방 안으로 들어서고 있었다. 그를 본 장연은 놀라서 눈을 끔벅거렸다. 여장한 지난번과는 달리, 용운은 평소 모습 그대로였다. 용운은 속으로 생각했다.

'후후, 이 정도면 또 말하지 않아도 내가 남자라는 걸 알아봤겠지.'

"오오, 기주목!"

장연은 반색하며 다가오더니 용운의 양손을 꼭 잡았다.

"내가 얼마나 기다렸는지 아시오?"

"이것 좀 놓고 말씀하시지요."

"안 그래도 놓으려고 했소."

장연은 얼른 손을 놓았다. 정수리에서 따가운 살기가 느껴졌기 때문이다. 은신해 있던 청몽이 쏘아보낸 것이었다.

"얘긴 들었습니다. 원소의 간계에 빠져서 아깝게 패하셨다지요?"

"그렇소! 그놈이 유비며 포신까지 몰래 불러올 줄 누가 알았겠소?"

장연의 패배에 대한 사정은 이미 보고받았다. 덕분에 용운은 적당히 맞장구를 칠 수 있었다. 처음 들었을 때는 유비가 원소를 지원했다는 부분이 특히 마음에 걸렸었다. 그러나 순욱과 순유, 희지재 등 책사들은 모두 입을 모아 원소와 유비가 결별할 거라고 말했다.

"청야 전술을 편 뒤 백성들마저 데려간 평원성을 넘겨줬으니, 이는 약속을 어긴 것만 못합니다. 유비와 그를 따르는 자들의 감정이 크게 상했을 것입니다."

덕분에 용운은 적이 안심했다. 어쩐지 아직 유비하고는 싸우고 싶지 않았다.

장연과 대화하던 용운은 속으로 의아했다.

'이상하네. 왜 전혀 당황하질 않지?'

평원성 전투와 앞으로의 일 등에 대해 잠시 대화하는 내내, 장연은 싱글벙글 웃는 얼굴이었다. 속았다고 분해하는 기색은 찾아볼 수 없었다. 그는 한술 더 떠서 뜻밖의 제안을 해왔다.

"지금 제 가신이 되겠다고 말씀하시는 겁니까?"

놀라는 용운에게, 장연이 사뭇 정중한 어조로 답했다.

"그렇소. 아니, 그렇습니다."

"십만 대군을 다스리던 분이 이렇게 나오니 솔직히 이해하기 어렵습니다. 이유를 물어봐도 될까요?"

용운은 대인통찰로 이미 그의 호감도 수치를 확인했다. 그 결과는 징그럽게 높은 97이었다. 즉 나쁜 의도는 아니라는 뜻이었다.

"이번에 원소와 싸우면서 확실히 깨달았습니다. 아무리 흑산 형제들의 머릿수가 많아도 제대로 장비를 갖추고 훈련받은 정예병에게는 이기기 어렵다는 것을. 또 제가 중랑장이 아니라 대장군 자리에 올라도, 흑산과 얽혀 있는 한 저는 영원히 흑산적의 수령임을 말입니다. 안 그랬으면 원소 놈이 그처럼 약속을 헌신짝 버리듯 했겠습니까? 도적놈과의 의리 따위 지킬 필요 없다고 생각한 것이지요. 그러나 기주목께선 달랐습니다."

"……."

"제 심복하고도 많이 의논했습니다. 그 결과, 한 황실은 이미 끝났으니 믿을 만한 누군가의 그늘에 들어가는 편이 낫다고 결론이 났습니다. 양봉, 들어오게."

문이 열리더니, 날카로운 눈빛에 사내답게 생긴 장한이 들어왔다. 그는 용운을 향해 정중히 포권을 취했다.

"양봉이라 합니다. 장연 님을 모시고 있습니다."

용운은 그를 보며 생각했다.

'아, 양봉이 장연 밑에 가 있었구나!'

양봉은 본래 백파적이란 도적떼의 일원이었다. 그러다 동탁의 수하 이각을 섬기면서 거기장군의 직위까지 올랐다. 하지만 동탁 사후, 이각과 곽사가 온갖 횡포를 부리자 반란을 일으켜 싸우게 되었다. 그 틈에 헌제가 장안을 탈출하여 양봉의 진영에 다다랐다. 이에 양봉의 부하였던 서황은 황제를 보호하여 낙양으로 돌아가야 한다고 간언했다. 지금 용운 진영에 와 있는 바로 그 서황 말이다. 그의 말이 옳다 여긴 양봉은 곽사의 군대를 격파했으며, 흥의장군에 임명되어 동승과 함께 황제를 낙양으로 호위해갔다. 하지만 결국 조조가 헌제와 같이 허창으로 천도하고 이를 막으려던 양봉은 패배한다. 설상가상으로 서황까지 조조 진영으로 넘어가자, 어쩔 수 없이 원술에게 항복했다. 후에 서주와 양주 일대를 노략질하다가 유비의 계략에 넘어가 죽는다.

'이각과 곽사가 패악을 부리는 와중에 황제를 보호한, 나름 충신이었는데……. 애잔하네. 물론 다 자기한테 이익이 따르니까 한 행동이었겠지만, 어쨌든 이각, 곽사 무리보단 낫잖아. 나한테 온 이상 몸 막 굴리다가 유비한테 속아서 죽는 일은 없겠군.'

그러고 보니 흑영대원 3호가 여전히 양봉의 곁에 머물고 있는 모양이었다. 그가 목숨을 구해준 게 계기라고 하는데, 어쩐지 분위기가 이상하다고 전예가 말했다.

'어디, 한번 보자.'

대인통찰로 양봉의 능력치를 확인한 용운은 감탄했다.

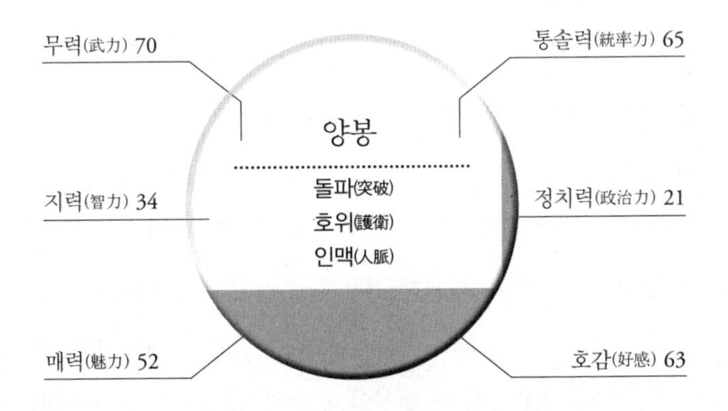

'와우, 신선하네.'

그간 너무 뛰어난 인재들만 끌어모아서일까. 이런 잡장 수준의 스탯을 보자 기분이 새로웠다. 하지만 게임상에서의 양봉보다는 조금씩 수치가 높았다. 특히, 무력은 70에 달했는데, 이는 당시 최정예였던 곽사의 군대에 이기기도 하고 원술의 장수인 장훈을 격파하기도 한 기록으로 볼 때 타당한 듯했다. 무엇보다 이들은 게임 캐릭터가 아니라 실제 살아 있는 사람이었다. 저 수치는 고정된 게 아니라는 뜻이다. 조운도 그랬듯, 얼마든 바뀔 수 있었다.

'안 그래도 부장급이 필요했었는데 잘됐다.'

어쨌거나 가신이 되겠다는 장연의 말은 진심인 듯했다.

"받아주십시오."

그는 비장한 표정으로 고개를 숙이고 포권했다.

잠시 고민하던 용운은 이를 수락했다.

"알겠습니다. 받아들이지요."

장연이 고개를 번쩍 들고 환호했다.

"오! 감사합니다, 두목. 아니, 주공이라 부르면 될까요?"

"대신 조건이 있습니다."

"말씀하십시오."

"조정에서 받았던 중랑장의 직위는 그대로 유지하고 그에 걸맞은 대우도 하겠습니다. 단, 흑산적이었을 때 하던 행위, 예를 들어 백성들을 노략질하거나 하면 즉시 모든 걸 박탈하고 추방할 것입니다. 나의 가신이자 중랑장이라는 직위를 생각하여 항상 품위를 지켜주십시오."

말하는 용운에게서 서늘한 기운이 풍겼다. 장연은 저도 모르게 긴장하여 자세를 바로 했다.

"알겠…… 아니, 명심하겠습니다."

"그리고 내 명에는 절대복종해야 합니다. 특히, 난 배신을 용서하지 않아요."

"헤헤, 저도 그런 놈들 싫어합니다."

"좋습니다. 그럼 이 순간부터 그대는 내 가신입니다."

용운은 장연의 어깨에 살짝 손을 올라놨다.

"해선 안 될 것들만 말했지만, 내 가신이라 함은 나 또한 그대를 끝까지 믿고 지켜줄 것이라는 뜻도 됩니다. 그리고 모든 부귀영화를 나와 함께 누릴 것이고요. 아무쪼록 삶의 마지막 순간까지 나와 함께해주길 바랍니다."

"으헉!"

장연은 대답 대신 기묘한 감탄사를 내뱉었다.

용운은 더 올라갈 것 같지 않던 그의 호감도 수치가 99까지 치솟는 걸 보았다. 어쩐지 못 볼 걸 본 기분이었다.

'뭐…… 나 좋아하면 좋은 거지…….'

모두에게 소개하고 정식으로 임명해야 하니, 내일 조례에 참석하라 지시하고 돌아설 때였다. 마지막 순간, 장연이 한 말에 용운은 마음이 잠깐 흔들렸다. 다 취소하고 내쫓아버릴까 생각한 것이다. 얼른 뒤쫓아온 장연은 이렇게 속삭였다.

"그나저나 남장도 정말 잘 어울리십니다."

정말로 언제 한번 날 잡아서 다 같이 목욕이라도 해야겠다고 용운은 생각했다.

그가 다음으로 향한 곳은 내성 지하 감옥이었다. 흑영대

집무실과 맞닿은 곳이었는데, 고문실이 이어져 있기 때문이기도 했다. 간수 역할은 대개 하급 흑영대원이 맡고 있었다. 그가 만나려는 대상은 바로 관도성 전투에서 포로로 붙잡힌 원소의 책사, 봉기였다.

'봉기…….'

감옥 앞에 선 용운은 그를 말없이 내려다보았다. 정사에서의 봉기는 원소가 세력을 확장하는 데 큰 역할을 했다. 특히, 공손찬을 움직이고 기주목 한복을 압박하여 원소가 가만히 앉아서 기주목의 지위를 양도받게 한 일은 백미였다. 총명하고 지략이 뛰어나 원소가 마음을 터놓고 대한 벗이기도 했다.

'이자가 과연 내게로 넘어올까?'

지금까지의 가신들은 모두 제 발로 용운을 찾아왔다고 해도 과언이 아니었다. 그게 아니더라도, 순욱이나 조운 등 주로 주요 가신들의 인맥에 의해 인재를 얻었다. 용운이 차지하기 위해 직접 나서서 애쓴 사람은 순욱이 거의 유일했다. 물론 일찍이 전풍과 저수를 포섭한 적은 있었지만, 그때는 한복이 워낙 무능했었다. 이미 둘의 마음이 많이 떠나 있었다는 얘기다. 용운에게 두 차례 패배하긴 했어도, 원소는 객관적으로 여전히 명망 있는 군주였다. 그 밑에서 최고 대우를 받던 봉기 같은 이를 회유할 수 있을까?

용운은 일단 그의 능력치를 살펴보기로 했다. 그럴 만한 가치가 있는지 판단하기 위해서였다. 최근 들어 과도하게 대인통찰을 사용해서인지 머리가 제법 아팠다.

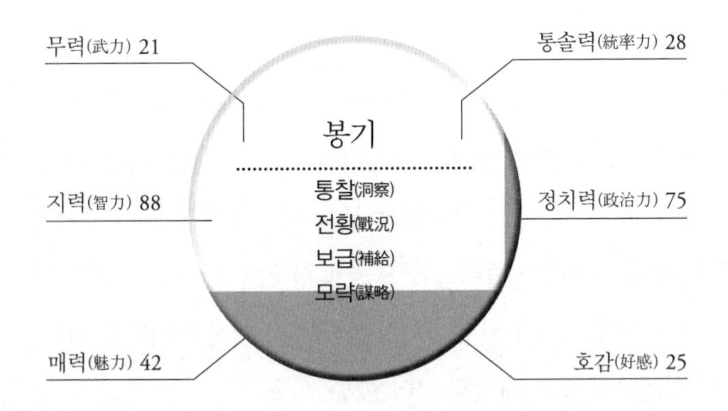

'어이쿠, 호감도 보소. 하긴 높으면 이상한 거겠지.'

봉기는 원소 사후, 그의 막내아들인 원상을 섬기며 끝까지 조조에게 대항했다. 원담이 원상에게 군사 지원을 요청했을 때 거기에 반대하다, 분노한 원담의 손에 살해당했다고 한다. 순순히 항복하지 않을 것임은 분명했다. 능력치와 특기는 나쁘지 않은 편이었지만 특급도 아니었다.

'지력 88에 통찰, 전황, 보급……. 진궁의 부담을 크게 덜어줄 것 같긴 한데.'

봉기는 손이 뒤로 묶이고 머리를 풀어헤친 채 앉아서 용운을 노려보고 있었다.

'어차피 무력도 21인 문관인데 이렇게 묶어둘 필요까지 있나.'

용운은 흑영대원을 불러 결박을 풀어주라고 명했다. 그러자 흑영대원이 난감한 표정을 짓더니 용운의 귓가에 속삭였다.

"저, 주공, 실은 그게 자해의 위험이 있어서……."

"아, 그렇군요."

그때 갑자기 봉기가 입을 열었다.

"위선자."

"……?"

"성군인 척, 군자인 척하지만 나는 진용운 네 실체를 안다. 너는 위험한 사상을 가진 위선자에 불과하다. 지금은 색다른 짓으로 백성들에게 인기 몰이를 하지만 오래 못 갈 것이다. 어차피 기주목이라는 직위도 한복을 죽여 빼앗은 게 아닌가. 네놈 같은 위선자에게 항복할 생각 없으니, 그냥 죽여라."

용운은 쓴 입맛을 다셨다.

'새로운 방식의 자살 시도인가?'

어차피 놔뒀으면 네 주군이 빼앗았을 거라고 말하고 싶었지만, 실제로 일어나지 않은 일이니 그럴 수도 없었다. 옆에 있던 흑영대원이 용운의 눈치를 보며 안절부절못했다. 아무튼 한 가지는 명백해졌다. 봉기를 회유하는 일은 절대 쉽지 않으리라는 거였다.

'그러고 보니 전풍을 모함해서 죽게 한 일도 있었잖아. 내가 생각하는 우리 진영 최고의 미덕은 화합. 순욱을 중심으로 정말 잘 돌아가고 있는데 분란이라도 일으키면 곤란하지. 그냥 받아들이자니 좀 꺼림칙하고, 그렇다고 죽이긴 싫고.'

고민하던 용운의 뇌리로 문득 한 가지 생각이 스치고 지나갔다. 그는 다시 흑영대원을 불러서 말했다.

"풀어주세요."

"주공, 아까도 말씀드렸다시피……."

"그게 아니라, 그냥 저자를 내보내라고요."

"네? 어찌하여……."

흑영대원은 진심으로 놀랐다. 봉기는 말단 대원인 그도 잘 알 정도로 원소가 총애하는 모사였다. 특히, 초창기부터 원소를 따르면서 세운 공이 워낙 많아서 원소 진영에서는 독보적인 존재였다. 하다못해 몸값만 요구해도 거액을 받아낼 수 있을 게 분명했다. 그런 자를 그냥 풀어주라니?

용운은 흑영대원의 생각을 대충 짐작했다.

'그래서 그냥 풀어주라는 거지.'

일개 옥지기조차 봉기의 위상을 알고 있었다. 그런 자를 아무 요구도, 대가도 없이 그냥 풀어줬다면 원소가 믿을까? 아니, 원소는 믿는다 쳐도 주위에 있는, 호시탐탐 봉기의 자리를 노리는 다른 가신들은?

'예를 들면, 곽도.'

반드시 봉기를 의심하여 모함할 터였다. 정사에서 봉기가 전풍을 죽게 한 방식이었다.

'분명 죽이기는 싫지만 내가 못 쓴다면 남도 못 쓰게 할 테다. 낄낄. 뭐, 그랬다가 원소에게 학을 떼고 나한테 돌아올 수도 있잖아?'

용운은 어리둥절해하는 봉기를 끌어내게 하여, 옷을 갈아입히고 성문 앞에 풀어주었다. 심지어 말까지 한 필 내줬다. 용운은 포옹하듯 봉기의 어깨를 감싸고 말했다.

"본초 진영까지 모셔다 드리긴 어려울 듯하니 부디 무사히 돌아가시기 바랍니다. 어디, 당신의 운명에 맡겨보겠습니다. 단, 다음에 또 붙잡히면 그때는 용서 없습니다."

봉기는 갑작스러운 사태에 얼떨떨해졌다. 정보를 캐기 위한 고문 한 번 없이 풀어준다? 아무리 봉기가 용운을 증오했어도 고맙긴 했다. 꼼짝없이 죽음을 각오하고 있었으니. 죽는 게 좋은 사람이 있을 리 없었다. 그는 머뭇머뭇 말했다.

"고맙소. 나 또한 다음에는 적으로 만나겠지만, 이 은혜만은 잊지 않을 것이오."

"그러시던가요."

"그럼……."

봉기는 서둘러 말을 달려 멀어져갔다. 그는 풀려났다는 기쁨만이 가득해서 장차 자신에게 다가올 고초를 꿈에도 예상치 못했다.

용운은 그의 뒷모습을 보며 생각했다.

'우리 성에도 원소의 첩자 하나쯤은 있겠지. 포로가 된 봉기의 안위는 큰 관심사일 테고. 그 첩자가 조금 전의 광경을 봤으면 더 좋고. 아니면 말고.'

이제 채염을 찾아가 볼 차례였다.

잠시 후, 전예는 흑영대원으로부터 그 소식을 들었다. 그는 잠깐 멍해 있다가 무릎을 치며 감탄했다.

"과연, 주공! 마냥 선한 분인 줄만 알았더니 그런 사악한 계책을……."

봉기를 풀어줬음을 보고하던 흑영대원이 의아한 듯 전예를 쳐다보았다.

"예?"

"아니다. 못 들은 걸로 해라."

"방금, 분명 사악이라고……."

"못 들었지?"

"네……."

7
폭풍 전야

용운이 마지막으로 만나야 하는 사람은 채염이었다.

'말로만 듣던 채문희를 드디어 보는구나.'

중국 고대의 4대 재녀 중 한 사람으로 꼽히며, 뛰어난 문학가이자 음악가였던 사람. 역사 속의 인물을 직접 대면하는 일에는 이제 익숙해질 때도 됐건만 그래도 매번 설렜다.

'노식이 낙양에 있던 양수에게 서신을 보내, 그녀를 돌봐달라고 부탁했다고 했지.'

일전에 채염의 아버지 채옹이, 동탁의 진노를 산 노식을 변호하여 살려준 인연 때문이었다. 그 일이 아니더라도 두 사람은 서로를 인정하고 마음을 터놓는 벗이었다. 그 양수가 이제 용운 자신의 가신이 됐다. 노식이 염려하던 채염도 용운에게로 왔다. 용운은 이 모든 게 특별한 인연이라 느껴졌다. 직접 그녀를 만나 재주를 확인해보고 싶어졌다.

장연과 봉기를 잇달아 만나느라 시간이 꽤 흘렀다. 용운은 저물어가는 해를 힐끗 보았다.

'대충 4시쯤 된 것 같은데. 서둘러야겠다.'

그가 채염의 집으로 걸음을 재촉할 때였다.

"꼭 가봐야 해요?"

호위 중이던 청몽이 불쑥 나타나서 물었다.

용운은 가볍게 나무라는 투로 말했다.

"어허, 이렇게 모습을 막 드러내면 암중호위가 무슨 소용이야."

"주변에 아무도 없어요. 지금 채염이라는 사람 만나러 가시는 거 맞죠?"

"응."

"그 사람, 꼭 가서 만나야 해요?"

"왜 그러는데?"

머뭇거리던 청몽이 마지못해 답했다.

"그게…… 여자니까요. 그것도 예쁜 여자……."

청몽은 채염이 엄청난 미인이란 얘길 들었다. 그녀를 보고 온 성월이 귀띔해준 것이다. 용운이 채염을 만나는 게 어쩐지 마음에 걸렸다.

용운은 헛웃음을 지으며 당치 않다는 듯 말했다.

"학식이 뛰어나다고 하잖아. 기억력도 좋고. 그러니 확인해보고 사실이면 막 부려먹……, 아니 제대로 써먹어야지. 인재를 놀리면 아깝잖아?"

재주만 있다면, 남녀 구분 따위는 용운에게 무의미했다. 용운 세력의 영토는 관도현이 늘어난 게 다였지만, 인구는 크게 불어났다. 항복한 흑산적 및 원소군의 병사들과 업성이 살기 좋다는 소문을 듣고 찾아온 유민들 때문이었다. 사람이 많아지니 자연 할 일도 많아졌다. 왕굉에 이어 유우와도 동맹이 성사되면서 그쪽 일도 늘었다. 세력 규모가 커지자, 행정 업무의 양이 폭발적으로 증가하여 난감하던 차였다. 순욱과 곽가에게는 그런 것까지 맡길 순 없고 진궁 한 사람으로는 힘에 부쳤다. 최염과 진림, 사마랑도 각자 맡은 일이 있었다. 저수와 희지재, 양수는 군략 쪽으로 배치했다. 종요에게는 상업과 재정 관련된 일을 맡길 예정이었다.

현재 용운 진영 책사들의 조직은 이랬다. 맨 앞의 인물이 총책임자이며 뒤는 직속이다.

내정 전 분야 : 순욱 / 순유

군략 : 곽가 / 저수, 희지재(예정), 양수(예정)

행정 및 문서 : 최염 / 진림

상업 및 보급 : 진궁 / 종요(예정)

교육·의료 : 사마랑 — 화타 / 사마방

결국, 서류 처리의 상당량이 용운에게 넘어왔다. 그는 그 일이 진저리나게 싫었다.

'기억력 좋고 글씨도 곧잘 쓰는 여자 비서 하나 있으면 더 바랄 게 없겠다.'

그럴 때 마침 채염이 찾아온 것이다.

청몽은 잠시 용운을 바라보다 힘없이 말했다.

"알았어요."

그녀는 다시 은신하여 모습을 감췄다.

용운은 괜히 심란해져서 어깨를 으쓱했다.

'왜 저래? 유주에 갔을 때도 갑자기 내 침실에 야한 옷을 입고 들어와 있더니…….'

여전히 제 일에는 둔감한 그였다.

청몽은 자신에게만 들리는 소리로 중얼거렸다.

"멍청이. 표현 안 해주면 모르잖아. 불안하고."

용운도 속으로 생각했다.

'꼭 표현해야 아나? 서로 마음을 확인한 줄 알았는데.'

잠시 후, 용운은 한 모옥 앞에서 걸음을 멈췄다. 작지만 단단하게 잘 지어졌고 깔끔한 집이었다. 듣기로는 더 큰 저택을 내주려 했는데, 채염이 이렇게 말했다고 한다.

"방은 두 개면 충분합니다. 하나는 제가 쓸 방이고 다른 하나는 아버님의 서책과 문서를 보관할 방입니다."

그녀는 극구 사양하고 작은 집을 원했다. 그런 부분도 용운의 마음에 들었다. 그는 울타리 밖에 서서 인기척을 냈다.

"계십니까?"

그의 목소리에, 채염이 방문을 열고 고개를 내밀었다. 몸이 안 좋다더니 얼굴이 파리했다.

"누구신지요?"

용운은 잠깐 말문이 막혔다. 이 시대에 와서 접한 여자 중 이렇게 아름다운 이는 처음 봤다. 단순히 예쁘기만 한 게 아니라 이마와 눈빛에서 총명함이 묻어났다. 지적인 미모의 극치였다. 그러나 용운이 놀란 이유는 그런 것들 때문이 아니었다. 그는 채염의 눈에서 본능적으로 뭔가를 읽었다.

'이 사람, 설마?'

용운이 자신을 뚫어져라 바라보며 서 있자, 채염은 얼굴을 붉히고 고개를 갸웃거렸다.

"저……."

그제야 정신이 든 용운이 입을 열었다.

"실례했습니다. 저는 진용운이라고 합니다."

"아, 기주목님?"

채염은 용운의 이름을 정확히 기억하고 있었다.

"처, 처음 뵙겠습니다. 어찌 직접 여기까지……. 얼른 들어오세요."

그녀는 서둘러 방에서 나오려다 현기증이 일었는지 휘청거렸다. 용운이 얼른 그녀의 허리를 안아 부축했다.

"괜찮으십니까?"

"아!"

채염이 작게 탄성을 내뱉었다.

'분명 울타리 밖에 있었는데, 어느 틈에?'

두 사람은 가까이에서 얼굴을 마주했다. 용운은 채염의 눈동자에 비친 제 모습을 보며 야릇한 기분이 들었다. 동시에 조금 전에 느꼈던 감각을 확신했다.

'분명히 이 사람도…….'

채염은 그녀대로 놀라고 있었다.

'기주목이 이렇게 젊고 아름다운 분이었다니.'

조운에게서 얘기는 많이 들었지만, 이 정도일 줄은 몰랐다. 서로 바라보는 두 사람 사이에 묘한 기류가 감돌았다.

좀 떨어진 나무 위에서는, 두 여인이 흥미진진한 얼굴로 용운과 채염을 바라보고 있었다. 바로 성월과 사린이었다.

성월은 장합과 술이나 한잔 하려 했는데, 그가 성내 시찰을 나가버리는 바람에 좌절됐다. 사린도 마초의 문병을 다녀오고 나니 딱히 할 게 없었다. 이에 죽이 맞아서 용운을 미행하던 중이었다. 성월이 신이 나서 말했다.

"뭐야, 뭐야. 나 촉 되게 좋아. 분위기 왜 저래?"

사린은 못마땅한 듯 입술을 삐죽였다.

"뭔데, 저 언니. 주군한테는 청몽 언니가 있잖아."

"이것아, 사랑은 움직이는 거야. 나도 몽 언니 편이긴 한데, 언니는 너무 소극적이야. 라이벌이 나타나서 긴장 좀 해야 한다고."

"그러다가 주군 오빠가 저 언니랑 사귀면?"

"에이, 저 우유부단한 양반이 설마."

두 사람이 한창 수다를 떨던 중이었다. 용운이 갑자기 채염을 번쩍 안아들더니 방 안으로 들어갔다. 성월과 사린은 눈을 부릅뜨고 마주 보았다. 자매의 입에서 동시에 탄성이 터져 나왔다.

"헐, 대박. 설마……."

용운은 창백해져서 식은땀을 흘리는 채염을 방에 눕혔다. 갑자기 그녀의 상태가 악화되어, 얼떨결에 안아들고 들어온 것이다.

"실례했습니다. 괜찮으십니까?"

"네, 괜찮습니다. ……죄송해요."

"천만에요. 이렇게 갑작스레 찾아온 제가 죄송하지요."

채염을 걱정스러운 눈으로 바라보던 용운이 말했다.

"실은 자간(노식) 공이 덕조(양수)에게 소저를 돌봐줄 것을 부탁했다는 얘길 들었습니다. 그 양덕조가 업성에 임관했으니, 제게도 책임이 생긴 셈이지요. 게다가 몸이 안 좋다는 얘길 들어서 걱정도 되고, 인사할 겸 찾아왔는데 괜히 폐를 끼쳤군요."

"아닙니다. 마땅히 제가 먼저 예를 올렸어야 했는데……."

용운은 자꾸 일어나 앉으려는 채염을 말렸다.

"편히 계십시오. 한 가지만 여쭙고 가겠습니다."

"네, 뭐든 말씀하세요."

"혹 소저는 아주 어릴 때의 일을 기억하고 계십니까?"

"네?"

"그러니까 네 살 되던 해의 8월 12일에 무슨 일이 있었는지, 한 달 전 이 시간에는 뭘 했는지 지금도 생생히 기억하느냐, 그런 말입니다."

채염의 눈이 동그래지며 입이 벌어졌다.

"그걸 어찌……."

"역시. 소저도 나 같은 사람이었군요. 나 또한 그렇습니다. 모든 것을 기억해버리는 천형에 걸렸습니다."

오래전 채염에 대한 일화를 책에서 읽었을 때, 용운은 그런 생각을 했었다. 혹시 이 사람도 나처럼 다 기억해버리는 게 아닐까 하고. 그녀를 직접 보는 순간, 그 생각은 확신이 됐다. 그것은 말로 형언하기 어려운 느낌이었다. 이성적 추리라기보다 일종의 육감 같은 거였다.

"아!"

채염은 격정에 몸을 떨었다. 그녀 또한 용운과 같은 과다기억증후군 소유자였다. 단 한 번 스치듯 본 것조차 사진으로 찍은 것처럼 기억해버리는 순간기억능력자는 아니었다. 하지만 과다기억증후군만으로도 그녀는 충분히 고통받고 있었다. 망각하고 싶은 기억도 잊히지 않기 때문이었다. 채염이 떨리는 목소리로 말했다.

"절 어여삐 여기시던 아버지조차 믿지 않으셨지요. 어릴 적 제가 당신께서 연주하시던 음률을 기억했을 때……. 일부러 현을 끊어서 시험도 해보셨지만 끝내 부정하셨어요. 그때 깨달았답니다. 이건 세상에 자랑할 '재능'이 아니라 적당히 숨겨야 하는 '이능'이라는 것을요. 아버지조차 그런 저를 받아들이지 못하셨는데, 누가 인정하겠습니까? 괴물 취급이나 받을 뿐이지요."

용운은 말없이 고개를 끄덕였다. 언뜻 들으면 부러울 수도 있는 능력이지만, 정작 당사자인 그에게는 고통이었다. 인간은 자신과 다른 존재를 본능적으로 거부한다. 그 거부에 어린아이 특유의 잔혹함과 부모들의 시샘이 더해지자, 용운의 어린 시절은 온갖 괴롭힘을 당한 일들만 남았다.

'그것조차 다 기억되어버리고 말이지.'

이번에는 용운이 입을 열었다.

"저도 어린 시절 소저처럼 멋모르고 능력을 드러냈다가 그런 일을 많이 겪었습니다."

그러자 커가면서 자연스레 숨기게 되었다. 그리고 무엇보다 괴로운 것은…….

"잊고 싶은, 하다못해 희미하게 만들고 싶은 기억들도 또렷이 남아 있지요."

시도 때도 없이 튀어나오는 그런 고통스러운 기억들 때문에 용운은 정신이상 직전까지 가기도 했다. 그러다 어느 정도 기억을 조율하고 정리하는 요령을 깨달아 비로소 견디게 됐다. 머릿속에 만든 거대한 '기억의 탑'이 그것이었다. 그 방법을 알려준 사람은 바로 아버지였다.

"아들, 내 머릿속에는 말이야, 엄청나게 큰 강철의 성이 있단다. 하지만 넌 너에게 맞는 멋진 건물을 지을 수 있을 거야. 거기에 방을 만들고 방 안에 또 서랍장을 만들어. 그 안에다 기억들을 정리해버리는 거야. 네가 열지 않으면 튀어나오지 못하도록."

그때의 아버지 목소리가 귓가에 생생했다. 그나마 용운에게는 같은 일을 겪은 아버지라도 있었다. 하지만…….

'여자의 몸으로 홀로 모든 걸 숨기고 견뎌야 했던 저 사람은 얼마나 힘들었을까.'

진심으로 채염이 안쓰러워진 용운은 그녀를 향해 따스하게 말했다.

"많이 힘드셨지요?"

채염의 눈에서 굵은 눈물방울이 뚝뚝 떨어졌다. 그녀는 겉으로는 평온해 보였으나, 늘 아버지가 끌려가던 날의 악몽에 시달렸다.

"동탁은 비록 역적이고 폭군이었으나 나를 아껴주고 중히 썼다. 은혜를 입은 일이 있기에, 곡 한 번으로 인간으로서의 의리를 지킨 것뿐이니 걱정하지 말거라. 잘 얘기하면 왕사도(왕윤)도 이해해줄 거다."

침착하게 말하고 간 채옹은 영영 돌아오지 못했다. 도피 중 겪었던 험한 일들도 바로 어제처럼 생생히 되살아나 그녀를 괴롭혔다. 하지만 아무도, 그녀에게 헌신적인 양수조차 그런 고통을 이해하지 못했다. 한데 진정 이해해주는 사람을 이제야 만난 것이다. 같은 아픔을 공유하는 이를.

"내가 소저에게 기억을 제어하는 방법을 알려드리겠습니

다. 대신 그 재능을 날 위해 써주세요."

용운의 말에, 채염은 울면서 고개를 끄덕였다.

"기꺼이 그러겠습니다."

나무 위에서 숨죽이고 엿듣던 성월이 속삭였다.

"여자 우는 소리가 들리는 것 같은데?"

사린이 놀라서 반문했다.

"헉, 왜 울지? 주군이 혼내기라도 한 걸까?"

"안아들고 들어가선 혼낼 리가 없잖아."

"그럼 왜 우는데?"

"……덮쳤?"

그때 갑자기 뒤에 청몽이 불쑥 나타나는 바람에 두 자매는 소스라치게 놀랐다. 하마터면 나무에서 떨어질 뻔한 사린이 원망스레 말했다.

"히잉, 언니! 깜짝 놀랐잖아!"

청몽은 들은 체도 않고 성월에게 내뱉듯 말했다.

"야."

"으, 응?"

성월은 조마조마했다. 언제부터 주군 곁을 떠나 여기 있었던 걸까? 혹시 사랑은 움직이는 거라고 한 말도 들었나?

잠시 후, 청몽의 입에서는 전혀 예상치 못한 말이 나왔다.

"네 호리병에 든 술 좀 줘."

"……응?"

사린은 손뼉을 치며 말했다.

"와! 술 마시려면 안주가 있어야지. 그러니까 우리 삶은 돼지고기 파는 집으로 갈래? 꼬치 가게도 괜찮고."

"……넌 좀 조용히 해."

"끼잉."

평화로운 가운데 격동이 이는 업성이었다. 그러나 한편에서는 그 짧은 평화가 깨질 일이 착착 진행되고 있었다.

익주, 한중성.

위원회의 노준의 일파가 근거지로 삼은 곳이었다. 그 한중성 내성 대전의 분위기가 심상치 않았다.

콰앙! 갑자기 굉음이 울려 퍼졌다. 대리석으로 만든 탁자가 단숨에 깨져나갔다. 노준의가 주먹으로 내리친 탓이었다. 깨진 탁자에 파지직 하고 스파크가 일었다. 그는 이를 갈며 쥐어짜듯 내뱉었다.

"목홍과 뇌횡 형제가 죽었다고?"

유당은 고개를 자라처럼 집어넣으며 말했다.

"그, 그렇습니다."

같은 천강위인데도 절로 몸을 움츠리게 되는 기운이었다. 그는 이마에 식은땀을 흘렸다.

'무슨 놈의 살기가…….'

그 옆에 있던 병마용군, 유라도 잔뜩 위축됐다.

노준의는 원래 이랬다. 평소에는 호쾌하면서도 온화하나, 한번 눈이 뒤집히면 무시무시했다. 하지만 노준의의 왼쪽, 오른쪽에 각각 시립한 천강 36위 연청과 병마용군 해루는 평온했다. 그의 분노가 자신들에게 향하지 않을 것임을 알기 때문이었다. 노준의가 길게 한숨을 내쉬었다. 그러자 살기가 씻은 듯 사라졌다.

"미안하군, 유당 형제. 힘들게 정보를 전해줬는데."

"아니, 아닙니다."

"그러니까 위원장의 명으로 원술군에 가담해 있던 목홍과 뇌횡이, 다시 지령을 받아 진용운이 오는 경로에 잠복하여 기습했다가 오히려 당했다, 이 말이지?"

"그렇습니다."

"중간에서 호연작과 진명도 기다렸다고 하지 않았나?"

"그 두 사람은 진용운과 엇갈린 뒤, 갑자기 작전 지역을 이탈했습니다. 지금은 함께 원소군 진영으로 돌아간 걸로 보입니다."

"결국 아무 성과도 없이 형제들 둘만 잃었다? 그것도 공교롭게 내게 줄을 선 형제들만?"

목홍과 뇌횡은 시진의 설득에 응하여, 노준의와 뜻을 같이 할 것임을 전해온 바였다. 무투파가 부족한 노준의의 입장에서는, 서열과는 무관하게 쌍수를 들어 환영할 일이었다. 그러고 얼마 후, 공교롭게 두 사람이 다 죽었다. 노준의가 중얼거렸다.

"설마 차도살인지계(借刀殺人之計, 남의 칼을 빌려 죽이는 계책)는 아니겠지……."

천강 제10위, 소선풍 시진이 회색빛 도는 파란색과 갈색의 오드아이를 불안하게 빛내며 조심스레 말했다.

"설마, 아무리 위원장이 막 나가도 그렇게까지 하진 않을 겁니다. 진용운은 그에게도 위험한 적이니까요. 그리고 앞서 죽은 삭초는 모두 알다시피 위원장 파가 아닙니까?"

그는 어쩌다 보니 노준의 진영의 책사 역할을 맡고 있었다. 온건한 성품이라 최대한 충돌을 피하려 했다.

노준의가 그에게로 고개를 돌렸다.

"그렇지. 하지만 만약 그때 내가, 날 따르는 형제들을 소집하지 않았다면 동평 형제도 위험했을지 모른다. 원래 목표가 동평 형제였다면?"

"그건……."

"이 일로 우리의 분노는 진용운에게 한층 더 쏠리겠지. 그의 손에 벌써 형제가 셋이나 당했으니까. 행방불명된 조개 장로까지 포함하면 넷. 위원장에게는 조개 장로도 그리 달가운 존재는 아니었다. 애초에 조개 장로를 암살자로 택한 것도 이상하지 않나?"

시진은 아예 입을 다물었다. 할 말은 많이 떠올랐으나 이거다 싶은 게 없었다. 뭔가 잘못되어가는 기분이었다.

"위원장의 입장에서는 거슬리는 자들을 처리하고 진용운도 곤경에 몰아넣을 수 있는, 운이 없어도 최소한 둘 중 한 가지는 얻는 방법이지."

"……."

"난 이제야 큰 그림이 보이는 듯해. 외부의 적을 처리하기 전에, 먼저 내부의 적을 제거해야 하는 법이잖아. 회 내에서 자신에게 반대하는 자들을 쳐낸 후, 심복들을 심어둔 원소, 유비, 조조의 세력을 모두 차지하여 익주를 기반으로 일제히 병력을 일으킨다면? 과연 누가 위원장을 막을 수 있을까?"

"아……."

노준의를 따르는 모두의 얼굴이 심각해졌다. 잠시 고민하던 시진이 입을 열었다.

"확실하진 않지만, 옥기린 님의 말도 일리가 있습니다. 만약 그게 사실이라면 우리가 할 수 있는 대처는 세 가지 정도입니다."

"말해봐."

"첫 번째. 진용운과 손을 잡는 방법입니다."

"기각."

"두 번째. 아예 먼저 선수를 쳐서, 친 위원장 세력을 쳐내고 우리가 회를 차지하는 것입니다."

"그것도 기각. 아직 일러. 무엇보다 우리가 진다. 관승과 주동, 동평이 와줬지만, 저쪽에는 강자 천지야. 임충, 진명, 호연작, 화영, 공손승 등등. 게다가 서열과는 상관없는 언랭커들도 몇 있잖아. 무송, 이규, 사진, 노지심……. 그들까지 가세하면, 내가 몇 명 감당한다 해도 턱도 없어."

'언랭커(unranker)'란, 실제 무력이 서열 번호와 크게 연관 없는 자들을 가리키는 것이었다. 아홉 마리 용을 부린다는 구문룡 사진을 예로 들면, 회 내에서 그의 서열은 23위지만 10위인 시진보다 훨씬 강했다. 8위 호연작과 승패를 가리기 어렵다고 알려졌다. 그저 성혼마석에 23위라고 명시됐기에 23위인 것이다. 서열에는 천기 제어력이나 성품, 복종성, 지적 수준 등 기타 사유가 더해졌다고 짐작됐지만 정확한 근거는 성혼마석이 다였다.

노준의의 입에서 이름들이 언급되는 것만으로도 강한 압박감이 대전을 짓눌렀다. 언랭커들은 그 정도로 강했다.

"그렇다면 마지막 세 번째는……."

그때 시진은 유당이 귀를 쫑긋거리는 걸 알아챘다. 그는 노준의의 귓가에 세 번째 방도를 속삭였다. 고개를 끄덕이던 노준의의 표정이 다소 풀렸다.

"그건 괜찮군. 좋아. 즉시 시행하도록 하지."

그는 유당을 향해 말했다.

"자네는 다시 진용운의 근처에 잠복해서 놈의 동태를 살피고 움직임을 파악하도록. 가능하면 자네의 그 인형을 놈의 심복 중 누군가로 변신시켜서 진용운을 암살해도 좋고. 그걸 해낸다면 일등공신이 되겠군."

'자네의 그 인형'이란 대목에서, 유당의 관자놀이에 핏줄이 불끈 곤두섰다. 유라가 그의 왼손을 꽉 붙잡았다. 유당은 가라앉은 목소리로 답했다.

"알겠습니다. 그리하지요."

노준의는 연청을 향해 물었다.

"청아, 해진과 해보 형제에게서는 연락이 왔니?"

두 사람의 이름을 듣자, 연청은 노골적으로 싫은 기색을 드러냈다. 그는 뭐 씹은 듯한 표정으로 답했다.

"예. 그 인간 사냥꾼 놈들은 동평과 함께 무사히 원소 진영에 복귀했다고 합니다. 삭초 형제가 죽은 데다 이제 원소군에는 변변한 장수가 몇 없어서 곧 요직에 오를 것 같다고……."

"좋아. 그 정도면 충분해."

노준의의 얼굴에 스산한 미소가 떠올랐다.

"위원장, 그대만 머리를 쓸 줄 아는 게 아니지."

그때 해루가 차분한 음성으로 말했다.

"회장님, 그보다 요동행을 더는 미루기 어렵습니다. 위원장님으로부터 연일 요청이 들어오고 있습니다. 여기서 더 늦어지면 정면 거부로 비칠지도 모릅니다."

"아, 진짜. 빌어먹을."

노준의는 욕설을 내뱉었다. 맘 같아서는 속 시원하게 한바탕 붙고 싶었다. 문득 능력을 하나도 쓰지 않고 맨손 격투를 벌였던 한 남자가 떠올랐다.

'감녕. 지금쯤 형주에 가 있으려나?'

그와 싸웠을 때는 상쾌하고 후련한 기분이었다. 그래서 굳이 해치지 않고 보내주었다. 송강과 그런 식으로 싸울 수 있다면, 설사 지더라도 차라리 지금보다 나을 듯했다. 문제는 그녀의 속내는 물론이고 정확한 능력조차 알지 못한다는 거였다. 다 제대로 하고 있으니 무조건 따르라는 것. 소통의 부재와 필요 이상의 신비주의. 근본적인 갈등은 거기서 생겨났다.

"간다, 간다고. 청아, 짐 챙겨라."

"예, 회장님."

자리에서 일어선 노준의가 대전을 둘러보았다.

"나는 연청만 데리고 내일 바로 요동으로 떠난다. 거기서 나름대로 움직여볼 테니 그사이 이쪽 일은 시진 형제가 맡아서 해줘. 관승이 잘 좀 도와주고."

"예, 옥기린 님."

시진은 공손히 답했고, 관승은 말없이 고개만 끄덕였다.

"방침은 이제까지와 같다. 위원장 파의 형제들을 최대한 포섭하되, 우리도 이 세계에 세력을 만드는 것. 왕이 되어 전면에 내세울 만한 자를 찾는 것. 쓸데없는 말이 위원장의 귀에 들어가지 않게 하는 것."

노준의는 말끝에 유당을 힐끗 쳐다보았다. 그는 엄지와 집게손가락을 탁 튕겼다. 손가락 사이에서 빠직 하고 번갯불이 일었다.

"그리하여 최고의 전력이 됐을 때, 위원장 파는 물론 진용운까지 단숨에 내리친다. 벼락처럼."

용운은 인상적이었던 채문희와의 면담을 마치고 내성으로 돌아왔다. 저택에 들어오자 주변이 어두워져 있었다. 갑자기 피로가 몰려왔다. 정신적인 피로였다. 오는 길에 본 별채는 모두 불이 꺼져 있었다.

'이 녀석들은 아직 안 왔나?'

용운은 검후의 거처에 들러, 살짝 문을 열고 그녀의 상태를 살폈다. 검후는 고른 숨소리를 내며 깊이 잠들어 있었다. 그는 발소리를 죽이고 별채를 나섰다. 자신의 방으로 온 용운은 다리를 쭉 뻗고 벽에 기대앉았다. 촛불도 호롱불도 일부러 켜지 않았다. 오늘 하루, 의도적으로 빡빡한 일정을 잡았다. 자꾸 고개를 쳐드는 불안함을 잊기 위해서였다. 그런데…….

'아, 역시 안 되겠네.'

용운은 가볍게 입술을 깨물었다. 아버지가 거짓 서신을 보내면서도, 굳이 '산양성'이란 위치를 언급한 게 마음에 걸렸다. 편지는 봉인하거나 봉투에 들어 있지 않았다. 흑영대원 7호로 변신한 누군가가 전해왔으니, 분명 내용을 봤을 것이다.

'위원회에 장소를 알렸다. 왜? 무엇 때문에?'

그들을 헛걸음하게 해서 약 올리거나, 몰래 카메라를 찍으려고 그러진 않았을 터였다. 생각할 수 있는 답은 하나였다.

'유인?'

어떤 함정을 파놓았는지는 몰라도, 괜찮을까? 원소의 삼만 대군을 깨뜨린 사천신녀조차 이기지 못한 자들을 상대로? 산양에 십만 대군이라도 매복시켜뒀으면 모를까. 아버지에게 그런 군대가 있을 것 같진 않았다. 진한성의 강함과 천기를 정확히 모르는 용운으로서는 당연한 우려였다.

'일단 돌아가는 상황을 확인하자.'

용운은 나직하게 말했다.

"흑영대주를 불러와."

"존명."

주변 어딘가에 있던 흑영대원이 즉시 답했다.

청몽이 대답하리라 예상했던 용운은 움찔 놀랐다.

'응? 이 녀석, 어디 갔어?'

잠시 후, 전예가 문 앞에서 가볍게 헛기침을 하더니 방 안으로 들어왔다.

"뭣하고 계십니까? 불도 안 켜시고."

"국양, 부탁한 일은 어떻게 됐어요?"

어둠 속에서도 전예의 표정이 흐려지는 게 보이는 듯했다.

"연락이 끊겼습니다."

"모두…… 다요?"

"예. 내일 조례 직후 보고할 예정이었습니다."

"언제부터죠?"

"이틀 전부터입니다."

용운은 업성에 돌아오자마자, 전예에게 따로 지시하여 산양 부근으로 정보원을 파견했다. 혹 진한성과 닮은 사람이 나타나거나 수상한 군사적 움직임이 있는지 파악하기 위해서였다. 암호 편지라고 마냥 기다리기만 하자니 아버지가 걱정되었다. 또 그리웠다.

'망할 아버지. 서울에서도 계속 기다리게 하더니 여기 와서까지 그러시네…….'

흑영대는 보통 하루에 두 번, 각각 다른 수단을 이용해 업성으로 연락하게 되어 있었다. 첫 번째는 전서구, 즉 비둘기를 통해서. 두 번째는 어느새 중원 전역으로 세력을 넓힌 '세평상단'을 통해서였다. 그 밖에도 벽에 표식을 그려, 근처에서 활동 중인 동료에게 알리는 방법도 있었다.

"그중 어떤 방법으로도, 누구에게서도 전갈이 오지 않았습니다. 그래서 추가 대원 투입도 일단 멈춘 상태입니다."

"잘했어요."

"원래 원술이 산양을 점령한 후부터 정보원을 두 배로 늘렸었습니다. 거기다 그놈이 감히 제 주제도 모르고 죽고 싶었는지 어이없게도 상당에서 주공을 공격해왔으므로, 경계수위를 높이고 정보원도 추가했지요."

원술 얘기를 하는 전예의 눈빛이 스산했다.

용운은 뭔가 엄청난 수식어가 많이 들어갔다고 느껴졌지만, 일단 고개를 끄덕였다.

"고작 며칠 새 그들 모두와 연락이 두절됐다? 뭔가 확실히 일이 났군요."

"예. 이것이 가장 최근에 도착한 서신입니다. 특이 인물에 대한 용모파기를 보내왔습니다만, 누군지 아직 밝혀지지 않았습니다."

용운은 전예가 내미는 양피지 조각을 받아들었다. 거기에는 한 소녀의 전신화가 작게 그려져 있었다. 소녀는 양 갈래로 땋은 머리에, 제 키보다 큰 도끼를 들고 있었다. 얼굴은 온통 붕대 같은 천으로 휘감은 채 눈만 내놓고 있어서 생김새를 알 수 없었다. 소녀라고 짐작한 것도 체형과 머리 모양 등을 통해서였다. 왜 굳이 전신을 그려서 보냈는지 이해가 갔다. 그림을 보던 용운이 중얼거렸다.

"확실히 특이하긴 하네."

그는 잠시 깊은 생각에 잠겼다. 전예는 그 앞에서 묵묵히 기다리고 있었다. 얼마 후, 고개를 든 용운이 말했다.

"지금부터 제가 말하는 장군들을 소집해주세요."

8

산양성으로

192년 3월 말경, 단양군 원릉현의 한 초옥.

남쪽에 위치한 단양은 벌써 햇빛이 따가웠다.

"이건 좀 아닌 것 같은데."

이랑은 이 말을 네 번이나 했다. 그녀는 방 한가운데 멀뚱히 서 있었다.

진한성이 성가시다는 투로 대꾸했다.

"아, 그럼 어쩌라고? 투덜댈 시간 있으면 짐 싸는 거나 좀 도와."

"짐도 별로 없잖아요."

진한성은 거구를 부지런히 움직이며 보따리를 싸는 중이

었다. 그러나 이랑의 말대로 부피는 크지 않았다. 거주지를 계속 옮겨 다닌 까닭에 기껏해야 옷가지 몇 벌이 전부였다.

"정말 산양성으로 갈 거예요?"

"말했잖아."

"그냥 다른 길 통해서 업으로 가면 되잖아요."

"모처럼 정보를 흘렸는데 헛걸음시키면 안 되지."

"갔다가 아무도 없으면요?"

"딱 사흘 기다려보고 허탕 쳤다 싶으면 그때 아들내미한테 가도 되는 거고."

진한성은 흑영대원 7호에게 넘겨준 서신의 내용을 굳이 소리 내 말했었다. 그것도 중요한 날짜와 장소를. 다분히 의도적인 행동이었다. 흑영대원이 지붕 밑에 잠입하기 전까지, 진한성은 그의 기척을 거의 느끼지 못했다. 이미 흑영대라는 조직에게 은신처가 드러났다면, 위원회의 일원도 주변에 있지 않을까 하는 생각이 들었다. 진한성은 겉으로는 흑영대원과 대화하는 척하면서, 전력을 다해 주변을 탐색했다. 과연 주의를 기울이지 않았을 때는 몰랐는데, 정신을 집중하자 바닥에서 희미한 기가 감지됐다. 아주 미약한, 거의 가사상태처럼 느껴지는 기였다. 만약 진한성이 위원회의 일원들과 성혼마석을 접해본 적이 없었다면 감지하지 못했을 정도였다.

'이걸 끄집어내서 족쳐, 말아?'

정탐을 맡은 걸 보니, 서열이 높은 자는 아닌 듯했다. 정보를 발설하지도 않을 게 뻔했다. 이에 그는 차라리 위원회 멤버들을 끌어내기로 마음먹었다. 자기 자신을 미끼로 해서.

이랑에게는 나중에 이런 사정을 얘기해주었다. 하지만 그녀는 지금까지 불안감을 감추지 못했다.

"만약 갔는데, 그 이규 같은 자들이 총출동해 있으면요?"

"그럼 당연히 도망쳐야지. 뭐 나 하나 때문에 그렇게까지 하려고."

"그렇게까지 할 것 같은데……. 회 입장에서 마스터는 씹어 먹어도 시원찮을 원수잖아요. 모든 계획을 뿌리에서부터 망쳐놨으니까요."

"그러게 누가 이상한 짓거리 하다가 발각되니까 아들을 가지고 협박하래?"

사실 그것 외에도 마음에 걸리는 게 있었다. 그들과 아무 관계도 없다고 생각했던 아내의 죽음이었다. 진한성은 그 일이 빌미가 되어, 처음으로 중국 측과 접했고 돈을 빌렸다. 막대한 병원비와 수술비용을 대기 위해 어쩔 수 없는 선택이었다. 국내에는 이미 괴짜이자 역사학계의 무뢰한으로 알려진 그를 후원할 기업이 없었다. 병원에서는 처음 보는 희귀병이라고 난색을 표했다. 그 전까지만 해도 건강하던 아내였다.

'설마 그것까지 회에서 꾸민 건 아니겠지. 아니, 놈들이라

면 그럴 수도…….'

중국에서는 아내가 입원하기 전부터 끈질기게 구애해왔다. 중국 역사에의 깊은 이해와 고고학적 지식. 거기에 발굴 기술과 강철 같은 체력까지, 중국 오지의 유적지를 발굴해내는 데 진한성만 한 적임자가 없다는 이유에서였다. 실제로도 그랬다.

한국의 연예인과 엔터테인먼트 사업 스태프, PD, 작가 빼내가기에서부터 시작된 중국으로의 인력 유출은 이제 학계로까지 뻗치고 있었다. 그러나 진한성은 매번 단칼에 거부해왔다. 동북공정을 뒤에서 진행해온 단체가 위원회라는 사실을 알았기 때문이다. 비록 국가의 지원을 못 받았지만, 진한성은 한국에서 태어나 자라고 군대까지 다녀온 엄연한 대한민국 남아였다. 아무리 거액을 제시해도 조국의 역사를 왜곡, 축소하려는 자들에게 응하지 않을 정도의 애국심은 있었다.

그러던 진한성이 흔들리기 시작한 계기는 아내의 죽음. 그리고 거기 이르기까지 철저하게 두 사람을 외면한 정부의 태도였다. 진한성의 집은 특수시설로 지정되어 정부의 관리하에 있었다. 그가 편법으로 들여온 온갖 유물부터 시작해, 집 전체에 쓰고 그려둔 글과 기호의 학술적 가치가 어마어마한 까닭이었다. 국내에 있을 때는 일거수일투족을 감시하니, 당연히 아내의 병을 알고도 남았을 터였다. 그럼에도 불구하고 그냥 내버려둔 것이다.

'내가 해외에서 상이라도 받으면, 한국의 자랑스러운 역사학자라고 정부 자료 배포하고 기사 내기 바쁘면서 말이지.'

위원회는 그 틈을 절묘하게 파고들었다. 협력하지 않을 거면 아내를 살리기 위해 빌려준 거금을 갚으라고도 요구했다. 틀린 말이 아니기에 따를 수밖에 없었다.

"다 내 업보다."

과거를 회상하던 진한성이 한숨을 내쉬었다.

"그러니 끝맺음도 내가 해야 해. 난 역사학자로서 해서는 안 될 일을 저질렀어."

이랑은 앉아 있는 진한성의 머리를 살살 어루만졌다. 괜한 얘길 꺼냈다 싶었다.

"그들은 어차피 마스터가 아니더라도 과거로 와서 역사를 조작하려고 했잖아요."

"하지만 그 유적지를 발굴해내서 용도를 알아낸 게 바로 나야. 저주받을 시공회랑과 성혼마석, 그리고 신병마용까지. 그런 말도 안 되는 것들이 있으리라곤 상상조차 못했는데……."

"그런데 대체 그것들 조작법은 어떻게 알아내신 거예요? 걔들도 엄청나게 애썼잖아요. 그…… 독일이었나?"

"헝가리."

"네, 거기서도 세계적인 고고학자를 불러왔었고. 나중에는 하다 하다 안 되어서 암호 전문가와 건축가까지 불렀던 것 같은데."

"그리고 다 사고로 위장해서 죽였지. 나중에 알았지만."

이랑은 어깨를 움츠렸다. 진한성이 아내의 죽음과 관련하여 위원회를 의심하는 것도 그래서였다. 그들의 방식을 잘 알았기 때문이다. 알았을 땐 이미 모든 게 너무 늦은 후였지만. 심증은 어느 정도 있는데 물증이 없었다.

'이제라도 되돌려야지.'

만약 회가 아내의 죽음과도 연관되어 있다면.

'놈들을 죽이는 데 대해 그나마 조금 남아 있던 죄책감도 없어지겠지.'

짐을 다 꾸린 진한성이 일어섰다. 그의 머리가 천장에 닿아 허리가 구부정했다.

"천장 좀 높게 지어달라니까, 되게 말 안 들어."

"이 높이도 이 세계 사람들한테는 거의 2층이라고요."

"가끔 키 큰 놈들도 있잖아. 왜, 그 진무 같은 녀석."

"난 그 사람 좀 무서워요."

이랑이 입술을 삐죽였다.

진무는 최근에 스스로 손책을 찾아와 임관한 청년 장수였다. 피부가 유난히 누렇고 눈동자는 붉은 기를 띠고 있었다.

거기다 키는 2미터에 달했으니, 이랑이 무서울 만했다.

진무(陳武), 자는 자열(子烈).

실제 역사에서도 손책이 원술 밑에 있을 때부터 찾아와 그를 섬겼다. 당시 18세였다고 한다. 이후 여러 공을 세워 별부사마가 됐으며 손권 대까지 오나라의 중심 무장으로 활약했다. 이처럼 손책의 밑으로는 역사상 그를 따랐던 무장들이 착착 들어오고 있었다.

"그러지 마. 걔, 그래 봬도 착하다고. 책이를 많이 도와줄 녀석이고. 그나저나 너 떠나면 책이가 우는 거 아니야? 너 엄청 좋아하잖아."

"그럼 뭐해요. 어차피 나중에 대교인가 소교인가 하고 결혼한다면서요?"

"아아, 그거? 정확히 말하면 결혼이 아니라 약탈혼이야."

"엑?"

진한성은 정사 〈주유전〉의 한 부분을 읊었다. 이랑을 위해 한국어로 바꾸는 걸 잊지 않았다.

"주유는 손책을 따라 환현을 공격하여 함락했다. 이때 교공의 두 딸을 포로로 잡았는데, 둘 다 으뜸가는 미인이었다. 손책은 스스로 대교를 취하고 주유는 소교를 아내로 삼았다."

"에엑?"

이랑은 진심으로 놀랐다. 그 건실해 보이는 주유까지?

"그런데 여기서 아내로 삼았다고 표현한 글자가 납(納)이라고 해서……. 보통 첩을 들일 때 쓰는 거거든?"

"에에엑?"

점령한 지역의 여자를 차지하는 일이야 흔했다. 하지만 현대적으로 사고하는 이랑은 어쩔 수 없이 거부감을 느꼈다. 게다가 아내도 아니고 첩으로 삼다니!

그때, 마침 손책이 방문을 열었다.

"진 사부, 랑 누나. 오늘 떠나신다고 들어서……. 아얏!"

그는 머리를 어루만지며 울상을 지었다.

"누나, 왜 때려요?"

"그냥, 얄미워서."

손책의 뒤에 시립해 있던 근위병들이 험악한 표정을 지었다. 그중 한 사람이 칼집에 손을 얹었다. 손책은 뒤도 돌아보지 않고 조용히 말했다.

"손 내려라. 손목 잘리기 싫으면."

"주공."

"내가 말했지. 저 두 분은 내게 어떤 행동을 해도 죄가 안 된다고."

"허나 감히 주공께 주먹질을……."

"새로 온 녀석이라 잘 몰랐던 것 같으니 한 번은 봐준다.

그러나 다음번에 행여, 진 사부와 랑 누나에게 무례를 범하거나 적대적인 짓을 하면 그때는 용서치 않을 것이다."

"소, 송구합니다."

손책은 서릿발 같은 기세로 수하를 꾸짖었다. 그리고 언제 그랬냐는 듯 이랑을 향해 방실방실 웃었다. 이제 올해로 열여덟 살이 된 그는 가주 노릇을 훌륭히 해내고 있었다. 겉보기에도 어엿한 성인이었다. 하지만 진한성과 이랑 앞에선 여전히 소년 시절의 모습이 보였다.

"누나, 준비는 다 끝났어요?"

"……너 꼭 이중인격 같아."

"이중, 그게 뭐예요?"

지켜보던 진한성이 피식 웃었다.

"그나저나 이제 네 녀석에게도 한 세력의 수장 같은 모습이 보이는구나."

"다 진 사부님 덕입니다."

진한성은 그간 손책의 대부를 자처하며 그를 도와왔다. 직접 전면에 나서서 싸우지는 않았지만, 곁에서 호위하거나 가족들을 지켜주었다. 손책에게는 그것만으로도 큰 도움이 되었다. 심리적으로 안정되었기 때문이다. 또 새로운 사람을 쓰거나 판단하기 어려운 일에 직면했을 때도 적절한 조언을 해주었다. 원래 그 정도도 개입하지 않으려 했으나, 이 세계로 온 초반에 자신을 도운 은인이었으며 유일한 벗이라 여겼던 손견과의 의리로 행한 일이었다. 위원회의 계략으로부터 손견을 구하지 못한 데서 오는 죄책감 때문이기도 했다.

그때, 주유가 헐레벌떡 달려왔다.

"주공, 같이 가자니까요."

"너 왜 그렇게 느려졌어?"

"주공이 빨라진 겁니다."

손책이 정식으로 가주가 되고서부터 주유는 더는 그의 자를 부르지 않고 주공이라 칭했다. 손책은 뭔가 쓸쓸해하면서도 수용했다. 그래도 둘의 우정은 변함이 없었다. 한방에서 먹고 자다시피 하여 사람들이 오해할 정도였다. 진한성은 두 청년을 보노라면 문득 손견과 자신이 연상되곤 했다.

'우린 저렇게까지 끈적거리진 않았지만 말이야.'

그는 문득 시 한 수가 떠올랐다.

독전동남지(獨戰東南地, 동남쪽 땅에서 홀로 싸우니)

인칭소패왕(人稱小霸王, 사람들이 소패왕이라 칭했네)

운주여호거(運籌如虎踞, 계략을 꾸밀 때는 범이 숨은 듯하며)

쾌책사응양(決策似鷹揚, 책략을 정할 때는 매가 나는 듯하네)

위진삼강정(威鎭三江靖, 삼강을 평정하여 위세 떨치니)

명문사해향(名聞四海香, 명성이 사해까지 울려 퍼졌네)

임종유대사(臨終遺大事, 죽음에 이르러 대사를 맡길 때)
전의촉주랑(專意屬周郎, 모든 걸 주유에게 부탁했다네)

이 시기에 손책은 본래 원술에게 임관해 있었다. 그리고 대략 이 년 후, 원술의 명으로 여강태수 육강을 공격한다. 유비와 싸우게 된 원술이 육강에게 군량을 요청했다가 거절당했기 때문이다. 이 년에 걸친 그 전투에서 육강은 손책에게 패배하여 사망한다. 그러나 육강을 토벌하면 그를 대신해 여강태수 자리를 주겠다던 원술은, 약속을 어기고 자신의 수하인 유훈을 태수로 임명했다. 이 사건이 손책 독립의 계기가 되었다. 또한 육강은 주유와 여몽의 뒤를 이어 오나라를 떠받친 명장 육손의 작은할아버지였다. 육가는 명문 호족이었는데, 손책의 손에 육강이 죽으면서 손가와의 사이가 심하게 악화했다. 이 문제를 해결하기 위해 훗날 손권은 손책의 딸을 육손과 결혼시키기도 했다.

'그런데 지금 손책은 원술과 아무 연도 없고, 원술 또한 유비와 싸울 기미가 없다. 따라서 그가 손책에게 육강을 토벌하라고 시킬 일도 없어졌다.'

어느새 역사는 이미 많이 바뀌어 있었다.

'손책의 강동 평정은 육강 토벌이 계기이자 시작인데, 여태 오경을 도와 수적들을 토벌하는 일이나 하고 있으니…….

다행히 세력은 착착 불어나는 것 같긴 하다만.'

오경은 손책의 어머니인 오국태의 남동생, 즉 외숙부였다. 그는 원술에게서 단양태수로 임명받아 부임해 있었다. 매형 손견이 원술 휘하에 있었던 인연 덕이었다. 이규에게 근거지를 습격당했을 때, 진한성은 손책과 주유를 비롯한 세력 전체를 오경이 있는 단양으로 옮기게 한 바 있었다.

'그저 회의 놈들이 여기 온 것만으로도…….'

진한성은 새삼 시간과 역사의 무서움을 느꼈다. 위원회와 자신이 얽히면서 손견이 예정보다 일찍 사망했다. 이에 손책은 진한성 자신을 아버지처럼 의지했고, 바로 오경에게 의지하면서 원술 밑으로 들어가지 않게 되었다.

'이미 늦어 있었던 건가?'

거기서 비롯되어 모든 미래가 바뀔 지경이었다.

'아직 하나가 남긴 했지. 몇 년 안에 유요가 조정으로부터 명을 받고 양주자사로 내려올 것이다. 그는 오경을 공격하여 단양에서 내쫓고 거기에 분노한 손책이 유요를 친다. 원래는 외숙부의 위기를 빌미 삼아 원술에게서 군사를 빌려 독립하는 과정이었지만, 지금 손책은 오경과 함께 있으니 자연히 유요와 싸울 수밖에 없다. 그 전투의 결과에 따라 손책이 강동을 제패하느냐 아니냐가 결정되리라.'

진한성은 오경, 손책 연합군이 무난히 이기리라 보았다.

우선 황개와 정보를 비롯해 손견 시절부터 따르던 맹장들이 있었다. 능조와 진무 등의 장수들도 운명에 따라 스스로 손책에게 왔다. 병사도 제법 모았다. 거기에 주유라는, 벌써 재능을 드러내기 시작한 걸출한 참모가 있다.

'딱 하나 걸리는 건 태사자의 존재인데……. 물론 유요는 태사자를 홀대하지만, 또 모르지. 워낙 많은 것들이 변했으니.'

진한성은 태사자가 용운의 밑에 들어가 있다는 사실까지는 미처 알지 못했다. 단지 아들이 한복을 무너뜨리고 기주목을 자처하며 업성에서 세력을 키우고 있다는 것. 원소와도 한두 차례 싸워 이겼다는 것 정도만 알고 있었다. 손분에게서 듣는 정보는 그 정도가 한계였다. 진한성은 손책의 목소리에 상념에서 깨어났다.

"돌아오실 거죠?"

"응?"

손책의 어조에는 간절함이 묻어 있었다. 진한성은 큰 손으로 그의 머리를 쓰다듬었다. 이제 이 녀석도 한 세력의 수장이니 어린애처럼 대하지 말아야지 하면서도 어릴 때부터 몇 년을 돌본 까닭인지 그게 잘 되지 않았다. 아들 용운과 비슷한 또래여서인지도 몰랐다. 손책은 강아지 같은 표정을 지었다.

"그래, 돌아오마. 쭉 눌러앉을 순 없겠지만."

진한성은 뒷말을 속으로 삼켰다.

'최소한 팔 년 후까지는 내가 널 돌볼 의무가 있으니까.'

주유는 그 모습을 조금은 걱정스러운 시선으로 보고 있었다. 그는 지금 이 자리에 있는 누구와도 다른 걱정을 하는 중이었다. 이미 그의 시선은 천하를 향해 있었기 때문이다. 진한성에게 정보를 가져다주는 손분과는 별개로, 휘하에 첩보 조직을 둔 것도 그래서였다. 성혼단을 격파하면서 깨달은 바가 있어 만든, '적호대(赤虎隊)'라는 이름의 조직이었다.

'진용운……. 적호대의 정보에 의하면 그는 결코 무시할 수 없는 군웅이다. 이미 원소를 두 차례나 격파했으며 흑산적의 침공도 물리쳤다. 휘하에는 쟁쟁한 책사와 장수들을 거느리고 있다. 거기에 만약 진 사부까지 가세한다면?'

주유가 봐온 진한성은 그야말로 초인이었다. 성혼단과 척진 것만 아니라면, 좀 더 적극적으로 나서서 손책을 도와달라고 부탁했을 것이다. 그가 만약 진용운의 그늘에서 제힘을 발휘한다면 그것만으로도 엄청난 위협이었다.

'그때 과연 백부는 진 사부와 이랑 님을 적으로 돌릴 수 있을까?'

주유의 얼굴에 그늘이 어렸다. 정작 자기 자신도 확신 못 할 일이었다.

두어 시진 후, 진한성은 단양 땅을 나섰다. 등 뒤에서는 손

책이 경계까지 나와서 손을 흔들고 있었다.

옆에 바짝 붙어선 이랑이 말했다.

"주유가 마스터를 보는 눈초리가 심상치 않던데요?"

"흐흐, 녀석. 다 컸군그래. 내가 잠재적인 적이 될 수도 있음을 인식하다니."

"그게 좋아요?"

"대상을 객관적으로 보기 시작했다는 거잖아. 다른 사람도 아니고 아들한테 가는 거니까 그런 걱정을 할 만하지."

"주유에 비하면 책이는 아직 애예요. 그렇게 되는 데 마스터도 일조했다고요. 아무래도 아버지처럼 잘 따랐으니까요."

진한성이 의미심장하게 말했다.

"과연 그럴까?"

"네?"

"아까 근위병 족치는 거 못 봤어? 아주 찬바람이 쌩쌩 불던데? 역사적으로도 손책 그 녀석은 특유의 욱하는 성질과 잔혹함 탓에 요절한다고. 내가 자리를 비우면 슬슬 본성이 드러날 거야. 유요의 침공은 그 도화선이 되겠지."

잠시 망설이던 이랑이 물었다.

"그때…… 그러니까 손책이 죽을 때도 관여하지 않을 자신이 있으세요?"

"글쎄. 솔직히 눈앞에서 그 광경을 보게 된다면, 나도 내가 어떻게 할지 모르겠다."

잠깐 입을 다물었던 진한성이 히죽 웃었다.

"흐흐. 요즘은 갑자기 이런 생각도 들어."

"불안하게 웃으시네. 무슨 생각인데요?"

"어차피 아들 녀석과 나 그리고 위원회까지 껴들어서 엉망이 된 역사인데, 그냥 눈 딱 감고 멋대로 주물러버릴까 하는 생각."

"무섭네요. 방금 마스터, 되게 악의 세력 두목 같았어요. 앞으로 천 년 내내 춘추전국시대가 이어지는 거 아니에요?"

"그 반대일지도 모르지. 역사상 유례없는, 무려 천 년을 이어가는 초강대제국이 탄생할지도."

"그러면 미래에 대한민국이라는 나라가 사라지잖아요."

"알 게 뭐야. 만약 돌아가지 못한다면 그때 이미 나는 없을 텐데. 나라가 나한테 해준 게 뭐가 있다고."

"저기, 아까는 역사학자로서 해선 안 될 일을 저질렀다며 마스터 손으로 끝맺음하겠다고……."

진한성은 못 들은 척 말을 이었다.

"어차피 그런 걱정은 안 해도 될걸? 결정적으로 나와 용운이는 한국인이라고. 그 제국은 시조가 한국인인 거야. 그럼, 대륙 끄트머리에 붙은 대한민국이 아니라 중원 전체를 차지한 대한민국일 수도 있다는 거지."

"어어…… 그렇게 되나요?"

"아예 민족이란 개념 자체가 무의미해질 수도 있고."

둘은 다른 사람은 알 수 없는 대화를 나누며 빠르게 걸었다. 뒷모습이 점처럼 작아지더니 곧 자취를 감췄다.

한동안 그 모습을 지켜보던 손책은 등을 돌렸다. 여느 때와 다름없이 뒤에 시립한 주유가 보였다.

"공근, 뭐 하나 물어봐도 되냐?"

"뭐든 물으시지요."

"에이, 씨……."

머리를 벅벅 긁은 손책이 근위병들에게 말했다.

"야, 너희 다 꺼져."

갑작스러운 명령에 근위병들이 당황했다.

"예? 하오나……."

"하오나는 무슨. 나와 공근의 실력 몰라? 게다가 여긴 우리 성내라고. 잠시 둘만 있고 싶으니까, 얼른."

"알겠습니다."

"아주 멀리 가라. 우리 목소리가 아예 안 들릴 만한 곳으로. 실수로라도 엿들으면 죽는다."

손책의 살벌한 말투에 근위병들은 허둥지둥 물러났다.

수하들이 사라지자, 주유가 먼저 입을 열었다.

"무슨 말을 하려고 주변을 다 물리냐? 애써 쓸 만한 자들을 구해서 붙여줬더니."

"하, 이제야 공근 같네. 그래, 지금처럼 네 본모습 그대로 솔직한 대답을 듣고 싶어서야."

"질문이 뭔데?"

"음, 그러니까……."

한동안 주저하던 손책이 물었다.

"혹시 이랑 누나와 진 사부가 무슨 사이인지 아냐?"

"뭐? 전에 들었잖아. 부모님 잃고 산에 버려진 누님을 사부가 거둬서 가르쳤다고."

"아니, 그런데 늘 둘이 같이 붙어 있잖아. 지금도 뒤에서 보니까 몹시 다정하고……. 만약 그러니까 둘이 그렇고 그런 사이라면 나한테는 아예 여지가 없는 거잖아?"

주유는 어이없다는 표정으로 반문했다.

"너 설마, 누님을 아내로 맞아들이기라도 할 셈이냐? 혼담 들어오는 걸 죄다 거절하더니 그래서였어?"

"솔직히, 그래. 그러고 싶다."

"백부, 미안하지만 그건 어려워. 네 혼인은 그냥 혼인이 아니야. 유력 호족 가문의 딸을 맞아들여서 손가의 세를 키워야지."

"그건 누나 다음으로. 둘째, 셋째 부인으로 맞아들이면 되잖아."

"……너 진심이구나?"

손책은 힘줘 말했다.

"그래. 진심이야. 예전부터 그랬어."

주유는 한숨을 내쉬었다. 벌써 골치가 아팠다.

"일 났군."

"뭐야. 너도 계속 봤으니까 알 거 아니냐."

"그냥 한때의 동경 같은 걸로 생각했지."

"나, 그렇게 마음 쉽게 변하는 사람 아니다."

"어머님께서 허락 안 하실 텐데. 어머님은 사실 진 사부도 그리 탐탁지 않아 하시니까."

"아무래도 그렇겠지?"

"일단 진 사부님이 돌아오시면 다시 얘기하자. 누님 마음도 들어봐야 하니까. 그때까지 고민 좀 해보자고."

주유는 그 시간 동안 손책을 설득해볼 셈이었다. 이랑 개인의 힘과 미모는 그도 인정했다. 하지만 배경에 아무것도 없었다. 가문도, 병사도, 재물도. 손가의 안주인으로는 부적합했다.

손책이 히죽 웃었다. 진한성과 닮은 웃음이었다.

"그래서 말인데."

그 웃음에 주유는 뭔가 불길한 예감이 들었다.

"그래서, 뭐?"

“나, 두 사람 따라가려고. 뒷일은 네게 맡길게.”

“뭐, 뭐라고?”

주유가 그 말뜻을 미처 이해하기도 전에, 손책은 바람처럼 달려나갔다. 발차기가 주특기인 그는 선천적으로 다리의 탄력과 힘이 엄청났다. 이는 고스란히 경공(輕功, 몸을 가볍게 해주거나 빠르게 이동하는 무공)의 강화로 이어졌다.

‘이대로 혼자 백부를 보내서는 안 된다.’

주유는 반사적으로 그를 따라 달렸다.

‘이러려고 수하들을 보낸 거였나? 아, 이 미친놈!’

원래 역사에서의 손책은 이런 성격이 아니었다. 그는 아버지를 일찍 잃고 원술 밑에서 고생하면서 가족들을 돌봤다. 그렇다 보니 다혈질일망정 책임감은 남달랐다. 그러나 이 세계의 손책은 진한성을 가까이하며 그의 영향을 지속해서 받았다. 특히, 자유로운 사고와 제멋대로인 행동을. 거기에 이랑의 문제까지 겹쳐지자 폭주해버린 것이다. 아직 차지한 성도 없고 확실히 책임져야 할 큰 세력을 소유하지 못했다는 것도 원인이었다.

“야, 이 멍청아!”

주유의 목소리가 노을 지는 벌판에 울려 퍼졌다.

시간을 거슬러, 몇 주 전의 오장원.

오장원은 한중으로 들어오는 길목이며, 《삼국지》에서는 제갈량과 사마의가 맞붙은 전장으로 유명하다. 송강은 익주를 차지해 근거지로 삼았다. 그 후 야금야금 군사를 움직여 오장원까지 나아갔다. 대외적으로는 그녀의 꼭두각시인 유언이 한 행동처럼 보였다. 조정에서는 이에 대해 경고했으나 유언은 당연히 무시했다. 그에게는 지금 송강의 말 외에는 귀에 들어오지 않기 때문이었다.

송강은 유언의 병사를 부려 오장원에 성채를 쌓았다. 거기에 장수 몇과 천강위 인물들을 보내두었다. 요양을 마친 이규도 오장원에서 지냈다. 그녀는 예전에 진한성을 암살하러 갔다가 오히려 그에게 혹독하게 당했다. 그때 하마터면 목숨을 잃을 뻔했지만, 병마용군 흑랑이 구출한 덕에 간신히 살았다. 이규 외에도 오장원에는 대략 일고여덟 명의 천강위가 머무르고 있었다. 주로 외부에 진출해 활동하는 이들이었는데, 한 번씩 여기로 돌아와서 쉬거나 경과를 보고했다. 그중에는 통제가 어려운 언랭커도 섞여 있었다.

오장원 성채 뒤편의 연무장에서는 일남일녀가 격렬한 비무를 벌이는 중이었다. 카앙! 이규가 휘두른 도끼가 강철 손톱과 부딪쳤다. 굉음이 일며 불꽃이 튀었다.

"어이쿠. 좀 살살 하라고."

양손에 강철 손톱 모양의 무기를 낀 사내가 짐짓 엄살을 부렸다. 뒤로 넘겨 딱 붙인 머리 모양에, 턱 끝이 뾰족하여 매서운 인상을 주는 사내였다.

이규는 사내를 노려보았다. 아직 온 얼굴에 붕대를 칭칭 감고 있어서, 눈만 드러나 보였다. 그녀의 얼굴은 진한성의 무자비한 주먹에 완전히 뭉개졌었다. 그 상처가 아직도 다 낫지 않았다. 이규는 뭔가에 가로막힌 듯한 음성으로 말했다.

"장난치지 말고 전력을 다해, 이응."

사내는 천강위 서열 11위의 박천조 이응이었다. 양손에 착용한 유물 '비조수(飛鳥手)'를 이용한 무공 외에도, 일정 높이 이하의 허공에서 자유롭게 움직이는 천기를 가졌다. 이 두 가지가 더해지면 극히 상대하기가 까다로웠다. 이응의 눈빛이 살짝 변했다.

"내가 전력을 다하면 네 몸이 남아나지 않을 텐데?"

"그러지 않고선 그 괴물을 못 이겨."

말하는 이규의 몸이 살짝 떨렸다. 어찌나 무자비하게 당했는지, 그를 떠올리기만 해도 소름이 돋았다. 이규는 어금니를 악물었다.

'이래서야 언제까지나 이길 수 없다.'

더 혹독하게 자신을 몰아붙여야 했다. 진한성에 대한 공포가 사라질 때까지.

"그래? 그럼 진짜 한다?"

슈웅! 이응의 몸 주변에 바람이 일었다. 그가 천기 '허공유영(虛空流泳)'을 발한 것이다. 이규는 살짝 긴장한 눈빛이 되었다. 도발은 했지만, 허공유영을 발동한 이응은 말 그대로 장난이 아니었다. 이응의 양발이 막 땅에서 떨어졌을 때였다. 연무장 안으로 누군가가 들어오며 말했다.

"두 분께선 잠시 비무를 멈춰주십시오. 주목님의 전갈입니다."

주목이란 유언을 의미했다. 그는 공식적으로는 익주목의 자리에 있었다. 연무장에 들어온 자는 눈빛이 날카로운 청년이었다. 중간 키에 말랐으나 체구가 탄탄했다. 청년은 공중에 떠 있는 이응을 보고 놀란 표정이 됐다.

이규는 다짜고짜 그를 향해 도끼를 휘둘렀다. 연무를 방해받은 것도 짜증나고, 무엇보다 그가 규칙을 어겼기 때문이다. 쨍! 이응이 날린 강철 손톱이 이규의 도끼를 쳐냈다.

"저 녀석을 죽이면 안 돼, 이규."

"왜?"

"몰라서 묻나. 좀 닥치고 있어."

남자는 이응에게 포권하며 감사를 표했다.

"고맙습니다."

그를 힐끗 노려본 이응이 땅에 내려서며 말했다.

"마음대로 들어오지 말라고 했다, 장임."

"아, 최대한 빨리 전달하라고 하셔서……."

청년은 하마터면 죽을 뻔했는데도 태연했다. 청년, 장임(張任)은 정사에서 유언의 아들인 유장(劉璋)의 장수였다. 유비가 익주를 차지하려고 공격해왔을 때 다른 촉의 장수들과 더불어 나아가 싸웠으나 패했다. 이후 끝까지 성을 지키다 붙잡혔는데, 항복을 거부해 죽임을 당했다. 《삼국지연의》에서는 '낙봉파'라는 계곡에 매복해 있다가, 유비의 참모이자 제갈량과 쌍벽을 이루던 방통을 활로 쏴 죽인 걸로 묘사됐다.

송강은 일찍이 장로를 비롯한 오두미도의 지도자 일족을 동평으로 하여금 참살케 했다. 이는 무의미한 학살이 아니라, 종교로 위장한 성혼단의 익주 활동에 오두미도가 방해되어서였다. 유언을 죽여 없애지 않고 세뇌한 것 또한, 죽여서 얻는 이득이 딱히 없을 뿐 아니라 그를 내세워 조종하는 쪽이 편하기 때문이었다.

송강은 철저히 계산대로 움직이고 있었다. 이 장임 또한 그녀 계산의 일부였다. 다른 사람들이 보기에 그 계산이 이해가 되지 않았고 그녀도 굳이 설명해주지 않았을 뿐이다.

장임은 이규에게도 포권해 보였다.

"실례했습니다, 이규 님."

이규가 으르렁댔다. 어쩐지 밉살스러운 놈이다.

"닥쳐."

장임은 아랑곳하지 않고 이웅에게 말했다.

"그나저나 역시 장군님들의 무공은 대단합니다. 방금 그것은 일종의 경공입니까?"

"뭐, 그 비슷한 거다. 그래서 전갈이 뭐야?"

"여기 있습니다."

장임은 소매 안에서 두루마리 하나를 꺼내 이웅에게 건네고 연무장을 나갔다.

봉인을 뜯고 두루마리를 읽던 이웅의 표정이 점점 변했다. 놀라움, 두려움, 설렘 등이 복잡하게 얽힌 표정. 잠시 후, 그가 광소를 터뜨렸다.

"하하하! 이규, 너 신나겠구나."

"뭔데 그래?"

"직접 읽어봐."

이규는 이웅이 던진 두루마리를 받아 읽었다.

'진용운과 진한성이 오는 4월 1일에 산양성에서 만날 예정. 오장원의 형제들은 전원 출격하여 화근을 없애라.'

이규의 눈이 무섭게 번쩍였다. 마침내 복수의 때가 온 것이다.

9

고백의 밤

우적우적. 유당은 눈을 감은 채, 품에서 말린 육포와 견과류를 꺼내 씹었다. 빛이라곤 한 점도 없으니 눈 감고 있는 게 나았다. 그러면서도 귀는 지상을 향한 채였다. 현재 그가 있는 곳은 업성 지하 50미터. 그중에서도 내성 바로 아래였다.

"더럽게 맛없네."

유당이 중얼거렸다. 그의 몸 주변으로는 둥글게 구멍이 파여 있었다. 유당의 천기는 단단하던 대지를 두부처럼 느껴지게 하는 것. 그 속으로 파고 들어가면 끝이었다. 흙과 돌이 알아서 그를 피해 공간을 만들었다. 이제 이렇게 땅속으로 돌아다니는 데도 익숙해졌다. '두더지'라는 조롱에도.

'처음에는 폐소공포증에 걸릴 것 같았는데.'

사실 유당은 위원회가 제국을 만들든 말든 별 관심이 없었다. 어차피 그의 인생에는 큰 변화가 없을 테니까. 미래의 조국을 세계 최강대국으로 만든다고? 그러면 뭐 하나. 아무리 오래 산다 한들 천 년도 더 후의 일인걸.

힘을 얻으며 육체도 개조되어 수명이 길어졌다. 나노 머신인가 뭔가가 몸을 구성하는 세포 및 혈액과 융합한 결과라고 했다. 상처가 빨리 나았으며 병은 아예 걸리지 않았다. 고질이던 코감기가 사라진 점은 마음에 들었다. 하지만 천수를 누린다 해도 몇 백 년이 한계였다. 애초에 명대를 목표로 한 것도 그래서였다.

그런데 후한 말로 와버렸으니 사실 과업 달성은 글렀다. 현재는 서기 192년. 설령 지금 당장 과업이 성공하여 이상적인 제국을 세웠다 해도, 회의 인물들의 수명이 다하는 시기는 고작 692년이다. 2015년까지는 까마득한 세월이 남는다. 무려 천 년이 넘는 시간이. 그사이 일이 어떻게 될지는 아무도 모르는 것이다.

'나라는 오십 년 사이에도 망하려면 얼마든지 망하잖아?'

그럼에도 불구하고 유당은 송강의 밑에 있었다. 덩달아 노준의 일파와의 사이에서 위험한 줄다리기까지 했다. 낯선 세상에서 혼자 살아가는 게 두려워서? 그거라면 철들기도 전부터 해오던 일이었다. 진정한 이유는 단 하나였다.

'이번 생에서야말로 유라를 지킨다.'

유당의 원래 이름은 '유안(劉安)'이었다. 그러나 이름과 달리 그리 편안한 삶을 살지는 못했다. 유안 남매는 열 살도 되기 전에 부모에게서 버림받아 보육원을 전전했다. 그 와중에도 유안은 유일한 혈육인 유라를 잃지 않기 위해 안간힘을 썼다. 닥치는 대로 일했고 세상과 맞서 싸웠다. 그런 보람이 있어 장성한 남매는 차차 안정을 찾았다. 유안은 작은 호텔의 요리사로 취업했고 유라는 모델이 됐다. 늘씬한 몸매와 특이한 머리색 덕이었다.

둘은 자라면서 머리카락의 붉은 기가 점점 짙어졌다. 성인이 됐을 무렵엔 누구나 염색한 것으로 여겼다. 남매를 버린 부모 중 한 사람이 아무래도 외국인인 듯했다. 이를 실마리로 부모를 찾을 수도 있지 않을까 싶었으나, 유안은 굳이 그러지 않았다. 버림받은 순간 이미 부모와 자식 간의 연은 끝났다고 여겼다.

처음에 위원회라는 단체에서 유안을 찾아와 협력을 요청했을 때, 그는 거절했다. 선택받은 사람이라느니, 인간을 넘어선 힘을 갖게 해준다느니, 조국의 찬란한 미래니 하는 말들도 영 수상쩍었다. 그저 지금의 평화로운 삶을 깨뜨리고 싶지 않았다.

그러다 일이 터졌다. 유라가 갑자기 행방불명된 것이다. 유안은 생계도 접고 미친 듯이 동생을 찾아 헤맸다. 하지만 그녀의 흔적은 어디에도 없었다. 사건을 담당한 공안은 고개를 내저었다. 오히려 남자와 눈이 맞아 가출한 게 아니냐며 은근히 그를 압박했다.

그때, 유안이 떠올린 것은 위원회였다. 그의 연락을 받은 위원회는 단 사흘 만에 몇몇 남자들을 붙잡아왔다. 유라의 머리와 함께. 유라는 장기 밀매 조직에 납치되어 죽임을 당한 후였다. 몸은 다 해체되고 머리밖에 안 남았다고 했다. 남자들 틈에는 유안을 홀대한 공안도 있었다. 그러니 적극적으로 수사하지 않은 게 당연했다.

"마음대로 처리하시오. 후환은 없게 해뒀으니."

유안은 회의 인물이 건넨 단도로, 공안을 비롯한 장기 밀매 조직원들을 모조리 죽였다. 그래도 죽은 동생은 살아오지 않았다. 유라의 머리를 안고 통곡하는 그에게, 회에서 나온 인물이 속삭였다. 범죄 조직과 공안이 내통하는, 이런 세상을 바꿔야 한다고. 더는 당신과 당신 동생 같은 피해자가 생겨선 안 된다고. 결정적으로…….

"회의 일원이 되면, 당신의 동생을 다시 만날 수도 있소. 예전과 겉모습은 좀 다르겠지만."

"정말입니까? 그런 일이…… 가능한가요?"

"못 믿겠으면 거절해도 되오. 이번이 마지막이오. 앞으로 다시는 당신을 찾지 않을 거요."

유안은 반신반의하면서도 회에 몸담기로 했다. 그리고 그의 이름이 적힌, 성혼마석의 힘을 얻었다. 그날부터 그의 이름은 '당'이 되었다. 과연 약속대로 유라도 되살아났다. 병마용군이라는 나노 안드로이드에 정신 사념체, 즉 영혼을 담는 방식으로. 과연 부활한 동생은 외모가 전혀 달랐다. 그러나 유당은 그녀가 유라임을 똑똑히 알 수 있었다. 그걸로 충분했다. 겉모습이 어떻든, 동생이라는 사실이 중요했다. 이에 원래 정해진 이름도 무시하고 유라라고 불렀다. 되살아난 유라도 유당을 잘 따랐다. 남매는 오히려 예전보다 더욱 서로를 의지하게 되었다. 신기하게도 그럴수록 유라의 머리색은 점점 더 붉어졌다.

어지간한 회의 인물들은 유라가 유당의 여동생임을 알고 있었다. 그런데도 노준의는 그녀를 인형이라 칭했다. 다분히 고의적이었다. 생각하니 또 화가 치밀었다.

'휴, 진정하자. 이렇게 땅속에만 처박혀 있으니 잡생각이 많아진단 말이야.'

유당은 고개를 젓고 다시 정신을 집중했다. 업성은 숨어들기가 매우 힘들었다. 바로 옆에 거대한 호수가 있는 데다 주변으로 흐르는 강줄기가 많은 탓이었다. 며칠 고생한 끝에 겨우 여기까지 파고들었다. 힘들게 잡은 기회를 허비할 순 없었다. 용운의 기척을 탐지하던 그가 중얼거렸다.

"아주 바쁘시군."

진용운은 거의 쉬지 않고 성내를 돌아다녔다. 유당의 천기도, 모든 소리를 엿들을 수 있는 건 아니었다. 그가 파고든 장소에서 수직으로 정확히 위쪽, 반경 몇 미터 이내라야 말소리 구분이 가능했다.

'왜 출발을 안 해? 내일이 4월 1일이니까 지금 떠나도 늦을 텐데. 혹시 날짜를 착각한 건가? 유라가 전해준 건 분명히 진짜 진한성이 쓴 편지다. 설마 아버지를 포기하기로 한 건 아니겠지?'

진용운의 기척은 여전히 업성에 머물러 있었다. 처음 약속 장소가 산양성임을 들었을 때, 유당은 쾌재를 불렀다. 산양성은 원술의 수하인 기령이 점령 중이었다. 한데 그 위치가 매우 미묘했다. 서쪽으로는 여포가 점거한 정도현이 있었다. 북쪽 또한 여포의 세력인 견성, 늠구, 범의 3현과 가까웠다. 동쪽으로는 도겸이 다스리고 있는 서주와 인접했다. 또 남으로는 조조가 의탁한 패국이 멀지 않으니, 그야말로 군사적 움직임에 민감한 지역이었다.

'누구도 쉽사리 대군을 끌고 오기 어려운 곳이라는 생각에 택한 모양인데……. 잘못된 선택이다, 진한성. 천강위 네 명만 와도 삼, 사만의 병력보다 강하니까. 당신이 이 세계에 와서 더욱 무서운 존재가 됐듯이, 우리도 마찬가지야.'

산양성이 부자의 재회 장소라는 것은, 진용운도 소수정예로 움직여야 한다는 의미였다. 그것도 매우 적은 수로 은밀하게. 까딱 병력을 잘못 움직였다간 여포, 원술, 도겸 거기에 조조와 진규까지 강력한 네 개 세력으로부터 공격받기 딱 좋았다. 진용운의 입장에서는 원소와 여전히 험악한 상태인 지금 굳이 그런 위험을 무릅쓸 필요는 없는 것이다. 유당이 보기에 진용운의 최대 강점은 휘하에 데리고 있는 장수들과 책사 그리고 병사였다. 송강과 동평 등도 그 점을 제일 강조했다.

사천신녀가 무섭다곤 하나, 그건 이 세계 군웅들에 국한한 얘기였다. 당장 천강위들도 대부분 병마용군을 거느렸다. 그중 넷만, 절대십천이라면 둘만 있어도 사천신녀를 손쉽게 제압하리라 예상했다. 물론 이미 천강위를 죽인 바 있는 조운과 서황 등의 장수에, 수만의 정예군이 더해지면 그 상승효과는 무서우리라. 상위 서열의 천강위라도 몸을 사려야 할 정도다.

'그러나 진한성과 진용운은 자신들의 계획이 위원회에 발각됐음을 모르고 있다. 괜히 수만 대군과 장수들을 거느리고 갈 리가 없지. 산양성에 데려갈 수 있는 병력은 많아야 일천 정도. 그게 은밀 기동이 가능한 한계다. 어정쩡하게 데려갔다간 여포군과 기령군에 발각되어 제대로 싸워보지도 못하

고 전멸한다. 그 전에 천강위들에게 죽을 테지만.'

아무리 정예라 해도 결국 일개 병사였다. 천강위 두 명이 장수와 병사들을 맡고, 나머지 서너 명이 진한성 부자를 맡는다. 사천신녀는 병마용군들이 처리한다. 지려야 질 수 없는 싸움이었다.

'그런데 오늘따라 유난히 소란스럽군.'

고개를 갸웃거리던 유당의 표정이 변했다. 그는 얼른 유라에게 사념을 보냈다. 천강위의 일원이 되면서 유당은 크게 세 가지 힘을 얻었다. 첫 번째는 땅속을 자유로이 이동할 수 있게 해주는 천기 지둔비술. 두 번째는 불의 힘이 깃든 단도인 유물 화령비(火靈匕). 세 번째가 제법 먼 거리에서도 유라와 사념으로 대화할 수 있는 능력이었다.

—유라야, 지금 어디냐?

곧 유라로부터 대답이 왔다.

—성안에 숨어들어와 있어, 오빠.

—인간복제도 썼고?

—당연하지. 이번에는 평범한 병사야. 곧 갈아타려고.

—그런데 지금 성에 무슨 일 있냐? 이상하게 시끄러운 것 같은데?

—응? 난 잘 모르겠는데. 잠깐만.

얼마 후, 유라의 놀란 목소리가 머릿속에 울려 퍼졌다.

—헐, 오빠! 지금 병력이 출진하는 모양인데?

—뭐라고? 이 야밤에? 얼마나?

—몰라. 캄캄해서 잘 안 보이는데 무진장 많아. 횃불이 엄청나. 확실히 수만 명은 되는 것 같아.

—이런 미친……. 어쩐지 이상하더라니.

유당은 혀를 찼다.

'원소에 이어 원술과도 싸우겠다는 뜻인가? 여포와 도겸, 조조를 한꺼번에 상대하게 되어도 상관없다 이거야?'

설마 진용운이 이렇게 무대포로 나올 줄은 몰랐다.

'그만큼 제 아비와의 만남이 절실했던 걸까. 전쟁도 불사할 정도로.'

유당은 마음이 급해졌다. 용운의 기척이 움직이는 속도가 갑자기 빨라진 까닭이었다.

—오빠?

—지금 막 진용운의 기척이 성문을 나왔다. 난 그쪽을 따라갈 테니, 넌 성에 남은 진용운의 수하 중 누군가로 복제 시도해봐. 특히, 그 뭐였지? 정보 조직을 맡은 놈.

—전예?

—그래, 전예. 그자를 복제할 수 있으면 좋고.

—알았어. 쉽진 않겠지만 한번 시도해볼게. 조심해, 오빠.

—나야 땅 밑으로만 다니는데 위험할 게 뭐 있겠니. 너나

조심해. 그럼 일주일 후에 여기서 보자. 산양성에서 무슨 일이 벌어지든, 일주일이 지나면 무조건 업성으로 돌아올 테니까.

—응. 괜히 고래 싸움에 끼어들었다가 등 터지지 말고.

—설마. 난 가늘고 길게 살고 싶은 사람이야.

많은 병마용군들이 주인과 멀어지면 약해졌다. 심지어 목숨이 위태로워지는 경우도 있었다. 이는 그릇에 혼을 담아둔 매개체인 '영혼의 연결'이 약해지는 탓이었다. 예를 들면, 무선공유기에서 멀어질수록 와이파이 신호가 약해지다가 결국 끊기는 것과 비슷했다.

그러나 유당과 유라는 특별했다. 사념을 주고받는 것까진 어려웠지만, 어지간히 멀어져도 유라의 활동에는 아무 제약이 없었다. 서로를 절대적으로 믿으며, 서로가 가장 중요한 존재이기 때문이었다. 즉 주인이 병마용군에 담긴 혼의 정체를 알고, 혼 또한 주인을 알며, 생전에 둘의 관계가 친밀했을수록 신호 강도가 세다고 할 수 있었다.

유당은 산양성에서 벌어지리라 예상되는 혈투의 결과에 따라 움직일 셈이었다. 늘 그래 왔듯이. 위원회의 승리는 일단 기정사실이었다. 다만 거기 참전하는 천강위가 어느 쪽이냐가 문제였다. 송강을 따르는 무투파가 참전하여, 그럴 일은 없겠지만 혹시나 몇 명이 전사하기라도 한다면 노준의 일파가 유리해진다. 반대로 노준의 일파가 참전해서 동료를 더

잃는다면 슬슬 그쪽에서는 손을 떼야 할 듯했다.

'가뜩이나 무투파가 적은 데다 시진이 끌어들인 목홍과 뇌횡까지 죽었다. 거기서 더 제 사람을 잃으면 노준의는 송강을 영영 못 이긴다.'

유당은 생각을 정리하며, 진용운의 기척을 따라 땅속을 움직였다. 역시나 그는 동남쪽으로 향하고 있었다.

이때부터 약 두 시진(네 시간) 전이었다. 고심하던 용운이 전예에게 명했다.

"제가 말하는 장군들을 바로 소집해주세요."

"예, 주공. 하명하십시오."

"조자룡(조운), 장준예(장합), 장문원(장료), 서공명(서황) 그리고……."

용운은 잠시 망설이다 말을 이었다.

"장연."

전예는 조금 놀랐으나 순순히 답했다.

"바로 이행하겠습니다."

"또 다른 대원을 시켜서 문약(순욱)과 봉효(곽가), 공대(진궁), 계규(최염)도 불러주세요."

"알겠습니다. 모두 이리로 부릅니까?"

"예, 그리해주세요. 아, 그대도 같이 오고요."

"옛. 그럼 잠시 후에 뵙겠습니다."

용운의 저택 마당에는 제법 큰 정자가 있었다. 손님을 맞이하거나, 찾아온 가신들과 사적으로 대화하기 위해 만든 곳이었다. 용운은 그 정자 가운데 앉아서 말없이 기다렸다. 그때 문득 청몽의 목소리가 들려왔다.

"주군, 무슨 일 있어요? 전예가 급히 나가던데."

"어라. 어디 갔다 왔어?"

"잠깐 볼일 좀……."

"그래, 무슨 일 있어. 그러니까 이제부터 내 옆에 꼭 붙어 있어. 아니, 잘됐다. 얼른 가서 검후와 성월, 사린이도 불러와. 곧 여길 떠날지도 모르니까."

"네!"

청몽은 심상치 않은 분위기를 눈치채고 순식간에 사라졌다.

얼마 뒤, 한 무리의 사람들이 우르르 들어왔다. 조운, 장합, 장료, 서황 네 사람이었다. 그들은 하나같이 어리둥절한 표정이었다. 이 시간에 용운이 가신을 부른 적이 한 번도 없었기 때문이다.

"자, 모두 여기 와서 앉으세요."

용운의 말에, 장수들은 정자 안으로 들어와 앉았다. 궁금한 걸 못 참는 장료가 조심스레 물었다.

"저, 주공. 이게 무슨 일입니까?"

"아직 올 사람들이 더 있어요. 그때 한꺼번에 말하겠습니다."

잠시 후 장연이 마당에 들어섰다. 그런데 그는 양봉과 함께였다. 두 사람은 잔뜩 긴장한 기색이었다. 장연의 생각을 알아챈 용운이 허탈하게 웃으며 말했다.

"괜한 걱정 하지 말고 이리 오세요, 장연. 나는 사람을 속여 불러내서 암습하는 짓 따위 안 합니다. 하물며 그대는 이제 내 가신이 아닙니까?"

"아, 하하, 그럼요. 물론이지요. 이보게, 양봉! 그러게 내가 뭐랬나. 주공께선 그럴 분이 아니라고 하지 않았는가. 괜히 걱정만 많아서는."

양봉은 입을 꾹 다물고 고개를 끄덕였다. 뭔가 억울해하는 표정이었다.

용운은 두 사람을 보며 생각했다.

'딱 보니, 장연이 지레 겁먹고 양봉한테 같이 가달라고 졸랐군.'

곧 사천신녀가 도착했고 순욱과 곽가, 진궁, 최염, 전예도 모습을 드러냈다. 격무를 마치고 막 잠자리에 들었던 순욱은 피로에 찌들어 보였고 곽가는 다크서클이 턱까지 내려와 있었다. 진궁은 걱정스러운 표정으로 용운을 보았고 최염은 늘 그렇듯 차분했다.

"이렇게 갑자기 불러서 미안합니다."

용운은 정자 가운데 서서 입을 열었다. 신뢰하는 이들의 시선이 그에게 집중되었다.

"여러분께 긴히 할 말이 있어서 급히 소집했습니다."

자연스럽게 모두를 대표하게 된 순욱이 말했다.

"말씀하시지요, 주공."

용운은 쉽게 입을 떼지 못했다. 이게 정말 잘하는 짓일까? 그러나 언젠가 한 번은 해야 할 일이었다. 한 차례 심호흡을 한 그가 말을 시작했다.

"사실 나는 이제까지 여러분에게 숨겨온 것이 있습니다."

용운의 말에 정자 안이 짧게 술렁였다. 장연은 뭔지 알겠다는 듯 고개를 끄덕였다. 장합은 올 것이 왔다는 듯 눈을 질끈 감았다. 조운은 차분히 앉아서 용운의 말을 기다렸고, 장료는 호기심에 무릎을 달달 떨었다. 곽가는 의미심장한 눈빛으로 용운을 바라보았다. 장연과 장합의 반응에 용운은 작게 한숨 쉬었다. 둘이 무슨 생각을 하는지 대충 짐작이 갔다.

'그 얘기 아니거든요.'

잠시 뜸을 들이던 용운이 말했다.

"사실 나는 중원 사람이 아닙니다."

"……."

"요동, 그중에서도 백제 사람입니다."

가신들이 일제히 놀라는 표정을 지었다. 백제는 생소한 나라였지만, 국호는 들어본 적이 있었다. 바로 고구려와 연관해서였다. 북방민족은 한나라에게 늘 골칫거리였는데, 그중에서도 고구려는 두렵기까지 했다. 《후한서》에 의하면, 서기 49년경에는 고구려가 무려 우북평까지 침공해 들어온 적이 있었다. 이에 당시 요동태수 제융은 흉노와 고구려를 이간하는 한편, 재물과 교역로를 약속하여 간신히 막아냈다고 한다. 백제는 그 고구려의 유민이 세운 나라지만, 세력을 키우면서 종종 충돌하는 정도로 알고 있었다. 백제가 중국과의 무역로를 확보하며 점차 강성해지기까지는 아직 오랜 세월이 남았다. 용운이 백제를 택한 것도 그래서였다.

"아버지는 백제의 왕족이었습니다. 왕위 다툼에서 밀려 일족이 몰살하게 됐을 때, 호위무사로 하여금 나를 한나라로 피신시켰습니다. 그게 내가 다섯 살 때였는데, 그 후로 쭉 산 속에서 지냈습니다."

정자 안은 쥐 죽은 듯 조용했다. 모두 숨죽여 용운의 말을 듣고 있었다. 물론 이는 지어낸 얘기였다. 용운은 언젠가 사실을, 하다못해 일부라도 말해야겠다고 늘 생각하고 있었다. 특히, 자신이 한나라 사람이 아니라는 것을. 그러지 않고선 진실한 충성을 얻기 어렵다고 생각해서였다. 특히, 곽가처럼 뛰어난 책사들은 더 그랬다. 불신은 언젠가 덫이 되어 용운 자신의 발목을 잡을지도 몰랐다.

자신을 믿고 따르는 이들을 속이고 있다는 죄책감도 한몫했다. 한 황실 부흥을 기치로 내건 것 때문이었다. 까놓고 말해서, 용운은 한 황실에 아무 충성심도 없었다. 오히려 나약하고 무능했으며 십상시와 군웅들에게 휘둘렸던 이 무렵의 황제들을 경멸하는 편이었다. 그러나 순욱과 진궁 같은 이들의 마음을 얻기 위해, '언변' 특기에 따라 내뱉은 말이 어느새 목표가 되어버렸다.

정말로 한 황실을 도와 제국을 부흥시킬 것인가. 이 문제를 진지하게 고민한 적도 있었으나 도저히 안 된다는 결론이 났다. 첫째, 역사를 너무 큰 폭으로 변화시키는 꼴이었다.

'이미 엉망으로 바꾸긴 했지만, 나라의 운명을 뒤집는다는 것은 변화의 규모가 다르니까. 난 한나라를 세운 유방이나 조선을 건국한 이성계 같은 영웅이 아니라, 21세기의 나약한 고등학생이었을 뿐이야. 그러니 내가 정말로 한나라를 부흥시키려면 어쩔 수 없이 미래의 지식을 더욱 본격적으로 활용할 수밖에 없다. 과학 쪽으로나, 군사나 역사적으로나. 그 여파와 결과는 상상도 못하겠지만.'

용운이 아무리 의식하지 않으려 해도 두려웠다. 적어도 제 손으로는 할 엄두가 안 났다.

둘째, 용운도 어쩔 수 없는 한국인이었다. 사실 철이 들고 나서부터는 서울 생활에 대한 좋은 기억이 없었다. 그래도 한국 사람인 부모님에게서 태어났고 한국어와 한글을 썼다. 또 대한민국이라는 나라의 울타리 안에서, 법과 질서에 따라 나름대로 권리를 누리고 보호받으면서 살아왔다. 그런 조국이 존재하지조차 않도록 만들 수도 있는 일을 할 순 없었다.

'한 제국의 부흥과 거기서 비롯된 한족의 발전은 한나라와 맞닿은 고구려에 치명적인 악영향을 주겠지. 나아가 백제와 신라에도. 최악의 경우, 한반도 전체가 한나라의 군(郡)이 될지도 몰라. 한사군을 세웠던 것처럼…….'

용운은 의형제인 조운을 진심으로 사랑했다. 그래도 중국이라는 나라를 위해, 선조들을 욕되게 할 순 없었다. 그게 그의 한계선이었다. 그렇다고 아득한 과거의 조상들이 염려되어 현재 곁에 있는 이들을 버릴 수도 없었다. 그래서 고민 끝에 내린 결론은 이것이었다.

'나를 따르는 사람들이, 내가 떠난 후에도 어려움 없이 살아갈 수 있을 만한 세력을 구축한다. 규모는 몇 개 주 정도. 그 과정에서 한족 전체의 문명이 획기적으로 발전할 만한 행위는 최대한 삼간다. 그다음에는 가장 믿을 만한 이에게 그 세력을 넘길 거야. 만약 여기서 내가 늙어 죽을 때까지 살게 된다면 적당한 때에 은퇴한 다음 양보할 거고.'

용운이 순간기억능력과 미래에의 지식을 가졌다 해도 어차피 사람이었다. 이천 년 후의 미래까지 예측하기란 불가능했다. 그게 두려워서 움직이지 않는다면 아무것도 할 수가 없었다. 그렇다고 멋대로 움직였다간 훗날 큰 재앙을 부를지도 몰랐다. 역사책에서 본 대로 일이 흘러가도록 하려면, 가장 좋은 방법은 한 가지뿐이었다.

'바로 나 자신이 사라지는 것.'

더 나아가 위원회와 아버지까지 이 세계에서 지워버려야 하는데, 도저히 그럴 맘은 들지 않았다.

'내가 여기로 오고 싶어서 왔어? 내게도 재앙이자 사고였다고. 그런데 왜 내가 사라져야 해? 그렇다고 있는 듯 없는 듯 은둔해서 관조자 역할만 할 수는 없잖아. 이미 그 산에서 자룡 형님을 만난 순간부터 난 역사에 개입하기 시작했는걸.'

그랬다. 시작부터 이미 늦어 있었다. 다시 그때로 되돌아간다 해도 용운은 기꺼이 조운의 도움을 받을 터였다. 황건적들에게 험한 일을 당하고 비참하게 죽을 순 없으니까. 또 모른 척하기에는 이미 조자룡이라는 사람을 너무도 좋아하게 되어버렸다.

'가능한 한 조심하되 미래의 일은 운명에 맡기는 수밖에. 만약 내가 기반을 다진 세력이 금세 망하거나, 반대로 너무 강성해져서 중원을 삼켜버린다 해도……. 어쩔 수 없다. 거기까지는 도저히 내 소관이 아니야. 최대한 그렇게 되지 않도록 신경은 쓰겠지만, 거기 묶여서 현재를 회피하거나 소홀히 할 수는 없다.'

누군가 무모하고 무책임하다고 비난해도 어쩔 수 없었다. 결국 이 정도가 최선이었다. 무엇보다 용운 자신이 살아야 하니까. 이에 용운은 오랜 시간에 걸쳐 틈틈이, 심복들에게 설명할 말을 꾸며냈다. 그리고 적당한 시기를 기다려왔다. 미래에서 왔다고 해봐야 진심으로 믿을 리 없었다. 설령 믿는다 해도 하등 도움 될 게 없었다. 이에 수용 가능한 수준의 말을 만들어낸 것이다.

"그러다 스승이 되어주셨던 호위무사가 죽고 하산하게 됐습니다. 평생 산속에 숨어서 살 순 없다고 생각했으니까요. 자룡 형님께서는 잘 아시겠지만, 제가 산을 내려와서 맨 먼저 맞닥뜨린 건 황건의 잔당들이었습니다."

조운은 살짝 고개를 끄덕였다. 듣다 보니 동북평 쪽의 산에서 용운을 만난 게 이해가 갔다.

'요동을 통해 한으로 넘어왔던 모양이구나.'

순욱 또한 있을 법한 얘기라는 생각이 들었다. 백제가 고구려와 적대적 관계라면, 그 백제에서 축출된 왕족을 고구려가 받아들일 수도 있었다. 그렇다고 그냥 고구려에 머무르기에는 불안요소가 너무 많았을 것이다. 언제 정치적·군사적 협상 수단으로 쓰일지 모르니. 용운이 한의 관습이나 예법에 다소 어두우면서도, 묘하게 기품이 있었던 이유도 알게 됐다. 타국의 왕족이니 그랬던 것이리라.

"처음 접해본 세상은 너무도 어지럽고 혼란스러웠습니다. 백성들이 수없이 죽어나가고 사특한 무리가 독버섯처럼 생겨나고 있었습니다."

말하던 용운이 미미하게 움찔했다. 그러는 와중에 언변 스킬이 발동한 것이다. 말을 잘해야겠다고 생각하거나, 누군가를 설득하려고 마음먹으면 발동해버리는 것 같았다.

'아, 뭐야!'

용운은 눈앞에 떠오르는 메시지 창의 내용을 의식하지 않으려고 애썼다. 그러나 알 수 없는 힘에 의해, 그는 어느새 그 글귀를 읽고 있었다.

"그 원인도 하나요, 그 혼란을 가라앉히는 방법도 하나뿐이라고 생각했습니다. 바로 한 황실을 부흥케 하는 것입니다. 다행히 여러분도 거기에 호응하여 지금까지 날 잘 따라와줬습니다."

젠장, 이게 아니잖아! 다름 아닌 내 입인데도 멋대로 움직이고 있었다. 용운은 억울하고 화가 났다. 어차피 거짓말이긴 마찬가지였지만, 이건 경우가 다르지 않은가. 저들의 마음에 거짓된 희망을 심어주긴 싫었다. 하지만 그의 목소리는 언변 스킬에 따른 내용을 가차 없이 읊어가고 있었다.

"황건적에 이어 성혼단이라는 사교의 무리가 암약하고 있음을 우연히 알게 되었고 자룡 형님과 더불어 그들의 소굴을 깨부수면서, 성혼단과의 악연이 시작됐지요. 그러나 이미 성혼단의 세력은 온 중원에 퍼졌으며 기이한 힘까지 얻어, 감당하기 어려운 상대가 됐습니다."

그제야 메시지 창이 사라지고 언변 스킬도 해제되었다. 그러나 이미 또 한 번, '한 황실 부흥'을 입에 올린 후였다.

'방금 한 말은 취소입니다, 라고 할 수도 없고. 사람 미치게 하는군. 내 뜻대로 못하는 스킬이라니……. 미안해요, 여러분. 또 본의 아니게 거짓말을 해버렸어요.'

용운은 마음속으로 가신들에게 사과하며 말을 이었다.

"그러다 얼마 전 한 가지 놀라운 사실을 알게 됐습니다. 돌아가신 줄로만 알았던 아버지께서 살아 계셨다는 겁니다. 아버지께서는 절 호위무사에게 맡겨 먼저 피신시킨 후, 따로 뱃길을 통해 강남으로 몸을 피하셨던 모양이더군요. 거기서 오랜 세월 동안 은둔해 계셨고요."

용운은 언변 스킬 때문에 속이 뒤집힌 데다 말을 오래 해서 목이 탔다. 그는 정자에 준비된 술을 한 모금 들이켰다.

그가 잠시 쉬는 사이, 순욱이 정중히 말했다.

"경하드립니다, 주공."

용운은 순욱의 태도에 내심 안심했다. 오랑캐를 따를 수 없다며 가신들이 들고일어나는 최악의 사태까지 각오하고 있었기 때문이다.

"고마워요, 문약. 하지만 거기서 아버지께 문제가 생겼어요. 용케 연락이 닿아 제게 오시던 중 산양 근처에서 성혼단 무리에 포위되신 듯해요."

"저런……."

가신들은 용운이 대충 무슨 말을 하려는지 알 듯했다.

"해서 그들과 싸우러 가려 합니다. 돌아가신 줄로만 알았던 아버지와 겨우 재회하게 됐는데, 놈들 손에 당하시게 버려둘 순 없으니까요. 어차피 성혼단은 천하를 발아래 두겠다는 헛된 야망으로 백성들에게 이상한 약물까지 먹여서 조종하는 악한 무리입니다. 다들 아시다시피 날 암살하려 한 적도 있고, 자간 님의 죽음에도 성혼단이 연관된 것 같다는 말도 있더군요."

노식의 죽음에 대한 내용은 용운이 탁성에 들렀을 때 선우보가 귀띔해준 거였다. 선우보는 탁성에 들어와 민심을 수습하고 수상한 자들을 색출하는 과정에서 이상한 첩보를 접했다고 했다. 바로 성혼단 신도 몇이 원소군과 내통하여 노식의 기만 작전을 유출했다는 내용이었다. 노식이 모시는 용운은 성혼단과 철천지원수인 반면, 원소는 성혼단 간부와 손을 잡았다는 게 이유였다.

"이 개자식들이……."

나직한 목소리의 주인은 뜻밖에도 장합이었다. 늘 냉철한 그가 험한 말을 내뱉었다. 그만큼 화가 났다는 소리였다. 그는 무능한 주인인 한복을 섬겼던 적이 있었다. 그런 만큼 용운을 진심으로 경애했다. 그의 충성은 조운이나 전예 등과는 또 달랐다. 황제나 국가와는 무관한 마음이었다. 당연히 용운에게 적대적인 성혼단에 대한 감정이 좋을 리 없었다. 또 원소와 전투 중, 성혼단의 일원으로 보이는 여자에게 하마터면 성월까지 죽을 뻔했다. 그녀를 구하다가 장합 자신도 크게 다쳤었다. 게다가 누상촌에서 처음 할거한 시절부터 노식을 존경했는데, 그의 죽음마저 성혼단이 관여했다 하니 극도로 분노가 치민 것이다.

용운은 마침내 결론을 말했다.

"나는 지금 당장 산양성으로 가서, 놈들과 싸우고 아버지를 구할 생각입니다. 몹시 위험한 싸움이 될 겁니다. 솔직히 목숨이 위태로울지도 몰라요. 그래서 자원자만 받겠습니다. 나를…… 여전히 주공이라 생각하는 사람만 말입니다."

용운은 말하면서 슬쩍 곽가의 눈치를 보았다. 위원회에 대해서는 그에게 이미 언급한 바 있었으나 자신의 출신에 관한 얘기는 처음이었다. 이와 무관하게 용운은 곽가가 이 원정에 반대하리라 예상했다. 산양성 주변 정세가 매우 위태로웠기 때문이다. 유당이 아는 정보를 용운과 곽가가 모를 리 없었다. 현대로 비유하자면, 시리아나 팔레스타인 등에 부대를 몰고 뛰어드는 격이었다.

'그래도 어쩔 수 없어. 아버지가 거기서 뭔가 일을 벌이시려는 게 분명한 이상, 모른 척할 순 없다. 사천신녀만 데리고서라도…….'

용운이 여기까지 생각했을 때였다. 조운이 제일 먼저 손을 들었다.

"제가 가겠습니다."

"형님……."

조운은 잔잔한 미소를 띠고 고개를 끄덕였다. 그러자 장합과 장료도 거의 동시에 거수했다.

"두 분, 그냥 하는 말이 아니라 정말 죽을 자리로 찾아들어가는 게 될 수 있어요."

용운의 말에 장료가 쾌활하게 대꾸했다.

"저는 이미 관도에서 결사대 오백만 거느리고 삼만 대군 속으로 뛰어들어봤습니다. 이번에도 대충 비슷한 것 같네요. 그런 일에 제가 빠질 순 없지요."

그 말을 장합이 이었다.

"무엇보다 주공을 주공으로 생각하는 사람만 따르라고 하셨지 않습니까? 제게는 너무도 당연한 일이라 무조건 가야 합니다."

"문원, 준예……. 고마워요."

장연도 앓는 소리를 내며 따를 의사를 표했다.

"으으, 어쩌겠습니까. 이미 반해……, 아니 이미 한배를 타버린 것을. 저도 동행하겠습니다. 아, 양봉도 갑니다."

옆에 있던 양봉이 당황해서 흠칫했다. 장연은 그의 무릎을 꽉 눌렀다.

진궁이 부드럽게 웃으며 말했다.

"저는 또 주공께서 혼인 발표라도 하시려는 줄 알았습니다. 허허. 그런 일로 제 충심을 의심하신다면 저야말로 서운합니다. 좀 더 일찍 말씀해주셨어도 좋을 뻔했습니다."

"공대……."

용운은 콧날이 시큰하고 눈시울이 뜨거워졌다. 딱히 해줄 말이 없었다. 그저 이름을 부를 뿐. 어쩌면 내심 이들의 마음을 확인하고 싶었던 건지도 모른다.

사천신녀는 말도 필요 없었다. 용운이 가는 곳이라면 어디든 함께하는 게 당연한 일이었기에. 검후는 여전히 몸 상태가 정상이 아니었지만, 수레에 타고서라도 갈 생각이었다.

'이미 주군은 마음을 굳혔다. 바꿀 수 없어. 가는 게 도리이기도 하고. 하지만 그 사람과 주군, 둘 모두가 위험해지는

일이다. 거기에 자룡까지……. 화상 좀 입었다고 성에서 드러누워 있을 때가 아니야.'

결의를 다지는 그녀의 귓가에 성월이 속삭였다.

"언니, 우린 어차피 갈 거니까 긴장하지 마요. 잊었어요? 주군에게서 멀어지면, 정신의 연결이 약해져 우리 혼이 이 육체를 떠나게 돼요. 주군은 하늘이 두 쪽 나도 갈 모양이니 우리도 당연히 따라가야 한다고요."

그 말에 검후는 작게 고개를 끄덕였다. 일단 전장에 도착하기만 하면 어떻게든 싸울 자신이 있었다.

의외로 마지막까지 움직이지 않은 사람은 서황이었다. 팔짱을 낀 채 고심하던 그가 입을 열었다.

"저도 한 가지 주공께, 아니 여기 있는 모든 분께 고백할 게 있습니다."

모두의 시선이 이번에는 서황에게 집중되었다.

곽가가 작게 중얼거렸다.

"이건 뭐 고백의 밤인가? 나도 뭔가 털어놓아야 할 분위기로군."

10
산양성 혈투

조운이 무슨 일이냐는 듯 서황을 바라보았다.

서황은 잠시 주저하다가 크게 한숨을 내쉬었다.

"여러분, 놀라지 마십시오. 절대 요물이나 귀신 같은 게 아니니까요."

말을 마친 서황이 장포 앞섶을 열었다. 그러자 받쳐 입은 옷 안쪽에서 뭔가가 파르르 날아올랐다. 갑작스러운 일에 대담한 장수들도 깜짝 놀랐다.

"새?"

"아니, 저게 뭐지?"

장연은 당황해서 저도 모르게 검을 잡았다.

그러자 장연을 향해 서황이 버럭 호통을 쳤다.

"공격하지 마시오! 해치지 않소."

서황은 손바닥이 위로 오게 하여 오른손을 내밀었다.

"그만 내려오시오."

그러자 그의 머리 위를 날면서 배회하던 뭔가가 거기 내려섰다.

"아이참, 이렇게 갑자기 공개해버리면 어떡해요!"

사람들은 여자 목소리로 종알대는 그것을 홀린 듯 바라보았다. 조용하던 최염이 처음으로 신음소리를 냈다.

"맙소사……."

그것은 실제로 작은 여자였다. 날개까지 달린. 바로 병마용군 요원이 거기 서 있었다. 서황은 무거운 음성으로 말했다.

"보시다시피 살아 있는 사람과 똑같습니다. 몸집이 아주 작고 날개가 달렸다는 점만 빼면……. 전 이 여인을 관도성 전투에서 우연히 얻었습니다. 원소군 적장이 데리고 있던 여인이었지요. 이름은 요원이라고 합니다."

그러고 보니 조운은 요원을 본 기억이 났다. 워낙 빨라서 뭔가가 날아다닌다는 정도로만 느꼈었다. 그때는 삭초가 매와 같은 맹금을 길들여서 부린다고 여겼다. 설마 사람의 형태일 줄은 몰랐다.

"안녕, 안녕하세요. 아름다운 밤이에요. 너무들 쳐다보시니까 부끄럽네요."

요원은 서황의 손바닥에서 사방을 돌아보며 꾸벅꾸벅 인사해댔다. 노란 바탕에, 홍색과 흑색 무늬를 넣은 짧은 심의(深衣, 원피스처럼 상하가 하나로 된, 품이 넉넉한 옷) 차림에 요대를 맨 그녀의 모습은 깜찍하기 그지없었다. 그녀는 현대에서 자신을 죽였던 삭초의 소유물이 되었었다. 죽지 못해 살아가다 보니 영혼까지 피폐해졌다. 그러다 그에게서 풀려난 뒤, 자신을 아껴주는 서황과 지내게 되었다. 덕분에 짧은 기간임에도 성격이 많이 변했다. 과거의 거만하고 표독스러운 부분은 사라지고 좀 더 부드러워졌으며 밝아졌다. 지금 이 시간이, 지금 곁에 있는 이가 얼마나 소중한지 깨달은 덕분이었다. 인사하던 요원의 시선이 용운에게서 멎었다.

"아하, 그쪽이 바로 진용운이군요. 회에서 못 죽여서 안달인."

용운은 굳은 얼굴로 말했다.

"역시 위원회의 산물이었군요. 당신은 대체 뭡니까?"

그는 이미 요원에게 대인통찰을 써봤지만 통하지 않았다. 이는 그녀가 엄밀히 말해 인간이 아니기 때문이었다. 그렇다고 사물통찰이 먹히는 것도 아니었다. 사물이 아니라 영혼이 깃들어 있는 까닭이었다. 상대의 확실한 정체도, 속셈도 모르게 된 용운은 경계할 수밖에 없었다.

용운의 물음에 요원이 고개를 갸웃거렸다.

"응? 나를, 아니지, 나 같은 존재를 몰라요? 주변에……."

넷이나 있으면서, 라고 말하려던 요원의 입은 엄청난 속도로 뛰어든 청몽의 손에 막혔다. 청몽은 그녀를 양손으로 감싸드는 척하면서 교묘히 입을 틀어막았다.

"어머, 깜찍하기도 하지!"

"으읍!"

"산에서 주군과 수련하던 시절에 이런 존재를 본 적이 있어요. 아마 요정이라고 했지요. 일종의 정령인데, 그 삭초라는 자한테 어쩌다가 붙잡혀서……."

용운이 고개를 갸웃거렸다.

"요정? 정령이라고?"

빠른 투로 말하던 청몽은 버둥대는 요원에게 얼굴을 갖다대고 속삭였다.

"쓸데없는 소리 하면 주군한테 말해서 쫓아버리라고 할 거야. 저 서황이란 남자도 같이."

"끄으……."

요원이 잠잠해졌다. 서황은 행여 청몽이 요원을 해칠까봐 조마조마한 심정이었다.

'아, 그런 식으로 잡아들면 안 되는데……. 발을 받쳐줘야 하는데……. 잘못하면 날개 상하는데.'

순욱은 턱을 어루만지며 중얼거렸다.

"허어, 내 생전에 정령을 눈앞에서 보게 될 줄이야. 서책에서는 봤지만……."

전예는 바로 앞까지 다가와서 요원을 뜯어보느라 정신이 없었다. 그뿐만 아니라 점잖은 최염이나 냉철한 장합도 그녀를 훔쳐보기 바빴다. 워낙 희귀한 모습이니 그럴 만도 했다.

"주모(主母, 주군의 아내), 손 좀 치워보십시오."

전예의 말에 청몽이 뺨을 붉혔다.

"어머, 아이참, 누가 주모예요!"

"다 아는데 새삼. 잠깐 놔둬보세요."

"요게 주군께 위협이 안 된다는 사실을 확인한 후에요."

"오, 제 생각이 짧았습니다. 역시 현명하시군요."

경악한 표정이던 진궁이 조심스레 말했다.

"정령은 대개 자연의 정기가 형상화한 존재라고 알고 있습니다. 그렇다면 그냥 산이나 호수로 돌려보내는 게 낫지 않겠습니까?"

마침 서황도 요원을 정령이라고 해두기로 그녀와 말을 맞춰둔 상태였다. 그가 얼른 답했다.

"이미 오래 잡혀 있는 동안 더럽혀져서 자연으로 돌아갈 수가 없다고 합니다. 거기다 사람의 피까지 묻히는 바람에……."

놀라움과 호기심에 찼던 이들의 표정이 굳어졌다. 요원이 관도에서 청광기를 해쳤던 일을 기억해낸 것이다. 서황이 넙죽 엎드리더니 목청 높여 외쳤다.

"주공! 요원이 관도에서 아군을 여럿 해치긴 했으나, 그건 그녀가 원해서 한 일이 아닙니다. 제가 그녀를 거두었으니, 대신 사죄드리겠습니다. 그 죄는 제가 이번에 주공과 동행하여 전장에서 갚겠습니다. 요원을 제 동료로 받아들여주십시오. 그녀 또한 앞으로는 아군을 위해 싸우겠다고 합니다."

요원은 자신을 위해 무릎까지 꿇는 서황을 보자 가슴이 뭉클했다.

"에잇, 좀 놔봐. 말 안 할 테니."

그녀는 청몽의 손을 뿌리치고 날아올랐다. 그리고 용운의 눈높이에 시선을 맞추더니 열심히 고개를 끄덕였다.

"네네, 저는 이제 진……, 아니 기주목 편이에요! 어차피 저 서황이라는 남자가 새 주인으로 정해져서 돌아갈 수도 없어요. 절대 배신하지 않을게요!"

용운은 놀랍기도 하고 어리둥절하기도 했다.

'주인? 위원회의 인물들은 다 저런 요정 같은 것들을 부리고 있는 걸까?'

요원이 한 '주인'이란 말이 신경을 자극했다. 그러고 보니 갑자기 나타나서 임충을 구해간 여자가 있었다. 그들의 언행

이나 분위기는 묘하게 사천신녀와 닮아 있었다. 갑자기 나타나 용운 자신을 맹목적으로 따르며 주인으로 모시는. 그때 갑자기 찌르는 듯한 두통이 엄습해왔다.

"윽……!"

동시에 머릿속에서 지지직거리는 잡음이 울렸다. 분명히 들어본 적 있는 소리였다.

—선택…… 당신을 지킬…… 가장 믿을 수 있는 이의 영혼을…….

—상대가 거부할 경우, 영원히 차원의 틈에…… 신중히…….

"주군?"

성월과 사린이 양옆에서 용운을 붙잡았다. 살짝 비틀거렸기 때문이다.

"어디 편찮으세요?"

성월의 물음에 용운은 고개를 저었다. 그 바람에 떠오를 듯하던 뭔가가 흩어졌다.

"아니. 갑자기 머리가 살짝 아파서. 아무튼."

그가 요원에게 물었다.

"당신은 위원회에서 만들어낸, 일종의 정령 같은 존재라

이거죠? 천강위의 삭초가 주인이었고?"

"네, 네에."

"공명(서황), 알겠으니까 그만 일어나세요."

"주공, 허락해주시는 겁니까?"

"대신, 앞으로 저……."

서황의 어깨에 내려앉은 요원이 냉큼 껴들었다.

"요원이요!"

"그래요. 앞으로 저 요원을 돌봐야 하고 그녀가 행한 일에 대해서도 모두 서공명이 책임지셔야 합니다."

"물론입니다! 감사합니다, 주공."

서황은 포권한 채 깊이 허리를 숙였다. 그가 얼마나 마음 졸였는지 짐작이 갔다.

인상을 잔뜩 찌푸리고 있던 곽가가 입을 열었다.

"주공."

"어, 네, 네. 봉효."

"왜 그리 더듬으십니까?"

"아니, 말하세요."

곽가는 결의 어린 목소리로 말했다.

"산양성, 칩시다."

"아, 그래요……. 네?"

미처 예상 못한 말에 용운은 살짝 당황했다.

"여기 와서 들었습니다. 원술 놈이 매복해 있다가 주공과 사천신녀를 공격했다지요? 국양이 미리 그 정보를 입수하고 조자룡 장군과 마맹기 장군을 파견하지 않았다면 큰 변을 당하실 뻔했다고."

"아아, 그랬지요."

"그렇다면 우리도 당하고만 있을 순 없지 않겠습니까. 지금 소집 가능한 최대 병력을 모아서 곧장 산양성을 쳐 함락해버리는 겁니다."

"그렇게 간단한 일이 아니잖아요. 봉효답지 않게 감정적으로……."

"화가 나서 던지는 말이 아닙니다. 어정쩡하게 산양 주변에서 어슬렁거리다가는 여포나 도겸 등이 시비를 걸겠지만, 순식간에 성을 차지해버리면 됩니다. 지금은 여포나 도겸이나 그럴 여유도 없을 테고 말입니다. 산양성을 지키고 있는 기령은 분명 원술의 장수 중에서는 가장 뛰어난 자이긴 하나, 승산은 충분히 있다고 봅니다."

용운은 조례 때 전예가 보고한 내용이 떠올랐다.

"그러고 보니 여포는 낙양성을 원술에게 빼앗겨서 북상 중이라 했던가요? 그럼 원술도 마찬가지로 산양에 집중할 겨를이 없겠군요!"

"바로 그렇습니다. 게다가 원술은 괜히 주공을 건드렸다가 장수를 둘이나 잃었지요."

"그러면 도겸한테는 무슨 일이 있나요?"

곽가는 옅은 경멸이 어린 투로 말했다.

"아무 일이 없어서 문제지요. 그 작자는 아부하는 소인배들만 주위에 두더니, 법 집행에 형평성을 잃고 선한 이를 박해하여 원성이 자자하다 합니다. 자칫 내부에 난이 일어날 판이니 서주 바깥까지 신경 쓰기 어려울 겁니다. 설령 군을 일으킨다 해도 쓸 만한 장수도 없고 말입니다."

용운은 도겸에 대한 내용을 떠올려보았다. 도겸(陶謙), 자는 공조(恭祖). 《삼국지연의》에서, 죽기 전에 유비에게 서주를 물려주는 일화로 잘 알려진 인물이다. 소설에서는 온화하고 덕망 있는 인물로 그려졌으나 기록을 보면 실제로는 그렇지 않은 듯하다.

서주에서 황건적 잔당이 봉기하자, 조정에서는 도겸을 서주자사로 삼아 토벌하게 했다. 그 후 도겸은 서주 일대를 장악하고 세력을 구축하기 시작했다. 서주는 부유하고 곡식이 풍성했으므로, 유랑하던 백성들이 많이 찾아왔다. 도겸은 형벌과 행정을 제대로 집행하지 않았고, 도의가 아닌 감정에 따라 행동했다.

그러다 큰 사건이 터졌다. 《후한서》 73권 열전 제63 중 〈도겸전〉에 의하면, 조조의 부친 조숭이 난을 피해 도겸의 세력으로 갔는데, 사졸들이 재물을 탐내 조숭을 죽였다. 또《진수 삼국지》에서는 도겸이 도위 장개로 하여금 조숭을 호송케 했는데, 그가 도중에 조숭을 죽이고 회남으로 달아났다고도 한다. 당시 조조의 세력이 강성해지자, 불안해진 도겸이 조숭을 인질로 삼아 압박하려다 실수로 죽게 했다는 설도 있다.

어쨌거나 공통점은 조조가 아버지 조숭의 죽음에 대한 책임을 도겸에게 물었다는 것이다. 서주는 조조군의 공격에 초토화되었다. 도겸은 분노한 조조의 대군에 연패하여, 한때 서주를 버리고 단양으로 달아날 궁리까지 했다. 하지만 공손찬의 수하인 전해와 유비 등이 원군으로 오고 여포가 조조의 근거지인 연주를 치는 바람에 조조가 퇴각하여 간신히 버텨냈다. 그 전투에서 조조는 그의 평생을 따라다닌 악업을 쌓았다. 바로 서주 대학살이었다.

'그 과정에서 조조가 죽인 사람들로 강이 막혀 흐르지 않을 지경이었다고 했다. 퇴각할 때도 중도에 있던 취려, 저릉, 하구의 사람 수십만 명을 모두 도륙했으며 닭이나 개조차 남겨두지 않아서, 한때 다섯 개 현의 성읍에 생명의 흔적이 없었다고……. 당시 서주에 있던 제갈량이 그 대학살을 목격하고 조조를 혐오하게 됐다지.'

얼마 안 가 도겸은 병세가 깊어져 죽게 되었다. 그는 인심을 얻은 유비에게 서주를 양도했다. 그러나 지금의 조조는 패국에 객장으로 가 있는 신세, 즉 도겸이 그를 견제할 필요가 없었다. 따라서 조조와 도겸 사이의 전투도 일어나지 않았고 유비가 도겸을 도우러 가지도 않았다. 그렇다면 현재 도겸 밑에는 기껏해야 장개 정도의 장수밖에 없다는 의미였다. 조조의 아버지를 살해한 것으로 묘사된 장수다. 참고로, 용운이 이 세계로 넘어오기 직전에 하던 '삼국지 게임'에서 장개의 무력 수치는 72. 통솔 34, 지력 6, 정치력과 매력은 각각 1과 8이었다.

'지력 6에 매력이 8이면 거의 짐승 아닌가……'

아무튼 곽가의 말로 용운은 머릿속이 환해졌다. 알고 보니 원술과 여포는 제 발등에 불이 떨어진 상황이었다. 도겸은 군사력 자체는 약하지 않았으나 변변한 장수가 없었다. 그나마 객장으로 머물렀던 유비도 접점이 없었다. 원소 또한 관도에서 장료에게 패배하고 평원성에서 장연과 싸운 후, 여력이 다하여 발해로 퇴각한 상황이었다.

'어쩌면 이것은 기회다.'

성 하나를 더 얻어 세력을 넓힘과 동시에 자신을 급습했던 원술을 응징하고, 위원회를 격파하며 아버지도 구할 수 있는 1석 4조의 기회!

순욱과 진궁, 최염 등도 결코 둔한 사람들이 아니기에, 용운의 계획과 곽가의 말을 듣고 상황을 그려냈다. 세 사람은 시선을 마주쳤다. 해볼 만하다고 느낀 것이다.

듣고 있던 장합이 손을 들었다.

"저도 충분히 시도해볼 만한 일이라고 생각합니다. 다만 문제는 병력입니다. 연이은 전투와 흑산적 포로들에게 묶여 있는 인원, 복양성에 주둔 중인 부대 등으로 인해서, 현재 가용 가능한 병력은 삼만 정도가 다입니다. 그렇다고 당장 징집할 수도 없으니……."

흑산적 포로들은 다 해서 오만 가까이나 되었다. 하지만 제대로 활용할 수 없는 병력이었다. 간혹 귀순을 청해오는 자들도 있었으나, 여전히 용운의 세력에 완전히 녹아들지는 못했다. 이에 따로 분리한 구역에 수백 명씩 나눠서 가둬놓고 생활하게 하고 있었다. 그렇다고 공짜 밥을 먹이는 것은 아니었다. 무기가 필요 없는 토목공사나 둔전, 관개사업 등에 노동력을 활용했다. 단, 그들의 통제와 감시에 필요한 병력만도 수천이었다.

'조조는 대체 어떻게 십만이나 되는 청주 황건적을 덥석 제 군사로 삼아버린 거지?'

흑산적들은 틈만 나면 도주하거나 모여서 반란을 시도하는 등 업성의 골칫거리였다. 용운은 새삼 조조의 능력에 놀라곤 했었다. 장합의 말을 듣던 용운이 답했다.

"그 문제는 이제 해결될 겁니다."

"예? 어떻게 말씀입니까?"

용운의 시선이 한 사람을 향했다. 장연이었다. 그는 의기양양하게 웃으며 말했다.

"하하! 흑산 형제들의 통솔이라면 제게 맡겨주십시오."

"그러려고 그대를 부른 거예요, 장연."

그로부터 정확히 한 시진(두 시간) 후였다. 장연은 오만의 흑산적을 이끌고 성문 앞에 도열했다. 분노에 가득했던 흑산적들의 얼굴은 적당한 긴장과 기분 좋은 흥분으로 빛나고 있었다. 용운은 그 모습을 보며 적이 감탄했다.

'역시, 허투루 백만 흑산적의 수장이 된 게 아니었어. 내가 일 년 가까이 걸려서도 못해낸 일을 단숨에…….'

곽가가 걱정스러운 기색으로 속삭였다.

"저 사람이 딴마음을 먹으면 어쩌려고 그러십니까?"

"그럴 일은 없을 테니 걱정하지 말아요."

용운은 여전히 99를 찍고 있는 장연의 호감도 수치를, 반은 찜찜하고 반은 안도하는 심정으로 확인했다. 또 흑산적 틈에서 낯익은 얼굴 몇을 발견했다. 흑영대 2호와 4호 원수화령이었다. 양봉의 옆에는 흑영대원 3호가 있었다. 빈틈없는 전예가 어느새 그들을 잠입시켜둔 것이다. 장연이 수상한 행동을 하면 즉시 제거하기 위해서였다.

흑산적 대군 옆을, 일단의 철기병이 천천히 지나갔다. 자랑스러운 청색으로 빛나는 용운군의 정예, 청광기였다. 흑산적들은 두려움에 찬 시선으로 청광기를 바라보았다.

장연이 그런 흑산적들에게 외쳤다.

"이놈들아, 이제 저 파란 친구들도 한 편이다. 나만 잘 따르면 도적놈 소리 안 듣고 떵떵거리며 살 수 있을 테니, 이번에 제대로 한번 싸워보자!"

"오오!"

"멋지십니다, 수령!"

선두에서 청광기를 지휘하던 조운이 피식 웃었다. 용운의 앞으로 말을 몰아온 그는 말 등에서 뛰어내려 정중히 보고했다.

"청광기 일만, 출격 완료했습니다."

뒤를 이어 장료와 서황이 보고해왔다.

"기병 일만, 출격 완료했습니다."

"보병 일만도 준비 끝났습니다."

용운은 장연으로 하여금 흑산적 오만을 통솔케 하되, 그를 부장으로 삼고 총대장은 장합이 맡게 했다. 또 조운에게 일만의 청광기를, 장료와 서황에게는 각각 일만의 기병과 보병을 내주었다. 총군사로는 순욱을 임명했으며, 부군사는 곽가가, 보급은 진궁이 담당했다. 3군의 총사령관은 용운 자신이었으며 호위는 사천신녀에게 맡겼다. 주목할 점은, 순욱이 드디어 전장에 나섰다는 거였다. 그의 요청으로 총군사를 맡긴 것이다.

"늘 성에서 주공을 기다리기만 하니 좀이 쑤셔서 말입니다. 이제 제가 없는 성의 관리는 공달(순유)에게 시켜도 충분합니다. 이러다 주공께서 저를 총관쯤으로 아실까 두려워 나서는 겁니다."

순욱의 너스레에 용운은 웃으며 그를 바라보았다. 잠시 잊고 있었지만, 순욱 또한 모사였다. 그것도 최상위의. 오만한 곽가가 군소리 없이 총군사 자리를 양보하는 것만 봐도 그의 솜씨를 알 수 있었다. 다만, 상대가 위원회인지라 용운은 고민했으나 결국 그의 참전을 허락했다.

'분명 위험한 싸움. 그만큼 전력을 쏟아내야 하는 싸움이다. 표면적으로는 원술의 수하인 기령이 상대지만 진짜 적은 위원회니까. 이왕 이렇게 된 것, 현재 내가 쏟아부을 수 있는 최대한의 전력을 투입하여 단숨에 끝장내는 거다.'

용운이 막 출진을 명하려 할 때였다. 누군가 허겁지겁 달려오며 외쳤다.

"설마 지금 저를 빼놓고 원정 가시는 겁니까?"

그는 바로 화타였다. 당황한 용운이 물었다.

"화 선생, 어찌 알고 오신 겁니까?"

"전 원래 새벽잠이 없어서 이 시간이면 깨어 있습니다. 그럼 이 소란을 모를 리가 없지요."

일이 정해진 이상, 굳이 아군에게까지 비밀로 하고 움직일 필요는 없었다. 주요 가신들에게는 오히려 당황하지 않도록 미리 알려둬야 했다. 이에 순유를 비롯한 책사들에게는 전예를 통해 알리게 했지만, 화타에겐 일부러 말하지 않았다. 전투 전력이 아닌 데다 행여 그를 잃기라도 하면 그야말로 엄청난 손실이었기 때문이다. 물론 모든 가신이 소중하나, 냉정히 말해 순욱이나 곽가는 어떻게든 빈자리가 메워졌다. 순유, 희지재 등 다른 책사들이 건재했으니까. 그러나 화타는 말 그대로 대체 불가였다.

"화 선생, 이번 일은 매우 위험합니다. 그냥 성에서 기다리시는 편이……."

"무슨 말씀. 그러니 더욱 제가 동행해야지요. 행여 누가 중상을 입기라도 하면 어쩌실 겁니까?"

"그건……."

"게다가 검후 님의 부상은 아직 완치된 게 아닙니다. 가는 동안만이라도 제가 좀 더 살펴야 합니다."

화타가 이렇게까지 말하자, 용운도 더는 거절하기 어려웠다.

"알겠습니다. 갑시다. 대신 제 옆에 꼭 붙어 있으세요."

"안 그래도 그럴 생각입니다. 하하."

이렇게 해서 화타의 합류를 마지막으로 팔만의 대군이 산양성을 향해 출진했다. 4월의 첫날, 해가 뜰 무렵이었다.

연주 산양군, 산양성.

혼란을 틈타 무혈 입성한 기령은 의외로 성을 잘 다스렸다. 군사를 풀어 도적떼를 잡았으며, 노략질을 금하고 상벌을 엄히 했다. 덕분에 안심하고 살아가던 백성들은 어제부터 갑자기 일어난 불길한 현상들에 떨고 있었다. 하늘이 짙은 청동색으로 물드나 했더니, 마른하늘에 벼락이 치는 등 괴현상이 일어났다. 또 대낮부터 허공에서 귀곡성이 울리기도 했다. 이는 대기가 미미하게 진동하며 내는 소리였다.

"이거 또 난리가 일어나려는 거 아니여?"

"이 근방의 황건적은 기령 장군이 족쳐서 다 사라졌다고 들었는데……."

그러고 보니 며칠 전부터 행색이 괴이한 이방인들이 여럿 나타났다는 소문도 있었다.

진한성은 전날 아침 산양성에 도착했다. 4월 초하루인 지금은, 시전 가운데의 객잔에서 술을 마시는 중이었다. 아직까지 산양 일대에 용운의 흔적은 없었다. 다행히 편지의 다른 뜻을 알아챈 모양이었다. 이제 그 미끼에 걸려 여기로 찾아올 위원회라는 물고기를, 낚아서 회치기만 하면 되었다. 그러고 나면 팽개쳐둔 아들을 만나러 갈 체면이 설 것이다, 라고 생각했다. 어제까지는. 홍주를 한 잔 시원하게 들이켠 그가 내뱉었다.

"망했네."

맞은편에 앉아 있던 이랑이 물었다.

"마스터가 그렇게 말할 정도예요?"

"말도 마라. 놈들의 기(氣)로 인해 기상변화가 일어나고 대기가 울릴 정도야. 한 놈 한 놈이 예전에 알던 수준이 아닌 데다 떼로 몰려왔어."

"몇 명이나요?"

"내가 감지한 것만 최소 여섯 명. 기껏해야 지살위 스무 명 정도 보낼 줄 알았더니, 천강위 여섯이라니. 날 이렇게 높게 평가해주는 건가?"

"지난번에 그 이규 같은 자가 여섯이라는 거죠?"

"거기에 플러스, 너 같은 병마용군 여섯."

"진지하게 물어보는 건데 지금이라도 튈까요?"

"그러기에도 늦었어."

진한성은 히죽 웃었다.

"이미 시작됐거든."

그 말이 끝나기가 무섭게, 누군가가 객잔 안으로 날아들었다. 온 얼굴에 붕대를 칭칭 감은 갈래 머리의 소녀, 이규였다.

"캬하하하하핫! 진한서어어어엉!"

이규는 미친 듯이 웃으며, 진한성을 향해 거대한 도끼를 내리쳤다. 콰아아앙! 진한성과 이랑이 있던 위치의 객잔 바닥이 굉음과 함께 박살났다. 손님들은 때 아닌 봉변에 비명을 지르며 뛰쳐나갔다.

"이게 누구야."

어느새 이규의 뒤쪽에 나타난 진한성이 그녀의 귓가에 대고 말했다.

"꼬마 악마, 이규 아닌가. 역시 선제공격은 너로구나."

콰득! 진한성은 이규의 뒷머리를 잡아 안면을 바닥에 꽂았다.

"저런, 아직 얼굴이 덜 나았나 본데 깜빡하고 또 찍어버렸네."

그가 이규의 뒤통수를 내리치려고 주먹을 들었을 때였다.

"저것 봐. 그래서 멋대로 뛰쳐나가지 말라니까."

낮고 굵은, 침착한 음성. 뒤이어 다른 목소리들이 사방에서 한꺼번에 들려왔다.

"이규 자매는 진한성하고 엮이면 제어가 잘 안 됩니다."

"원래 쟤는 제어 안 되지 않아요? 키킥, 저 꼴이 뭐야. 개구리 같네."

"진한성…… 이네요. 심쿵. 드디어…… 보네요."

"후후, 저자를 보자마자 내 오른손의 흑룡이 미쳐 날뛰려 하는군. 이거 설레는걸?"

뒤를 돌아본 진한성이 신음하듯 중얼거렸다.

"이웅, 양지, 호연작, 진명."

그의 시선이 마지막으로 한 사내에게 멎었다.

"임충…… 자네까지 왔군."

"오랜만이오, 진 사부."

"솔직히 그리 반갑진 않네. 처음 보는 아이들은 병마용군일 테고."

주변을 휘 둘러본 진한성이 어깨를 으쓱했다.

"총 열두 명. 이러니 산양성 부근에 기상이변까지 일어날 만하지."

"진 사부도 한몫한 것 같소만. 투기 때문에 피부가 찌릿찌릿할 지경이오."

"그래도 2 대 12라니. 이거 너무한 거 아닌가?"

그 말에 뭔가 깨달은 임충이 눈썹을 꿈틀했다.

"잠깐, 그러고 보니 진 사부의 병마용군은 어디 갔지?"

진한성이 이규가 만들어낸 구덩이 안으로 뛰어들어 웅크리며 외쳤다.

"이랑, 지금이야!"

순간 임충은 열두 번째 병마용군인 이랑의 특성을 기억해냈다. 그녀에게 본래 배정된 주인인 '미염공 주동'은 검술의 달인이었다. 그를 엄호하기 위해 주로 원거리의 적을 저격하거나, 가까이 다가온 다수의 적을 살상하는, 방어력은 다소 약한 대신 전형적인 전투용 병마용군이었다.

우웅! 객잔 천장 부근에 홀연히 나타난 이랑이 몸을 둥글게 웅크렸다.

특기 발동, 선 오브 다크니스(sun of darkness)

그녀의 온몸에서 검은 빛줄기가 무차별로 퍼져나갔다. 거기 맞은 탁자며 술병 따위가 검게 변해 부스러졌다.

"이런 제길."

양손에 강철 손톱을 착용한 올백 머리의 사내, 이응이 욕설을 내뱉었다.

"백빙방벽."

"흑철방패!"

병마용군들은 저마다 특기를 발동하여 각자의 주인을 보호했다. 곧이어 본격적인 전투가 벌어졌다. 인간의 한계를 넘어선 초인들의 싸움이 시작되는 순간이었다.

11
산양성 혈투, 개전

“이런 썅!”

안면을 바닥에 처박았던 이규가 욕설을 퍼부으며 벌떡 일어났다. 그녀의 얼굴 위로 감은 붕대가 붉게 물들어버렸다. 뭉개졌던 부위에 또 상처가 난 것이다.

“진한성, 죽여버린다!”

눈앞에 보이는 인영을 향해 쌍도끼 ‘자웅멸천부’를 휘두르려던 그녀가 멈칫했다. 거기에는 진한성 대신, 온통 피투성이가 된 늙수그레한 남자가 서 있었다. 농사일하느라 햇볕에 그을려 얼굴이 검게 탔다. 그가 손을 내밀며 이규의 옛 이름을 불렀다.

"링링."

익숙한 음성. 하지만 들릴 리 없는 목소리였다. 이규가 멍하니 중얼거렸다.

"……아빠?"

곧 남자의 뒤에서 한 여인도 모습을 드러냈다.

"링링아."

"어, 엄마?"

이규는 도끼를 떨어뜨릴 정도로 크게 동요했다. 그녀는 아홉 살 때, 제 손으로 부모를 죽였다. 뭘 해도 마음이 흔들리지 않는 자신의 비인간성을 의심해서였다. 또한 하고 싶은 대로 행하라며 끊임없이 머릿속에서 속삭이던 목소리 때문이기도 했다. 이규 자신은 몰랐지만, 이는 '천살성(天殺星)'의 운명을 타고난 그녀의 천성 탓이었다. 천살성은 죽음을 주관하는 별로, 이것의 기운을 받은 자는 살인을 저지르는 데 망설임이나 죄책감이 없다. 또한 가는 곳마다 피바람을 일으킨다.

대부분의 사람이 죽음을 두려워한다. 하지만 죽음은 반드시 필요한 것이다. 모든 생명이 죽지 않고 살기만 한다면, 그로 인해 생태계 전체가 붕괴하는 까닭이다. 즉 죽음 또한 순환의 한 부분인 것이다.

밀교의 어떤 종파에서는, 몇 백 년마다 한 번씩 나타나는 천살성을 일종의 필요악 혹은 희생양의 개념으로 보기도 한다. 사람들을 살해함으로써 인류의 악업을 씻어, 다음 천살성이 나타날 때까지 미륵의 출현을 막아서, 결국 인간 전체가 생존하게 해준다고 여기는 것이다. 양떼 일부가 맹수에게 잡아먹혀 배를 불려줌으로써 무리 전체가 생존하게 하는 것과 비슷한 셈이다. 현대의 천살성들은 대개 오래 살아남지 못한다. 단체 생활의 규모가 커진 인간들은 질서를 중시하게 되었다. 기술의 발달로 인해 개인 무력이 통하는 데도 한계가 생겼다. 당장 살인마가 연쇄살인을 벌이고 다니는데, 천살성으로서의 의무를 다하는 것뿐이니 놔둬야 한다고 주장하는 사람은 없다. 타이밍 좋게 전쟁을 만나 합법적으로 살육을 벌이는 천살성을 제외하면 대개 형장의 이슬로 사라지게 되었다.

그런 의미에서 이규가 《삼국지》의 세계로 온 것은, 어쩌면 그녀 자신에게는 행운이었다. 이규는 그런 운명의 속삭임에 따라, 첫 번째 희생자로 제 부모를 택했다. 가장 빨리 인간이길 포기할 수 있는 대상이었다. 그러나 당시의 두려움과 충격은 뼛속 깊이 새겨졌다. 일종의 트라우마가 된 것이다. 그게 지금 눈앞에 현실로 나타났다.

"링링아, 왜 그랬니?"

아버지가 양손을 내민 채 한 걸음 다가왔다. 그가 말할 때마다 입에서 피가 흘러내렸다. 뒷덜미를 깊숙이 찔렸기 때문이다.

이규의 어머니도 그 뒤를 이었다.

"널 낳아준 배를, 너에게 젖을 먹인 내 가슴을 왜 찌른 거야?"

어머니의 가슴과 배에도 구멍이 뚫려 있었다. 거기서 피가 울컥울컥 새어나왔다.

이규는 눈을 부릅뜨고 주춤주춤 물러났다.

'아니야, 이건…….'

머리로는 있을 수 없는 일이라는 걸 잘 알았다. 제 손으로 직접 두 사람을 해쳤으니까. 그러나 너무나 생생한 모습을 눈앞에서 보자 이성이 마비되었다.

이규의 부모가 입을 모아 외쳤다.

"왜 우릴 죽였어? 왜?"

이규는 양손으로 귀를 틀어막고 절규했다.

"으아아아아아!"

이규의 병마용군, 흑랑은 바로 옆에 있었다. 그러나 그녀의 사정을 살필 상황이 아니었다. 심지어 이규에게 이상이 생겼다는 사실도 모르는 상태였다. 그 또한 끔찍한 두려움을 마주하고 있었으니까. 비슷한 일이 다른 이들에게도 일어나고 있었다.

양지는 차갑고 음울한 분위기의 스물일곱 살 여자였다. 위원회에서의 서열은 천강 17위다. 얼굴의 반을 차지하는 푸른 점이 있어, '청면수(靑面獸)'라는 별호를 가졌다. 오타모반(ota母斑, 젊은 사람의 얼굴, 특히 뺨이나 눈 주위에 생기는 갈색 혹은 푸른색의 반점)이라는 색소변이 현상이었다. 사춘기 때 갑자기 나타난 이 반점은 그녀의 인생을 바꿔놓고 말았다. 원래 내성적이던 성격이, 아이들에게 놀림받고 외면당하면서 더욱 어두워졌다. 그리고 마치 그 반점이 신호이기라도 한 양 그때부터 불행이 연이어 찾아왔다.

생활고에 시달리며 혼자 그녀를 키운 어머니가 갑자기 자살했다. 심각한 우울증이 원인이었다. 고등학교를 중퇴하고 들어간 회사에서는, 상사의 횡령을 뒤집어쓰고 옥살이를 하게 됐다. 감옥 안에서도 차마 말 못할 온갖 일을 당했다. 돈도, 뒤를 봐줄 배경도 없었다. 그나마 적당히 아부하는 법조차 몰랐다. 인생을 통틀어 좋은 일이라곤 하나도 없었다.

'그냥 이 안에서 죽어버렸으면.'

그렇게 갇혀 있던 어느 날, 회의 인물이 면회를 왔다. 양지는 자세히 듣지도 않고 제안을 수락했다. 허황된 얘기였지만, 옥살이하는 사람을 굳이 찾아와 사기 칠 이유가 없다고 생각했다. 무엇보다 그녀는 가진 게 아무것도 없었다.

'그리고 어디든 지금보다야 낫겠지.'

그렇게 회의 멤버가 된 양지에게는, 인생 자체가 바로 가장 무서운 악몽이었다.

"어?"

양지는 멍한 표정으로 주위를 두리번거렸다. 분명 산양성 시전의 한 객잔에 있었는데, 어느새 익숙한 실내 공간으로 바뀌어 있었다. 갑자기 풍경이 달라져 어리둥절해하던 그녀는 자신이 여덟 살 때로 되돌아갔음을 눈치챘다.

'여긴 내가 어린 시절에 살던 집인데!'

어른이 되어 위원회에 가담하고 까마득한 삼국시대로 갔던 일 등은 죄다 꿈이었던 것이다. 황망해하는 그녀의 눈앞에서 아버지가 현관문을 열고 집을 나갔다.

"아빠!"

아버지는 아무 소리도 못 들은 양 뒤도 돌아보지 않았다.

엄마는 양손으로 얼굴을 가린 채 울고 있었다.

"엄마……."

그 모습을 보던 양지는 깨달았다.

'설마 다 새로 시작해야 하는 거야? 따돌림당하며 친구 하나 없이 학교를 다니다가, 자살한 엄마를 목격하고 매일 악몽을 꾸던 나날을? 끝내 상사의 죄를 뒤집어쓴 채 형무소에 간 그 인생을?'

다시 잘 살아보자는 희망 따윈 생기지 않았다. 그저 절망만이 엄습해왔다. 다리 힘이 풀린 양지가 털썩 주저앉았다.

임충은 임충대로, 동료들의 망령에 시달리고 있었다. 용병 시절, 함께 작전에 참여했다 죽은 이들이었다. 반쯤 썩어 끔찍한 몰골이 된 망령들이 말했다.

"왜 우리를 버리고 갔나?"

"어째서 너 혼자 살아남았지?"

임충은 다가오는 망령들을 보며 낮게 신음했다.

"으음……."

분명 허상임을 알 수 있었다. 그런데 다른 한편으로는 실체 같기도 했다. 눈에 보이는 것, 코로 맡아지는 시체의 악취, 귀로 들리는 동료들의 목소리, 모든 게 너무도 생생했다. 타앙! 심지어 그중 하나가 쏜 총에 맞은 감각까지도.

"함께 가자."

"……아프군."

호연작도, 진명도 모두 각자의 악몽을 마주하고 패닉에 빠져 있었다. 병마용군들의 상태 또한 정상이 아니었다. 그들의 혼은 각자 주인의 정신과 연결되어 있었다. 천강위들의 정신이 온전치 못하니 병마용군들은 급격히 약해지거나 혼란스러운 상태가 됐다. 여기저기서 쓰러지거나 비명을 지르는 천강위와 병마용군이 난무했다. 객잔 안이 울음소리와 비명, 분노에 찬 고함, 괴로워하는 신음으로 가득 찼다.

"으잉? 이것들 갑자기 왜 이래?"

진한성은 저도 모르게 얼빠진 소리를 냈다. 이랑이 '선 오브 다크니스'를 난사한 후, 위원회 멤버들이 광선을 막는 틈에 제일 약한 자부터 공격하여 수를 줄이자는 게 그의 계획이었다. 지금은 일단 이 자리를 벗어나는 게 급선무였다. 계획은 천재답지 않게 다소 허술하고 단순했다. 설마 천강위가 여섯이나 올 줄은 몰랐으니까.

진한성은 지살위 이삼십여 명을 적으로 상정하여 대비했었다. 예를 들자면 성인 남자가 초등학생들과 싸울 일이 생긴 것이다. 거기에 무슨 엄청난 전략을 구사하겠는가? 혹시 모르니 급소를 보호하는 정도는 하겠지만. 상대가 지살위였다면 이 연계만으로 서너 명은 제거할 수도 있었다. 그 혼란의 틈에 하나씩 각개격파하면 됐으니까.

그러나 상황이 달라진 이상 거기까지는 바라지도 않았다. 그저 작은 틈만 만들 수 있어도 성공이었다.

'저 계집이다.'

진한성이 목표한 최약체는 청면수 양지였다. 회의 인원들 중 유일하게 한 번도 대화해본 적이 없는 자였다. 지극히 내성적이어서 그녀가 대화하는 상대는 관승 정도가 유일했다. 양지의 서열은 이규보다 높지만, 그것은 여러 가지 요소가 적용된 결과였다. 예를 들어, 천강 제26위에는 '혼강룡 이준'이라는 자가 있다. 그 26위라는 서열은 무대가 물속이 될 경우 완전히 뒤집힌다. 4위, 아니 3위까지도 바라볼 수 있게 되는 것이다. 이준이 수중전의 달인인 까닭이다.

이규는 스스로도 통제하기 어려운 광기와, 어린 나이에서 오는 지식 및 학습 능력의 부족 등으로 인해 가진 바 무력보다 낮은 순위에 위치해 있었다. 비슷한 이유로, 무력으로만 따졌을 때는 원래 실력보다 서열이 낮은 구성원들이 몇 있었다. 소위 언랭커라 불리는 자들이었으며 이규도 그중 하나였다. 이에 진한성은 '선 오브 다크니스'가 객잔 안을 훑은 직후, 양지에게 돌진했다.

그런데 공격이 적중하기도 전에 그녀가 엉덩방아 찧듯 주저앉는 게 아닌가. 그러더니 갑자기 알 수 없는 소리와 함께 흐느끼기 시작했다.

"엄마, 미안……. 내가, 내가 더 열심히 할 테니까 죽지 말아요. 제발……."

"……얼씨구?"

그러고선 이 모양이었다. 양지는 그야말로 빈틈투성이. 절호의 기회였다. 병마용군으로 보이는 남자는, 그녀를 보호하기는커녕 쭈그리고 앉아 온몸을 부들부들 떨었다. 그러나 아무리 몬스터 진한성이라도, 엄마를 부르며 통곡하는 여인을 후려칠 엄두가 나지 않았다. 그는 엉거주춤 손을 들고 객잔 안을 둘러보았다. 양지뿐만이 아니라, 천강위와 병마용군 전원이 멍한 표정으로 뭔가를 중얼거리거나 잔뜩 겁먹은 채

손을 허공에 휘젓거나 혹은 통곡하고 있었다.

'대체 뭔 일이 벌어진 거야?'

재빨리 그의 옆에 다가선 이랑이 말했다.

"마스터, 어떻게 하신 거예요?"

"내가 한 게 아냐. 잠깐, 이 기척은……."

천강위들의 무시무시한 투기와 살기가 가라앉자, 진한성은 비로소 익숙한 기운을 느꼈다. 객잔 입구에서 누군가가 두 사람을 불렀다.

"진 사부, 이랑 누님, 어서 나오세요!"

소리 나는 쪽을 본 진한성이 허탈하게 내뱉었다.

"손책, 주유……. 네 녀석들이 어째서 여기에."

"사정은 나중에 얘기하고, 어서요!"

진한성은 이랑과 함께 객잔을 뛰쳐나왔다. 무섭게 달리는 네 남녀를 피해, 사람들이 놀라며 양옆으로 물러섰다. 진한성은 달리면서 굳은 음성으로 주유에게 물었다.

"어찌 된 것이냐?"

그의 분위기가 평소와 다르다 느꼈는지, 조금 움츠러든 주유가 말했다.

"백부가 갑자기 수하들을 따돌리고 진 선생님과 이랑 누님을 뒤쫓는 바람에……. 급한 김에 저도 동행했습니다. 한데 도무지 따라잡을 수가 없더군요. 그 길로 쭉……."

"우릴 따라왔단 말이냐? 이 먼 곳까지? 백부는 그렇다 쳐도, 공근 너라도 말렸어야지."

"그러려고 했는데 말이 안 통해서 말입니다. 혼자서라도 두 분을 따라가겠다고 난리를 쳐서."

진한성은 고개를 설레설레 저었다. 소패왕 손책이 어쩌다 이렇게 막무가내인 사고뭉치가 됐는지 알 수 없었다.

"휴우, 저 대책 없는 녀석."

"그러다 결국 반나절 정도 늦게 산양성에 도착해서 말 걸 틈을 보고 있었는데, 이른 아침부터 무서운, 아니 수상쩍은 자들이 주변을 포위하지 뭡니까. 이에 혹시나 해서 제가 객잔 주변에다 간단한 진을 설치했습니다."

진한성은 혀를 찼다. 대충 과정이 그려졌다. 어쩨 손책이 순순히 보내준다 싶었다. 그는 강해지면서 분명 기척을 감지하는 능력도 생겼다. 하지만 수백 미터 바깥쪽에 있는 사람의 그것까지 느끼고 구분할 정도는 아니었다. 자신과의 거리가 아주 가깝거나 기척이 매우 강렬해야 했다.

'단양을 떠나자마자 좀 서둘렀는데, 그게 오히려 화근이 됐군그래.'

손책과 주유 또한 경공에는 일가견이 있었다. 진한성의 속도는 딱 두 사람이 따라잡지는 못하면서 적당히 거리를 유지하며 추격할 정도였던 것이다. 또 진한성은 굳이 흔적을 지우려는 시도도 하지 않았으므로, 손책이 뒤쫓기에 용이했다. 손책은 밥을 지은 흔적이 보이면 식사를, 자고 간 자리가 보이면 잠깐 눈을 붙여가면서 집요하게 추격했다. 나중엔 주유가 만류할 엄두도 못 낼 지경이었다.

손책은 못 들은 척 이랑의 뒤에서 따라오고 있었다. 그러면서 흘끔흘끔 진한성의 눈치를 봤다.

이랑은 기가 차다는 듯 한숨을 내쉬었다.

"정말, 넌 대체 무슨 생각으로 사니?"

"헤헤, 미안, 누나."

진한성은 두 사람을 보며 생각했다.

'어차피 여기까지 온 이상 추궁은 무의미하다. 일단은 둘을 살려 보내는 게 급선무야.'

생각을 정리한 그가 주유에게 물었다.

"방금 그게 진법 때문이었나?"

"예. 전에 알려주신 걸 응용해서 급히 만들어봤습니다."

"무슨 효과가 있는 진이냐?"

"선생님이 계시던 중심 부위를 제외한 진 안의 다른 곳에 위치한 사람은, 자신이 가장 꺼리는 대상과 마주하게 됩니다. 그 충격이 상당할 겁니다."

"헐, 정신 교란 계열인가. 그랬군. 그래서……."

진한성은 손견의 세력에서 은둔하던 시절, 진법을 연구하고 있었다. 사람으로 만드는 진이 아니라, 그림이나 주변의 사물 혹은 간단한 도구를 이용했다. 그는 틈만 나면 마당에 다양한 진을 그려보곤 했다. 어깨너머로 그것을 배운 주유는 진한성의 집 주변에다 미로 같은 형태의 담장을 만들었다. 일종의 기초적인 진법이었다. 기습해왔던 지살위들을 그걸로 괴롭힌 적도 있었다. 그로부터 불과 일이 년 남짓한 기간 사이, 주유는 천강위들에게 정신적 혼란을 줄 정도의 진을 만들어내기에 이른 것이다.

"아직 제 실력이 부족해서 아까 그 객잔 정도의 좁은 범위에서밖에 펼치지 못합니다."

진한성은 얼굴을 붉히는 주유를 보며 생각했다.

'이놈은 진짜 천재였군. 아무리 천강위들이 정신적으로 불안정하다 해도, 그런 진을 실제로 구현하다니.'

그때 맨 앞에서 달리던 진한성이 우뚝 멈춰 섰다. 그는 내뱉듯 말했다.

"겨우 여기까진가. 뭐, 일단 인적 없는 곳까진 왔으니 엄한 사람이 휘말릴 일은 없겠네."

손책과 주유도 놀라서 달리던 발을 멈췄다. 외성 성벽 근방이었다. 어느 틈에 그들의 앞쪽에 일남일녀가 서 있었다. 남자는 팔짱을 낀 채 고개를 푹 숙이고 있었다. 반쯤 벗은 옷차림의 여인은 진한성 일행을 매섭게 쏘아보았다. 그들을 본 진한성이 말했다.

"역시 자네가 제일 먼저로군, 임충."

"그 정도 진으로 달아날 수 있을 거라고 생각했다면 오산이오, 진한성."

대꾸하며 고개를 든 임충은 피눈물을 흘리고 있었다. 그가 무표정한 얼굴로 말을 이었다.

"그러나 적어도 한 가지는 성공했소."

"자리를 옮긴 거?"

"아니. 우릴 진심으로 화나게 한 것."

임충의 말이 끝나기가 무섭게 그의 병마용군, '광기에 차 웃는 바람'이라 불리는 미령이 돌진해왔다.

"감히 그따위 걸 나한테 보여줘? 오호호호호!"

웃던 그녀의 신형이 쭉 늘어났다. 급격히 가속하여 늘어난 듯 보인 것이다.

"너흰 다 뒈졌어."

빠악! 미령이 진한성의 목덜미를 향해 가한 돌려차기는 같은 발차기에 막혀버렸다. 바로 손책이 날린 상단차기였다. 발목끼리 부딪친 두 사람이 주춤 물러났다.

"아오, 뭐야, 저 여자? 발목에 칼날이라도 달았나? 옷차림은 마음에 드는데……."

손책이 인상을 쓰고 중얼거렸다. 그의 발목에서 피가 흘러나왔다. 날카로운 뭔가에 베인 듯 살이 찢어져 있었다.

"너, 보통 꼬마가 아니구나."

미령이 대꾸했다. 그녀의 발목은 이상한 방향으로 비틀어져 있었다. 힐끗 아래를 내려다본 그녀가 아무렇지 않게 발을 땅에 대고 찍었다. 우두 소리와 함께 발이 제자리로 돌아왔다.

주유가 빠른 투로 말했다.

"진 선생님, 제가 백부에게 가세하여 여인 쪽을 상대하겠습니다. 그사이 선생님과 이랑 누님은 저 사내를 처리해주십시오."

진한성이 쓴웃음을 지었다.

"그렇게 쉽게 처리할 수 있는 상대가 아니란 말이다."

콰앙! 그의 말이 채 끝나기도 전에 얼굴 앞에서 강력한 폭발이 일어났다. 옆에 있던 주유와 이랑이 나가떨어질 정도의 폭발이었다.

"헉, 뭐야!"

놀란 손책이 외쳤다. 그런 그의 귓가에서 미령이 속삭였다.

"지금 그쪽에 신경 쓸 때가 아닐 텐데, 꼬마?"

무섭도록 빠른 여자였다. 어느새 바로 옆에 다가온 미령이 손책의 턱 끝으로 앞차기를 했다. 발보다 돌풍이 먼저 턱에 닿아 살을 찢었다.

'젠장, 이건 먹었네.'

충격을 예상한 손책이 눈을 질끈 감는 순간이었다. 빡! 둔탁한 소리와 함께 주유의 음성이 들렸다.

"역시 넌 내가 없으면 안 된다니까."

"오오, 공근!"

나동그라졌던 주유가 필사적으로 몸을 날려, 미령의 발차기를 막은 것이다. 반색하던 손책이 금세 표정을 바꾸고 말했다.

"자네는 당연히 날 보호해야지. 심복으로서 말이야."

"이…… 언제는 친구라며!"

미령은 주유를, 정확히는 그의 손에 들려 자신의 앞차기를 막아낸 물건을 노려보았다. 그것은 쇠로 된 피리였다. 미령이 주유를 향해 으르렁대듯 물었다.

"그건 분명 지살위의 악화가 가지고 있던 풍마오적……. 너, 그거 어디서 난 거야?"

"진 선생님한테 받았습니다만."

대꾸한 주유가 피리를 입에 물었다.

"이런 효능도 있는 모양이더군요."

삐이이이이익! 집중된 초음파가 미령의 명치에 직격했다. 바람의 속성을 가진 그녀였으나 소리보다 빠를 순 없었다. 그녀는 비명도 못 지르고 튕겨나가 뒤에 있던 바위에 처박혔다.

손책이 입을 떡 벌렸다.

"야, 너 그거 어떻게 한 거야? 아무리 불어도 소리가 안 난다고 투덜대더니."

"특정 가락을 연주해야 하는 모양이더라고. 아마 수천 번은 불었을 거다."

"천재인데 끈질기기까지 하네. 무서운 놈……."

주유가 미령 쪽을 턱으로 가리켰다.

"끈질긴 건 저쪽도 만만치 않은 것 같은데."

그녀는 천천히 바위에서 몸을 빼내고 있었다. 올라간 입꼬리에 귀신 같은 웃음이 매달렸다.

"그래, 꼬마들. 해보자 이거지?"

진한성은 교차한 팔을 천천히 내렸다. 팔뚝의 피부가 짓무르고 찢어져 피가 흘렀다. 그의 안면으로 임충이 날린 검기가 날아들었다. 양팔로 막지 않았다면 눈을 다쳐 꽤 곤란할 뻔했다.

"마스터, 괜찮아요?"

폭발의 여파로 튕겨나갔던 이랑이 다가왔다.

진한성은 임충을 응시하며 말했다.

"나 말고 백부와 공근을 좀 지켜줘."

"……알겠어요."

임충 또한 진한성을 바라보고 있었다. 한때는 태어나서 처음으로 존경심을 느꼈던 자. 그에게 일언반구도 없이 천기,

무형검을 발했다. 과거를 가지고 장난친 진한성에게 분노해서이기도 했고 그의 힘과 머리를 잘 알기에 단숨에 끝내기 위해서이기도 했다. 그러나…….

'진한성이 분명 강하긴 했지만, 이 정도는 아니었는데…….'

원래대로라면 팔뚝이 찢기는 정도가 아니라, 팔이 터져나가야 했다. 아니, 그 전에 막았다는 것 자체가 비정상이었다. 퍼뜩 이런 생각이 임충의 뇌리를 스쳤다.

'저자 또한 뭔가 힘을 손에 넣은 것인가? 우리처럼?'

진한성이 야수처럼 달려든 것은 그때였다.

"큭!"

임충은 다급히 검을 휘둘러 막으려 했다. 그러나 반응이 아주 조금 늦었다. 용운의 반천기에 당한 상처가 완치되지 않아서였다. 상처 자체는 다 아물었지만, 급격히 움직이면 심하게 당기며 고통을 주었다. 진한성은 검을 피해 상체를 숙이더니, 낮은 자세로 미끄러지듯 들어와 임충의 뒤로 돌아갔다. 곧 강철 같은 팔이 그의 목에 파고들었다.

"걸렸네?"

임충은 진한성의 팔에 힘이 들어오는 걸 느끼고 다급해졌다. 보통 사람이라면 어림없겠지만, 목이 단숨에 부러질지도 모른다는 터무니없는 생각이 들었다. 그는 검을 왼쪽 옆구리

에 딱 붙여 뒤쪽으로 찔러넣었다.

"이크."

진한성이 몸을 비틀어 검격을 피했다. 그 서슬에 임충의 목을 휘감은 팔이 살짝 풀렸다. 임충은 그 틈을 놓치지 않고 힘껏 몸을 틀었다. 동시에 검을 회수하여 진한성의 겨드랑이를 베어갔다. 피하려던 진한성의 표정이 변했다.

천기 발동, 절대심검(絕大心劍)

베려고 생각한 것을 베는 임충의 천기. 진한성은 피할 수 없음을 직감했다. 임충이 초 근접한 거리에서 천기를 발하는 순간, 진한성도 입을 벌리고 천기로 맞대응했다.

천기 발동, 사자후(獅子吼)

콰앙! 으허어어어어엉! 사자의 울부짖음과 검기가 만들어 낸 폭음이 동시에 울렸다. 진한성과 임충은 비틀거리며 각자 물러났다. 진한성의 오른쪽 겨드랑이 아래에서 피가 뚝뚝 떨어졌다. 임충의 양쪽 귀와 코에서도 피가 흐르고 있었다.

"흐흐……."

진한성이 웃었다.

"제대로 주고받았군. 하지만 방금 그걸로 평형감각이 무너졌을 거다. 검객인 너에게는 치명적일 테지."

"과연 주고받은 것 같소?"

"응?"

푸슉! 진한성은 고개를 숙여 아랫배를 내려다보았다. 검고 가느다란 뭔가가 뒤에서부터 배를 관통하여 잔뜩 삐져나와 있었다. 그것은 무수한 머리카락이었다. 그냥 찌르기만 한 게 아니었다. 강철처럼 변한 머리카락은 찌름과 동시에 진한성의 뱃속을 헤집었다. 내장을 순식간에 벌집처럼 만들어버렸다. 양지가 독기에 찬 목소리로 말했다.

"갈가리 찢어드리지요, 진한성 씨. 안에서부터."

"……이럴 줄 알았으면 아까 그냥 때리는 건데."

이랑이 비명을 지르며 진한성에게 달려가려 했다.

"안 돼, 마스터!"

"어허, 어딜."

그녀의 앞을, 마치 땅속에서 솟아난 것처럼 불쑥 튀어나온 거구의 사내가 가로막았다. 거대한 바위나 고목을 연상케 하는 사내였다. 양지의 옆에 웅크리고 앉아 떨고 있던 자였다. 그는 무기 없이, 지름 1미터 정도 되는 원형 방패를 들고 있었다. 검은색으로 칠한 표면은 빛조차 빨아들이는 듯했다.

"인사드리지. 열일곱 번째 병마용군, 암군(暗君)이라 한다. 듣기로 그쪽은 열두 번째라면서?"

"꺼져."

"어이쿠, 예쁘장하게 생겨선 입이 거친 선배네."

이랑은 양 손바닥을 정면으로 내밀어 암군을 향해 '플래시 오브 다크니스'를 쏘았다. 아니, 쏘려 했다. 다음 순간, 그녀는 진한성의 옆에 서 있었다. 그가 교차한 팔을 아래로 내리는 중이었다. 찢어지고 짓무른 팔에서 피가 흘렀다. 이랑은 어리둥절해져서 주위를 둘러보았다.

좀 떨어진 곳에서 바위에 처박혔던 미령이 천천히 몸을 일으키며 표독스레 말했다.

"그래, 꼬마들. 해보자 이거지?"

뭔가 깨달은 이랑이 다급히 진한성을 불렀다.

"마스터?"

"이왕이면 더 앞으로 돌리려 했는데, 쩝. 뭐, 시간을 조금이라도 아껴야지."

"그걸 쓴 거예요?"

"어쩔 수 없었으니 잔소리하지 마. 내장이 완전히 곤죽이 됐다고. 의식이 날아가기 직전이었어."

이랑은 울 듯한 표정으로 진한성의 옆얼굴을 보았다. 관자놀이에 흰머리가 는 게 보였다. 천강위의 수는 총 여섯이었다. 진한성은 그중 불과 둘을 상대하면서, 벌써 치명상을 입어 천기 시공역천을 써버렸다. 암울한 예감이 이랑을 엄습했다.

"그래도 덕분에 한 수 벌었잖아. 자, 대비해라, 이랑."

"알겠어요, 마스터."

진한성은 놀란 표정으로 서 있는 임충에게 돌진했다. 이랑이 그 뒤를 따랐다. 곧 있을 양지의 암습으로부터 진한성을 지키기 위해서였다.

손책과 주유는 미령을 상대로 생각보다 잘 버티고 있었다. 하지만 곧 나머지 천강위와 병마용군들이 속속 나타날 터였다. 얼마나 빨리 진에서 벗어나 정신적 충격을 추스르느냐의 차이였다.

'이대로라면 오늘 이 자리에서 우린 다 죽을 거야. 나야 이미 한 번 죽었으니 상관없지만, 저 사람은…….'

이랑은 진한성의 넓은 등을 바라보며 마음속으로 외쳤다.

'누구라도 좋으니 도와줘요. 제발!'

12
진한성의 위력

“어?”

말 등에 앉은 용운이 고개를 갸웃거렸다.

그를 뒤에 태우고 있던 조운이 물었다.

“왜 그러십니까, 주공?”

“아니에요, 형님. 어쩐지 이 길을 지나갔던 것 같아서.”

“하하, 예전에 비슷한 지형을 보신 거겠지요.”

“그런가?”

용운은 저만치 앞의 협곡을 바라보았다. ‘순간기억능력’을 가진 그가 한 번 봤던 장소를 잊을 리 없었다. 그런 그의 기억이, 분명히 여긴 와본 적이 없다고 알려주었다. 그런데도 묘하게 익숙한 지형이었다. 바로 몇 분 전에 봤던 것만 같은.

'이상하네. 기분도 영 찜찜하고.'

용운은 이상하게 가슴이 두근거렸다. 아버지가 위험할지도 모른다는 생각 때문일까. 용운의 부대는 쉬지 않고 진군하여, 복양성 근처까지 와 있었다. 여기서 태사자까지 합류시키려는 계획이었다. 시간 절약을 위해, 이미 성 쪽으로 성월을 먼저 보내두었다. 그녀라면 태사자에게 신원 확인도 구구절절 설명할 필요도 없다. 곧 주군이 도착하실 테니, 합류 준비를 하시지요. 이 한 마디면 충분한 것이다.

무려 팔만의 대군이었다. 거기에 지휘관은 조운, 장합, 장료, 태사자. 이 기주 사천왕에 더해, 흑산적 수령 장연까지, 그야말로 총력전에 가까웠다. 원래는 원소를 최종적으로 격파할 때 동원했어야 할 힘이지만, 선택의 여지가 없었다. 원소군과의 전투 때, 이미 상대의 힘을 목격한 바 있었다.

"조금 더 빨리 갔으면 합니다, 형님."

용운의 말에 조운은 지금도 다소 무리한 속도로 진군 중이라고 답하려 했다. 하지만 그의 목소리에 깃든 불안과 초조함에, 잠자코 명을 이행했다. 진군 속도가 조금 더 빨라졌다. 그래도 워낙 병력이 많다 보니 한계가 있었다.

날이 더운데도 이상하게 으슬으슬 추웠다. 용운은 자꾸 요동치는 심장을 왼손으로 눌렀다.

'곧 갈게요, 아버지.'

그는 어쩐지 잘 기억나지 않는 아버지의 얼굴을 떠올리려 애쓰며 생각했다.

'그러니 제발 무사하세요.'

산양성 일대에 짙은 안개가 끼기 시작했다. 거대한 기의 충돌로 불안정해진 기류가 원인이었다. 다른 시공에서 온 자들이 허락되지 않은 힘을 쏟아부은 것도 한몫했다. 성 외곽 쪽에서는 이 시대의 사람이 봤다면 신선 혹은 악귀 간의 싸움이라 여겼을 법한 혈투가 한창 벌어지고 있었다.

진한성은 시공역천으로 양지의 공격을 예측했다. 아니, 정확히 표현하면 한 번 겪었다.

'아무리 뒤에서 공격한 거라 해도 내가 전혀 못 느꼈다면 보통 공격이 아니라는 뜻.'

이에 그는 임충의 목을 조르는 대신, 뒤로 돌아가 팔꿈치로 척추를 내리찍었다.

"컥!"

임충이 숨 막히는 신음을 토했다. 그때 진한성은 순간적으로 마비된 임충을 붙잡은 채 빙글 몸을 돌렸다. 아니나 다를까. 촤아아악! 섬뜩한 소리와 함께 수백 가닥의 머리카락이 뻗어오고 있었다. 양지의 몸은 반쯤 땅속에 묻힌 것처럼 보였다. 말 그대로 갑자기 지하에서 튀어나왔기에 진한성이 느끼지 못한 것이다.

'저 여자, 땅속을 돌아다닐 수 있는 건가?'

그것은 양지의 천기, 영계암행(影界暗行). 정확히는 그림자 사이를 이동하는 힘이었다. 그림자가 있는 위치를 기점으로 몸의 일부 혹은 전체를 다른 차원에 옮겼다 돌아오는 것이다. 이런 사실을 알 리 없는 진한성의 눈에는 양지가 땅속으로 움직이는 것처럼 보였다. 양지는 임충이 다칠 듯하자 다급히 머리카락의 방향을 틀었다.

그런 양지를 향해 이랑이 특기를 발동했다.

플래시 오브 다크니스

그녀의 양 손바닥에서 맞은 대상을 녹여버리는 무시무시한 흑광이 쏘아졌다.

"앗!"

양지는 순간적으로 당황했다. 이랑의 병마용군 서열은 12위이니 17위인 그녀보다 높았다. 당연히 전투력도 더 강했다. 그 이랑이 쏜 검은 광선을 절대 맞아선 안 된다는 확신이 들었다. 하지만 영계암행을 써서 그림자로 숨어드는 데는 약간의 시간이 필요했다. 거구의 사내가 굳어버린 그녀의 앞을 막아섰다. 큰 덩치에 어울리지 않는 빠른 움직임. 양지의 병마용군, 암군이었다. 암군은 자리 잡자마자 검은색 방패를 내밀었다. 방패에 맞은 플래시 오브 다크니스가 다른 방향으로 튕겨나갔다. 이랑이 놀란 표정을 지었다.

'녹지 않고 플래시 오브 다크니스를 튕겨냈어? 보통 방패가 아니구나!'

그때 충격에서 회복한 임충이 반격을 시도했다. 그는 검을 옆구리에 바싹 붙이고 뒤쪽을 찔러 왔다.

'그러고 나서 검기를 터뜨리겠지.'

진한성은 임충의 등을 세차게 걷어찼다. 그 서슬에 임충은 앞으로, 정확히는 양지가 있는 곳으로 날아갔다. 양지는 재빨리 그림자 속으로 모습을 감췄다. 암군이 대신 임충을 받아 안았다.

"읏!"

암군은 눈을 부릅떴다. 임충에게 생각보다 강한 힘이 실려 있었다. 두 사내는 엉킨 채 뒤로 주르륵 밀려났다. 암군의 발 아래로 길게 파인 자국이 생겼다.

"쳇."

진한성은 가볍게 혀를 찼다. 역시 쉽지 않았다. 전투불능까지는 못 만들더라도 둘 다 뒹굴어 허점이 드러나는 정도는 기대했는데. 병마용군 주제에 진한성이 임충의 몸에 담아 보낸 거력을 받아낸 것이다.

'힘과 내구력, 속도. 거기에 성능 좋은 유물까지. 17위의 병마용군치고는 쓸데없이 강하다. 그만큼 양지와의 정신적 연결이 강하다는 건가? 아니면…….'

암군의 뒤쪽 지면에서 솟아난 양지가 물었다.

"당신, 괜찮아?"

암군은 입을 다문 채 고개를 끄덕였다.

임충이 거북한 목소리로 말했다.

"고맙긴 한데 이제 좀 내려주지."

"이거, 실례했습니다."

그때, 거센 고함과 함께 또 하나의 천강위가 나타났다.

"진~한~서어엉!"

한데 소리만 들려올 뿐 모습이 보이지 않았다.

"위예요!"

이랑이 다급히 외쳤다.

진한성이 고개를 들자 허공에서 한 사내가 비스듬히 떨어져 내리고 있었다. 내민 양손에는 길이 1미터 정도의 강철 손톱이 부착되어 있었다. 천강 11위, 박천조 이응이었다.

"웃차!"

진한성은 한 손으로 바닥을 짚고 회전하여 손톱을 피해냄과 동시에 발차기로 역습을 가했다. 슉! 이응은 방향을 틀어

다시 위로 날아올랐다. 자세를 바로 한 진한성은 황당한 표정으로 위를 올려다보았다.

“이응, 너 이제 날아다니기도 하냐? 이름에 매(鷹, 응)가 들어가서 잘 어울리긴 한다만.”

좀 떨어진 곳에 착지한 이응이 말했다.

“진한성, 재회의 선물로 아주 좋은 걸 주셨더군. 덕분에 당신뿐만 아니라 오랜만에 아버지까지 뵈었어.”

그런 이응의 눈에 원독이 어려 있었다. 그는 뿌득 이를 갈았다. 이응은 어린 시절 아버지에게 비인간적으로 학대당하다가 도저히 못 견디고 그를 죽여버렸다. 그가 다른 천강위 인물들에 비해, 이규에게 친밀하게 대하는 이유도 그래서였다. 이규 또한 자신과 마찬가지로 부모에게 학대당하다 그들을 살해했다고 알고 있었다. 적어도 표면적으론 그렇게 알려져 있었다. 이응은 진에 갇혔을 때, 그 시절로 되돌아가 고통에 시달리다 왔다. 그는 되살아난 아버지의 모습을 보는 순간 굳어버렸다. 머리가 하얗게 비었다. 이어서 열네 살 때 그랬듯, 맞고 밟히고 목을 졸렸다. 그러다 환상 속에서 다시 한 번 아버지를 죽이고서야 겨우 깨어날 수 있었다. 기억하기조차 싫었던 일을 생생히 또 한 차례 겪은 것이니 독기를 품을 만했다.

진한성이 다소 억울하다는 표정으로 말했다.

"내가 그런 거 아니라고 하면 믿겠나?"

"아니."

"그래……. 이거 어째 부작용이 속출하네. 주유 녀석, 설마 일부러 그런 건 아니겠지?"

크왕! 그때 이응의 옆에 표범 한 마리가 잽싸게 다가와 울부짖었다. 신기하게도 표범의 털가죽은 피처럼 붉었다. 유일한 동물형 병마용군인 적표(赤豹)였다. 적표는 머리에 헬멧 같은 금속 투구를 쓰고 있었다. 미간 부분에 삐죽 튀어나온 세 개의 강철 가시가 매우 위협적이었다.

적표를 본 진한성이 말했다.

"어, 그거 네 거였냐? 집어갈까 하다가 의사소통이 안 될 것 같아서 말았는데. 그나저나 모피가 참 특이하네."

"열두 번째 말고 나머지 병마용군들은 어쨌소?"

진한성은 히죽 웃었다.

"팔아먹었다."

"썅!"

휘익! 적표는 주인의 심기를 읽은 듯 한 줄기 핏빛 질풍처럼 진한성을 향해 덤벼들었다.

"어딜!"

이랑이 적표를 향해 재빨리 검은 광선을 쏘았다. 적표는 놀랍게도 허공을 박차고 공중에서 방향을 바꿔 흑광을 피했다.

"사람들 싸움에……."

거기에 따라붙은 진한성이 그 기세로 무릎차기를 적표의 옆구리에 먹였다.

"짐승이 껴드는 거 아니다."

퍽! 정통으로 맞은 적표가 나가떨어졌다. 동시에 검은 원반이 진한성을 향해 무서운 속도로 날아왔다. 진한성은 급한 김에 주먹을 휘둘러 원반을 쳐냈다. 찌르르한 느낌에 그가 인상을 찌푸렸다.

"그새 물렸네. 병마용군 아니랄까봐."

진한성의 허벅지가 피에 젖어 있었다. 적표가 무릎에 차이는 순간 기어이 허벅지를 물어뜯은 것이다. 갑자기 날아온 원반 때문에 몸을 빼는 게 살짝 늦은 결과였다.

"망할 쟁반은 어디서 갑자기 날아온 거야?"

진한성이 재빨리 주위를 살폈다. 원반의 정체는 양지의 병마용군 암군이 지닌 검은색 방패였다. 암군은 되돌아온 방패를 다시 붙잡아 들었다. 그 모습을 본 진한성이 어이없다는 듯 말했다.

"야, 병마용군. 네가 무슨 미국 히어로냐?"

그러고 보니 암군의 뒤에 있던 양지가 사라졌다. 그 사실을 깨닫는 순간, 진한성의 발밑에서 검은 철사 같은 것이 무수히 튀어나왔다. 어느새 그림자에 숨어든 양지의 머리카락이었다. 파파파팍! 진한성은 다급히 왼발을 들었지만 오른발이 관통당했다. 머리카락이 진한성의 오른발을 칭칭 옭아맸다.

"이런!"

여기에는 진한성도 당황했다. 머리카락의 강도가 무슨 케블라섬유라도 되는 것처럼 질겼다. 움직일 수 없게 된 그를 향해 이응이 날아왔다. 서걱! 진한성은 상체를 비틀어 간신히 손톱을 피했으나 어깨를 깊숙이 베이고 말았다.

"하하하하!"

이응이 광소하며 스쳐 지나간 후, 한 줄기 섬광이 진한성의 머리를 수직으로 베어왔다. 틈을 노리던 임충의 천기, 절대심검이었다.

"큭!"

커허어엉!

진한성은 급한 김에 사자후를 발동했다. 사자후를 절대심검과 상쇄시켜 사라지게 하는 데는 성공했지만 충격까지 완전히 해소하진 못했다. 콰아아앙! 굉음과 함께 코앞에서 대폭발이 일어나 그를 날려 보냈다. 진한성이 서 있던 자리에 거대한 구덩이가 생겼다. 그런데도 오른발은 여전히 양지의 머리카락에 묶여 있었다. 머리카락은 쭉 늘어나며 끝까지 발을 풀어주지 않았다. 그 바람에 진한성은 발목이 꺾이듯 뒤로 넘어지고 말았다. 넘어진 그가 고개를 번쩍 들었다.

'뭐야, 땅속에 있던 게 아니었어?'

머리카락은 마치 허공을 비집고 나온 것처럼 지면이 있던 부위에서 불쑥 튀어나와 진한성의 오른발까지 연결되어 있었다.

"끝장!"

쓰러진 그를 향해 되돌아온 이응이 손톱을 찔러 왔다.

진한성은 깊게 한숨을 내쉬었다. 상대가 상대인지라 일단 한번 공격을 허용하자 정신이 없었다. 그의 눈빛이 차갑게 가라앉았다.

"이것들이 보자 보자 하니까."

우둑! 진한성이 오른쪽 다리를 힘껏 들어올렸다.

"캬악!"

양지가 머리카락과 함께 허공으로 딸려 나왔다. 놀랍게도 진한성은 힘만으로 그녀를 아공간에서 끌어낸 것이다. 진한성은 그대로 다리를 차올려, 양지를 공중에 거꾸로 세우다시피 했다.

"아차!"

이응이 황급히 방향을 틀었지만 늦은 후였다. 그의 손톱이 양지의 종아리를 베고 지나갔다. 한쪽 다리가 잘려나갈 듯 위태롭게 덜렁거렸다.

"끄아아아악!"

양지가 고통에 찬 비명을 질렀다. 그 모습에 크게 당황한 암군이 다급히 달려왔다.

"여보!"

진한성은 곧바로 오른쪽 다리를 당기면서 양지를 끌어내렸다. 발이 머리카락에 파였으나 아랑곳하지 않았다. 그는 끌어내림과 동시에 왼쪽 무릎을 그녀의 정수리에 힘껏 꽂았다. 봐줬다 당하는 건 한 번이면 충분했다.

퍼석! 소름끼치는 소리와 함께 양지의 머리가 말 그대로 박살났다. 흩어진 머리카락들이 살아 있는 뱀처럼 꿈틀대더니 부스스 흩어졌다. 이어서 축 늘어진 양지의 몸도 풍화되기 시작했다. 그녀는 능력을 제대로 발휘해보지도 못하고 생을 마감하고 말았다.

"안 돼에에에!"

암군은 절규하며 방패를 던졌으나 그게 전부였다. 그는 방패를 던지던 기세 그대로 엎어졌다. 그러더니 다시 일어나지 못했다. 주인의 죽음으로, 혼이 그릇을 떠난 것이다.

슈우우우우! 양지는 먼지가 되어 흩어졌다. 마치 그 뒤를 따르듯 암군의 거대한 덩치가 빠르게 줄어들었다. 잠시 후, 그 자리에는 손바닥만 한 금속 인형 하나만 덩그러니 놓여 있었다.

"우선 둘."

방패를 받은 진한성은 양지의 피와 뇌수, 머리카락 등이 묻은 무릎을 슥슥 문지르며 내뱉었다.

임충과 이응의 얼굴이 딱딱하게 굳었다. 두 사람은 서로 마주 보고 시선을 교환했다. 양지의 무력이 딸리는 편이긴 하나, 그래도 천강위 서열 17위였다. 진한성은 그런 상대를 단번에 소멸시켜버린 것이다. 이응이 작게 중얼거렸다.

"방심했다간 단숨에 골로 가겠구먼. 임 형, 조심하시오."

"알겠네. 일단 마음을 가라앉히고 시간을 끄는 편이 낫겠어."

흥분했던 두 사람의 머리가 차갑게 식었다. 양지가 죽는 모습을 보자 정신이 번쩍 들었다. 분노에 휩싸인 바람에 상대가 천하의 괴물, 몬스터 진한성이라는 사실을 깜빡했다. 화가 나서 싸운다고 통할 상대가 아니었다. 사천신녀를 갖고 놀듯했던 천하의 임충도 움츠러들지 않을 수 없었다.

이응의 옆으로 돌아온 적표가 나직하게 으르렁댔다. 진한성의 무릎을 맞고도 멀쩡한 걸 보니, 역시 병마용군답게 보통 짐승은 아니었다. 이응은 진한성에게 시선을 고정한 채 적표의 머리를 쓰다듬으며 물었다.

"한데 임 형, 대체 저 인간의 능력은 뭐인 것 같소?"

"글쎄……."

"특별히 힘을 쓰는 것 같진 않았는데, 뭔가 육체 자체가 강해진 느낌이라고나 할까. 아까 임 형의 검기를 터뜨린 것도, 혹시 그냥 냅다 소리만 질렀는데 그리된 거 아니오?"

"기합만으로 내 천기를 상쇄했다? 괴물, 괴물 했더니 진짜 괴물이 됐군."

"우선 다른 형제들이 오길 기다립시다."

"그게 낫겠네."

임충과 이웅 그리고 사망한 양지 외에도 아직 세 명의 천강위가 더 남아 있었다. 그들이 온다면 아직 승산은 충분했다. 게다가 진한성은 왼쪽 어깨와 오른발, 왼편 허벅지 등에 제법 큰 부상을 입었다. 특히, 양지가 목숨과 맞바꾼 결과가 된 오른발은 걸레가 되다시피 했다. 굳이 서둘러 덤벼들 필요가 없는 것이다.

진한성은 진한성대로 시간을 벌고 있었다.

'다른 놈들이 오길 기다리는 모양인데, 나도 당장은 먼저 덤벼들 처지가 못 된다. 일단 지혈이라도 해야겠어.'

그는 어깨와 허벅지의 혈을 눌러 피를 멎게 했다. 동시에 느리고 깊은 호흡을 시작했다.

임충과 이웅 그리고 진한성이 잠시 대치하는 사이, 미령과 싸우던 손책은 만신창이가 되어 있었다.

"으윽…… 무슨 여자가……."

온몸에 크고 작은 상처가 난 그가 힘겹게 말했다. 미령이 발차기와 동시에 일으킨, 바람의 칼날에 당한 상처였다.

"깔깔깔, 네 친구와 같이 덤벼도 안 될 판에 멀리서 견제만 하고 있으니 상대가 되겠어?"

한쪽 다리를 든 미령이 손책과 주유를 비웃었다. 보기 좋은 늘씬한 맨다리였으나 실상 흉기였다. 그녀의 말대로, 주유는 거리를 둔 채 주변을 빙글빙글 돌고만 있었다. 미령의 발차기와 바람의 칼날 때문에 쉽게 접근하지 못하는 기색이었다. 간혹 피리를 이용해 음파 공격을 날리긴 했다. 하지만 이미 간파한 미령에겐 통하지 않았다.

"이제 그만 정리하자고, 꼬마. 얼른 저 아저씨를 도와야 하니."

휘익! 몸을 날린 미령은 높이 쳐든 오른쪽 다리를 손책의 머리로 내리찍었다.

"흥, 쉽게 당할까 보냐!"

손책 또한 용이 솟구치는 듯한 기세로 위쪽을 차올렸다. 퍼버벅!

그가 미령의 오른쪽 다리를 차낸 순간, 거기서 일어난 바람이 손책의 이마를 찢었다. 피가 튀어 순간적으로 시야가 가려졌다.

"앗!"

손책이 잠깐 움찔하는 사이, 미령은 오른 다리를 차인 기세를 빌려 뒤로 우아하게 공중제비를 넘었다. 이어서 왼발이 손책의 목젖으로 날아들었다. 그림 같은 연속 발차기였다.

"아차!"

주유가 다급히 달려왔으나 이미 늦은 뒤였다. 절체절명의 순간 거무스름한 뭔가가 손책과 미령 사이로 휙 지나갔다. 우당탕! 미령과 손책은 그 서슬에 각자 뒤로 넘어졌다.

"백부!"

주유가 쓰러진 손책을 허겁지겁 안아 살폈다. 그는 가슴이 철렁 내려앉았다. 눈 감은 손책의 얼굴과 목이 온통 피투성이였다. 그때 손책이 눈을 번쩍 뜨고 말했다.

"나, 살아 있다. 너 뭔가 꾸미고 있는 거지?"

"휴, 다행……. 어떻게 된 거야?"

손책은 목젖 부위를 살짝 베였을 뿐이었다. 그가 옆을 돌아보며 씩 웃었다.

"고마워, 누나."

좀 떨어진 곳에 이랑이 한 손을 내민 채로 서 있었다. 진한성을 돕느라 정신없는 줄 알았더니 손책과 주유도 살피고 있었던 것이다. 그녀가 소리 내지 않고 입으로 말했다.

어서 피해.

그 입 모양을 알아본 손책은 고개를 저었다.

"볼썽사납게 미래의 아내를 놔두고 도망갈 순 없지."

이랑은 눈살을 찌푸렸다. 뭐라는 거야?

잠시 누워 있던 미령은 욕설을 내뱉었다.

"아, 빌어먹을."

상대를 꼬마라고 무시하긴 했지만, 인간 꼬마치고는 이상할 정도로 강한 녀석이었다. 놔둬봐야 장차 진한성에게 힘을 더해줄 뿐이니 이 자리에서 죽이려고 마음먹었다. 한데 갑작스러운 방해로, 다 잡은 사냥감을 놓친 것 같아 짜증이 났다.

"어?"

미령은 벌떡 일어나려다가 또 한 번 넘어졌다. 그제야 뭔가 기묘한 위화감이 들었다. 그녀는 어리둥절한 표정으로 제 하체를 내려다보았다. 왼쪽 다리가 무릎 아래에서 사라지고 없었다. 이랑의 흑광, '플래시 오브 다크니스'에 적중당한 결과였다.

"아…… 으아아악!"

미령이 뒤늦게 비명을 질렀다. 그 소리에 놀란 임충이 저도 모르게 시선을 돌렸다.

"미령?"

진한성은 그 틈을 놓치지 않고 순식간에 쇄도해왔다. 콰앙! 마치 순간이동 하듯 돌진한 진한성의 어깨치기에, 임충이 추풍낙엽처럼 날아갔다. 그 충격은 전속력으로 달려온 덤프트럭에 부딪힌 것 이상이었다. 그는 일직선으로 한참이나 날아가, 나무 몇 그루를 박살내고 성벽에 처박혔다.

"헉!"

놀란 이웅이 습관처럼 날아올라 피하려 했다. 진한성은 그의 발목을 덥석 붙잡았다. 으드득! 잡히자마자 발목뼈가 으스러졌다.

"으아악! 이거 놔!"

이웅은 양팔을 마구 휘둘러댔다. 금속을 두부처럼 베어버리는 유물 '비조수'가 위협적으로 번쩍였다. 하지만 그런 마구잡이 공격에 당할 진한성이 아니었다. 죽은 목홍에게 복싱을 가르친 게 바로 그였다. 그는 상체를 버드나무 가지처럼 움직여 강철 손톱을 피했다.

"으으!"

써걱! 서늘한 소리와 함께 피가 튀었다. 이웅이 붙잡힌 제 발목을 비조수로 잘라버린 것이다. 그는 한쪽 발목에서 피를 흩뿌리며 날아올랐다. 진한성은 오른손에 쥔 이웅의 발을 힘껏 던졌다. 발은 총알처럼 날아가 주인의 명치를 때렸다.

"커헉!"

명치가 움푹 파인 이웅이 추락했다. 달려간 진한성이, 떨어지는 이웅을 향해 주먹을 꽂으려는 순간이었다. 캬옹! 주인의 위기에 적표가 달려들었다. 세 개의 강철 가시가 진한성의 눈으로 날아왔다. 진한성은 왼손으로 적표의 목을 잡아챘다. 콰득! 동시에 힘을 주어 목뼈를 꺾어버렸다. 그는 귀찮다는 듯 축 늘어진 적표를 팽개쳤다.

바닥에 떨어진 이응이 신음했다.

"악귀 같은 놈……."

"이제 알았냐?"

진한성이 이응에게 다가갈 때였다.

"형제들을 더 해쳤다간 내 흑룡이 널 용서치 않을 것이다. 진한성."

"죽여…… 버리겠어. 나한테 그따위 짓을……. 반드시 죽일 거야……."

분노와 두려움에 찬 목소리가 들려왔다. 진법으로 입은 정신적 충격에서 간신히 회복하여 달려온 진명과 호연작이었다.

그쪽을 힐끗 쳐다본 진한성은, 단숨에 몸을 날려 이응의 목줄기를 짓밟았다.

"말 듣는다고 살려줄 것도 아니잖아."

이응은 사지를 부르르 떨더니 피를 토했다. 그 광경에 진명이 눈을 부릅떴다.

"이, 이 개자식!"

그는 주저 없이 진한성을 향해 오른손을 뻗었다.

천기 발동, 흑염룡(黑炎龍)

화르르륵! 닿는 것을 모두 증발시켜버리는 시커먼 용 형태의 기가 진한성에게 날아들었다. 거기에는 진한성도 감히 맞서지 못했다. 그는 이응을 버려두고 크게 뛰어 흑염룡을 피했다.

그때, 이규가 불쑥 나타났다. 그녀는 잠자코 이응에게 다가가 목덜미에 손을 짚어보려 했다. 그녀가 손을 대는 순간, 이응의 몸은 먼지처럼 부스러졌다. 그러더니 곧 흩어져 사라져버렸다. 목이 이상한 방향으로 돌아간 채 쓰러져 있던 적표도, 구슬픈 울음소리를 마지막으로 움직임이 멎었다. 슈욱! 적표의 시체는 급격히 작아지더니 표범 모양의 조각상으로 돌아갔다.

"앞으로 넷, 아니 여덟인가."

진한성의 얼굴이 어두워졌다. 짧은 시간에 혼자서 11위, 17위의 천강위 둘과 병마용군 둘을 소멸시켰다. 그리고 6위 임충도 아직 일어나지 못하고 있었다. 그야말로 초인적인 전투력이었다. 그럼에도 불구하고 상황은 그리 희망적이지진 않았다. 임충을 완전히 죽이지 못한 상태에서, 7위 진명과 8위 호연작, 언랭커인 22위 이규, 거기다 세 사람의 병마용군들까지 도착했기 때문이다.

쏴아아아아— 사방이 계속 어두워진다 싶더니, 결국 비가 쏟아지기 시작했다. 진한성의 몸에서 김이 무럭무럭 피어올랐다. 그는 비를 맞으며 하늘을 올려다보았다.

"휴우……."

피로가 급격하게 몰려왔다. 어깨와 허벅지 그리고 구멍이 숭숭 뚫린 발이 미치게 아팠다. 더 심각한 문제는 통증이 아니라 출혈이었다. 임시로 지혈을 해놔도, 격하게 움직이니 계속 피가 흘러나왔다.

'이랑이와 애들은?'

진한성이 정면을 보는 순간, 전신을 검은 갑주로 둘러싼 호연작이 이미 코앞까지 다가와 있었다. 그녀의 천기, 연환갑마였다. 앞을 가로막는 모든 것을 파괴하며 돌진하는.

"크윽!"

진한성은 양손을 내밀어 호연작을 막으려 했다. 우드드득! 그의 손가락 서너 개가 뒤로 꺾였다. 엄청난 압력에 손바닥도 터져서 피가 튀었다. 그래도 기어이 돌진을 막아내는 데 성공했다. 투구 틈으로 드러난 호연작의 눈에 놀란 빛이 떠올랐다.

'힘으로 내 연환갑마를 막았어?'

순간, 진한성이 쾅 하는 굉음과 함께 호연작의 시야에서 사라졌다. 지름 1미터 정도의 강철 구가 옆에서부터 날아와 그를 후려친 것이다. 진명의 병마용군, 절대십천의 일인이자 '검은 강철의 무희'라 불리는 윤하의 솜씨였다. 거기서 끝이 아니었다.

"백빙방벽."

호연작의 병마용군인 백금이 뇌까렸다. 콰지직! 철구에 맞아 수평으로 날아가던 진한성이, 갑자기 도중에 허공으로 솟구쳤다. 바닥에서 솟아오른 얼음장벽 때문이었다. 떠올랐다 추락하는 진한성을 향해, 입을 꾹 다문 이규가 달려갔다. 그녀는 양손에 든 도끼를 날개처럼 활짝 폈다.

"이제 그만 우리 악연을 끝내자고, 아저씨."

"나도 빚이 있다."

"응?"

이규의 뒤쪽에서 누군가가 한발 앞서 진한성을 향해 달렸다. 성벽에 처박혔던 임충이었다.

"새치기하지 말라고."

이규도 질세라 속도를 올려 튀어나갔다. 임충의 검과 이규의 도끼가 동시에 진한성에게로 날아들었다.

"마스터!"

미령을 무력화한 이랑은 진한성의 위기를 보고 그리로 달려가려 했다. 그때 그녀의 앞을 누군가가 가로막았다.

"구면이군요."

검은 장포로 전신을 감싼 차가운 인상의 사내. 바로 이규의 병마용군 흑랑이었다.

이랑은 입술을 깨물었다. 분명 22위의 병마용군이라 들었는데, 그에게 어이없이 패했던 것이다.

"당신 주인이 터무니없는 짓을 해서 기분이 썩 좋진 않습니다. 또 그때처럼 쓰러뜨려 드리죠."

특유의 중국 무술 자세를 취하던 흑랑이 멈칫했다. 이랑의 뒤쪽에 있던 미령이, 갑자기 광기 어린 웃음을 토해내기 시작한 것이다.

"아하하, 내 다리가…… 깔깔깔깔깔!"

그 모습을 본 흑랑은 냉정함을 잃고 화들짝 놀랐다.

"헉, 설마 미령 님……. 저 다리, 당신이 한 짓입니까?"

이랑이 얼떨결에 고개를 끄덕였다. 그러자 흑랑은 말을 마치기가 무섭게 등을 돌리더니 달아나기 시작했다.

"뭐야?"

당황하는 이랑의 등 뒤에서 겁에 질린 손책이 말했다.

"저, 누나. 저 여자 좀 이상한데……."

이랑이 몸을 돌렸다. 다음 순간, 그녀는 신(神)을 마주했다. 신이라는 단어 말고는 표현할 말이 없었다. 이랑은 전투 중이라는 사실도 잊고 입을 쩍 벌린 채 미령을 올려다보았다.

미령은 전신이 회오리바람에 휩싸인 채 허공에 둥실 떠 있었다. 거센 바람에 옷이 모조리 찢겨 아름다운 나신을 드러낸 채였다. 하지만 손책과 주유는 그 몸매를 감상할 생각 따윈 조금도 들지 않았다. 두 사람은 태어나서 처음으로 오금이 저린다는 말을 실감하는 중이었다. 주유가 멍하니 미령을 보며 말했다.

"저 여자는…… 선녀였나? 내가 지금 뭘 보고 있는 거지?

미령이 마치 그 말에 답하듯 몰아치는 바람 속에서 중얼거렸다.

"나는 광기에 차 웃는 바람, 절대십천 중 여섯 번째인 미령."

그녀를 둘러싼 회오리바람이 점점 거세지고 있었다. 이제 이랑과 손책, 주유는 제대로 서 있기도 힘들 지경이었다. 세 사람을 향해 미령이 선언했다.

"절대십천에게 어째서 '절대'란 수식어를 붙였는지 내가 가르쳐주지."

분노한 절대십천의 일원이 전력을 개방했다. 진짜 싸움은 이제 시작이었다.

13
태풍과 번개

현재 산양성의 태수는 기령(紀靈)이었다. 우직한 인상에 당당한 체구를 가진 38세의 장한이다. 《삼국지연의》에서는 관우와 30합을 겨뤄 승부를 내지 못하는 등 원술군 최고의 용장으로 묘사된다. 그러나 사서 상으로는 여포의 궁술을 돋보이게 하는 인물로 딱 한 차례 등장한다. 《삼국지 위서》〈여포전〉에 의하면 아래와 같다.

유비가 동쪽으로 향해 원술을 공격하자, 여포는 하비(下邳)를 습격해 차지하였다. 이에 갈 곳이 없어진 유비는 여포에게 항복했다. 여포는 유비를 소패(小沛)에 주둔하게 하고 서주자사를 자칭했다. 그 사실을 안 원술이 장수 기령에게 삼만의 병력을 주어 유비를 치게 하니, 유비는 여포에게 구원을 청했다. 이때 여포의 수하들이 말하기를, 장군은 늘 유비를 죽이고자 했으니 이제 원술의 손을 빌려 그것을 이룰 만하다고 하였다.

그러자 여포가 답했다.

"원술이 만약 유비를 격파하면 북쪽의 제장들과 연결되어 나를 포위할 것이니, 구원하지 않을 수 없다."

여포는 곧 보병 일천, 기병 이백을 거느리고 급히 유비에게로 향했다. 기령 등은 여포가 이르렀다는 말에 군을 거두고 감히 공격하지 못했다. 여포는 소패 남서쪽 1리 되는 곳에 진을 치고 시종을 보내 기령 등을 청해 함께 먹고 마셨다. 그 자리에서 여포가 기령 등에게 말했다.

"현덕(유비)은 내 동생인데 제군(諸君)들에게 곤란을 겪으니 구원하러 왔소. 내 성정이 어울려 싸우는 것은 좋아하지 않으나 다만 화해시키는 것은 좋아하오."

여포는 병사에게 명해, 영문(營門, 진채 입구)에 극 하나를 세우게 한 후 말했다.

"제군들은 내가 극의 소지(小支, 극의 튀어나온 가지 모양의 날 부분)를 쏘는 걸 보시오. 적중하면 응당 화해한 후 떠나고 그러지 못한다면 남아서 싸워도 좋소."

여포가 활을 들어 극을 쏘았는데 소지를 정확히 맞혔다.

제장들이 모두 놀라 말하길, 장군은 천위(天威, 제왕의 위엄, 하늘이 내려준 솜씨)를 갖추고 있다고 하였다.

다음 날, 다시 연회를 연 뒤 기령과 유비는 각자 군을 물렸다.

그랬던 기령은 원술의, 정확히는 화흠의 계책으로 무주공산이던 산양을 점령하여 다스리고 있었다. 그는 권력이나 재물을 크게 탐하는 성격은 아니었으므로 그것만으로도 백성이 평안했다. 한데 오늘 기령은 산양태수가 된 이래 최대의 위기를 맞고 있었다.

"왜 아무도 돌아오지 않는 게냐?"

내성 전망탑에 있던 기령이 부장에게 물었다. 그는 외성 성벽 쪽에서 이변이 일어났다는 보고에, 직접 전망탑에 올라 살피는 중이었다. 과연 괴이하게도 한 지점에만 먹구름이 가득하며 비가 쏟아지고 있었다. 또 거기서 때때로 천둥치는 듯한 굉음이 울렸다. 이에 무슨 일이 벌어졌는지 살피기 위해 척후병을 보냈으나, 보내는 족족 감감무소식이었다.

부장이 당황스러운 기색으로 답했다.

"그것이 저도 잘……. 아무래도 군사를 파견해봐야 할 것 같습니다."

그때 병사 하나가 헐레벌떡 뛰어올라와 외쳤다.

"보고드립니다!"

그가 보고를 시작하기도 전에 기령이 말했다.

"설마 기주목의 부대가 쳐들어오고 있다거나 이런 말을 하려는 건 아니겠지?"

"……어찌 아셨습니까?"

놀란 병사의 물음에 기령은 고개를 갸웃거렸다.

"그러게? 어떻게 알았지? 지금과 똑같은 상황을 꿈에서 본 것 같기도 하고……."

말하던 그가 부장에게 다급히 명했다.

"그대는 서둘러 수성전 준비를 하라. 그리고 백인장 하나에게 병사 백을 주어, 저쪽에 무슨 일이 벌어졌는지 알아보게 하고. 어쩌면 기주목이 성을 공격하기에 앞서 뭔가 벌였는지도 모른다."

"알겠습니다."

용운은 드디어 산양성 근처에 다다랐다. 업성을 떠난 지 닷새, 복양성에서 출발한 지는 사흘째 되는 날이었다. 전부는 아니고 선발대만 먼저 도착한 것이다. 팔만의 병력이 내는 속도에는 한계가 있었다. 무리해서 강행군하다 자칫 역효과가 날 우려도 없지 않았다. 물론 장군들의 통솔력이 전반적으로 높고 용운의 매력 수치가 전군에 미치는 터라, 탈영이나 반란 등의 가능성은 거의 없었다.

용운은 협곡 위의 길에서 산양성을 내려다보며 생각했다.

'오히려 그게 문제일 수도…….'

병사들은 지쳐 쓰러질 때까지 행군할 터였다. 부대의 상태가 엉망이라면 산양성에 일찍 도착해봐야 헛일이었다. 이에 용운은 사천왕 및 정예 기마대로 편성된 선발대를 따로 조직하는 방법을 택했다. 그 결과, 닷새 만에 산양성에 도착할 수 있었다. 행군이 워낙 빨라 엿새면 천 리(약 400킬로미터)를 갔다는 조조군의 장수 하후연이 울고 갈 속도였다.

산양성을 내려다보는 용운의 양옆에는 사천신녀가 각각 둘씩 자리했다. 그 뒤로 기주 사천왕이 늠름하게 서 있었다. 조운 자룡, 장합 준예, 장료 문원 그리고 태사자 자의가 그들이었다.

"이렇게 모인 것도 정말 오랜만인 것 같습니다, 주공."

태사자가 감개무량한 목소리로 말했다. 그는 복양성에서 자그마치 이 년을 주둔해 있었다. 그사이 외부의 위협을 철저히 차단하면서, 성내의 정치적인 일에는 눈길 한번 주지 않았다. 또한 병사들의 군기를 더욱 엄정히 했다. 시전에서 상인이 팔던 과일 하나를 무심코 집어먹은 병사의 손목을 잘라버렸을 정도였다. 그런 작은 허물이 모두 주공인 용운에게 흠이 된다고 생각했기 때문이다. 처음에는 의심의 눈길을 보내던

복양성의 백성들도, 한결같은 태사자의 태도에 '복양의 수호신'이라 부르며 칭송해 마지않았다. 그 악명 높은 여포가 코앞까지 점령해 들어왔을 때도 동요하는 사람이 없었다.

오랜만에 태사자를 만나, 그의 능력치를 확인한 용운은 놀라고 말았다.

'그사이 수련도 게을리 하지 않았구나!'

90이던 무력 수치는 95, 84의 통솔력은 90이 되어 있었다. 무력은 아직 조운에 못 미쳤으나 통솔력은 오히려 능가했다. 이 년이라는 긴 시간 동안 주둔군을 계속 맡아 다스리고 지휘했으며 훈련한 까닭이리라. 용운은 바삐 서두르는 와중에도 태사자의 수고를 치하하고, 호군(護軍, 본래 근위병을 지휘하던 무관이나, 용운은 기주의 정예병, 즉 청광기 지휘관이라는 의미에서 임명)직을 내렸다.

태사자의 말에 용운은 웃으며 답했다.

"그러네요. 한데 모이자마자 싸우게 됐네요."

"저희가 당연히 해야 할 일이 아니겠습니까."

본대의 지휘는 장연과 순욱에게 맡겼다. 부장 서황과 양봉, 부군사 곽가도 함께 있으니 원술군과 전투가 벌어져도 충분히 감당하리라. 용운은 이미 장연의 호감도 수치를 확인했으므로 본대를 맡기는 데 불안함은 없었다. 어차피 가신으로 맞아들였으면 전적으로 신뢰한다는 원칙도 있었다.

'그리고 본대 병력의 반 이상이 흑산적 출신 병사들이라, 장연이 지휘하는 게 제일 효율적이야. 무력으로는 사천왕보다 훨씬 떨어지니까 산양성을 공략하도록 시키는 게 낫다.'

하지만 장연은 크게 감격한 눈치였다. 얼마 전까지 흑산적의 수령이었던 데다 밑에 들어온 지도 얼마 안 되는 그를 중용한 것은 확실히 파격적인 인사이긴 했다.

"맡겨만 주십쇼. 제가 원술의 부하 놈을 아주 박살내버리겠습니다."

장연의 호언장담에, 용운은 문득 원소에게 당한 패배가 떠올랐지만 굳이 입 밖으로 꺼내진 않았다. 다만 그때처럼 지나치게 의욕이 앞설 것을 경계하여 분명한 어조로 일러두었다.

"산양성을 지키고 있는 기령은 호락호락한 자가 아닙니다. 싸움에 앞서 문약과 봉효의 말을 반드시 새겨들으세요. 그 두 사람의 말이 곧 내 뜻과 같다고 생각하란 말입니다."

"예, 명심하겠습니다."

용운이 정색하고 말하자 장연은 순순히 고개를 끄덕였다.

용운은 산양에 도착하기에 앞서, 먼저 척후대를 보냈었다. 편지의 내용대로 진한성이 와 있는지 확인하기 위해서였다. 하지만 동서남북 네 개의 문뿐만 아니라 작은 문까지 모두 확인했는데도 그의 모습은 보이지 않았다.

'정말로 안 오신 건가? 내 기우였나? 아버지가 안 계신다면

기다렸다가 본대와 합류해서 산양성을 공략하는 게…….'

용운이 이런 생각을 할 때쯤이었다. 성안으로 잠입했던 청몽이 다급히 돌아와서 알렸다.

"주군, 아저씨 찾았어요!"

"아저씨?"

"아, 아니……, 아버님 찾았습니다. 지금 서쪽 성벽 안쪽에서 그자들과 싸우고 계세요."

"그자들이라니, 위원회 말이야?"

청몽은 굳은 표정으로 고개를 끄덕였다.

"서두르셔야 할 것 같아요. 몹시 위태로워 보입니다."

덩달아 용운의 얼굴도 경직되었다. 드디어 아버지를 만난다는 설렘과, 그가 위원회의 인물들에게 공격받고 있다는 데서 오는 염려, 그리고 곧 강대한 적을 맞아 싸워야 한다는 긴장 등이 뒤섞였다. 용운은 사천왕과 사천신녀를 향해 빠른 투로 말했다.

"마지막으로 한 번만 더 당부드립니다. 이제부터 여러분이 상대하게 될 적은 매우 강합니다. 자룡 형님과 준예 그리고 문원은 이미 알고 있겠지요. 사천신녀들도."

그들은 살짝 긴장한 기색으로 고개를 끄덕였다. 천강위를 접해본 적 없는 태사자만이 어리둥절해할 뿐이었다.

"아니, 말씀 중에 죄송하지만 대체 어떤 적이기에 그러십니까? 듣기로 문원은 단 오천의 병사로 원소의 삼만 대군을 물리쳤다던데, 우린 지금 청광기 일만을 끌고 왔지 않습니까. 혹 산양성 안에 수만 대군이라도 있는 겁니까?"

거기에 대한 답은 청몽이 대신했다.

"적의 수는 열이 채 안 됩니다. 하지만 그중 하나를 빼곤 전원 우리보다 강합니다."

"어, 그러니까…… 사린이나 검후 소저보다?"

태사자는 살짝 당황했다. 다른 사람은 몰라도 두 사람의 무위는 잘 알고 있는 까닭이었다.

청몽은 주저 없이 대답했다.

"네."

"……총력을 기울여야 되겠군요."

태사자가 납득하자 용운이 말을 이었다.

"내게는 아버지도 중요하지만 여러분도 그 못지않게 소중합니다. 그리고 내 개인적인 일로 이런 위험한 싸움에 내몰아서 미안합니다."

용운은 사천왕에게 진심으로 미안했다. 그리고 두려웠다. 행여 이들을 잃을지도 모른다는 사실이.

조운이 조용한 어조로 따뜻하게 답했다.

"개인의 일이라니요. 주공의 일이 곧 저희의 일입니다."

장합은 아무렇지 않은 척 짧게 대꾸했다.

"염려 마십시오."

장료는 자신만만하게 웃었다.

"드디어 주공께 입은 구명지은을 갚을 수 있게 되었군요. 저 또한 그때의 제가 아닙니다."

마지막으로 태사자가 진중한 투로 말했다.

"저희는 주공의 칼이자 방패입니다. 언제든 편한 대로 쓰시면 됩니다."

"다들……."

용운은 울컥해서 돌아섰다.

"전원 무사하세요. 명령입니다."

"존명!"

용운은 검후가 모는 말 등에 올라탔다. 그녀는 오는 도중에도 화타로부터 꾸준히 치료받았기에 상태가 많이 호전되어 있었다. 그래도 용운은 검후를 본대에 남기려 했으나 그녀가 고집을 부려 선발대로 따라왔다.

"그럼, 갑시다."

두두두두두두! 기주 사천왕을 선두로, 일만의 청광기가 질풍처럼 언덕을 달려 내려가기 시작했다.

거리가 가까워지자 갑자기 비가 쏟아졌다. 산양성 일대에만 비가 내리고 있었던 것이다. 용운군 선발대는 빗속을 뚫고 내달렸다.

"어느 성문을 공략하는 게 좋겠습니까?"

태사자의 외침에 용운이 마주 외쳤다. 빗소리와 말발굽 소리가 뒤섞여 매우 시끄러웠기 때문이다.

"원술군과 쓸데없이 허비할 시간이 없어요. 성문으로 가지 않고 성벽을 뚫을 것입니다!"

"네?"

"사린아, 할 수 있지?"

성월이 모는 말에 함께 타고 있던 사린은 힘차게 고개를 끄덕였다.

"응! 할 수 있어요."

"그래. 이따가 부탁할게."

어느새 홀연히 나타난 청몽이 앞장서서 길을 안내했다. 진한성이 싸우고 있는 장소로.

"이쪽, 이쪽이에요."

검후는 입술을 질끈 깨물었다. 싸움도 싸움이지만, 마침내 그 순간이 다가오고 있었다. 용운의 아버지이자, 생전에 그녀의 남편이던 사람. 그와 재회하는 때가 온 것이다. 몇 년 만의 만남인데도 불구하고 기쁨과 반가움보다 두려움이 컸다. 조운에게 흔들린 마음 때문이 아니었다. 어차피 돌이킬 수 없다는 사실은 진한성도 알 것이다. 이미 현세에서 그녀의 육신은 썩어 사라졌을 테니까. 검후는 이 세계에서밖에 살 수 없는 몸이었다. 그것보다 더 큰 문제는 따로 있었다.

'그 사람은 분명 알고 있을 거야. 이 육체에 내가 왜, 어떻게 깃들어서 움직이는 것인지. 그러면 주군까지 알게 되고 말아. 감당할 자신이 없어서 스스로 봉인한 기억이 되살아났을 때, 주군은 과연 그 충격을 견딜 수 있을까?'

검후는 진한성이 자신을 못 알아보기를 진심으로 바랐다. 용운의 만류에도 불구하고 싸움터에 나서는 이유도 그 여부를 확인하기 위해서였다. 매도 먼저 맞는 게 낫다고, 언제까지 피해 다닐 순 없었다.

만신창이가 된 이규가 피 섞인 침을 내뱉었다.

"괴물 같은 작자."

진한성이 그 말을 받았다.

"누가 할 소리. 너희는 배도 안 고프냐?"

"그럼 뭐 좀 먹고 다시 싸울까?"

"그래준다면 고맙고."

말이 끝나기가 무섭게 임충의 검기가 날아왔다.

'1분 전에는 여길 맞아서 내장이 다 쏟아져 나오는 바람에 죽을 뻔했었지.'

진한성은 마치 등 뒤에 눈이 달리기라도 한 것처럼 검기를 피해내는 동시에 이규에게 돌진했다.

"그런데 네 친구는 아무래도 생각이 다른 모양이다."

"그걸 피하다니, 진짜 짜증나는 자식."

"어른한테 그따위 말투가 뭐냐?"

콰직! 진한성의 무릎이 이규의 명치에 박혔다. 이규는 고통에 눈을 부릅뜨면서도 악착같이 도끼를 휘둘러, 진한성의 팔뚝을 깊숙이 그었다.

"크학!"

"윽!"

뒤로 나동그라지는 이규를 흑랑이 받아 안았다. 진한성은 팔에서 피를 뿜으며 물러섰다. 그런 그에게, 어느 틈에 등 뒤로 다가온 임충이 검을 내리쳤다. 진한성은 섬뜩한 느낌에 몸을 돌리며 팔꿈치 후려치기를 날렸다. 임충의 키가 15센티미터 정도 작아서, 팔꿈치는 정확히 그의 관자놀이에 박혔다. 임충은 오른쪽으로 쏜살같이 날아가 성벽에 처박혔다. 덕분에 급소는 빗나갔지만 왼쪽 어깨를 또 베였다.

진한성이 씁쓸하게 중얼거렸다.

"이제 하도 찔리고 베여서 감각도 없다. 그나저나 저 자식, 정말 집요하게 달려드는군. 평소 조용하던 인간들이 화가 나면 무섭다고 하더니."

진한성과 천강위들은 벌써 며칠째 싸우는 중이었다. 그사이 먹지도, 싸지도 않았다. 당연히 잠도 안 잤다. 사흘? 나흘?

이제 정확한 날짜도 헷갈릴 지경이었다. 중간에 몇 번이나 시공역천을 쓴 까닭도 있었다.

'빌어먹을.'

진한성은 자신의 손등을 내려다보았다. 주름이 늘어난 게 확연히 보였다. 그는 깊은 한숨을 내쉬었다.

"이제 나 환갑 정도 됐으려나? 그래도 덕분에 살아 있으니까……."

그림자를 입구로 하여 아공간을 드나들던 양지에게 당해, 첫 번째 시공역천을 썼다. 그 경험을 바탕으로 양지와 이응 및 두 사람의 병마용군을 처리한 것까진 좋았다. 그런데 임충의 병마용군인 듯한 여자가 발목을 잘리더니 미쳐 날뛰기 시작한 게 문제였다.

'미령이라고 불렀지, 임충 녀석이.'

미령은 전신을 거대한 회오리바람으로 감싼 채 점점 더 바람의 세기와 범위를 늘려갔다. 그냥 바람이 아니라 자신 외에 닿는 모든 것을 잘라버리는, 그야말로 칼바람이었다.

"오호호호호호! 모조리 토막 내주마!"

손책과 주유 그리고 이랑은 도망 다니기 바빴다. 보다 못한 진한성이 미령을 막으려고 했다. 하지만 임충, 이규, 진명, 호연작 등 천강위가 무려 넷에, 병마용군도 셋이었다. 그들이 진한성을 가만히 놔둘 리가 없었다. 급기야 손책이 광풍에 말려들 위기에 처했다. 이랑은 그를 밀어내고 자신이 대신 휩쓸렸다. 나무든 바위든 일정 크기 이상의 뭔가가 닿아서 잘리는 순간만은 미령이 멈춰 섰기 때문이다.

"누나!"

진한성은 손책의 처절한 외침에 고개를 돌렸다. 그리고 이랑이 왼쪽 팔부터 갈가리 찢겨나가기 시작하는 광경을 봤다. 동시에 그 찰나의 허점을 놓치지 않고 진명이 흑염룡기를 날렸다.

"후훗, 몬스터를 내 흑룡의 희생양으로 삼을 수 있다니. 짜릿하군."

악의로 가득한 시커먼 기에 왼쪽 옆구리 절반이 증발했음을 깨닫는 순간, 진한성은 이랑을 매개로 하여 주저 없이 두 번째 시공역천을 사용했다.

5분 전으로 되돌아간 진한성은 천강위들의 공격을 무릅쓰고 이랑과 힘을 합쳐 손책을 구했다. 이랑이 손책을 끌어내는 순간, 진한성이 미령을 향해 거대한 바위를 집어던진 것이다.

"소용없어. 이따위 걸로는 내 털끝 하나 건드리지 못한다. 재미있네, 깔깔깔!"

바위가 무 채 썰리듯 썰리는 꼴을 보며, 진한성은 한숨을 푹 내쉬었다. 이랑이 흑광을 난사하며 천강위들의 접근을 필사적으로 막았다. 잠깐 시간을 벌긴 했으나 해결된 건 없었다. 주유가 힘겹게 입을 연 것은 그때였다.

"감사합니다, 선생님. 시간을 벌어주셔서."

"응?"

"처음이라 발동할진 모르겠지만…… 꼬박 사흘 내내 준비한 진이니……."

순간, 진한성은 일대 풍경이 처음과 미묘하게 달라졌음을 깨달았다. 순간기억능력을 가진 그였기에 알 수 있었다. 싸우면서 파괴된 지형을 가리키는 게 아니었다. 미령을 중심으로 거대한 진이 그려져 있었다. 땅에 박힌 돌, 나무 그리고 피 등을 이용해서. 그러고 보니 주유가 이상하게 원형을 그리면서 빙빙 돌듯이 도망 다닌다 싶었다.

'진이 손상되지 않게 하려고 그랬던 거로군.'

주유는 제 무력이 손책보다 약함을 잘 알았다. 그런 손책조차 미령을 감당해내지 못했다. 같이 싸우겠다고 거들어봐야 방해만 될 뿐이었다. 그는 그 사실을 깨닫는 순간부터 달아나는 척하며 큰 한 방을 준비하고 있었다.

가가가각! 바위가 다 갈려버리고 미령이 다가올 때였다.

"이게, 마지막…… 매개체입니다. 전(電, 번개)과 가장 가까운 금(金, 쇠)의 성질을 가진 것. 이걸 저 여자에게 닿게 해야 하는데……."

주유는 손에 들고 있던 쇠 피리를 내밀었다.

"죄송하지만 저와 백부는 한계입니다. 부탁드립니다, 선생님. 단 한 차례만 발동할 수 있는 진이니 기회도 한 번뿐입니다."

피리를 받아든 진한성은 주위를 둘러보았다. 파직! 파지직 하는 소리가 났다. 사방에서 작은 푸른색 불꽃이 튀고 있었다. 다시 미령을 노려보던 그가 중얼거렸다.

"자고로 태풍의 눈은 고요한 법이지……."

"으악! 마스터, 이제 못 버텨요!"

이랑이 절박하게 외칠 때였다. 숨을 크게 들이마신 진한성이 양 다리를 넓게 펴고 무릎을 굽힌 자세를 취하더니 몸을 한껏 움츠렸다. 몇 초 후, 그는 자기 다리 사이의 지면을 향해 천기, 사자후를 발동했다.

크허어어엉!

강력한 충격파가 지면에 격돌함과 동시에 진한성은 움츠렸던 몸을 펴면서 힘껏 뛰어올랐다. 효과는 기대 이상이었다. 그는 수십 미터 상공으로 날아오르다시피 했다.

"야, 여기서 보니 장관이네. 꼭 텔레비전으로 그 뭐냐, 미국 허리케인 보던 것 같은데?"

소용돌이치는 회오리바람 안에서 의아한 시선으로 자신

을 올려다보는 미령이 보였다.

"그래, 높이 뛰어올라서 뭐 할 건가 싶겠지."

진한성은 쇠 피리를 든 손을 한껏 뒤로 젖혔다. 그의 어깨와 팔 근육이 무섭게 부풀어 올랐다.

"주유 녀석이 무슨 수로 나한테는 아무 일 없게 한 건지 모르겠지만…… 그래도 피부가 찌릿찌릿하고 머리카락이 곤두서거든, 지금? 아무리 병마용군이라도 이거에 맞으면 무사하지 못할 거다."

낙하가 시작되었다. 동시에 진한성은 미령을 향해 쇠 피리를 힘껏 던졌다. 쐐애애애액! 바람을 가르며 날아간 피리가 기이한 소리를 연주했다. 미령은 얼굴을 일그러뜨렸다. 이 상태, 일종의 궁극 형태라 할 수 있는 풍신합일(風身合一, 바람과 몸이 하나가 되다) 상태는 완벽한 방어와 공격이 동시에 가능했다.

그러나 중심의 좁은 반경 안에는 무풍지대가 존재했다. 이게 첫 번째 약점이었다. 또 풍신합일 형태는 엄청난 절삭력을 지녔으나 일정 크기 이상의 단단한 물체가 잘리는 동안은 이동을 멈췄다. 이게 두 번째 약점이었다. 사실 약점이라고 하기에도 애매했다. 저 두 가지를 안다고 해서 미령을 해하거나 회오리바람을 멎게 할 순 없기 때문이었다. 보통 사람일 경우에는.

'암기를 쓰시겠다? 어쩔 수 없지…….'

머리가 부서지면 아무리 절대십천이라도 회생이 불가능했다. 미령은 목숨 대신 왼팔을 택했다. 그녀는 이를 악물고 왼팔을 머리 위로 들었다. 콰드득! 쇠 피리가 왼쪽 팔뚝을 뚫고 들어오는 순간, 그녀는 고통에 비명을 질렀다. 그러나 그뿐이었다. 쇠 피리는 팔의 뼈까지 관통했지만 그녀의 몸에 박히진 못했다.

"흐, 흐으…… 호호호호! 어떠냐, 진한……."

의기양양해하던 미령은 뭔가 이상함을 깨달았다. 전신이 찌릿찌릿하고 사방에 작은 불덩이가 떠다니고 있었다.

"이건, 뇌전……?"

미령이 그 정체를 깨닫는 순간이었다. 싸움터 상공에만 떠 있던 검은 구름이 바로 아래의 진에서 뿜어지는 유혹을 견디지 못하고 번개를 발출했다. 꽈르르르릉! 번개가 순간적으로 뿜는 에너지는 약 10억 볼트. 100와트짜리 전구 십만 개를 한 시간 동안 켤 수 있는 막대한 위력이었다. 자연이 만들어내는 가장 강력한 전기에너지가 쇠 피리에 내리꽂혔다. 미령은 허공에 떠 있었기에 그 에너지는 피리를 통해 고스란히 그녀의 몸으로 흘러들어갔다.

"캬아아아아아악!"

비명을 지르는 그녀를 보며 낙하하던 진한성이 이죽댔다.

"잘난 척하기 전에 피리부터 뽑았어야지."

미령은 새까맣게 탄 숯 덩어리가 되어 추락했다. 회오리바람이 순식간에 사그라졌다.

"으아아아아아!"

임충이 짐승의 울음소리 같은 소리로 절규하며 진한성에게 달려들었다.

카앙! 임충의 검을 쇠 피리 풍마오적으로 받아낸 진한성이 말했다.

"그러고 보니 전투 병기인 네게도 소중한 사람이라는 게 있었나?"

쐐액! 날카로운 검기를 날린 임충이 대꾸했다.

"내가 처음으로 구하고 싶다는 생각이 들었지만 그러지 못했던 여자였소. 날 인간으로 남게 해준 처음이자 마지막 존재."

"호오, 보기보다 로맨틱하네."

"그 존재를 당신이 지웠으니……."

말하던 임충이 눈을 번득였다.

"이제 난 인간이길 포기하겠소."

그는 말을 마치기 무섭게 천기, 절대심검을 발동했다. 목표는 힘이 다 빠져 바닥에 널브러져 있는 손책과 주유였다.

"이런!"

당황한 진한성은 땅을 박차고 튀어나갔다. 그의 몸이 쭉 늘어나듯 잔상을 남겼다. 콰아앙! 굉음과 함께 거대한 폭발이 일어났다. 연기와 불꽃이 걷히자 피투성이가 되어 서 있는 진한성의 모습이 드러났다. 두 청년을 지키기 위해 몸으로 절대심검을 받아낸 것이다.

이랑은 안타깝게 그 모습을 쳐다봤지만, 호연작, 진명, 이규 세 사람과 백금, 윤하, 흑랑 세 병마용군을 견제하기에도 바빴다. 그녀는 이미 한계를 넘어서서 플래시 오브 다크니스를 난사하는 중이었다. 그 결과 육체에 조금씩 균열이 일어났다. 흑광의 벽을 뚫고 적들이 점차 다가오고 있었다.

임충이 나직하게 내뱉었다.

"그게 당신의 약점이오, 진한성. 누구보다 강하고 잔혹한 괴물이지만 제 사람에게는 약하다는 것. 의외의 상황에서 심약한 면모를 드러낸다는 것."

"……."

"당신은 아까 우리가 정신을 공격하는 진법에 빠졌을 때, 시전 사람들이 휘말릴까 걱정하여 자리를 옮길 게 아니라 우릴 하나라도 더 죽였어야 했소."

"흐흐."

웃다가 울컥 피를 뱉어낸 진한성이 대꾸했다.

"난 괴물이지만 누구처럼 인간이길 완전히 포기한 건 아니라서."

"……그 대가가 지금의 모습이지. 잘 가시오."

임충이 최후의 일격을 가하기 위해 검을 들었다.

진한성은 그를 노려보며 어금니를 악물었다.

'스벌, 저걸 일단 한 번 더 막아보고 시공역천을 써야 하나? 그랬다가 단숨에 죽을 정도면 다 끝장인데. 그냥 지금 미리 써? 이러다 진짜 꼬부랑 영감이 되겠군…….'

그때 멀지 않은 곳에서 굉음이 울려 퍼졌다. 마구 뒤얽혀 싸우던 전원이 흠칫했다. 굉음을 유발한 자는 그들 중 누구도 아니었다. 정신없이 머리를 굴리던 진한성이 눈을 치떴다.

"어라?"

파파파팟! 임충을 향해 수십 발의 화살이 날아왔다. 그는 어쩔 수 없이 진한성을 공격하길 포기하고 화살을 쳐냈다.

"누구냐?"

뜻밖의 훼방꾼에 분노한 임충이 외쳤다.

지난 며칠간, 기령이 보낸 군사가 몇 번 온 적은 있었지만 이렇게 직접적으로 방해받은 건 처음이었다. 좀 떨어진 곳에서 일단의 철기가 달려오고 있었다. 파랗게 칠한 갑옷을 갖춰 입고 같은 색의 피풍의(披風衣, 망토와 유사한 바람막이용 의복)을 두른 철기였다. 그들은 달려오면서 또 한 차례 활을 쏘았다.

그 뒤쪽에서, 진한성에게는 너무도 익숙한, 그러나 여기서 들으리라고는 상상도 못한 목소리가 들려왔다.

"아버지!"

진한성의 표정이 놀람에서 반가움, 이어서 짜증과 어이없음으로 바뀌었다. 그는 어쩔 수 없다는 듯 피식 웃으며 말했다.

"하여간 진짜 말 안 듣는 녀석이라니까."

14

끝없는 혈투

약 일 다경 전. 용운 일행과 선발대는 산양성 외성벽 바깥쪽의 한 지점에 멈춰 섰다. 인적이 없으며 적의 경계가 소홀한 곳이었다. 파수병은 청몽이 올라가서 미리 처리했다. 그녀는 그 후에도 성벽 위에 남아 망을 보았다. 마침 폭우도 쏟아지고 있으니 어느 정도는 시간을 벌 터였다.

'그렇다 해도 일만이나 되는 철기가 발각되지 않긴 어렵겠지. 본대가 빨리 도착해서 공격을 시작해주면 좋으련만.'

용운이 초조해하는 가운데 사린은 성벽 앞에 섰다. 청광기들의 눈에 의아해하는 빛이 어렸다.

'뭘 하시려는 거지?'

사린의 전투력은 이제 잘 알고 있었지만, 그것과 공성 작업은 별개였다. 힘센 자들만 골라낸 다음, 통나무든 바위든 빨리 구해 와서 성벽을 두들기기 시작해도 될까 말까였다. 그들은 청몽이 성벽 위로 올라가 보초병을 없애는 걸 보고, 줄을 내려 끌어올려주려나 보다, 고 생각했다. 먼저 한 명이 올라가고 그다음은 둘이서 두 명을, 다음에는 넷이서 네 명을 끌어올릴 수 있었으니까. 그렇다 해도 일만이 다 오르기엔 상당한 시간이 걸릴 터. 쉰 명 정도가 들어가면 안에서부터 성문을 공격하여 열어주려니 예상했다. 한데 어느 방법이든 바삐 움직여야 할 판에, 사린이 나서자 의문이 든 것이다.

사린은 이제 그녀를 상징하는 기물(奇物)이 된 금빛 망치를 수평으로 들었다. 이어서 숨을 크게 들이마신 후 특기를 발동했다.

특기 발동, 오구오구(擊毆擊毆)

콰콰콰콰콱! 사린을 중심축으로 금빛 망치가 맹렬히 회전했다. 거기 닿을 때마다 성벽이 조금씩 깎여나갔다. 병사들은 놀라운 시선으로 그 광경을 바라보았다. 이윽고 그녀의 상체만 한 크기로 성벽이 움푹 파였다. 사린은 거기에 마지막 일격을 먹였다.

"야압!"

콰르르릉! 굉음과 함께 성벽에 커다란 구멍이 뚫렸다. 아직 말과 사람이 함께 지나가기에는 좀 작았지만, 일단 구멍이 생겼으니 넓히면 그만이었다. 찬탄과 경악의 눈빛으로 바라보던 병사들이 앞 다퉈 달려들어 성벽을 부쉈다.

안에 들어서자, 용운은 청몽의 안내 없이도 진한성이 어디 있는지 알 것 같았다. 유난히 상공의 구름이 짙으며, 연신 빛이 번쩍이고 굉음이 들려오는 장소가 있었다.

"전군, 서둘러 돌격하라!"

조운의 지휘 아래, 선발대는 진한성이 혈투를 벌이고 있는 곳으로 향했다.

그리고 얼마 후, 마침내 용운과 진한성은 먼발치에서 대면했다.

"아버지……."

"녀석, 제법 컸군."

멀리서 진한성의 모습을 본 검후가 비틀거렸다. 옆에 있던 성월이 얼른 그녀를 부축했다.

"언니! 많이 안 좋아요?"

말하던 성월은 깜짝 놀랐다. 검후가 눈물을 흘리고 있었기 때문이다.

"언니……."

성월은 예전부터 검후의 정체를 짐작했다. 지금 그녀의 모습을 보니, 자신의 짐작에 더 확신이 갔다. 사별한 남편을, 이제 다신 볼 수 없을 거라 여겼던 사랑하는 이를 마주한 심정은 어떨까. 그러나…….

'이렇게 되면 자룡 씨는 어쩌지? 그리고 주군은 아직 검후 언니의 정체를 몰라. 몰라야 해. 하지만 아버지로 인해 그 사실을 알게 된다면…….'

이 만남이 축복이 될지 비극이 될지 성월은 짐작도 가지 않았다.

'아버지, 그새 많이 늙으셨구나.'

용운은 콧날이 시큰했다. 오랜만의 재회였다. 다신 못 볼 줄 알았던 혈육이었다. 그러나 한가로이 재회를 만끽할 틈이 없었다.

"진한서어어엉!"

일이 어려워졌음을 직감한 임충은 한층 사나운 기세로 진한성을 공격했다. 진한성은 힘겹게 임충의 검을 막거나 피해냈다. 갑작스러운 적의 등장에 천강위들도 긴장했다. 최상의 상태라면 모를까, 지금은 진한성 탓에 여기저기 부상을 입었고 기력도 많이 쇠한 상태였다. 상대를 알아본 호연작이 눈을 농그랗게 떴다.

"헐, 대박. 진용운? 왜 여기…… 여전히 존잘……, 아니 그게 아니라…….”

옆에 와서 선 백금이 굳은 어조로 말했다.

“정신 똑바로 차려, 여자. 긴장 풀지 말고. 진용운이 다가 아니다. 전에 원소군에서 싸울 때 느꼈던 강력한 기운을 가진 자들이 있어. 그때보다 더 강해진 것 같다.”

“우웅? 그래서…… 나보다 강해?”

“아니. 그 정도는 아니야.”

“그러면 뭐…… 진용운까지 한꺼번에 처리할 수 있게 됐으니, 차라리 잘됐네. 행운 예감. 저 예쁘장한 얼굴을…… 뭉개주고 싶어서 못 참겠어. 아흑.”

“그들에 더해 진용운이 거느린 병마용군이 넷.”

“……아니, 그런데 대체…… 어떻게 한 사람이 병마용군 넷을…… 움직일 수 있는 거지? 이건 혹시 치트키?”

“거기다 최정예로 보이는 철기가 일만. 그때는 장수 둘에 철기 오천 정도였는데도 난 퇴각하는 편이 낫다고 판단했다. 괜히 시간을 끌다가 후속 부대에 포위될까 우려했으니까. 그런데 이번에는 장수 넷, 병마용군 넷, 그때보다 더 강해진 철기 일만이다.”

“후웅…… 백금, 하나 잊은 게 있네.”

“뭐?”

호연작은 양손에 쥔 철편을 손가락 사이에서 회전하며 서

늘하게 웃었다.

"우리도 천강위가 넷에, 병마용군도 넷이잖아?"

진명과 이규 등도 기주병을 주시하고 있었다. 진명이 손가락을 꿈틀거리며 중얼거렸다.

"후후, 내 흑염룡의 먹잇감이 될 자들이 또 나타났군. 조금만 진정해. 곧 배를 채워줄 테니."

이랑을 공격하고 있던 진명의 병마용군, 윤하가 그의 뒤로 날아와 착지했다. 그녀는 억양 없는 목소리로 말했다.

"방심하시지 않는 게 좋겠습니다, 도련님. 제법 강한 상대들입니다. 진한성만은 못하지만 일단 머릿수도 있으니까요."

"훗, 알았어. 내 충실한 시녀여."

듣고 있던 이규가 또 피 섞인 침을 뱉더니 중얼거렸다.

"쌍으로 지랄이네, 아주."

"입이 거칠지만 그것이 그대의 매력이지, 소녀."

"……너, 쟤들 처리하고 나면 나랑 한판 붙을래?"

그랬다. 진한성을 만나긴 했으나 진짜 어려움은 이제부터 시작이었다.

퍼뜩 정신 차린 용운이 재빨리 명을 내렸다.

"저기 있는 자들이 바로 위원회. 성혼딘의 긴부들입니다. 각자 무력도 강한 데다 기이한 힘까지 사용하니 조심, 또 조심하세요."

네 장군은 각자 무기를 들고 투지를 불태우며 용운의 지시를 기다리고 있었다. 그들의 시선이 일제히 천강위들을 향했다. 과연 한눈에 보기에도 범상치 않은 상대였다. 하지만 사천왕 중 두려움을 느끼는 이는 아무도 없었다.

"자룡 형님은 검후와 함께 아버지를 도와주세요."

"옛."

용운은 현재 제일 무력이 강하며 믿을 수 있는 조운에게 아버지를 부탁했다. 그러나 검후의 안색은 창백하게 질리고 말았다. 워낙 긴박한 상황이라 용운은 그녀의 동요를 미처 눈치채지 못했다.

"준예는 성월과 같이 움직이는 게 좋겠죠? 저쪽에 특이한 검은색 옷을 입은 소년을 맡아줘요."

"알겠습니다."

"문원은 청몽이가 도와줄 거예요. 짧은 치마를 입은 여자를 처리하세요. 굉장히 강하니까 겉모습만 보고 방심하지 말고요."

"염려 마십시오."

장료의 시선이 진한성과 싸우고 있는 임충에게로 잠깐 향했다. 그에게 당했던 치욕을 잊지 않았다. 그때의 빚을 갚고 싶었으나 주공의 명이 우선이었다.

"마지막으로 자의(태사자)는 사린이와 함께, 저기 쌍도끼를 든 소녀를 상대해주세요."

"존명!"

"자, 가요. 기주 사천왕의 힘을 보여주자고요!"

네 장수와 사천신녀는 각자 배정받은 적을 향해 힘차게 달려나갔다. 남은 선발대의 지휘는 용운 자신이 직접 했다. 용운은 청아한 목소리로 지시를 내렸다.

"어차피 한 사람을 공격할 수 있는 머릿수는 한계가 있습니다. 청광기는 각 조의 조장부터 시작해서 제일 강한 순으로, 백 명씩 내 부친과 장군들을 도와 싸우세요."

조장 넷과 무력이 강한 각 조의 상위 아흔아홉 명씩, 총 사백의 청광기가 즉각 장군들의 뒤를 따랐다. 그때 흑영대원 하나가 홀연히 나타나 말했다.

"주공, 보고드립니다. 기령군이 아군 선발대의 침입을 감지했습니다. 아직 정확한 규모까지는 모르는지, 약 이천의 보병이 이쪽으로 빠르게 다가오고 있습니다."

본대는 아직도 도착하지 못한 것인가. 살짝 눈살을 찌푸린 용운이 말을 이었다.

"오백은 먼저 나아가서 선제공격, 기령군 보병 이천을 괴멸하세요. 또 궁술이 뛰어난 서열내로, 일백 명은 각자 흩어져 장군들과 싸우는 적을 틈날 때마다 저격하시고요."

오백의 청광기가 흑영대원의 인도에 따라 달려나갔다. 또 다른 병사들보다 조금 더 크거나 특이한 모양의 활을 가진 일백의 청광기가 사방으로 흩어졌다. 그들은 부러진 나무둥치 뒤쪽에 등을 대고 앉거나 아예 성벽 위로 올라가는 등, 몸을 숨기면서도 저격하기 편한 장소로 재빨리 찾아갔다.

용운은 나머지 구천의 청광기로 하여금 방원진을 펼쳐 자신을 둘러싸 보호하게 했다. 그리고 가운데서 전황을 지켜보았다. 어느 쪽이든 장군들이 밀린다 싶으면 즉시 나머지 선발대를 추가로 투입할 셈이었다.

조운은 진한성을 도우러 달려가면서 조금 놀라고 말았다. 용운의 아버지라기에 학자나 책사 분위기의 장년인을 예상했다. 그런데 9척을 훌쩍 넘는 듯한 장신에, 건장하기 짝이 없는 사내였다.

"말에서 뛰어내려 협공할게요."

뒤에 탄 검후의 말에 조운은 고개를 끄덕였다.

"알겠소."

검후는 곧장 말에서 뛰어내리고 조운은 임충에게 돌진해 가던 기세 그대로 창을 내찔렀다. 챙! 다음 순간, 그는 몹시 놀랐다. 임충이 몸도 완전히 틀지 않은 상태에서, 검을 쥔 손을 어깨너머로 넘긴 불안정한 자세로 창날을 받아낸 것이다.

"방해하지 마시오."

나직하게 말한 임충이 고개를 돌렸다.

"죽고 싶지 않다면."

조운은 그 말에 대꾸하지 않고 재차 찌르기를 날렸다. 슉! 슈슈슈슉! 숨 한 번 쉬는 사이, 이십여 차례의 찌르기가 임충의 전신 요혈을 노려왔다. 발차기가 특기이며 중력을 조절하는 천기를 가졌던 뇌횡조차 버텨내지 못한 찌르기였다. 임충은 어쩔 수 없이 조운 쪽을 바라보며 검을 휘둘렀다. 챙! 채앵! 날카로운 소리와 함께 불똥이 튀었다.

조운은 임충의 움직임을 보며 생각했다.

'특이한 검과 검술을 쓰는 자로구나.'

움직임이 절제된 까닭에 얼핏 투박해 보였지만, 극도로 효율적인 검술이었다. 임충이 쓰고 있는 검술은, 각국 특수부대의 총검술과 단검술을 연구하여 개량한 것이었다. 거기에 성혼마석으로 인해 보통 사람보다 훨씬 강화된 근력, 순발력, 동체시력 등이 더해졌다. 임충의 검은 짧은 소검이었다. 유효거리가 훨씬 긴 창을, 그것도 말 위에서 비스듬히 아래로 내려찌르는 입장인데도 조운이 점점 밀리기 시작했다.

'이럴 수가!'

검후와 여포 등에게서 자극받은 조운은 부단히 수련해왔다. 그러다 조조의 장수들에 의해 죽음 직전까지 갔다가 깨어

난 이후, 벽 하나를 넘어섰다. 예전보다 훨씬 강해졌다는 확신이 들었다. 지금이라면 여포를 만나도 밀리지 않을, 아니 이길 자신이 있었다. 그런데 짧은 검을 들고 말도 안 탄 사내에게 밀리다니.

그때 임충은 한 차례 세차게 검을 휘둘러 조운을 튕겨냈다. 그리고 곧장 천기를 발동했다.

천기 발동, 절대심검(絕大心劍)

콰아아앙! 강렬한 폭발에 조운과 그가 탄 말이 한꺼번에 붕 떠서 뒤로 날아갔다. 조운은 재빨리 말에서 뛰어내리며 바닥을 한 바퀴 굴러 일어섰다. 충격에 투구가 벗겨졌지만 다행히 큰 부상은 입지 않았다. 왼쪽에서 날아온 검기에 의해 충격파의 대부분이 오른쪽으로 퍼졌기 때문이다. 그 검기가 아니었다면 치명상을 입었을지도 몰랐다.

반대쪽 뒤로 쭉 밀려난 임충이 놀란 표정을 지었다. 그는 왼쪽 옆으로 천천히 고개를 돌렸다. 좀 떨어진 곳에 장신의 여인이 가늘고 긴 검을 대각선 위로 휘두른 자세 그대로 서 있었다. 지켜보던 검후가 공간참을 날려 절대심검을 막아낸 것이다. 이미 한번 겪어본 터라 예상했기에 가능했다.

"너였나……."

임충이 중얼거렸다. 검후의 얼굴은 똑똑히 기억하고 있었다.

그때 임충의 등 바로 뒤에서 진한성의 목소리가 들려왔다.

"날 너무 무시하는데?"

임충은 전신에 소름이 쭉 끼쳤다.

'아차!'

갑자기 공격해온 창잡이 사내가 생각보다 강해서 그쪽으로 주의가 쏠렸다. 그러다 검후까지 나타나면서 순간적으로 진한성을 잊었다. 원래도 천강위들은 등 뒤를 다소 소홀히 하고 눈앞의 적에 집중하는 버릇이 있었다. 병마용군들이 늘 사각을 보호해준 까닭이었다. 하지만 지금 임충에게는 뒤를 지켜줄 미령이 없었다. 진한성은 그 틈을 놓치지 않았다. 콰득! 혼신을 다한 주먹이 임충의 등을 뚫고 명치로 튀어나왔다. 임충은 자신의 피로 물든 주먹을 물끄러미 내려다보았다. 일전에 용운의 반천기에 관통당한 뒤, 천강위의 초인적인 재생력으로 겨우 아문 부위였다. 부자(父子)에게 똑같은 곳을 당하다니, 어이없다는 생각이 임충의 뇌리를 스쳤다.

'미령…….'

문득 처음 그녀를 만났을 때가 떠올랐다. 이것이 주마등이라는 걸까. 내전이 한창이던 S국에서, 알카에다 측의 용병으로 참전했을 때 그녀를 처음 만났다. 그녀는 전쟁터에서 군인

들을 상대로 술과 몸을 파는 여자였다. 서로 이름은 몰랐다. 임충은 그녀를 '여자'라 불렀고 그녀는 임충을 '아저씨'라 칭했다. 아무리 험한 일을 당해도 그녀는 늘 웃었다. 임충은 그녀의 웃는 얼굴과 다리가 몹시 예쁘다고 생각했다. 세 번째 그녀를 찾아가서 안았던 날, 임충은 불쑥 극비 정보를 말해버렸다.

"내일부터 알카에다가 단계적으로 철수하오."

"……그래서요?"

"철수하면서 모든 흔적을 지울 계획이오. 주요 문서와 건물은 물론이고, 여기 거주하던 사람들까지. 곧 들이닥칠 미군에게 정보를 주지 않기 위해서……. 그 제거 대상에는 당신도 포함되오. 그러니 오늘 밤이 가기 전에 달아나시오."

"왜 그런 걸 말해주죠? 당신은 알카에다 쪽 사람이 아니던가요?"

"나는 국가나 이데올로기가 아니라 돈을 위해 일하오. 그쪽에서 더 많은 보수를 주기에 붙었을 뿐이오. 당신 또한 돈 때문에 이 전장에서 훌륭히 버텨냈소. 한데 욕구를 배출할 때는 언제고 정당한 이유 없이 죽이려는 게 마음에 들지 않았소."

물끄러미 임충을 바라보던 여자는, 갑자기 그에게 깊은 입맞춤을 했다. 잠시 후, 입술을 뗀 여자가 말했다.

"이건 돈 안 받아요."

"그거 고맙군."

"아저씨, 살아남으면 E국으로 와요. 아스완에 초록 램프라는 카페가 있는데, 거기 가족들이 있어요. 나도 그리로 갈 거고요. 그러니까 꼭 거기로 찾아오세요."

아주 잠깐, 어떤 상상이 임충의 뇌리를 스쳤다. 나일강이 시작되는 도시의 허름한 카페에서, 아부심벨 신전으로 가기 위해 잠깐 들르는 여행자들을 상대로 커피를 팔며, 여자와 그녀의 가족들과 함께 느긋하게 사는 것도 괜찮겠다고. 그녀에게 기밀을 말했듯, 이 상상 또한 충동이었다. 그만큼 임충은 많이 지쳐 있었다. 그는 천천히 고개를 끄덕였고 여자는 한 번 더 입술을 맞췄다.

그러나 그 약속은 지켜지지 못했다. 임충은 다음 날 새벽, 여자의 거처에서 싸늘하게 식은 그녀의 시신을 발견했다. 방이 엉망으로 뒤집혀 있었다. 그녀가 힘들게 모은 돈을 훔쳐가기 위해, '고객' 중 누군가가 그녀를 살해한 것이다. 임충은 무표정하게 시신을 내려다보다가 방 안을 꼼꼼히 살폈다. 거기서 몇 가지 증거를 찾아 범인을 잡았고 목을 그어 죽였다. 범인이 가지고 있던 여자의 돈은, 아스완의 초록 램프 카페에 가져다주었다. 그때 처음으로 그녀의 이름을 들었다. 그녀의 이름은 마리아였다.

그러고 나자 문득 조국이 그리워졌다. 실수로 상관을 죽여

불명예제대를 한 후, 한 번도 돌아가지 않았었다. 그렇게 중국으로 돌아와 위원회와 접촉했다. 죽은 사람의 혼이 응할 경우, 그를 불어넣어 되살릴 수 있다는 거짓말 같은 인형을 앞에 두고, 임충은 여자의 이름을 입에 올렸다. 자신의 부름에 응해줄 것 같은 사람이 그녀 말곤 아무도 없어서였다.

"마리아……."

이제 전투 인형에 갇힌 혼이 아니라, 진짜 그녀가 있는 곳으로 갈 수 있겠구나. 먼지가 되어 흩어지기 전, 임충이 마지막으로 떠올린 생각이었다.

"커흑!"

진한성은 검붉은 피를 울컥 토했다.

이랑이 황급히 다가와 그를 부축했다.

"마스터! 괜찮아요?"

진한성의 오른쪽 배에 임충의 소검이 깊숙이 꽂혀 있었다. 주먹에 등을 맞는 순간 뒤를 찌른 것이다. 진한성은 검을 뽑아내며 한숨을 내쉬었다.

"하아, 그 자식. 곱게는 안 죽네. 누가 천강위 아니랄까 봐……."

뽑아낸 자리에서 피가 울컥 솟았다. 이랑은 허겁지겁 손으로 누르며 말했다.

"왜 그걸 안 쓰셨어요!"

"언제는 쓰지 말라고 난리더니."

"이렇게 중상을 입게 되면 써야죠. 몇 십 초만 되돌리면 안 돼요?"

"그러면 임충이 나한테 당하기 전으로 돌아가야 하잖아. 내 주먹이 놈에게 닿은 것과 놈이 내 배에 칼을 찔러넣은 게 거의 동시니까. 어떤 변수가 생길지 모르니 그럴 순 없어. 어떻게 잡은 기회인데 또 놈을 살리라고?"

"위원회를 다 죽여도 마스터가 죽으면 무슨 소용이에요……."

울먹이는 이랑에게, 진한성은 단호히 말했다.

"아니, 놈들을 모조리 잡아 없앨 수만 있다면 난 상관없어. 아들놈이 무사한 것도 봤으니."

내 생각은 안 해요? 이랑은 목구멍까지 넘어온 이 말을 삼켰다. 보통 사람이라면 이미 죽고도 남았을 상처였다. 하지만 진한성의 육체는 초인조차 넘어섰다. 임충이 뚫어놓은 구멍의 피도 금세 멎었다. 육체가 자체 복구를 시작한 것이다. 이랑이 안도의 한숨을 내쉬었다.

'말은 그렇게 해도 역시 쉽게 안 죽겠지, 이 사람…….'

그런 진한성과 이랑에게 조운이 다가왔다. 주공인 용운의 아버지이기에 그는 정중한 투로 말했다.

"대인, 괜찮으십니까?"

"아아, 고맙소. 형씨 덕에 살았군. 내 아들놈의 친구요?"

"제가 진용운 님을 모시고 있습니다."

"오오, 녀석, 제법인데. 존함이 어찌 되시오?"

"상산 땅의 조운 자룡이라고 합니다."

"헐."

진한성은 저도 모르게 감탄사를 내뱉었다. 그게 다가 아니었다. 그는 혹시나 하는 마음에 치열하게 전투 중인 다른 장군들 쪽을 가리키며 물었다.

"그럼 저쪽은?"

"장합 준예, 장료 문원, 태사자 자의 장군입니다."

"장합에 장료, 태사자까지? 허허…… 이건, 말이 안 나오는군."

조운은 진한성이 자신들을 아는 듯하자 의아했지만 그런 얘길 나눌 상황이 아니었다. 비가 퍼붓는 가운데 주변은 여전히 아비규환. 이제 낮인지 밤인지조차 구분하기 어려웠다.

"송구하나 조금 서두르셔야겠습니다. 대인을 어서 주공께 모셔다 드리고 저들을 도와야 할 듯합니다."

"아, 나는 신경 쓰지 말고 도우러 가시오. 만만치 않은 상대일 테니."

"그래도 되겠습니까?"

"물론. 대신 수하 몇을 보내서 재들도 좀 데려가주시오."

진한성이 뻗어 있는 손책과 주유를 가리켰다.

작은 몸으로 진한성의 겨드랑이를 떠받친 이랑이 말했다.

"이분은 제가 모셔갈게요. 그러니 가보세요."

"그럼, 알겠습니다. 정리된 후에 뵙지요."

조운은 청광기 둘을 불러, 손책과 주유를 데려가게 했다. 그리고 막 달려가려던 그를 진한성이 불렀다.

"아, 잠깐만! 저 여자는 누구요?"

그가 가리키는 쪽에는 등을 돌린 검후가 서 있었다.

"검후 말입니까?"

"검후……. 특이한 이름이구려. 검기를 날려서 임충의 천기를 파훼해버리던데?"

"주공의 가신이자 수신호위 중 한 사람입니다. 강한 게 당연하지요."

"으음, 알겠소."

가볍게 묵례한 조운이 달려나갔다. 검후가 두 자루의 검을 빼들고 그 뒤를 따랐다. 그녀는 끝까지 뒤돌아보지 않았다.

두 사람의 모습을 잠시 바라보던 진한성이 중얼거렸다.

"저 키와 저 분위기. 설마……. 느낌이 온다."

"뭐가요?"

"저 여자……."

그는 진중한 어조로 말했다.

"내 스타일인 듯."

"……살 만하신가 보네요?"

이랑은 황당하다는 듯 고개를 젓더니 진한성을 젊어지고 달리기 시작했다.

'설마, 임충이 당했어?'

이규는 임충의 죽음에 큰 충격을 받았다. 무려 천강위 서열 6위가 소멸당한 것이다. 그는 무력으로 그 자리에 올랐기에 이규도 인정하는 남자였다.

'안 돼, 놈이 달아나잖아!'

이규는 진한성에게로 달려가려 했다. 하지만 그녀와 맞서 싸우던 소녀가 또 앞을 가로막았다. 벌써 몇 번째인지 몰랐다. 거대한 금빛 망치를 든 만두 머리의 소녀. 바로 사린이었다.

"아, 씽. 인형 주제에……."

이규가 이를 갈았다. 처음 본 순간부터 어쩐지 사린이 거슬렸다. 이규는 원래 대부분의 사람을 싫어하긴 했다. 그런데 사린은 특별히 더 싫었다.

이규의 욕설에 사린이 꽁한 투로 대꾸했다.

"흥, 지는 어린애 주제에."

"……죽을래? 너도 애잖아!"

"난 열일곱 살이거든."

"열일곱 살이 애지 어른이냐?"

"너보다는 언니일걸?"

잠시 침묵하던 이규가 쌍도끼를 휘두르며 덤벼들었다.

"그래, 네년을 먼저 죽여주지. 말이 무슨 소용이냐."

"헹, 어린애 너나 죽지 마."

미치광이 소녀와 괴력의 소녀가 맞붙었다.

흑랑은 흑랑대로 이규를 도울 형편이 못 됐다. 두 자루의 단극을 귀신처럼 쓰는 사내, 바로 태사자 때문이었다. 약간 우세를 점하곤 있었지만, 쉽게 제압하기도 어려웠다. 이랑을 손쉽게 쓰러뜨린 흑랑은 상성 때문에 태사자를 단숨에 죽이지 못했다.

강력한 원거리 공격 기술을 많이 가진 이랑은, 상대적으로 근거리 육박전에 약했다. 몸의 내구도도 약한 편이었다. 가까이에서 제대로 몇 방 맞으면 전투불능이 된다는 뜻이다. 이에 이랑은 아예 접근 자체를 못하게 하는 전법을 즐겨 썼다. 좀 전까지 천강위들을 상대로 흑광을 그물처럼 촘촘히 갈겨 발을 묶어뒀던 것처럼. 예전에는 이랑이 미처 손을 쓰기도 전에 흑랑이 바로 앞까지 쇄도했었다. 가뜩이나 근접전에 약한 그녀가 무술과 육박전의 스페셜리스트인 흑랑을 당해내긴 어려웠다.

'이 남자…….'

그런데 태사자의 제일가는 장기가 궁술이라면 두 번째는 단극을 이용한 근접전이었다. 그는 원거리뿐 아니라 근거리 단기전에서도 우위를 점하기 위해, 또 궁술의 약점을 보강하기 위해 단극 수련 또한 게을리 하지 않았다. 그 결과, 흑랑과의 싸움에서도 호각을 이뤘다. 물론 태사자가 역사상 오나라에서도 손꼽히는 맹장인 데다 흑랑은 이미 사흘 내내 진행된 전투로 지쳐 있었던 것도 이유였다.

'이 남자, 강하다. 평범한 인간 주제에.'

슈웅! 흑랑은 마치 뒤로 순간이동 하듯 빠져, 태사자가 매섭게 휘두른 단극을 피했다. 그리고 폭발적인 기세로 원래 있던 자리에 쇄도하며 팔꿈치를 내질렀다. 팔극권에서 이문정주라 불리는 초식이었다.

"크학!"

이문정주에 정확히 명치를 맞은 태사자가 뒤로 나동그라졌다. 갑옷의 가슴 부위가 움푹 파였다.

흑랑이 재차 공격을 가하려 할 때였다. 쉬익! 쉭쉭! 십여 발의 화살이 바람을 가르고 날아왔다.

"쳇!"

흑랑은 양팔을 휘둘러 팔목에 찬 금속 아대로 몇 대의 화살을 쳐내며 뒤로 물러났다. 전투를 어렵게 만드는 또 한 가지 이유. 바로 이 화살 공격이었다. 조금만 태사자와 멀어져 빈틈을 보이거나 우세해졌다 싶으면 여지없이 저격당했다. 그뿐만이 아니었다. 파파파팟! 그가 물러나는 쪽의 등 뒤에서 일제히 창격이 가해졌다. 태사자를 엄호하려고 붙은 백인의 청광기였다. 흑랑은 배면뛰기 하듯 뒤로 뛰어올라, 한 바퀴 공중제비를 넘었다. 그러면서 역 반달차기로 청광기 하나의 뒤통수를 걷어찼다. 퍼억! 투구와 머리가 함께 터져나갔다.

청광기들은 이를 악물었으나 위축되지 않았다. 대신 흑랑의 발이며 다리, 배를 향해 일제히 창을 찔러 올렸다. 투콰콰콱! 흑랑은 팽이처럼 회전하면서 선풍각을 구사하여 창날을 차냈다. 그러면서 운 나쁜 몇 명의 청광기가 그 발차기에 말려들어 추가로 전사했다. 슈슈슈슉! 그런 흑랑의 머리와 상체로 또 화살이 날아들었다. 그가 분주히 화살을 쳐낼 때였다.

"키야아아앗!"

사나운 기합과 함께 턱 끝으로 번득이는 창날이 날아들었다. 충격에서 회복한 태사자가 수하들의 죽음에 분노하여 내찌른 공격이었다.

"큭!"

흑랑은 고개를 젖혀 창날을 피하며 무릎을 차올렸다. 태사자는 팔뚝으로 무릎을 막으면서, 다른 한 자루의 단극을 그쪽 종아리에 찔러넣었다. 투콱! 굽혔던 다리를 펴 발작하듯 태사자를 차낸 흑랑이 뒤로 물러났다. 종아리가 찢겨 다리를 절고 있었다.

걷어차여 코피가 터진 태사자가 히죽 웃었다.

"이제 좀 얌전해지겠구나."

흑랑은 그 모습에 치를 떨었다.

"지독한 놈."

빗줄기는 점점 더 거세졌다. 마치 더욱 격렬해져가는 전투처럼.

15
불길한 흐름

이랑에게 업혀 진영까지 온 진한성이 말했다.

"됐다. 이제 내려줘. 오랜만에 보는 아들놈한테 여자에게 업힌 꼴을 보여줄 순 없지."

"알았어요. 피는 멎었지만 상처가 터지지 않게 조심하세요."

방원진을 이루고 있던 청광기들이 길을 열었다. 진한성은 그 사이를 당당한 걸음으로 지나갔다. 잠시 후, 마침내 용운이 있는 중심에 도착했다.

"아버지……."

용운은 진한성을 물끄러미 바라보았다. 기억 속의 아버지보다 훨씬 크고 우람했다. 이는 그의 기분 탓이 아니라 사실이었다. 순간기억능력자인 용운은 가장 최근에 본 아버지의 체격을 정확히 기억하고 있었다.

'근육 좀 봐. 심지어 키도 더 크신 것 같아.'

아버지는 더 강인해졌고 그리고 더…….

'주름이 늘었네. 흰머리도…….'

아버지는 부쩍 나이 들어 보였다. 아버지를 못 본 지 21세기에서 약 일 년, 이 세계에 와서 이 년 반 정도가 지났다. 모두 합쳐 삼 년 반인데, 십 년은 늙은 듯했다. 옷은 온통 피투성이에 여기저기 찢어졌다. 거기다 눈에 띄는 상처만도 셀 수 없었다.

'뭐야, 저 꼴이. 그러게 왜 혼자 싸워서.'

용운은 괜히 눈물이 핑 돌았다.

코앞까지 다가온 진한성이 그의 머리를 거칠게 쓰다듬었다.

"많이 컸네, 아들. 그런데 머리가 이게 뭐냐? 계집애도 아니고. 좀 잘라라."

"오랜만에 만났는데 할 말이 그것밖에 없어요?"

"아참, 이쪽은 이랑이다. 내 조교 겸 비서다."

이랑이 어색하게 인사를 했다.

"안녕하세요."

용운은 눈가를 훔치며 대꾸했다.

"조교요? 아버지 조교는 은지 누나 아니었어요? 본 적은 없지만."

은지란 이름에 진한성과 이랑이 동시에 굳었다. 곧 진한성이 아무렇지 않은 듯 말했다.

"인마, 내가 얼마나 유명한 학자인데 조교가 은지 하나뿐인 줄 아냐?"

"아버지 성격을 받아줄 수 있는 사람이 은지 누나뿐이라고 전에 한 번 말씀하셨잖아요."

진한성은 살짝 인상을 썼다. 이럴 때는 쓸데없이 기억력이 좋은 게 귀찮았다.

"아무튼 다른 사람이다. 새 조교야."

"네……."

용운은 이랑을 찬찬히 바라보았다. 분명 처음 보는 사람인데 묘하게 익숙한 느낌이 들었다.

이랑은 당황해서 용운의 시선을 피했다. 마치 자신의 마음속을 꿰뚫어보는 것 같은 기분이었다.

'게다가 남자가 뭐 저리 예쁘게 생겼어? 오래 보면 심장에 안 좋을 것 같아.'

잠시 이랑을 바라보던 용운이 입을 열었다.

"그러니까 저 누나는 여기까지 데리고 오신 거네요? 난 혼자 버려두셨으면서."

"…… 데려온 거랑은 좀 다르지. 그리고 너도 와서 살아봤으니 알지 않냐. 이 세계는 위험해. 나도 오고 싶어서 온 게 아니었다."

"여기 오고 나서도 좀 더 일찍 저를 찾아오실 수도 있었잖아요."

"처음엔 네가 왔는지도 몰랐다. 알게 된 후에는 나한테도 사정이 있었고."

용운은 가슴이 벅찬 한편 답답해지기도 했다. 이상했다. 이런 말을 하려던 게 아니었다. 정말 오랜만이라고, 돌아가신 줄만 알았다고. 무사히 뵙게 되어 정말 반갑고 기쁘다고. 그러니 이제 다시 떨어지지 말자고 하려 했다. 그런데 이런 말들은 머릿속에서만 맴돌 뿐, 자꾸 떼쓰고 투정부리게 되었다. 가장 필요할 때 옆에 없었던 아버지에 대한 원망이 남은 탓이었다.

'내가 왜 이러지? 어린애처럼. 이제 나도 스무 살이 넘었잖아.'

진한성은 진한성대로 뭔가 미묘하게 대화가 어긋나는 느낌이 들었다.

겨우 마음을 가라앉힌 용운이 말했다.

"많이 다치신 것 같은데, 잠시 쉬고 계세요. 여기 상황이 정리되면 성으로 모시고 갈게요."

"그래……."

뭔가 더 말하려던 진한성은 작게 우물거리며 돌아섰다. 옆에 있던 이랑만이 그 말을 들었다.

"반갑다. 무사해서 다행이고."

그녀는 속으로 한숨을 내쉬었다.

'하여간 남자들이란.'

진한성에게 실컷 힘을 뺀 천강위와 병마용군들은 본래 실력을 제대로 발휘하지 못했다. 이미 처음에 온 열둘 중 여섯이 죽기도 했다. 그렇다고 그들이 밀린다는 의미는 아니었다. 원래대로라면 단숨에 쓸어버렸을 상대에게, 생각 이상으로 시간을 끈다는 것뿐. 그리고 점차 힘의 차이가 나타나기 시작했다.

"윽!"

호연작을 상대하던 장합이 짧은 신음을 토했다. 그의 극을 피해낸 호연작이 철편으로 왼쪽 어깨를 내리친 것이다. 맞은 부위가 금세 부어올랐다. 장합은 다급히 물러나면서 극을 휘두르려 했지만 힘이 들어가지 않았다. 청광기들이 일제히 달려들어 장합을 막아섰다. 호연작은 그들을 닥치는 대로 쳐 죽이며 볼을 부풀렸다.

'아, 짜증. 원래는 머리를 부수려고 했는데……. 진한성과 그…… 이랑이란 인형한테 힘을 너무 뺐어.'

성월과 백금은 치열한 난타전을 벌이고 있었다. 손발이 오가는 난타전이 아니라, 서로 상대에게 화살과 고드름을 쏴대는, 정확히 표현하자면 '난사전'에 가까웠다. 슈슈슈슈슉! 채 5미터도 채 떨어지지 않은 거리에서 성월이 화살을 쏴댔다. 백금은 순식간에 얼음의 벽을 만들어내 화살을 막았다. 동시에 오른손을 들어 성월을 가리켰다. 그러자 날카로운 고드름 여러 개가 생겨나 그녀를 향해 날아갔다.

"꺅!"

성월은 몸을 이리저리 비틀며 간신히 고드름을 피했다. 그렇게 피하는 와중에 또 화살을 쐈다.

"이런."

백금은 다시 얼음벽을 소환해 화살을 막아냈다.

"제법 끈질기네. 활 따위로."

그의 능력은 수분을 얼음으로 바꿔 조종하는 것. 물 자체를 조종하진 못하지만, 주변에 물이 많은 환경이라면 당연히 전투력이 올라갔다. 폭우가 쏟아지는 지금은 그에게 최적이었다. 자신이 위험해지기 전까지는 방어에 치중하는 성향이 아니었다면, 이미 승부가 나고도 남았다.

"소용없다니까."

화살은 얼음벽에 손가락 두 마디 정도 깊이로 꽂혀 있었다. 그걸 본 성월이 눈을 빛냈다. 순간, 뒤에서 갑자기 날아온 고드름 몇 개가 그녀의 등에 꽂혔다.

"악!"

고통스레 신음을 토하며 무릎 꿇은 성월을 향해 백금이 말했다.

"난 아무 방향에서나 무한히 쏴댈 수 있거든."

그는 성월의 앞에 다가와 장기인 빙결을 발동했다. 쩡! 그녀의 온몸이 순식간에 얼어붙었다.

"성월!"

장합은 성월이 쓰러지는 모습에, 저도 모르게 그리로 달려가려 했다. 하지만 청광기들이 온 힘을 다해 그를 막았다.

"안 됩니다!"

"이 자리에서 피하십시오, 장군."

용운이 장합에게 배정한 청광기 중 벌써 스물이 넘게 죽어나갔다. 그들은 나머지 전원이 호연작을 덮쳐 막는 사이, 장합을 피신시키는 게 낫겠다는 결론을 내렸다. 멀쩡할 때도 장합이 밀렸는데, 한 팔이 부러진 지금 호연작을 이긴다는 건 불가능에 가까웠다. 게다가 기대하던 성월마저 쓰러졌다. 물론 그리하면 살아남기는 어려울 터였다.

'그러나 장합 장군을, 우리의 주공을 위해 죽는 건 두렵지

않다.'

'남은 가족들은 주공께서 친지처럼 보살펴주실 것이다.'

지휘관에 대한 경애와 더불어 유족에의 처우가 확실할 때나 일어날 수 있는 현상이었다. 용운이 해온 일들이 지금 빛을 발하고 있었다. 가장 잔인한 방식으로. 죽음을 각오한 팔십의 청광기가 장합과 호연작의 사이를 가로막고 늘어섰다.

"뭘 하려는 건가, 너희들……."

장합의 말에 피투성이가 된 조장이 씩 웃었다.

"그간 모실 수 있어서 영광이었습니다, 장군."

"잠깐……, 멈춰!"

팔십의 청광기는 호연작을 향해 돌진했다. 장합의 처절한 목소리를 등 뒤로 하고서.

"멈춰라! 명령이다!"

호연작이 입술 끝을 비틀며 웃었다. 안 그래도 하나하나 죽이기 귀찮았는데, 먼저 덤벼주니 고마울 지경이었다. 그녀는 기다렸다는 듯 천기를 발동했다.

천기 발동, 연환갑마(連環甲馬)

천기 발동, 격타난무(擊打亂舞)

여포가 진정 강한 이유는 본신의 무력이 높기도 하지만 특기를 겹쳐 쓸 수 있어서였다. 호연작 또한 천기로 그게 가능했다. 단, 육체에 큰 무리를 주기에 잘 쓰지 않았다. 그럼에도 불구하고 '천기 겹치기'를 썼다는 건, 그녀가 겉으로는 태연해 보여도 상당한 위기감을 느낀다는 의미였다.

좌라라락! 매끈한 칠흑의 갑주가 호연작의 전신을 덮었다. 그녀는 그 상태에서 무서운 속도로 돌진하며, 정면에 위치한 모든 것을 파괴했다. 그 대상이 나무든, 바위든, 사람이든. 동시에 양손에 쥔 철봉으로 적을 초살했다. 격타난무로 청광기 한 명의 숨을 끊는 데는 단 두 방이면 충분했다.

"으악!"

비명이라도 지르는 자는 그나마 나았다. 대부분의 청광기는 머리가 깨지거나 척추가 부러져서 단숨에 절명하고 말았다. 그야말로 검은 악마라는 말이 잘 어울렸다.

한편, 장료와 청몽도 위기에 처해 있었다.

"후훗, 아름답군. 죽음을 향해 스스로 달려드는 모습이."

진명이 허세 가득한 대사를 중얼거렸다. 그러나 그의 공격은 절대 허세가 아니었다. 그와 싸운 지 일 다경도 채 지나지 않았는데, 장료는 이미 전신이 상처투성이였다. 특이한 점은 대부분의 상처가 화상이란 것이었다.

'강하다, 이 소년…….'

좀 전까지만 해도 장료는 딱 붙어서 싸우면 그만이라고 생각했다. 멀리서 흑염룡기를 쏴대는 진명의 모습을 봤기 때문이다. 처음엔 그 전법이 통하는 듯도 했다. 진명은 동작과 움직임이 묘하게 허술했다. 잠깐 당황하여 허둥대던 그는, 장료의 삼첨도에 허벅지와 옆구리 등을 베였다. 비틀거리던 진명이 말했다.

"후, 내게 이런 상처를 낸 남자는 그대가 처음이야. 칭찬해주지."

"……."

"하지만 곧 후회하게 될 거야. 내 흑룡을 분노케 만든 것을……."

장료는 대답하는 대신 두 자루의 삼첨도를 각각 진명의 목과 아랫배에 겨누고 찔러 들어갔다.

'이상한 자로군. 빨리 끝내고 다른 장군들을 도와야겠다.'

화르르르륵! 다음 순간, 검은 기운이 진명의 전신을 감쌌다. 삼첨도의 날은 거기 닿자마자 녹아버렸다.

"읏!"

장료는 소스라치게 놀라서 뒤로 물러났다.

"아하하하하하!"

넘실대는 검은 기운 안에서 진명이 광소했다.

'이게 뭐지? 불? 불인가? 이게 주공께서 말씀하셨던 놈들

의 사술인가.'

당황하는 장료에게, 온몸을 검은 기운으로 둘러싼 진명이 말했다.

"천기, 흑염룡갑……. 말했잖아. 후회하게 될 거라고."

진명은 터벅터벅 다가와 주먹을 뻗었다. 장료는 반사적으로 삼첨도를 휘둘러 주먹을 쳐냈다.

"윽!"

진명의 손목에 닿은 삼첨도 자루가 불타 부스러졌다. 뒤이어 발차기가 날아왔다. 막았을 때의 결과를 체험한 장료는 막는 대신 몸을 돌리며 피했다. 그는 녹고 타버린 삼첨도를 버린 후, 주먹을 진명의 인중에 찔러넣었다.

"으악!"

하지만 오히려 비명을 터뜨린 쪽은 장료였다. 그의 왼손에 검은 불꽃이 옮겨 붙어 타올랐다. 비가 억수같이 쏟아지는데도 불은 좀체 꺼지지 않았다. 장료는 미친 듯 손을 흔들다가, 진흙탕이 된 바닥에 주먹을 꽂았다. 그제야 겨우 불길이 사그라졌다.

"하하하!"

진명은 아무렇게나 주먹질, 발길질을 해댔다. 엉망이고 허술한 동작이었으나 막을 수가 없는 데다 반격도 안 되니 장료는 속수무책이었다. 청광기의 저격수들이 부지런히 화살을 날렸다. 하지만 모조리 진명의 몸에 닿지도 못하고 증발하여 사라졌다. 검은 불꽃으로 온몸을 감싼 채 멋대로 날뛰는 폭군. 결국, 용감한 청광기들마저 피하기에 급급했다. 목숨 바쳐 막아도 개죽음인 꼴이었기 때문이다.

'무슨 방법이 없는 건가…….'

장료는 여기저기 화상을 입은 채 이를 악물었다. 이런 와중에도 대체 어떻게 소년이 입고 있는 옷은 멀쩡한지 궁금했다.

청몽은 성월에게 이변이 일어났음을 느꼈다. 장료가 뭔가 위험한 상황에 빠진 것도 눈치챘다. 하지만 둘을 도울 여유가 없었다. 그녀의 상대는 진명의 병마용군, 윤하였다. '검은 강철의 무희'라 불리는, 절대십천 중의 일인이다. 서열로는 자그마치 7위. 25위인 그녀에 비할 바가 아니었다. 그런 걸 신경 쓰는 성격이 아니기에 과감히 덤벼들었지만…….

까앙! 사슬낫이 강철의 구 표면에 튕겨나갔다. 청몽은 허탈한 표정을 지었다. 이제까지 못 베는 대상이 없던 강철 낫이었다. 그런데 베기는커녕 긁힌 자국조차 내지 못했다.

'젠장, 저거 대체 뭐로 만든 거야?'

강철 구가 사등분으로 갈라지며, 그 안에서 윤하가 나타났다. 무표정한 얼굴의 그녀는 억양 없이 말했다.

"당신의 공격은 나를 해할 수 없어요."

"뭐, 이년아?"

파파파파팍! 그때 청몽이 눈을 부릅떴다. 그녀의 전신에서 피가 뿜어져 나오더니 입에서도 울컥 피를 토했다. 온몸에 호두만 한 크기의 쇠구슬 수백 개가 박혀 있었다. 비틀대던 청몽은 결국 무릎을 꿇었다. 전신이 으스러질 듯이 아팠다.

윤하가 그런 청몽을 내려다보며 말했다.

"예의가 없는 분이군요. 서열도 내가 위인 걸로 알고 있는데."

청몽은 바닥에 뚝뚝 떨어지는 자신의 피를 멍하니 응시했다.

'날아오는 걸 전혀 못 봤어…….'

이게 서열의 차이, 힘의 차이라는 것일까. 이미 정해진 차이는 넘어설 수 없단 말인가. 청몽은 분하고 화가 났다.

손가락만 까딱하여 수백 개의 쇠구슬을 날려 보낸 윤하가 말을 이었다.

"당신은 날 다치게 할 수 없고 내 공격을 피할 수도 없죠. 그러니 승부는 이미 결정 난 거예요."

스르르릉! 윤하가 양손을 올리자 구슬이 더욱 늘어났다. 수천 개의 묵빛 쇠구슬이 그녀의 머리 위에 떠 있었다. 마치 먹구름처럼. 청몽의 위기에, 사방에서 화살이 날아들었다. 카카카카캉! 쇠구슬들이 살아 있는 것처럼 날아다니면서 화살을 죄다 쳐냈다.

네 장군들과 사천신녀가 밀리게 되자 그들을 돕던 청광기들도 쓰러져갔다. 희생자는 계속 늘었다. 비교적 팽팽하게 싸우고 있는 건 사린과 태사자뿐이었다.

전세가 급격히 기울자 용운의 표정이 심각해졌다.

'으음…….'

일만의 청광기는 그 세 배에 달하는 타 세력의 정예병과 맞먹는다고 자신했다. 거기에 사천신녀와 네 장군들까지 투입했는데도 밀리고 있었다.

'아니, 아직 전력을 투입하지 않았다.'

그의 주변에는 몇 겹의 방원진을 형성하고 있는 구천의 청광기가 남아 있었다.

'어차피 저들이 모두 쓰러지면 나도 끝이야.'

용운은 고전하는 장군들에게, 남은 청광기를 순차적으로 모조리 보냈다. 그때부터 작은 변화가 일어나기 시작했다. 진한성이 비교적 빨리 임충을 쓰러뜨린 덕에 조운과 검후가 자유로워졌다. 전황의 변화는 이 두 사람에게서부터 시작됐다.

"준예(장합)가 위태로워 보이는군. 저쪽부터 먼저 가야 할 것 같소."

조운의 말에 검후는 고개를 끄덕였다. 안 그래도 성월의 움직임이 없어 걱정스럽던 차였다. 파팟! 두 사람이 달리는 속도를 높였다.

장합은 호연작을 향해 연신 불나방처럼 뛰어드는 수하들을 망연자실하게 바라보고 있었다.

"그만……."

그들이 왜 그러는지 잘 알았다. 그 희생을 헛되지 않게 하기 위해서라도 피해야 했다. 하지만 도저히 발이 움직이지 않았다. 호연작은 대상과 대상 사이를 마치 순간이동 하듯 옮겨 다녔다. 이는 적이 존재하는 한, 거기에 천기 격타난무가 적용 중인 한 계속 유지되는 효과였다.

"그만해라, 제발……."

몇 명인지 셀 수조차 없는 청광기들이 진흙탕에 쓰러져갔다. 장합은 제 얼굴을 적시는 게 빗물인지 눈물인지 알 수 없었다. 그는 마침내 마음을 정했다.

'죄송합니다, 주공. 저 녀석들만 버려두고 혼자 살겠다고 달아나는 짓은 도저히 못하겠습니다. 미안하오, 성월. 꼭 살아서 주공께 돌아가길.'

장합의 무기는 3미터에 가까운 극이라 한 손으로 쓰기 어려웠다. 그는 극을 버리고 쓰러진 수하의 검을 들었다. 왼팔을 축 늘어뜨린 장합이 호연작을 향해 쇄도할 때였다.

"준예 님, 설마 자포자기하신 건 아니지요?"

"엄호하겠습니다."

그의 왼쪽, 오른쪽으로 각각 조운과 검후가 따라붙었다.

절망적이던 장합의 얼굴에 화색이 돌았다.

"자룡 님, 검후 님!"

조운의 머리 위로, 용운의 눈에만 보이는 붉은색 글자가 떠올랐다.

분기(奮起)

조운의 몸이 푸른 기운에 휩싸였다. 그 푸른 기운은 근처에 있던 검후와 장합은 물론, 살아남은 청광기들에게도 번져갔다. 조운의 '분기' 특기가 주위 아군들에게 작용한 것이다. 분기의 영향을 받은 이들은 두려움이 사라지고 무력 수치가 상승했다. 분기는 무력과 통솔력의 평균치가 높을수록 효과가 강해진다. 조운의 두 가지 수치 평균치는 무려 95였다.

"우오오오오!"

쏴아아아아— 거센 빗소리를 뚫고 함성이 울려 퍼졌다. 카칵! 쇠끼리 긁히는 소음과 함께 호연작이 투구 안쪽에서 놀란 눈빛을 보냈다. 수십 명을 죽인 격타난무가 처음으로 막혔다. 격타난무는 공격을 계속 이어나가야 유지되는 천기였다. 이에 막히는 순간 저절로 해제되었다. 돌진이 정지되니, 연환갑마도 함께 풀렸다.

"흐흐, 막았……."

자신의 팔을 대가로 철봉을 막아낸 청광기가 웃음 지었다. 호연작은 그 말이 끝나기도 전에 그의 머리를 부쉈다. 청광기는 죽는 순간까지 철봉을 붙잡고 있었다.

'뭐지, 이놈들. 갑자기…….'

원래도 다른 세력의 병사들에 비해 강하다고 생각했다. 물론 그래봐야 파리와 꿀벌 정도의 차이였다. 그런데 그 꿀벌떼가 갑자기 말벌떼로 변했다. 말벌에게는 급소를 잘못 쏘이면 죽을 수도 있다. 아주 운이 나빴을 때의 얘기긴 하지만. 그리고 지금, 호연작은 운이 나빴다. 그 시작은 백금의 위기에 한눈을 판 데서 비롯되었다.

"어……?"

백금은 심장에 정확히 박힌 화살을 믿기지 않는다는 표정으로 내려다보았다. 그가 호연작의 곁으로 가려는 순간, 쓰러져 있던 성월이 갑자기 활을 난사했다. 백금은 그 와중에도 얼음벽으로 화살을 막았다. 분명히 막았다고 생각했는데, 화살 하나가 얼음벽을 뚫고 그의 가슴까지 관통했다.

"이런……."

백금은 화살의 깃대 뒤쪽 끝 부분을 보고 상황을 이해했다. 성월은 연달아 세 발의 화살을 쐈다. 동시에 날린 것 같지만 절묘하게 순차적이었다. 얼음벽에 박힌 화살 끝 부분을 또 다른 화살로 맞히고 그 화살의 끝을 세 번째 화살로 맞혔다.

마치 망치로 못을 박듯 화살을 화살로 박아버린 것이다.

"한 방 먹였다아……."

의기양양하게 중얼거린 성월이 양팔을 툭 떨어뜨렸다. 빙결에 당한 그녀는 온몸의 기를 두 팔로 보내, 팔 부분의 얼음만 녹였다. 이는 병마용군이기에 가능한 일이었다. 보통 사람은 얼어붙는 순간 피와 심장이 멈춰버릴 것이기 때문이었다.

'그런데 이제 진짜 위험한 것 같아…….'

눈을 감은 성월의 호흡이 점차 약해져갔다.

호연작의 시선이 비틀거리는 백금을 향했다.

"백금?"

복수심에 불타던 장합은 그 순간을 놓치지 않았다. 그는 달려오던 기세 그대로 온 힘을 다해 호연작을 찔렀다. 호연작은 장합이 쓰는 극의 길이에 저도 모르게 익숙해져 있었다. 그러다 갑자기 짧은 검으로 공격하니, 대응이 미미하게 늦었다.

"헉!"

놀란 호연작은 검을 피했으나 왼쪽 옆구리를 길게 베인 후였다. 그녀는 왼손으로 검날을 붙잡아 당기면서 끌려오던 장합을 후려쳤다. 피를 뿌리며 쓰러지는 장합의 뒤에서 검후가 뛰어들었다. 그녀는 비스듬히 검을 내리쳤다. 호연작은 철봉을 들어 검을 막았다. 모든 것을 깨부수던 자신의 무기. 이런 공격은 당연히 막으리라 믿었다.

그러나 상대의 검은 어떤 물질도 벨 수 있는 기보, 필단검이었다. 서걱! 철봉이 수수깡처럼 잘려나갔다. 하지만 호연작의 철봉 또한 비범한 물건은 아니었기에, 얼굴까지 단숨에 베려던 필단검의 기세를 어느 정도 저지했다. 대신 검의 궤적 그대로 왼쪽 눈썹 부위에서부터 오른쪽 아래턱까지 이어지는 긴 열상이 생겼다.

"히이익!"

호연작은 기겁하여 철봉을 내던지고 양손으로 얼굴을 감쌌다.

"눈, 눈, 내 눈이이이이……."

손가락 사이로 붉은 피가 후두둑 떨어졌다.

"내 눈이…… 얼굴이…… 으으아아아아!"

악에 바친 호연작이 괴성을 질렀다. 재차 공격을 가하려던 검후가 움찔하더니, 갑옷이 찢기며 사방으로 파편이 비산했다. 위기에 처하자 호연작이 본래 가졌던 힘, 염동력이 발휘된 것이다.

"아아악!"

투두둑! 검후의 팔다리가 기괴하게 비틀렸다. 쓰러지는 그녀를 향해 조운이 달려들었다.

"검후!"

"난, 난 괜찮아요. 어서 적을……."

조운은 입술을 깨물며 고개를 들었다. 앙다문 입에서 피가 흘렀다.

"금방 끝내고 데리러 오겠소."

그때였다. 그는 말하는 자신의 입에서 허연 입김이 뿜어져 나옴을 깨달았다.

아무리 비가 온다 해도 여름치고는 지나치게 추웠다. 쏟아지던 폭우가 어느새 맹렬한 눈보라로 바뀌어 있었다. 조운은 한 순간 자신이 헛것을 보나 생각했다. 그러나 뺨을 에일 듯 불어대는 매서운 바람과 입술에서 느껴지는 차가운 눈송이는 진짜였다.

"이런 괴사가……."

어쨌든 눈 아니라 불벼락이 쏟아져도 이 기회를 놓칠 순 없었다. 수십 명 수하들의 목숨과 정인(情人)의 희생으로 만들어준 기회를. 조운은 거센 눈보라를 무릅쓰고 호연작을 향해 공격을 퍼붓기 시작했다. 그러자 눈보라는 마치 살아 있는 것처럼 조운을 에워쌌다. 반면 호연작에게는 조금도 영향을 끼치지 않았다.

"으윽."

조운의 움직임이 점차 느려졌다. 눈썹과 머리카락에 허옇게 성에가 꼈다. 이미 손발의 감각이 완전히 사라졌다. 이대로라면 전신이 동상에 걸릴 지경이었다.

용운 부대의 사기가 급격히 떨어졌다. 한여름에 눈보라가 휘몰아치니 겁먹을 수밖에 없었다. 조금씩 유리해지던 흐름이 다시 뒤집어지고 있었다.

"저놈이다."

어느새 용운의 옆에 다가온 진한성이 한 방향을 가리켰다. 그쪽에는 고개를 푹 숙인 채 양팔을 늘어뜨린 백금이 서 있었다. 그에게서 세찬 바람이 뿜어져 나와 소용돌이를 그리며 사방으로 휘몰아쳤다. 닿는 모든 것을 얼릴 듯한 차가운 바람이었다.

용운은 황망한 투로 중얼거렸다.

"저게 대체 뭐죠?"

"천강위의 병마용군이다. 저런 힘을 발휘할 만도 하지. 사기적이긴 하지만."

"병마용……군이요? 그게 뭐죠?"

"너도 넷이나 데리고 있으면서 무슨 소리냐?"

진한성과 용운은 둘 다 어리둥절한 표정이 되어 마주 보았다. 뭔가 이상함을 느낀 진한성이 먼저 말했다.

"됐다. 일단 그 얘긴 나중에 하자. 저놈부터 어서 해결하지 않으면 다 죽겠다."

그는 말을 마치자마자 백금에게 달려나갔다. 이랑도 다급히 그 뒤를 따랐다. 용운이 미처 말릴 틈도 없었다.

"나는…… 절대십천. 눈과 얼음의 주인……. 강철 같은 흰 얼음, 백금이다."

백금이 무시무시한 목소리로 뇌까렸다.

'아버지를 도와야 해!'

바람이 너무도 세차 깃발을 쓸 수가 없었다. 용운은 수신호를 보내 저격 명령을 내렸다. 용케 알아본 청광기 몇이 백금에게 활을 쐈다. 그러나 화살은 냉기를 뚫지 못하고 바닥에 떨어졌다.

설상가상으로 휘몰아치는 눈보라를 뚫고 진명의 천기가 발동했다. 거대한 검은 용이 미쳐 날뛰며 닿는 대상을 닥치는 대로 녹이고 태웠다. 용운의 병사들은 얼어붙고 불타서 죽어갔다. 호연작과 치열하게 싸우고 있는 조운 또한 움직임이 부자연스러웠다.

'이런 자들을 상대로 대체 어떻게 싸우란 거지?'

용운은 망연자실했다. 충분히 대비했다고 생각했는데도 한참 부족했다.

"당신들은 끝이에요."

청몽의 목을 붙잡고 쳐든 윤하가 말했다.

이제 파견할 청광기의 수도 얼마 안 남았다.

'안 되겠다. 모두 내 잘못이다. 내가 직접 가봐야겠어.'

자신이 약하다는 사실은 잘 알고 있었다. 그러나 용운은 절체절명의 순간에 한 번씩 발휘되는 힘에 기대를 걸었다. 아직 스스로도 파악 못한 힘이었지만 뭐라도 해봐야 할 때였다. 사린과 이규 그리고 태사자와 흑랑은 여전히 팽팽했다. 조운 또한 장합의 가세로 아직 버티고 있었다.

'저 아이스맨은 아버지께 맡길 수밖에 없다.'

용운은 제일 위태로워 보이는 장료와 청몽 쪽을 향해 달려 나갔다.

"헛!"

"아, 안 됩니다. 주공!"

마지막으로 남아 있던 청광기 수백 기가 허겁지겁 용운의 뒤를 쫓았다. 동시에 머릿속으로 모두 같은 생각을 했다.

'그런데 주공께서 이렇게 빠르셨나?'

고전 중인 선발대와는 달리 얼마 전에 도착한 본대는 맹위를 떨치고 있었다. 불과 이틀 만에 산양성을 함락할 기세였다. 장연에 의해 통일된 흑산적 부대는 서황의 투지에 본래의 몇 배 힘을 냈으며 순욱과 곽가의 지휘로 날개를 달았다. 기령은 직접 수성전을 지휘하며 분전했으나 역부족이었다.

"하하핫! 그래, 이게 내 형제들의 진정한 힘이지! 이따위 성은 사흘 내로 접수해서 주공께 바치리라!"

신나서 떠드는 장연이 기령의 눈에 띄었다.

'저놈이 적장이로군.'

그는 망루에 올라 가만히 활을 겨눴다. 일군의 장수인 만큼 기본적인 활 솜씨는 있었다. 퓻! 바람을 가르고 날아온 화살이, 정확히 장연의 입으로 날아들었다. 누구도 예상치 못한 기습적인 저격이었다.

번쩍! 순간 주위를 얼쩡거리던 병사 하나가 단도를 휘둘러 화살을 잘라버렸다. 병사는 그러고 나서야 아차 하는 표정이었다. 하지만 이미 저지른 일, 장연이 죽는 것보다는 나았다. 장연은 놀라서 입을 벌린 채 멍하니 있다가, 병사에게 고개를 돌렸다.

"바, 방금 네가 나를 구한 것이냐?"

"할 일을 한 것뿐입니다."

"보아하니 흑산적 출신은 아닌 것 같은데. 기주의 병사더냐?"

"그렇습니다."

"이름이 뭐냐? 내 주공께 말씀드려 널 가까이 두어야겠다."

"……화령이라고 합니다."

"화령이라. 그래, 고맙구나."

흑영대 4호, 원수화령은 속으로 한숨을 내쉬었다.

아무리 우세한 전투라 해도 사상자는 발생했다. 화타는 후

방으로 이송되어오는 부상자들을 제자들과 함께 치료하느라 정신이 없었다. 그때 그의 안에 깃든 존재, 좌자가 다급히 외쳤다.

—안 돼!

"네?"

깜짝 놀란 화타가 벌떡 일어섰다. 제자들도 모두 놀라서 그를 바라보았다.

"아, 아니다. 잠깐 나갔다 오마."

막사를 나온 화타가 조심스레 속삭였다.

"어르신, 무슨 일입니까?"

—지금 바로 서둘러 그 녀석에게 가야 한다.

"그 녀석이라니요. 진 공 말씀입니까?"

—그래.

"설마 그분이 다치기라도 했나요?"

—그 녀석이 다치는 것 정도는 별일 아니야. 지금 이 세계 전체가 뒤흔들리는 듯한 느낌을 받았다. 뭔가 잘못된 게 분명해.

화타는 좌자의 말을 정확히 이해할 순 없었지만 심각한 일이 벌어졌음을 직감했다. 그는 후방으로 빠져나온 다음, 좌자의 인도에 따라 서둘러 달리기 시작했다. 용운과 사천왕 그리고 최상위의 천강위들이 싸우는 곳으로.

16
각성과 비틀림

화타의 안에 있던 좌자가 깨어나기 조금 전.

태사자는 길게 찢긴 자신의 복부를 멍하니 내려다보고 있었다. 갑자기 왜 이렇게 된 것인지 이해가 되지 않았다. 분명 상대의 다리 하나를 못 쓰게 한 뒤 몰아붙이고 있었는데.

"특기 발동, 흑랑아(黑狼牙, 검은 늑대의 어금니)."

흑랑은 가슴 앞에 양손을 교차한 자세로 서 있었다.

"그대는 분명 강했지만 결국 평범한 인간이지."

저벅. 다가서는 흑랑을 향해 태사자는 반사적으로 단극을 휘둘렀다.

"어허, 그렇게 설치면……."

주륵! 털퍽!

"내장이 쏟아지잖아."

경련하는 태사자의 앞에 선 흑랑은, 수도(手刀)를 휘둘러 단숨에 그의 목을 쳤다.

"어?"

이규와 접전 중이던 사린이 멈칫했다. 발밑에 굴러온 뭔가를 본 것이다. 그것은 눈을 부릅뜬 태사자의 머리였다.

"태 아저씨……?"

이규는 그 찰나의 틈을 포착했다.

"나와 싸우는 중에 한눈을 팔다니."

사린의 목을 양다리로 휘감은 이규는 상체를 뒤로 눕히며 쌍도끼를 휘둘렀다.

"내가 우습냐, 인형?"

콰득! 두 자루의 도끼가 사린의 양쪽 관자놀이에 나란히 박혔다. 사린의 손에서 망치가 툭 떨어졌다.

성월은 양팔을 제외한 전신이 얼어붙어 있었다. 접전의 와중에 누군가 그녀의 몸을 밟았다. 콰직! 얼음덩어리가 됐던 몸이 산산이 박살났다.

"크악!"

장료가 단말마의 비명과 함께 나가떨어졌다. 그는 진명이 난사해대는 검은 불꽃을 피하며, 틈나는 대로 반격하려고 애썼다. 하지만 눈보라에 점차 몸이 굳어지던 중 기어이 가슴을 관통당하고 말았다. 몸통 한복판에 어른의 머리보다 큰 구멍이 났다.

"주공, 무운을……."

몸에 불이 붙은 채 몸부림치던 장료의 움직임이 점차 멎었다.

그를 향해 달려가던 용운이 우뚝 멈춰 섰다.

"장……료?"

콰직! 동시에 청몽의 목이 기이하게 꺾였다. 진명의 병마용군 윤하가 한 손으로 목을 꺾어버린 것이다. 윤하는 축 늘어진 청몽의 몸을 바닥에 팽개쳤다.

"하찮은 상대였습니다."

용운의 시선이 그쪽을 향했다.

"청몽?"

그뿐만이 아니었다. 이규와 흑랑이 어느새 용운을 향해 다가오고 있었다. 각자 사린과 태사자의 머리를 들고서. 믿기지가 않았다. 이건 악몽이다. 팽팽하던 전투는 한순간 거짓말처럼 끝나버렸다.

"으윽!"

마침내 조운도 호연작의 철봉에 맞아 쓰러졌다.

이미 장합은 머리가 쪼개진 채 죽은 후였다. 조운은 마지막까지 분전했지만, 눈보라로 인해 움직임이 둔해진 데다 검후마저 백금의 고드름에 난자당해 죽은 뒤 집중력을 잃었다.

반면 백금의 건재함을 확인한 호연작은 다시 사기가 올랐다. 애당초 극히 어려운 상대였는데 그런 상황에서 조운이 이기기란 불가능했다. 쓰러진 조운의 눈에서 피눈물이 흘렀다.

"검후, 미안…… 하오. 지켜주지 못해서……."

검후의 시신을 향해 뻗던 조운의 손이 툭 떨어졌다.

"안 돼……."

망연자실하게 선 용운이 중얼거렸다. 그의 세계가 무너져 내리고 있었다.

진한성은 혀를 찼다. 다급히 백금을 향해 달려갔으나 한참 늦고 말았다.

'이런, 빌어먹을. 그걸 써야 하나?'

하지만 진한성의 천기, 시공역천은 일정 거리 내에 있는 사람 수만큼 페널티가 더해진다. 천강위들을 제하더라도, 아직 남아 있는 선발대는 수백에 달했다. 단 5분 전으로만 시간을 되돌려도 단숨에 미라가 될 판이었다. 그렇다고 그들이 다 죽을 때까지 기다릴 수도 없었다.

"어떡해요……."

이랑이 그녀답지 않게 울먹였다.

진한성은 씁쓸하게 내뱉었다.

"뭘 어떡해. 저 녀석이 택한 길이야. 견뎌내는 수밖에 없다. 지금은 당장 여기서 살아 나가는 게 급선무야. 살아 있다 보면 또 길이 생긴다."

"마스터! 아드님이……."

진한성은 이랑의 다급한 외침에 고개를 돌렸다.

이규, 흑랑, 호연작, 진명, 윤하. 하나만 해도 무서운 적들이 용운에게 다섯이나 접근하고 있었다. 그를 지켜줄 사천신녀와 네 장군은 모두 숨이 끊어진 후였다.

"빌어먹을! 저놈들, 왜 날 두고……."

진한성은 방향을 바꿔 용운을 향해 달렸다.

"이게 기주목?"

이규가 빙글빙글 웃으며 말했다. 그녀는 즐거워 견딜 수가 없었다. 거슬리던 만두 머리 계집을 처치한 데다 용운을 잔인하게 죽임으로써 진한성의 고통을 볼 수 있으리라는 기대 때문이었다.

"넘보지 마. 내 거니까……."

호연작이 입맛을 다시며 대꾸했다.

진명은 왼손으로 앞머리를 쓸어 넘기며 웃었다.

"절망에 찬 저 표정, 못 견디게 괴롭히고 싶어지는데. 후훗."

마지막으로 남은 청광기들이 용운을 보호하기 위해 필사적으로 덤벼들었다. 그러나 모두 천강위에게 한 합을 버티지 못했다. 그러거나 말거나 용운은 넋이 나간 듯 서 있었다.

"성월, 청몽……. 사린아……."

그가 가장 사랑하고 그를 가장 사랑해주던 이들을 한순간에 모두 잃었다.

"형님……. 검후……."

대체 어디서부터 잘못된 것일까. 이런 와중에도 용운의 뇌는 감정과는 무관하게 살기 위한 계산을 시작했다. 일종의 패시브 스킬로 늘 적용 중인 경새전뇌, 이 세계의 모든 것을 게임으로 처리하는 용운의 천기가 비정상적으로 증폭하여 발동했다. 사람이 죽음의 위기에 처하면 아드레날린이 솟구치는 것처럼.

삑, 삐빗, 삐익. 다가오는 상대들의 수치가 눈앞에 어지러이 떠올랐다. 공략 불가능이었다. 무력을 이용한 맞대결로는 안 된다. 방법을 찾아야 한다. 계산에 계산, 또 계산.

'에너지가 부족하다. 좀 더 상대의 무력을 무효화하고 이 세계를 비틀 수 있는 힘이…….'

용운의 이성이 그런 결론을 내릴 때였다.

"위원장께서 기뻐하시겠군요."

흑랑의 말에 이규가 도끼를 휘두르며 대꾸했다.

"생각보다 마지막이 허무한데?"

진한성은 용운에게 도끼가 날아드는 모습을 보며 이를 악물었다.

'어쩔 수 없나. 호호백발은 감수하는 수밖에.'

그가 10여 초 전으로 시간을 되돌리려는 차였다.

"안 돼!"

갑자기 나타난 한 사내가 고함치며 달려왔다. 그는 바로 화타였다. 아니, 화타의 모습을 빌린 좌자였다. 그의 존재를 확인한 용운의 눈이 빛났다. 시간을 되돌리는 진한성의 힘. 무한의 시간을 살고 있는 좌자의 힘. 순간, 용운이 필요로 하던 모든 게 갖춰졌다.

이규의 도끼날이 목을 파고드는 게 느껴졌다. 용운은 반쯤 무의식중인 상태로 방금 새로이 얻은 궁극의 천기를 발동했다.

천기 발동, 시공복위(時空復位) reset

세상이 멈췄다. 하늘도 대지도 허공도. 모든 공간이 일그러졌다. 거기 속해 있던 천강위와 병마용군들 또한 공간과 함께 기이한 모양으로 이지러졌다.

용운을 제외하고 멀쩡히 서 있는 사람은 본래의 모습으로 돌아간 좌자가 유일했다. 그는 길게 탄식했다.

"허어…… 결국 늦었구나. 차라리 내가 개입하여 도와줄 것을. 이제 돌이킬 수 없게 되었다."

정신이 든 용운이 주위를 두리번거렸다. 그는 기묘하게 일그러진 채 굳어버린 세계와 사람들을 보고 눈을 부릅떴다. 유일하게 멀쩡한 좌자를 향해 용운이 물었다.

"……이게 뭐죠?"

"그대가 벌인 일이다, 진용운. 이 세계의 법칙을 거슬러 과거로 온 자가, 오히려 이 세계 자체를 바꿔버리면 어쩌자는 건가."

"내가……?"

"파군성(破軍星)의 힘은 물론이고 내 힘마저 끌어다 썼군. 허허, 이제 앞으로 족히 십 년은 꼼짝없이 잠만 자게 생겼구나."

"하, 할아버지는 누구세요?"

"나는 좌자라고 한다. 내가 억지로 멈춰놨지만 시간이 얼마 남지 않았으니 잘 들거라. 그대는 본래 이 세계에 속하지 못한 존재였으나, 이제 창조주와 비슷한 존재가 되어버렸다. 이 힘으로 그대가 당장 뜻한 바는 이루겠지만, 앞으로는 더 강대한 적을 맞아 싸워야 할 것이다."

"네?"

"뿐만 아니라 온 힘을 다하지 않으면 사랑하는 이들이 모두 곁을 떠나리라. 그 업보를 어찌 견디려느냐?"

"저, 자, 잠깐만요!"

"이게 마지막이어야 한다. 새로 만들 때마다 이 세계는 그대가 알던 것과 조금씩 달라질 테니."

"전, 제가 뭘 한 건지도 모르겠어요."

"십 년 후 그대가 스스로 파멸하지 않고 버티고 있다면…… 바꾼 세계를 지탱하고 있다면 그때는……."

슈웅! 좌자의 모습이 연기처럼 사라졌다. 그가 사라진 자리에 시커먼 틈이 생겨났다. 그 틈 사이로 무시무시한 뭔가가 눈을 굴렸다. 용운은 온몸의 피가 얼어붙는 듯했다. 단언컨대 그가 이제껏 경험한 어떤 적보다 무서운 존재였다.

'저, 저건 또 뭐야?'

눈동자의 크기가 말 그대로 화등잔만 했다. 용운은 눈동자만 보고서도, 그 무서운 존재가 웃고 있다는 걸 알 수 있었다. 그는 저도 모르게 그것을 향해 대인통찰을 썼다. 하지만 아무 결과도 나타나지 않았다.

'……인간이 아닌가?'

그것이 비집고 나오려는 순간, 틈이 닫혔다. 동시에 주변의 풍경이 완전히 지워지더니 무서운 속도로 다시 만들어지기 시작했다. 용운의 기억 속에 저장되어 있던, '가장 최근에 세이브된' 시점으로.

"난……."

그 광경을 바라보던 용운이 중얼거렸다.

"난 대체 무슨 짓을 한 거지?"

그는 호연작의 비명을 듣고 퍼뜩 정신을 차렸다.

"내 눈이, 얼굴이…… 으으아아아아!"

분명 기시감이 느껴졌다. 그가 기억하는 때였다. 당시의 상황이 무서운 속도로 용운의 머릿속에 떠올랐다.

'그래, 이제 곧 검후가 알 수 없는 공격을 받아서 쓰러진다. 이어서 눈보라가…….'

용운은 고개를 돌렸다. 불과 몇 미터 앞에서 백금이 몸을 일으키고 있었다. 어찌 된 영문인지 모르겠으나, 자신은 뭔가를 저질러버렸다. 그 결과, 예정된 대가와 한 번의 기회를 얻었다.

'일단 모두를 살리고 생각하자.'

검후는 당장 죽진 않았다. 전세가 기울어진 것은 눈보라가 몰아치고 나서부터였다.

'미안, 검후. 조금만 참아줘.'

용운은 주저 없이 백금을 향해 달려나갔다. 그의 손에는 뒤따라오던 청광기의 검이 들려 있었다. 무방비 상태의 백금을 향해 용운이 검을 꽂았다. 백금은 얼음벽을 소환해 검을 막으려 했다. 슈웅! 용운의 움직임이 급격히 빨라졌다. 그의 몸 뒤에, 한 박자 늦게 얼음벽이 나타났다.

"아니?"

놀라는 백금의 왼쪽 허벅지에 검이 깊게 꽂혔다. 움직이는 존재라면 그것이 자연적이든 인공적이든, 활동의 바탕이 되는 기관이 있어야 한다. 인간은 심장을, 기계는 엔진을 가졌다. 하다못해 아메바조차 핵이 있다. 병마용군 또한 모두 '핵'을 가졌다. 위치는 병마용군마다 달라서 주인조차 몰랐다.

백금은 허벅지 안쪽에 깨알만 한 핵이 있었다. 용운의 검은 그곳을 정확히 찔러 핵을 부쉈다.

"네놈…… 어떻게……."

백금은 손을 뻗어 용운을 붙잡으려다 쓰러졌다. 본래 그는 기주 사천왕은 물론, 사천신녀까지 전원 죽음에 이르게 하는 계기를 만들었다. 절대십천의 일원다운 힘이었지만, 한 번 파멸을 경험하고 온 용운의 손에 허무하게 쓰러졌다.

용운은 그런 그를 무심히 내려다보았다. 용운의 눈동자가 기이한 초록색으로 빛났다.

'역시 인간이 아니었어.'

용운은 대인통찰 대신, 순간적으로 사물통찰을 발동하여 백금을 살폈다. 그러자 대략적인 데이터와 함께 허벅지 안쪽에 붉은 점이 표시되었다. 거길 노린 것이다.

'다음은…….'

용운은 흑랑을 몰아붙이던 태사자에게 달려갔다. 저렇게 방심을 유도하다, 한순간에 태사자의 배를 갈랐었다.

'아니, 가를 것이다, 라고 해야 하나?'

태사자가 의기양양해하며 흑랑을 공격하려는 찰나였다.

"하핫, 끝이다!"

흑랑이 비장의 한 수를 발했다.

특기 발동, 흑랑아(黑狼牙)!

그의 양손에 검은 기운이 어리며 허공에 야수의 발톱 같은 형상을 만들어냈다. 순간, 흑랑과 태사자 사이로 뭔가가 날아왔다. 바로 축 늘어진 백금의 시체였다.

"헉!"

흑랑아에 맞은 백금의 시체가 쩍 갈라졌다. 태사자는 명치 바로 아래쪽 갑옷이 쪼개지는 데 그쳤다. 둘 다 놀랐지만, 더욱 놀란 쪽은 흑랑이었다. 죽은 아군의 모습을 본 데다 그 시신을 자신이 갈랐으니 놀라지 않을 수 없었다.

"자의, 지금이에요!"

태사자는 용운의 외침에 반사적으로 두 자루의 단극을 찔러넣었다. 파팍! 단전과 목을 찔린 흑랑이 비틀거렸다. 옆에서 달려오던 용운이 흑랑의 목에 박힌 단극을 사정없이 차올렸다.

"컥!"

단극의 날이 목을 찢고 턱을 갈랐다. 흑랑의 핵은 바로 턱 부위에 있었다. 핵이 파괴된 흑랑은 눈, 코, 입으로 피를 쏟으며 쓰러졌다.

"주, 주공?"

당황하는 태사자를 향해 용운이 호통쳤다.

"그렇게 멀뚱거릴 틈이 어디 있나. 어서 사린을 도우라!"

태사자는 정신이 번쩍 들었다. 평소 본 적 없는 위엄이었다.

"알겠습니다!"

그는 이규와 분전 중인 사린에게 즉시 가세했다.

'이쪽은 됐고.'

용운은 흘끔 조운 쪽을 쳐다보았다. 호연작은 가뜩이나 한쪽 눈을 잃은 데다 백금의 죽음을 느끼자 급격히 무너지고 있었다. 조운과 검후가 그런 그녀를 몰아붙였다.

'형님은 방심할 성격이 아니니 괜찮아. 역시 문제는…….'

용운은 검은 불꽃을 전신에 두른 채 흑광을 난사해대는 진명과, 수천 개의 쇠구슬을 움직여 청광기들을 쓰러뜨리고 있는 윤하를 보았다. 청몽은 이미 쓰러져 있었다. 다행히 아직 완전히 숨이 끊기진 않았다.

‘저쪽인가.’

용운은 다시 무서운 속도로 움직였다.

그런 용운을 바라보던 이랑이 혀를 내둘렀다.

“아드님, 엄청난데요? 분명히 머리 쓰는 쪽이라고 하시지 않았어요?”

말하던 그녀가 멈칫했다. 진한성의 얼굴이 심하게 일그러져 있었던 것이다.

“마스터, 왜 그러세요?”

“……뭐지? 과거로 돌아온 건 아닌데……. 뭔가 달라.”

“뭐가요? 설마 또 그거 쓰셨어요?”

“이랑, 넌 못 느끼겠나?”

“그러니까 뭐를요.”

진한성은 분명히 기억하고 있었다. 자신이 막 시공역천을 쓰려던 순간이었다. 몸에서 힘이 쑥 빠져나가더니 천기가 취소되어버렸다. 그때 용운의 눈이 금빛으로 기이하게 번쩍이는 걸 봤다. 그리고 잠깐 정신을 잃은 듯하다가 깨어나보니 상황이 이리되어 있었다.

‘다 무사해? 분명히 다 죽었는데?’

진한성은 진심으로 경악했다. 죽었던 모든 이를 되살리는 일은 시공역천조차 불가능했다. 위원회의 인물들이 자신들의 적을 부활시킬 리 없었다. 《삼국지》의 장수들이나 병마용군도 할 수 없는 일이었다. 그렇다면 이 자리에서 그런 일이 가능한 자는 한 사람뿐이었다.

'용운이가?'

순간, 그는 한 가지 가설을 떠올렸다. 자신은 과거로 오면서 시공역천이란 기이한 힘을 갖게 됐다. 그게 천기란 것 또한 자연히 깨닫게 됐다. 천강위들이야 성혼마석 덕분이라 쳐도, 자신에게 왜 그런 힘이 생겼는지 의아했다. 그러나 이유는 여전히 알 수 없었다. 과학이란 것의 틀을 벗어난 힘이었기 때문이다.

'만약 유물을 가진 채 과거로 이동한 자에게 주어지는 힘이라면?'

그렇다면 용운 또한 어떤 힘을 가졌을 가능성이 높았다. 그것도 시공역천 이상의. 그러나 시공역천은 그 대가로 수명을 앗아간다. 그렇다면 용운은 대체 어떤 희생을 치를 것인가.

'뭘 한 거냐, 아들…….'

진한성은 걱정스러운 눈빛으로 용운을 응시했다.

"이거 이거, 난처하게 됐군."

진명이 떨리는 오른손을 붙잡고 말했다.

그의 등 뒤에 붙어선 윤하가 대꾸했다.

"백금, 기동 정지. 흑랑, 기동 정지. 이규 님, 전력 40퍼센트 다운. 호연작 님, 전력 60퍼센트 다운. 퇴각을 권유하는 바입니다."

"그럼 난?"

"남은 기의 양으로 미뤄볼 때, 도련님의 흑염룡기 또한 앞으로 두 번이 한계입니다."

"으음, 그래. 이번이 마지막 기회는 아닐 테니까. 하지만……."

말하던 진명이 양손을 모아 용운에게로 향했다.

"알아서 달려드는 먹잇감은 처리해야겠지."

"도련님, 잠깐만요. 타깃에게 정확히 파악할 수 없는 불안정 요소가……."

그러나 진명은 이미 천기를 발동한 후였다.

용운은 자신을 향해 날아드는 검은 용 형태의 불꽃을 노려보았다. 그는 지난번 목홍과 뇌횡에게 기습당한 후, 미미하게나마 깨달은 게 있었다. 바로 자신에게 위원회의 천기를 반사하는 어떤 힘이 있다는 사실이었다.

'장료 때도 그랬었지. 의식적으로 쓰려 한다고 써지는 게 아냐. 특정 조건을 충족했을 때, 자동으로 발동하는 것이다.'

원리만 안다면 의식적으로도 사용이 가능할 것 같았다. 그러기 위해선 반드시 두려움을 극복해야 했다.

"주, 주공!"

검은 불꽃의 위력을 잘 아는 장료가 크게 놀라 외쳤다. 그가 손쓸 새도 없이 흑염룡이 용운을 삼켰다. 한데 검은 용은 방향을 틀어 되돌아갔다. 동시에 용운도 뒤로 세차게 넘어졌다. 이제까지 튕겨낸 천기들과는 차원이 달랐다.

"오, 이런."

진명이 자신의 왼팔이 있던 부위를 내려다보며 말했다. 흑염룡기는 용운 대신 진명의 팔을 삼켜버렸다. 그나마 윤하가 급히 끌어당긴 덕분이었다. 순식간에 증발해버렸기에 고통도 없었다.

"역시 내 천기는 강력해. 알아차리기도 전에 팔을 없애버리다니."

진명의 말에 윤하가 대꾸했다.

"그런 말이 나오십니까. 이로써 퇴각 확정입니다."

그녀의 목소리는 여전히 기계적인 억양이었으나 미미한 떨림이 묻어나왔다.

"저 가련한 소녀들은?"

진명이 호연작과 이규를 가리켰다.

"제가 최대한 수습해보겠습니다."

대꾸한 윤하가 쇠구슬을 양쪽으로 날렸다. 각각 호연작과 이규가 있는 방향이었다. 수천 개의 쇠구슬이 두 무리로 나뉘어 벌떼처럼 날아갔다.

"과연 절대십천. 나의 병마용군다워."

진명이 작게 감탄했다. 하지만 태연한 척하는 겉모습과는 달리, 이마에 땀이 잔뜩 맺혀 있었다. 팔을 잃었다는 게 실감나기 시작한 것이다. 그가 호연작처럼 이성을 잃고 폭주하지 않는 것은 전적으로 극에 달한 중2병 덕이었다. 폭주는 폼 나지 않는다고 생각했으니까.

"조금만 참으세요."

거대한 강철구를 소환한 윤하가, 그 안에 진명을 담아 허공으로 띄웠다.

"이얏!"

사린은 이규를 향해 막 회심의 일격을 먹이려는 차였다. 그녀의 온몸에는 도끼에 찢긴 상처와 멍, 심지어 이규에게 물린 자국 등이 가득했다. 이규 또한 그 못지않게 만신창이였다. 그녀는 호연작이 그랬듯, 흑랑의 죽음으로 급격히 흔들리기 시작했다. 병마용군의 양날의 검과 같은 일면이었다.

'젠장, 그런 녀석 따위 없어도 그만이라 생각했는데…….'

흑랑은 본래 이규의 부모 살해 사건을 맡았던 형사였다. 그는 수사 과정에서 이규에게 연민을 품었다. 사건이 장기화되면서 흑랑은 아직 소녀에 불과한 이규를 사랑하게 되었다. 그리고 그 또한 이규의 손에 죽었다.

'그런데도 내 부름에 덥석 응하더니, 꼴좋다.'

이규는 흑랑을 비웃으며 눈물을 흘렸다. 그녀는 세상의 누구도 믿지 않았기에 흑랑을 죽인 거였다. 그리고 그를 소환하며 진심을 시험했다. 이제 그녀의 편이 되어줄 마지막 존재가 사라져버렸다.

'꺼져버려. 영원히 옆에 있어줄 게 아니라면.'

어지러운 상념 탓에 반응이 약간 늦었다. 다급히 몸을 비틀었으나, 사린의 망치가 왼쪽 다리를 훑고 지나갔다. 단숨에 다리가 부러졌다.

"으극!"

이규는 신음을 토하며 사린에게 달려들어 어깨를 물었다. 동시에 사린의 하체로 도끼를 휘둘렀다. 카칵! 슬라이딩하듯 뛰어든 태사자가 단극을 하나로 모아 간신히 도끼를 막아냈다. 그는 사린의 다리 사이에 누운 자세로 외쳤다.

"사린아, 괜찮으냐?"

"캬, 지금 어딜 보는 거예요?"

"응? 아니, 그게 아니라……."

"태 아저씨, 변태!"

사린은 외침과 동시에 이규의 머리를 붙잡고 뜯어내 던졌다. 이어서 허공에 뜬 그녀를 향해 특기를 발동했다.

특기 발동, 뀨잉뀨잉!

망치가 막 이규의 몸에 꽂히려는 순간, 일제히 날아온 쇠구슬들이 사린과 망치를 후려쳤다.

"끄아앙!"

사린은 피를 뿌리며 나가떨어졌다. 특기가 도중에 취소된 건 처음이었다. 호연작에게 결정타를 가하려던 조운 또한, 쇠구슬 폭격을 맞아 뒤로 날아가 쓰러졌다.

"크윽!"

뭔가 날아온다고 느낀 순간 창을 휘둘러 간신히 막아냈다. 그러나 그 서슬에 창이 휘고 쇠구슬 몇 개가 어깨와 허벅지 등에 박혔다.

"지금입니다."

철컹! 철컹! 두 개의 거대 철구를 더 불러낸 윤하가 이규와 호연작을 그것으로 감쌌다. 그녀는 총 세 개의 철구를 허공에 띄운 후, 전속력으로 달아나기 시작했다.

"안 돼, 지금 끝장내야 한다!"

윤하를 뒤쫓으려던 진한성이 입을 벌렸다. 달리던 그녀의 발밑으로 쇠구슬들이 모여들더니 허공으로 날아올랐기 때문이다. 살아남은 청광기들이 일제히 화살을 쐈다. 화살은 쇠구슬의 벽을 뚫지 못하고 떨어졌다. 그리 빠른 속도는 아니었으나, 수십 미터 상공의 적을 어찌할 도리가 없었다.

"뛰어오르면 닿을 것 같긴 한데……."

분한 듯 중얼대는 진한성을 이랑이 말렸다.

"그만해요. 그랬다가 첫 번째 공격이 안 먹히면 그다음은 무조건 당해요."

"하긴……."

그사이 윤하는 멀리 달아나버렸다. 쇠구슬 안에서 이규와 호연작이 난리를 쳤다.

"이거 풀어, 이 시커먼 망할 년아!"

"풀어줘! 난…… 백금의 복수를…… 해야……."

"다음에 하시죠."

무표정하게 말한 윤하가 작은 소리로 덧붙였다.

"이번에는 우리가 패했습니다, 놀랍게도."

흑염룡기를 반사하고 튕겨났던 용운이 몸을 일으켰다.

"크윽……."

온몸이 부서질 듯 아팠다. 두통도 극심했다. 다급히 달려온 태사자와 장료가 그를 부축했다.

"주공, 괜찮으십니까?"

비로소 용운의 얼굴에 옅은 미소가 떠올랐다. 분명 이들은 살아 있었다. 그렇다면 이런 고통쯤 얼마든지 견딜 수 있다.

'그리고 앞으로 닥칠 대가도……. 그게 뭐든 이들의 목숨과 바꿨으니 내가 감당할 테다.'

조운이 검후를 업고 다가오는 모습이 보였다. 어쩐지 표정이 굳은 아버지와 이랑도. 언제 왔는지, 화타가 어리둥절한 표정으로 일어나 앉는 모습도 눈에 들어왔다.

"어라? 내가 왜 여기에 있지?"

언제 폭우가 내렸냐는 듯 하늘이 점차 맑게 개기 시작했다.

그때 장합이 성벽 위를 가리켰다.

"주공, 저길 보십시오!"

망루 위에 온통 파란색 깃발이 세워져 있었다. 용운을 의미하는 '진'이란 글자가 쓰인 기였다.

'본대가 해냈구나!'

용운은 가슴이 벅차올랐다. 큰 희생을 치렀지만 기어이 산양성을 함락하고 아버지도 구했다. 그는 태사자의 귓가에 뭔가를 속삭였다. 고개를 끄덕인 태사자가 일어서서 힘껏 외쳤다.

"성을 빼앗고 적장들을 쫓았다. 우리의 승리다!"

잠깐의 정적 후 거대한 함성이 전장에 울렸다.

"와아아아아!"

"이겼다!"

"주공 만세!"

모두가 환희에 찬 그때, 진한성과 검후의 표정만이 무겁게 가라앉아 있었다. 진한성은 용운을 보며 생각했다.

'천기에도 엔트로피는 여지없이 적용된다. 이 이상한 이

질감과 불안이라니. 용운아, 넌 대체 어떤 힘을 쓴 거냐?'

검후 또한 멀리서 진한성을 바라보며 빌었다.

'제발 용운이가 봉인한 기억을 떠올리게 하지 마요, 여보.'

그때 조운의 손이 그녀의 어깨에 닿았다.

"고생했소. 다친 곳은……."

검후는 화들짝 놀라 그의 손을 떨쳐냈다.

"검후?"

"아, 미안해요. 아직 좀 아파서……."

"아아, 그랬구려. 마침 화 선생이 근처에 와 있으니 바로 봐달라고 하겠소."

검후는 따스하게 웃는 조운을 보며 눈을 감았다.

'난, 대체 어떻게 해야 하죠?'

한편, 전장에서 멀리 떨어진 평화로운 고을.

제갈량은 여느 때와 마찬가지로 월영과 함께 언덕에서 대화 중이었다. 그의 곁에 머무를 시간이 얼마 남지 않았음을 직감한 월영은 평소보다 더 열심히 가르쳤다. 월영의 강의를 듣던 제갈량이 움찔했다. 그녀가 의아해하며 물었다.

"왜 그래요, 공명?"

"……월영, 뭔가 이상한 거 못 느꼈어?"

"뭐가요?"

"아니야. 그럼 됐어."

"싱겁긴. 계속할게요."

월영은 화학과 물리학에 대한 수업을 재개했다.

듣고 있던 제갈량의 눈빛이 어둡게 가라앉았다.

'분명히 한 번 들었던 내용이야. 월영은 그 사실을 전혀 모르고 있고.'

제갈량은 슬쩍 주위를 둘러보았다. 겉보기에는 그가 알고 있던 세상과 여전히 같았으나, 근본적인 뭔가가 달라진 기분이었다. 무엇보다 두려운 것은…….

'방금 어디선가 무서운 뭔가가 깨어났어. 나쁜 바람과는 비교도 안 될 정도의. 아아, 어째서 이렇게 됐지?'

그때 월영이 자리에서 벌떡 일어났다.

제갈량이 아차 싶어 얼른 입을 열었다.

"미안, 잠깐 딴생각을……. 그래도 다 듣고 있었어!"

월영은 파리해진 얼굴로 말했다.

"공명, 어서 여길 피해야 해요. 그 사람이 왔어요."

"뭐?"

월영은 짙은 피비린내와 더불어 익숙한 기운을 감지했다. 그것은 그녀가 가장 두려워하는 존재의 기운이기도 했다.

'진작 여길 떠날걸.'

그러나 제갈량에게 정들어버려서, 그리고 데려가기엔 그

가 너무 어려서 이러지도 저러지도 못했다. 하루만 더, 하루만 더, 하고 미루던 것이 결국 이렇게 되어버렸다.

덩달아 일어난 제갈량이 물었다.

"대체 누가 왔다는 거야?"

월영은 두려움이 가득한 기색으로 답했다.

"공손승. 최강 최악의 도사. 풍도대제(酆都大帝)의 현신이자 이 세계에서는 우길이란 이름을 가진 자……."

"도사? 풍도대제라면…… 염라왕?!"

"어서 달아나지 않으면 다 죽을지도 몰라요."

월영은 순간 아차 싶었다. 급한 마음에 해선 안 될 말을 해버렸기 때문이다. 아니나 다를까, 제갈량이 정색하고 되물었다.

"다 죽는다고? 그럼 마을 사람들은? 내 부모님과 형님, 아우들은?"

월영은 대꾸하지 못했다.

제갈량이 등을 돌리더니 언덕을 뛰어내려가기 시작했다.

"공명, 안 돼요!"

"나 혼자 살자고 달아날 순 없어, 월영. 적어도 모두에게 도망치라고 알려주기라도 해야겠어."

"같이 가요!"

월영은 서둘러 제갈량의 뒤를 쫓았다.

17 승전 후의 소회

스스로 '미스터 X'라 칭하는 존재가 있었다. 그는 한 마디로 영원히 사는 자였다. 언제 태어났는지는 그 자신도 몰랐다. 심지어 성별이나 인종도 불분명했다. '미스터'란 수식어는 단지 편의를 위해서였다. 자신의 정체 자체를 모른다는 표현이 제일 정확할 것이다. 이에 송강도 그를 '고스트(ghost, 유령)'라 칭한 적이 있었다.

그저 환생을 반복하면서 계속 전생을 기억했다. 한 번 죽은 후 일 년이 지나면 다시 태어났다. 몸만 바뀔 뿐 공통된 기억을 가졌으니, 영원한 삶을 사는 것과 다름없었다. 무려 칠백만 년분의 기억이었다. 그 시간과 경험 덕에 미스터 X는 뇌가 극도로 진화했다. 그 결과, 동양에서는 도술, 서양에서는 초능력이라 부르는 초인간적 힘을 갖게 됐다.

이는 어떤 몸에서 태어나더라도 마찬가지였다. 보통 열 살이 지나면 힘을 쓸 수 있었다. 하지만 영생이 꼭 좋은 것만은 아니었다. 한 번의 삶 자체는 보통 사람보다도 짧았다. 그리고 극심한 고통 끝에 죽음을 맞이했다. 아픔을 느낄 틈도 없이 눈 깜짝할 새에 죽는 게 아니라, 긴 시간에 걸쳐 괴로워하다 죽었다. 왜인지는 몰라도 그의 죽음은 늘 그랬다.

사는 동안에는 권태와 고독이 그를 괴롭혔다. 백 년 정도가 지나면 가까웠던 이들이 다 없어지기 때문이다. 자살해봐야 곧바로 다른 사람으로 태어나버린다. 열 살 때까지 무력한 어린 시절을 보내야 하니, 차라리 버틸 때까지 버티다 죽는 편이 나았다. 미스터 X가 위원회와 접촉한 것은 그렇게 정확히 17만 번째 삶을 살 때였다. 과도하게 축적된 기억과 지식 그리고 극도의 외로움 탓에 그가 조금씩 미쳐가던 시기였다.

그는 위원회에서 '공손승'이란 이름을 얻었다. 또한 놀랍게도 이천여 년 전의 과거로 왔다. 실은 이미 그가 살아본 적이 있는 시대였다.

'그때는 우길이란 이름의 도사였지.'

당시 소패왕이라 불리며 승승장구하던 손책은, 원한을 가진 자객의 습격으로 상처를 입었다. 그 상처가 다 아물지 않은 어느 날, 그가 성루에서 일을 논의할 때였다. 갑자기 여러 장수들이 성루를 내려가더니 한 도인에게 큰절을 하고 공경을 표했다. 신선이라 불리던 그 도인이 바로 미스터X이자 지금의 공손승, 즉 우길이었다.

도인이나 신선을 믿지 않던 손책은 우길을 체포하라고 명했다. 주군인 자신보다 우길에게 공경을 표하는 신하들이 비위에 거슬렸다. 순순히 잡혀온 우길에게 재주를 물으니, 비를 내리게 하고 바람을 불게 할 수 있다고 했다. 마침 강남 전역에 가뭄이 극심하던 때였다.

'신선으로 공경받기는 쉬웠다. 날씨를 조종하고 환생하기 전까지 혼백 상태로 돌아다니거나, 저주 혹은 암시를 거는 정도는 그때도 이미 가능했으니까.'

때맞춰 큰 비가 내려, 손책의 장수와 관원들은 더욱 감복하여 절했다. 그러나 손책은 우길이 사람들을 현혹한다 여겨 참수하기로 결정했다. 가신들의 반대를 무릅쓰고 기어이 우길을 죽인 손책은, 이후 그의 혼백에 시달렸다. 꿈속에서는 물론, 깨어 있을 때도 걸핏하면 나타나 마음을 불안케 하고 정신을 어지럽혔다. 어느 날, 거울을 보던 손책은 그 안에 서 있는 우길의 모습을 목격했다. 그는 거울을 깨뜨려버리고 광기에 차서 고함을 지르다가 아물지 않은 상처가 터져 죽게 됐다. 그때 일을 떠올린 공손승은 쓴웃음을 지었다.

'나야 어차피 곧 죽을 상황이었고 환생할 거긴 한데, 새파란 놈이 내 한 번의 생을 끝낸 게 마음에 안 들어서 말이야. 설마 그때의 내게서 뭔가를 읽어낸 건 아닐 테고…….'

공손승은 과거의 추억에 젖어 느긋한 걸음으로 마을에 들어섰다. 인형이자 비서 주제에 건방지게 스스로 이름까지 짓고서 달아난 존재를 찾기 위해서였다.

'월영아, 월영아. 월영아, 어딨니. 여기까지 찾아오느라 나 정말 고생 많았다. 성혼단의 첩보망을 빌리려고 송강한테 손까지 벌리고 말이야.'

공손승이 히죽 웃었다. 그는 검은색 장포 차림의, 젊은 도사 모습을 하고 있었다. 아름다운 외모를 가졌지만, 어쩐지 섬뜩한 느낌을 주는 도사였다.

공손승이 찾는 것은 그의 병마용군 월영이었다. 원래 그녀에게 기척을 감추는 능력이 있다는 사실은 알고 있었다. 한데 무슨 수를 썼는지, 혼의 연결까지 끊기고 말았다. 그래도 그녀의 존재감만은 분명히 알 수 있었다. 연결을 끊고도 혼이 명계로 돌아가지 않았으니 상당히 특이한 경우였다. 애초에 서로 유대가 강하거나 애착이 있는 혼을 불러온 게 아니어서 그럴지도 몰랐다.

'어쨌든 붙잡으면 자세히 조사해봐야겠어.'

공손승의 아군은 그를 재미있게 해주는 대상, 흥미를 일으키는 것들 전부였다. 평소의 그는 살아도 산 게 아닌 기분이었다.

금세 제갈량을 따라잡은 월영이 그를 말렸다.

"기다려요, 공명! 무작정 가서 어쩌려고요?"

"황충(蝗蟲, 메뚜기떼)이 온다고 할 거야. 아니면 황건적이나 흑산적이나 뭐든!"

제갈량의 얼굴은 겁에 질려 있었다. 그의 반응에, 월영은 조금 의아함을 느꼈다. 공손승의 정체를 어렴풋이 아는 그녀에겐 그가 공포의 대상인 게 사실이었다. 그러나 제갈량에게는 다 죽을지도 모른다고 막연하게 흘렸을 뿐이었다. 제갈량은 평소 어린 나이임에도 불구하고 모든 것에 초연한 듯한 분위기를 풍겼다. 그런 그가, 자신의 말 한마디만 듣고 이렇게까지 겁을 먹는다는 게 이상했다.

"왜 그렇게 두려워하는 거예요, 공명?"

월영이 묻자, 제갈량이 답했다.

"느껴져. 월영의 말이 아니더라도 느꼈을 거야."

"뭐가요?"

"지금 다가오는 사람……. 아니, 사람이 아니지. 그 뭔가는 선도 아니고 악도 아니야. 그냥 모두에게 공평한 죽음 그 자체라고나 할까."

월영은 제갈량의 말에 전율했다.

'역시 그분의 말대로였어!'

이제야 알 수 있었다. 자신에게 이름을 주고 특별하게 만들어준 '그분'이 왜 굳이 제갈량을 찾아가 지식을 가르치고 보호하라고 했는지. 제갈량은 선천적으로 본질을 보는 눈을 가졌다. 월영은 몰랐지만, 공손승의 접근에 대해 그녀가 경고하기 직전에도 제갈량은 다른 뭔가를 감지했었다. 용운이 세계를 재구성할 때 생긴 균열의 틈새, 그리로 이쪽 세상을 엿보던 존재의 기운이었다. 그 사실까지 알았다면 월영은 경악했을 것이다.

그때 제갈량이 느낀 존재가 완전한 혼돈이자 악이라면, 공손승이라는 자는 순수한 공허 그리고 어둠이었다. 마치 죽음이 사람으로 변해 돌아다니는 느낌과 비슷했다. 살아 있는 생물이라면 죽음에 대해 공포를 느끼는 게 당연했다. 그게 생물의 본능이었다. 아무리 천재이자 특별한 사람이라고 해도.

잠시 생각하던 월영이 뭔가 결심한 듯 말했다.

"공명, 날 봐요."

"이럴 시간이 없어, 월영."

"아니, 이제 안전할 거예요. 당분간은."

"어떻게?"

"대신 내가 당신을 떠나야 해요."

"안 돼!"

제갈량은 월영의 말이 떨어지기가 무섭게 고개를 저었다. 만난 지 일 년밖에 안 됐지만, 월영은 그에게 어디서도 찾을 수 없는 스승이자 소중한 친구였다. 그리고 이제 막 이성에 눈뜨기 시작한 소년에게는 이상의 여인이기도 했다.

"하지만 공명, 내가 무리해서 여기 있으면 당신 주변의 사람들이 다 죽게 돼요. 당신도 느꼈잖아요. 가족들, 이웃들, 죄 없는 마을 사람들, 그들 모두를 죽게 해가면서 내가 옆에 있길 원해요?"

"뭔가 방법이 없을까? 월영이 날 떠나지 않고도 사람들을 살릴 방법이?"

제갈량은 월영의 손을 잡고 간절히 말했다.

월영은 슬픈 눈빛으로 고개를 저었다.

"없어요. 내가 떠나는 수밖에. 그리고 공손승의 곁에 머무르는 것밖에요."

"저게 월영을 해치지는 않아?"

"네, 절대로."

월영은 힘주어 말했다. 해치지 않는다기보다 해치지 못하는 쪽이었지만, 어느 쪽이든 거짓말은 아니었다. 그 말에 제갈량은 조금 안도한 기색이었다.

"……언젠가 다시 돌아와 줄 거야?"

"그러려고 노력할게요."

월영이 어린 제갈량을 품에 꼭 안았다. 늘 염두에 두고는 있었지만, 이별의 순간은 너무도 빨리 그리고 갑작스럽게 찾아왔다.

"조심해요. 건강해야 해요, 나의 공명."

제갈량은 쏟아지려는 눈물을 억지로 삼켰다.

"월영……."

포옹을 푼 월영은 살짝 웃어 보이더니 언덕 아래로 뛰어 내려갔다. 그런 그녀의 눈가에도 눈물방울이 맺혔다.

제갈량은 결국 그 자리에 주저앉아 울음을 터뜨렸다.

"어라?"

공손승이 멈칫했다. 정면에서 월영이 다가오고 있었다.

"무슨 바람이 불어서 제 발로 오는 거지? 내게서 달아날 수 없다는 걸 깨달았나?"

그는 말이 떨어지기가 무섭게 월영의 뒤로 이동하더니 그녀의 머리카락을 잡아챘다.

"월영, 오랜만이구나. 네가 감히 날 죽이고 도망쳐?"

"어차피 안 죽잖아요. 그리고 지금 몸이 훨씬 보기 좋네요."

"너, 정체가 뭐야? 누구의 혼이야?"

"말해도 모를걸요."

공손승은 병마용군에 주입할 혼을 부르라는 요청을 받았을 때, 명계에서 아무나 불러냈다. 그에게는 다른 천강위처럼 특별히 가깝거나, 죽어서도 자신의 부름에 응할 만한 대상이 없었다. 설령 호출받은 혼이 거절한다 해도 상관없었다. 유체이탈을 당해 혼이 차원의 틈새에 끼는 일 따위, 그에게는 일어나지 않기 때문이다. 마음먹으면 스스로 제 영혼을 뽑아낼 수도 있는 그에게는.

그런데 죽음에 대해 너무 초연했거나 방심한 탓이었을까. 일 년 전쯤, 공손승은 이 세계를 돌아다니던 중 병마용군 월영에게 기습받아 살해당했다. 마침 술법을 잘못 행해 혼이 돌아오지 못한 도사의 육체를 발견했기에 망정이지, 하마터면 이 낙후된 세계에서 갓난아기부터 새로 인생을 시작할 뻔했다. 죽음에 대해 별 감정 없는 그였으나 그렇게 생각하자 좀 화가 치밀었다. 의료 수준, 인권, 모든 게 뒤떨어진 세상이었다. 더구나 중국 역사상 손꼽는 난세가 아닌가. 열 살이 되기 전에 죽을 확률이 매우 높았다. 그럼 또 일 년의 세월을 허비해야 한다. 공손승은 월영의 머리채를 당기며 으르렁댔다.

"주인에게 순종하도록 되어 있는 병마용군이, 또 혼의 연결이 약해지면 혼이 육체에서 이탈하게 되어 있는 병마용군이 어떻게 날 죽이고도 무사했지?"

"잊었나요? 당신과 나는 아무런 정신적 교감이 없어요. 더구나 서로 누구인지조차 정확히 모르죠. 그래서 혼에 타격을 입지 않았어요."

"그렇다 해도 주인이 죽는 순간 끝날 터인데."

"날 부를 때부터 다른 이들과 달랐으니, 나 또한 다른 병마용군들과 뭔가 다른가 보죠. 틈이 보이면 또 당신을 죽일 거예요."

이에 공손승은 재미있다는 듯이 크게 웃었다.

"하하하! 이게 얼마 만인가. 뭔가에 강한 호기심과 흥미를 느낀 게. 난 육체를 바꿔가며 수백만 년을 살아왔다. 그래서 어지간한 건 다 알기에 궁금하거나 재미있는 일도 거의 없지. 한데 넌 좀 다르군."

"날 곁에 둘 건가요? 당신을 죽였었는데도?"

"당연하지. 내가 제일 싫어하는 건 권태랑 지루함이야. 위원회의 계획 이후, 처음으로 관심 가는 대상을 만났는데 순순히 놔줄 것 같은가?"

"그렇다면 부탁이 있어요. 이 마을의 사람들은 해치지 않았으면 해요. 안 그러면 또 달아나버릴 거예요. 모처럼 만난 흥밋거리를 잃는 거죠. 내게 기척을 지우는 힘이 있다는 거, 알죠?"

공손승의 얼굴이 살짝 일그러졌다. 예전 월영의 손에 죽었던 것도 그 기척 지우기 때문이었다. 그냥 인기척이 없어지는 정도가 아니라, 존재 자체를 완벽하게 지워버렸다. 쓸데없을 것 같은 그 능력은 의외로 위험하고 강했다. 곧 표정을 바꾸고 씩 웃은 그가 말했다.

"그러지. 절대 내 손으로 이 마을 사람 누구라도 털끝 하나 건드리지 않겠다."

"고마워요. 그럼 나도 앞으로 일 년 동안은 도망치지 않도록 하죠."

공손승은 월영의 머리를 놔주고 손을 잡았다. 그러면서 다 하지 않은 말을 속으로 되뇌었다.

'굳이 내가 나서지 않아도 이 마을에는 곧 죽음이 닥칠 것 같거든. 냄새가 나. 짙은 죽음의 냄새가.'

제갈량은 언덕 위에서, 공손승에게 손을 잡혀 떠나는 월영의 뒷모습을 바라보고 있었다. 오늘 그녀와 헤어지게 되리라는 어떤 조짐도 없었다. 지난 일 년과 마찬가지로 평화롭고 행복했었다. 월영은 마지막까지 고개를 돌리지 않았다. 제갈량이 위험해질까봐 배려한 것이리라.

'공손승.'

공손승이란 이름은 제갈량의 가슴에 공포이자 증오의 대상으로 깊이 새겨졌다. 언젠가 반드시 저것을 없애고 월영을 구하겠다고 그는 결심했다.

산양성의 혈투가 끝난 지 사흘이 지났다. 진한성은 망루 위에 서서 팔짱을 낀 채 산양성을 바라보았다. 잠시 내려다보는 중에도 혼란이 가라앉고 성이 돌아가는 과정이 보였다. 빨리 감기 같은 걸 할 수 있다면, 마치 '심시티'라는 게임처럼 보일 듯했다.

'과연 순욱을 데려왔다고 하더니……. 전투에서뿐만 아니라 전후 수습에도 써먹을 셈이었나.'

지난 사흘 동안, 용운 세력의 면면을 알게 된 진한성은 크게 놀랐다. 순욱과 곽가 같은 특급 책사는 물론, 태사자, 조운, 장료, 장합, 서황, 장연 등을 모두 휘하에 거느리고 있었다. 게다가 업성에는 마초와 방덕, 전예까지 있다고 하니 헛웃음이 날 지경이었다.

'이 녀석, 대체 얼마나 판을 키울 셈이지?'

그때 성안을 구경하겠다고 어디론가 갔던 이랑이 돌아왔다. 복면을 쓴 여자와 함께였다.

"마스터, 아직도 여기 있어요?"

"으음. 딱히 할 일도 없고 아들놈은 바쁘고 해서. 그런데 이 아가씨는 누구지?"

청몽이 정중하게 인사를 했다.

"뵙게 되어 반갑습니다. 청몽이라고 합니다."

"이랑, 같은 병마용군이라고 친구 먹기라도 한 거야?"

진한성의 말에 청몽이 대신 답했다.

"역시, 알아보시는군요."

"당연히. 나 또한 병마용군 이랑의 소유자니까. 그리고 네가 누군지도 알 것 같다."

청몽은 놀라 움찔했다. 다행히 진한성이 말한 '누구'는 좀 다른 의미였다.

"어차피 용운이에 대해서도, 위원회에 대해서도 아는 모양이니 말해주지. 이 세계로 넘어오기 직전, 나는 최대한 위원회 놈들의 일을 망치자고 생각했다. 그래서 유물 몇 개와 병마용군을 훔쳤다. 모두 다섯 개의 병마용군을 집어왔는데 여기 와서 보니 품에는 한 개뿐이었지. 시간 이동 중에 흘렸다면 어느 시대, 어떤 차원에 빠뜨렸는지조차 알 수 없기에 애초에 찾으려는 시도도 하지 않았다. 그걸로 위원회에 조금이나마 피해를 입혔다면 충분하다고 생각했다."

"……."

"넌 그 넷 중 하나지?"

청몽은 순순히 고개를 끄덕였다.

"아마도 그런 것 같습니다."

청몽의 혼은 용운의 소꿉친구인 민주였다. 그녀는 이 몸에 들어오기까지, 애초에 위원회라는 집단의 존재 자체를 몰랐다. 용운의 부름을 받은 순간, 갑작스러운 교통사고를 당하여 시공을 이동하게 되었다. 그렇다면 진한성이 말한 상황이 유력했다. 우연히 아버지와 같은 시공 터널을 지나온 용운이, 거기서 떠다니는 네 개의 병마용군을 얻은 것이다.

"사천신녀가 그때의 넷이라면, 대체 용운이 녀석은 어떻게 병마용군을 넷이나 거느린 거냐? 한 사람에 하나가 원칙일 텐데."

"그건 저도 정확히 모릅니다. 다만 제약이 있다는 건 알아요. 진한성…… 님이나 병마용군을 거느린 천강위에 비해, 네 배의 영혼력을 늘 소모하고 있는 셈이죠. 그래서 큰 충격을 받거나 정신이 불안정해지는 일을 최대한 막아야 하며 떨어질 수 있는 거리도 훨씬 짧습니다."

듣고 있던 이랑이 끼어들었다.

"그런데 마스터, 일인일병이라는 공식이 딱 정해진 건 아니잖아요?"

"일인일병이 뭐냐, 일인일병이. 치킨도 아니고. 뭐, 아무튼 네 말대로 반드시 그래야 한다는 법칙은 없다. 천강위의 수가 서른여섯인데 병마용군 또한 동일한 서른여섯이며, 대부분의 사람은 하나의 영혼과 연결을 유지하는 것만도 힘들다는 게 이유지."

청몽이 조심스레 말을 이었다.

"주군께서는 그걸 해내신 것 같습니다. 어쩌다 네 개의 병마용군을 얻게 되었는데, 거기다 동시에 영혼 넷을 불어넣고 통제하는……. 사실, 저희는 거의 자유롭게 움직이긴 합니다만."

"그렇군. 그래서 날 찾아온 이유는?"

청몽은 손을 모으고 간절한 투로 말했다.

"부탁드릴 게 있어서……. 저희가 병마용군이라는 사실을 주군께 말하지 말아주세요."

"뭐? 역시 그 녀석 모르고 있는 게 맞지?"

"네……."

진한성은 고개를 갸웃거렸다.

"아니, 이상한데? 방금 네 입으로 용운이 녀석이 네 개의 병마용군에다 영혼 넷을 소환했으며, 그걸 통제하고 있다고 말했잖아. 그런데 어떻게 병마용군에 대한 걸 모를 수가 있지? 너희를 골렘 같은 거라고 여기기라도 하는 거냐?"

"주군은…… 갑작스러운 시공 이동의 후유증에 더해, 저희 넷 모두와 계약을 맺으면서 무리하게 영혼력을 소모한 탓에 계약한 사실 자체를 잊었어요."

청몽이 떨리는 목소리로 하는 말을, 진한성은 가만히 듣고 있었다. 그녀는 숨기고 있는 부분을 들킬까봐 조마조마한 심정으로 주의 깊게 말을 골랐다.

"주군은 우리를 자신이 하던 게임 속의 캐릭터와 동일시해요. 그 캐릭터가 이 세계에 구현된 거라고요. 계약할 때도 그 이름을 받았거든요."

"뭐? 그게 더 말이 안 되지 않나? 게임 캐릭터가 어떻게 실제로 구현된다는 거지?"

어이없어 하던 진한성은 청몽의 대답에 깜짝 놀랐다.

"안 될 것도 없어요. 천기에 대해서는 알고 계시죠? 저희가 가진 특기와 비슷하지만 더 강력한."

"음."

"주군의 천기는 바로 게임화 구현이거든요."

"뭐라고? 그게 뭐지?"

"저도 정확히는 모르지만, 이 《삼국지》의 세계를 게임처럼 해석하고 받아들이는 거라고 할까요? 처음 계약할 때 알았어요. 이 몸에, 주군이 하던 게임의 데이터가 적용되는 과정을 느꼈거든요. 이 세계에 와서도 사람의 능력을 게임처럼 수치로 보거나 하는 일 등이 가능한 듯해요. 그것도 주군의 눈에만 보이기 때문에 정확하진 않아요."

"그런 황당한……. 흠흠."

말하던 진한성은 이랑의 표정에 헛기침을 했다. 수명과 맞바꿔 시간을 과거로 되돌리는 자신이 할 말은 아닌 것이다.

역시 유물을 지닌 채 시공을 이동한 사람은 성혼마석과 접촉하지 않더라도 특별한 힘을 갖게 된다는 그의 가설이 맞는 듯했다. 그렇다 해도 천기는 도저히 과학적으로 설명되지 않는 힘이었다.

"그래서 병마용군에 대한 걸 비밀로 해야 하는 이유는?"

"제 입으로 이런 말 하기 부끄럽지만, 주군은 우리를 진짜 사람처럼, 가족처럼 여겨요. 저희끼리도 친자매라고 생각하고요. 우리가 원래는 위원회 소유의 인형에 불과하다는 사실을 이제 와서 주군이 알게 되면 큰 충격을 받을 거예요."

"정말 그럴까?"

"가뜩이나 넷을 조율하느라 아슬아슬한 상태니까요. 자칫하면 넷 다 영혼계로 돌아가야 할지도 몰라요. 연결이 끊기는 그 반동은 고스란히 주군께 돌아가겠죠."

"음, 그 정도로 충격이려나……."

잠시 생각하던 진한성이 고개를 끄덕였다. 순간기억능력 때문인지는 몰라도 아들의 정신이 예민하고 불안한 건 사실이었다. 또 병마용군이 얼마나 강하고 주인에게 충성스러운지 잘 아는 그였다. 굳이 그런 전력을 넷이나 잃을 위험을 감수할 필요가 없었다. 사천신녀가 병마용군임을 숨기는 게 비윤리적인 범죄거나 큰 수고를 요하는 일도 아니고.

'어차피 내가 아니더라도 언젠가는 알게 되겠지.'

진한성이 수락하자 청몽은 뛸 듯이 기뻐했다.

"고맙습니다! 그럼 앞으로 잘 부탁드려요."

"그래."

"이랑 언니, 고마워. 나중에 봐."

"응. 업성 맛집 꼭 데려가주기다?"

"당연하지."

돌아서서 가려던 청몽을 진한성이 불러 세웠다.

"잠깐만. 뭐 하나 물어봐도 되나?"

"네, 말씀하세요."

"넌 누구지?"

청몽의 눈동자가 심하게 흔들렸다.

그러자 이랑이 진한성의 소매를 잡아당겼다.

"마스터, 그건 왜 물어봐요. 병마용군 스스로 자신의 전생을 다른 사람에게 말할 수 없는 것, 아시잖아요."

"그래, 실언했군. 용운이 녀석 주변에 죽은…… 그러니까 가까운 사람 중, 어느 틈에 명계에 넷이나 가 있었나 싶어서."

청몽은 꾸벅 묵례하고 다시 걸음을 옮겼다.

진한성은 묻고 싶었던 말을 간신히 억눌렀다.

'용운이 엄마, 혹시 당신이오?'

설마 아닐 것이다. 혼자 고통에 시달리다가 겨우 눈감은 아내였다. 한참 전에 곁을 떠난 그녀를, 이 아수라장 같은 세계에 불러오기 싫어서 일부러 계약하지 않았다.

'또 다시 그녀를 만나면 그 후의 일을 감당할 자신이 없어서였다. 병마용군에 가둬둔 혼이 언제까지 지속될지는 아무도 모른다. 용운 엄마를 또 한 번 잃게 된다면 난 아마 못 견딜 것이다.'

용운이도 그 정도는 생각했을 것이다. 그래서 진한성은 이랑에게 늘 미안했다. 혼자서 이 세계를 버텨나갈 자신이 없었고 병마용군에 대해서도 알아야 했다. 그래서 이랑을 불렀다. 그녀라면 부름에 응해줄 것을 알았기에.

'젠장, 또 떠올려버렸군.'

우두커니 서 있는 진한성을 바라보며, 이랑 또한 입 밖에 꺼내지 못한 물음을 되새기고 있었다.

'사모님이 이미 돌아가셨던 것, 알고 있었어요. 그런데 왜 나예요? 탐사 중에 사고로 죽게 한 게 미안해서? 하지만 그건 제 실수였지, 교수님 잘못은 아니잖아요. 그때 교수님은 절 구하려고 최선을 다했어요.'

그녀는 입술을 잘근잘근 깨물었다.

'아주 조금은, 제가 교수님을 바라보던 것과 같은 마음이 교수님께도 아주 조금은 있어서 날 부른 거라고 생각해도 되나요?'

그러나 노을을 등진 진한성의 표정에서는 아무 생각도 읽을 수 없었다. 그는 문득 굳은 얼굴을 풀더니 큰 손으로 이랑의 머리를 쓱쓱 어루만졌다.

"뭘 그렇게 보냐? 얼굴에 구멍 나겠다."

이랑은 웃었다. 이걸로 됐다. 지금 이 남자 곁에는 나뿐이니까.

산양성 내성의 대전은 매우 검소했다. 제대로 꾸미고 격식을 차릴 여유도 없었다. 일이 너무 많아 눈코 뜰 새 없이 바빠서였다. 용운이 원래 그런 데 별로 관심이 없기도 했다. 그는 가신들과 한창 전후 처리를 겸한 회의를 진행 중이었다.

진궁이 눈을 빛내며 말했다.

"산양은 생각보다 풍요롭더군요. 양곡이 일만 섬 이상, 백성 또한 십만 호에 달합니다. 그 기령이라는 자가 태수의 그릇은 아닐지 몰라도 나름 선정을 편 것은 확실합니다."

용운은 말하는 진궁을 가만히 응시했다. 전투 당시 그는 보급선을 유지하느라 승지현에 처져 있었다. 복양성과 산양성 사이에는 여포가 점령한 제음군이 위치했다. 이에 혹시나 여포군이 보급선을 덮쳐 군량을 강탈할까봐, 그는 잠도 제대로 못 잤다. 그러고선 승전보를 듣고 밤새 달려왔는데도 지친 기색이 없었다.

"공대, 안 피곤해요?"

"괜찮습니다. 허허."

"좀 피로하다 싶으면 바로 가서 쉬어요."

"예, 알겠습니다."

"기령은 여전히 투항을 거부하고 있나요?"

"네. 원술에 대한 충성심 때문인지, 원래 강직한 성품인지는 모르겠지만 좀처럼 설득되지 않습니다."

"아쉽군요. 일단 해치지 말고 그냥 가둬두세요. 아군 전사자 수는 나왔고요?"

말하던 용운의 표정이 어두워졌다.

진궁 또한 저도 모르게 낯빛이 흐려졌다.

"다른 피해는 미미합니다만, 역시 청광기의 손실이 컸습니다. 채 일천도 살아남지 못했으니……. 무섭다고 말만 들었지 실감한 적은 없었는데, 이제 뼈저리게 느껴집니다. 그 위원회라는 자들 말입니다."

용운은 풀 죽은 기색으로 말했다.

"다 내 잘못이에요."

진궁이 좋은 말로 그를 다독였다.

"주공의 잘못이 아닙니다. 모시는 수하로서 마땅히 할 일을 한 것뿐입니다. 그리 말씀하시면 청광기들이 죽어서도 눈을 감지 못할 겁니다."

"결과적으로 그들을 과소평가했어요."

"장군 넷에 사천신녀, 거기다 청광기가 삼만이었습니다. 그 전력을 보고 누가 상대를 과소평가했다고 여기겠습니까?"

"동시에 성을 공략하는 만용을 부릴 게 아니라, 전부 다 그쪽으로 쏟아부었어야 했어요. 팔만의 병력 전부를요."

옆에 있던 곽가가 퉁명스레 끼어들었다.

"주공, 송구합니다만, 그랬다간 희생자가 더 많이 나오지 않았을까요? 청광기조차 당해내지 못한 자들입니다. 하물며 일반 병사들은 일초지적조차 못 되었을 겁니다."

곽가는 기운 없는 용운의 모습을 보니 어쩐지 화가 나서 일부러 거칠게 내뱉었다.

곽가에게 눈짓한 순욱이 부드럽게 말했다.

"너무 심려치 마십시오, 주공. 당연히 상심이 크시겠지만……. 우리 또한 그렇게 적을 해치고 세력을 키워왔으며 산양성을 차지한 것도 사실이니까요. 또 회 쪽에 역량을 집중했다가는 원술군에게 합공당했을지도 모릅니다."

"후우, 알았어요. 다친 사람들은요?"

거기에 대한 답은 화타가 했다.

"모두 크고 작은 부상을 입었지만 생명에는 지장이 없습니다."

용운은 안도의 한숨을 내쉬었다.

"정말 다행이네요."

한데 화타도 어쩐지 기운이 없어 보였다. 용운은 전투 후에 화타가 돌봐야 할 부상자가 워낙 많았기에 지쳐서 그러려니 여겼다. 하지만 실은 좌자에 대한 걱정 때문이었다.

'더 이상 좌자 님의 기운이 느껴지질 않는다. 불러도 답이 없고. 갑자기 어떻게 되신 거지? 내가 정신을 잃었던 사이에 무슨 일이 있었던 듯한데.'

용운은 거기서 일단 회의를 마쳤다. 어차피 한 번에 끝날 일이 아니었다. 당분간 산양성에 머무르면서 정비해야 하리라. 그는 속으로 생각했다.

'큰 희생을 치렀지만 결과적으로 성과는 컸다.'

간당간당하던 식량 문제가 단숨에 해결되었다. 게다가 충분한 노동력과 병력도 확보했다. 순욱이 정리해서 내미는 수치들로 보니, 과연 왜 세력을 넓히려고 제후들이 발버둥 치는지 이해가 가고도 남았다.

'성 하나 차지했을 뿐인데 이렇게나……. 성 하나라고 해도 엄청난 규모이긴 하지만. 확실히 게임과는 다르구나.'

문득 아버지가 가까이에 있다는 사실이 떠올랐다. 아버지와의 재회 또한 용운을 크게 안심시켰다. 이제 혹시나 돌아가시진 않을지, 영영 못 보게 되는 건 아닌지 노심초사하지 않아도 됐다. 여전히 좀 어색했지만, 그래도 아버지를 생각하자 입가에 웃음이 맺혔다.

'아예 몰랐을 땐 차라리 나았는데, 같은 땅 어딘가에 계시다는 걸 알면서도 뵙지도, 찾지도 못했으니 참. 어찌나 애가 탔는지……. 그나저나 이제 흑영대의 부담이 확 줄겠구나. 아버지를 찾는 일에 상당한 전력이 동원됐었는데.'

더욱이 아버지는 그 자체로 막대한 전력이 될 것 같았다. 용운이 도착할 때까지 이랑과 단둘이서 놀랍게도 위원회 열두 명과 맞섰다. 그것만도 엄청난데 심지어 그중 여섯을 죽였다.

'그럼 아버지가 최소한 사천신녀보다도 강하다는 얘긴데. 대체 무슨 일이 있었던 거야? 원래 힘세고 운동도 싸움도 잘하셨지만 그 정도는 아니었어. 혹시 내가 갖게 된 것과 비슷한 힘이 아버지에게도 생긴 걸까?'

이럴 게 아니라 아버지와 얘기해보자는 생각이 들었다. 그러고 보니 그렇게 찾던 아버지와 제대로 대화조차 하지 못했다. 종전 후 밀려든 일거리로 너무 바빠서였다.

"청몽, 혹시 아버지 어디 계신지 알아?"

용운의 물음에, 어느새 돌아와 있던 청몽이 천장 쪽에서 대꾸했다.

"서쪽 망루에 계신다고 들었습니다."

"마침 잘됐네. 둘만 얘기하기 좋겠어."

용운은 서쪽 성벽을 향해 걸음을 옮겼다.

은신해 있던 청몽은 가슴이 두근거렸다.

'한성 아저씨…… 내가 그렇게 부탁드렸고 아저씨도 수긍하셨으니, 행여 이상한 말은 안 하시겠지?'

검후가 용운의 어머니일 거라는 사실은 청몽도 어렴풋이 짐작하고 있었다. 어머니가 아니고서는 그런 눈빛으로 바라볼 수가 없는 일이었다. 또 청몽 자신이 용운의 입장이었어도, 죽은 사람의 혼을 불러올 기회가 생긴다면 어머니를 택했을 것 같기도 했다. 성월이 누구인지는 도저히 모르겠지만. 청몽이 생각하기에 거기까진 괜찮았다. 그런데 자신과 사린이 문제였다.

'죽은 사람만 불렀어야 했는데, 나와 민지를 불러버렸어. 아마 모르고 그랬거나 뭔가 착오가 있었겠지. 하지만 그로 인해 우리는 원래 있던 세상에서 교통사고를 당해 죽은 것 같아, 아마도. 죽은 사람만이 부름에 응할 수 있으니까. 그리고 우린 그 사실을 듣고도 거기 응했으니까.'

다행히 용운은 병마용군에 대한 것과 소환 의식에 대한 것들을 까맣게 잊었다. 이러니저러니 해도 십여 년을 제일 가까이에서 그를 지켜봐왔다. 모르는 척하는 건지 정말 잊어버린 건지는 그냥 봐도 알 수 있었다. 이유는 모르겠지만 용운은 정말로 잊어버렸다.

청몽은 차라리 잘됐다고 생각했다. 유치원에 다닐 때의 일이었다. 차에 치여 죽은 강아지를 보고, 두 시간 넘게 서서 울던 용운이었다. 그러고도 오랫동안 그때 일을 얘기하면서 울먹이거나 악몽을 꾸기도 했다. 기억력도 유난히 좋아서 아픈 일을 잊지 못했다. 커가면서 짐짓 냉소적인 척해도, 여전히 속은 누구보다 여리다는 걸 잘 알고 있었다. 그런데 자신의 소환 때문에 소꿉친구 자매가 죽었다는 사실을 알면?

'아마 뭔가 제대로 큰일이 날 거야. 어쩌면 아까 한성 아저씨한테 둘러댄 것처럼, 그 충격으로 나와 언니, 동생들과의 연결이 다 끊겨버릴지도 몰라. 그럼 우린 성월에게서 들은 죽은 자의 세계로 가야 하고 주군은 평생 괴로워하겠지. 절대 알게 해선 안 돼…….'

18

여포 대 원술, 서막

용운이 서쪽 망루로 와보니, 정말 그곳에 진한성이 있었다. 어느새 주변은 어두워지기 시작했다. 용운은 조용히 아버지의 옆에 가서 섰다.

진한성은 성벽 아래를 바라보며 말했다.

"이제야 둘이 됐구나."

"네."

"젊어진 게 많더구나. 내 생각 이상으로 세력도 크고."

"어쩌다 보니 이렇게 됐어요."

"그래. 근데 넌 대체 어떻게 여기로 오게 된 거니?"

아버지의 물음에, 새삼 그날의 일이 떠올랐다.

"아직 정확히 모르겠어요. 그날, 그러니까 여기로 온 날이요. 조심하라는 아버지의 문자를 받은 뒤에 위원회의 멤버로 생각되는 자가 집으로 찾아왔었어요. 그리고 다짜고짜 저를 끌고 가려 하더군요."

"음……."

"숨어서 몰래 절 경호하던 요원이 있었는데, 그 위원회 인물을 막으려다가 살해당했어요. 머리가 덥수룩하고 자루 긴 식칼 같은 이상한 흉기를 가진 자였어요."

"그런 무기를 가진 자였다면 아마 지살위의 조도귀 조정일 거야. 가뜩이나 태연히 살인을 저지르는 청부업자 같은 놈인 데다, 현대에서 유물을 얻은 몇 안 되는 지살위 중 하나였지. 분명 흉악한 놈이지만, 천강위가 직접 가지 않은 게 그나마 다행이구나."

말과는 달리 진한성은 주먹을 힘껏 움켜쥐었다.

'이 새끼들, 애한테 조정 같은 놈을 보내다니. 수틀리면 어디 한 군데 잘라서 끌고 올 놈인데.'

그래도 불행 중 다행이었다. 회에서는 용운의 처리를, 단순히 어린애 하나 납치해오는 일로 여겼다. 그래서 굳이 천강위까지 보내지는 않은 것이다. 그 결정이 자신들에게 가장 위협적인 적을 탄생시킬 거라고는 생각도 못했으리라.

용운은 진한성의 말에, 사내가 들고 있던 자루 긴 식칼을 떠올렸다.

'그 이상한 칼이 유물이었나?'

용운은 계속 말을 이어갔다.

"아무튼 제가 저항하니까 칼을 휘둘렀는데, 아버지가 주셨던 청나비로 겨우 막았어요. 그러고 나니 빛이 번쩍하더니, 정신이 들었을 때는 이미 이쪽 세계에 와 있었어요."

"청나비? 벽옥접상 말이니?"

"네."

"잠깐 줘보렴."

용운은 품에서 벽옥접상을 꺼내 내밀었다.

진한성은 벽옥접상을 받아들고 꼼꼼히 살폈다. 잠시 후, 그가 고개를 끄덕이며 말했다.

"그랬구나. 네가 이제까지 무사한 데는 이 벽옥접상도 한몫했어. 전쟁과 약탈도 무섭지만 그 못지않게 위험한 게 풍토병이야. 가벼운 식중독이나 이질 같은 것만 걸려도, 제대로 된 의료시설이 없어서 끝없이 구토와 설사를 쏟아내다가 탈수증으로 죽기 십상이니까. 하지만 이 벽옥접상에는 소유자를 지켜주며 질병을 막아주는 효능이 있는 것 같아."

"그러고 보니 상처가 엄청나게 빨리 나았어요."

"유물에는 아직 다 알려지지 않은 효능들이 있지. 조정의 유물과 너의 벽옥접상이 접촉한 순간, 그런 것들 중 하나가 깨어난 건지도 모르겠구나."

진한성은 거기에 대해 좀 더 연구해볼 필요를 느꼈다.

이번에는 용운이 아버지에게 물었다.

"아버지는 과거로 어떻게 오게 된 거예요?"

"난……."

잠시 생각을 정리한 진한성이 사연을 들려주었다. 반쯤 자포자기한 심정으로 살던 중 위원회가 접근해온 것. 그들을 도와 기이한 힘을 가진 유물들과 유적을 발견한 것. 회의 진짜 목적과 방식을 알고 뒤늦게 막으려 했으나, 그때는 진한성 자신의 목숨이 위태로울 지경이었다는 것. 이에 살아남을 곳을 찾음과 동시에, 회의 일을 망쳐놓기 위해 과거 회귀를 결심했다는 내용이었다.

"사용자를 과거로 이동시키는 시공회랑이란 유적이 있었어. 조작법이 매우 특이해서 나 외에는 다룰 사람이 없었지. 그것의 연대를 몰래 조작했다. 놈들의 원래 계획은 명나라 때로 가는 것이었는데 내 덕에 삼국시대로 와버린 거야. 놈들도 설마 내가 직접 성혼마석에 뛰어들면서까지 자신들을 다른 세상으로 보내버릴 줄은 몰랐겠지."

용운은 드디어 위원회의 진짜 목적을 알게 됐다. 그는 어이없다는 듯 고개를 저었다.

"과거로 가서 역사를 조작해 현대의 중국을 세계의 중심으로 만든다고요?"

"그래. 그 시작점을 명나라 말기로 잡은 거야. 한족의 마지막 왕조이면서 비교적 현대와 가까운."

"그게 가능해요? 얼마나 변수가 많은데……."

"날 위원회에 끌어들이던 당시, 중국 공산당은 사면초가의 상황이었어. 값싼 노동력과 기술 훔치기, 엄청난 인구를 활용해 가파르게 성장하던 경제가 어느 순간 정체되었거든. 거기다 소수민족들이 동시에 들고일어났으며 중국을 견제하던 미국과 일본의 경제적·군사적 압박도 심해졌지. 대항마로 쓰려던 한국은 호락호락하지 않았고 말이야. 국민들의 불만은 날로 높아져 위험한 지경에 이르렀어. 그런 상황을 활용해, 위원회의 인물들이 중국 공산당 상부를 구워삶았는지도 몰라."

"그럼 우린 그자들의 황당한 야욕에 휘말려버린 셈이네요."

"나야 내 과오를 바로잡으려고 스스로 뛰어들었지만, 결과적으로 너까지 말려들게 했구나. 미안하다."

진한성은 겸연쩍은 표정을 지었다. 말하다 보니 자신이 삼국시대로 오면서 용운에게 언질조차 주지 않았음이 새삼 떠오른 것이다. 어쩌면 평생 못 보게 될지도 모르는데 말이다.

"네가 위험해진다는 생각만 해서 정작 중요한 걸 고려하지 못했어."

용운은 놀란 눈으로 진한성을 바라보았다.

"아버지, 혹시 전에 한 얘기 기억해요? 무슨 일이 있을지 모르니 암호를 정해놓자고 했었잖아요. 평소 안 하던 말을 하면 반대로 이해하라던……. 혹시 방금 그거 암호예요?"

"뭐? 하하."

용운은 아버지의 사과에 마음이 풀어졌다. 생각 이상으로 아버지가 자신을 염려했음이 기분 좋기도 했다. 두 사람 사이의 분위기가 부드러워졌다. 듣고 있던 청몽이 안도의 한숨을 내쉴 때였다. 진한성이 가라앉은 목소리로 말했다.

"그런데, 용운아. 이제 그만해라."

"뭐를요?"

"네 주변에 사람을 모으고 세를 키우는 것 말이야."

"왜요?"

"지금도 충분히 위험할 지경이야. 게다가 네 가신이란 자들이, 죄다 이름만 들어도 알 만한 인재들이 아니냐. 그렇게 많은 사람들의 운명을 바꿔버리면……."

기분 좋아지려던 용운은 순간 울컥했다. 그의 영지며 가신들, 백성들까지 모두, 여러 번 목숨까지 위태로워져가며 힘겹게 이룬 것들이었다. 그것을 아버지가 부정하는 듯한 기분이 들었다.

"그럼 어떡해요? 난 갑자기 까마득한 과거, 그것도 타국의 과거로 왔고 여기서 어떻게 살아남아야 할지도 몰랐는데. 산속에 숨어서 원시인처럼 버티라고요?"

"그게 아니라……."

"애초에 이 세력이 없었다면 아버지와 만날 수조차 없었어요."

진한성은 고개를 저었다.

"널 걱정하지 않은 게 아니야. 너로 인해 역사가 뒤틀릴 게 걱정되어서 한 말이지."

"아버지는 늘 그랬죠. 나나 엄마보다 항상 그놈의 역사, 대의가 먼저였어요. 엄마 돌아가실 때도 일에 미쳐서 와보지도 않았잖아요."

"뭐?"

"지금도 결국 정의를 실현하겠다고 저를 버리고 혼자 삼국시대로 오신 거잖아요. 내가 어떻게 지내는지는 관심도 없었죠?"

용운이 대들자 진한성의 언성도 높아졌다.

"멍청한 녀석! 그럴 리가 없잖아. 그리고 본래의 역사를 뒤틀면 그 반동이 너와 네 주변 사람에게 돌아간다는 걸 모르니?"

"그런 걸 제가 어떻게 알아요? 이제는 너무 늦었어요. 전

제 방식대로 살아남고 위원회와 싸울 겁니다."

쏴붙인 용운은 몸을 돌려 망루를 내려가버렸다.

진한성은 그의 뒷모습을 보며 혀를 찼다.

'왜 제 엄마 얘기는 해가지고 사람을 울컥하게 만들어. 쩝. 그때는 항공편이 갑자기 취소되는 바람에 어쩔 수 없었다고.'

용운도 용운대로 돌아서자마자 후회했다.

'아버지와 싸우기 싫었는데 왜 또 이렇게 됐지? 이제까지 어디서, 어떻게 지내셨는지도 듣고 싶었고 혹시 원래 세계로 돌아가는 법을 아시는지도 여쭤보려 했더니만 글렀네. 그냥 다음에 물어봐야지. 이놈의 성질 좀 죽여야 할 텐데.'

자꾸 어긋나는 부자는 동시에 한숨을 내쉬었다.

용운이 산양성을 함락하고 정비할 무렵이었다. 하내에서는 여포군과 원술군이 격전 중이었다. 낙양이 원술에게 함락됐다는 비보를 들은 여포는, 코앞의 조조를 버려두고 즉각 회군했다. 마침 원술은 가후와 주무의 우려대로 여포의 근거지가 된 진류를 향해 진격해오던 참이었다.

"원술, 감히 나의 뒤를 쳐? 네놈이?"

분노한 여포와 여포군의 힘은 엄청났다. 관도에서 일만의 병력으로 삼만 원술군을 격파한 여포는 그대로 하내까지 밀고 올라갔다. 하지만 거기서 강력한 저항에 부딪혀 기세가 한

풀 꺾였다. 여포는 몰랐지만 정욱, 즉 정립이 하내로 와 참전한 까닭이었다.

정립은 하내 북쪽의 상당에서 용운을 생포하거나 죽이려다 실패했다. 능숙한 지휘 덕에 퇴각하는 와중에도 병력 손실은 적었으나 목홍과 뇌횡, 두 장수를 잃은 게 뼈아팠다. 원술은 노발대발하여 정립을 당장 내치려 했다. 하지만 그를 초빙한 화흠이 최선을 다해 말렸다.

"싸우다 보면 이길 때도, 질 때도 있는 법입니다. 매복하고 있다는 정보가 기주목의 수하들에게 새어나갔을 줄 어찌 알았겠습니까? 싸움으로 인한 과(過)는 싸움으로 회복하면 되니, 중덕(정립의 자)을 하내로 보내 여포군을 막게 하십시오. 북상 중인 여포군의 기세가 심상치 않다 합니다."

관도에서의 패배로 겁먹었던 원술은 그 제안을 받아들였다. 덕분에 정립은 쫓겨나는 대신, 다시 참전하여 만회할 기회를 얻었다. 그러나 내심 원술에 대해 실망한 기분이었다.

'물론 기주목을 놓치고 두 장수까지 잃은 데 대해서는 나도 할 말이 없으나, 원공로의 그릇 또한 그리 크진 않구나.'

하지만 누군가를 섬기다 보면 억울하게 질책받기도 하는 법이다. 그럴 때마다 마음이 상해서 주군을 바꾼다면 끝도 없으리라. 현재로서는 원술 외의 대안도 마땅치 않았다. 이에 정립은 여포군을 격파하여 실책을 만회하기로 마음먹었다.

하내군, 견성에서 좀 떨어진 구릉에 여포군 막사가 있었다. 그 안에서는 회의가 한창이었다. 지살위의 지도자이자 여포군 부군사인 주무가 피로한 목소리로 말했다.

“원술에게 뛰어난 책사가 있는 게 분명합니다.”

여포군 총군사 가후는 그 말에 고개를 끄덕였다.

“아우의 말이 옳은 듯하네. 하내태수는 강직하긴 해도 그리 능력이 뛰어난 인물은 아니네. 부장인 한원사(한호)가 제법 재주 있긴 하나, 다른 누군가의 흔적이 느껴졌네. 우리 움직임을 읽어낼 정도의 능력을 가진 누군가 말일세.”

“형님께서 그리 말씀하실 정도면 만만치 않은 자겠군요.”

하내태수 왕광은 한때 여포의 밑에 들어왔었다. 마음에서 굴복한 게 아니라 두려움에서였다. 그런 까닭인지 원술에 의해 기도위로 임명된 한호가 설득하자 곧 마음이 변했다. 무엇보다 왕광은 젊은 시절부터 임협으로 명성을 떨쳤고 채옹 같은 학자와도 친교를 맺었다. 그랬던 자신이 동탁의 수하 출신이자 비천한 여포 같은 자에게 고개 숙여야 한다는 사실이 못 견디게 수치스러웠다. 차라리 명문가 출신의 원술이 백배 낫다는 생각이었다. 그렇다고 원래 섬기던 원소에게 돌아가는 것도 내키지 않았다.

‘본초(원소)는 여포에게 핍박받던 나를 모른 척 저버렸다. 게다가 듣기로는 백안(유우) 공을 겁박하여, 황제 자리에 앉히려는 시도를 했다고 하지. 영웅인 줄 알았더니 신의도, 충의도 없는 자였을 줄이야……. 내가 원공로를 따른다 해도 할 말이 없을 터.'

원술은 화흠의 충고에 따라 쌍수를 들고 왕광을 환영했다. 또한 하내태수 자리를 그대로 유지하게 해주었을 뿐만 아니라, 따로 도독에 임명하여 낙양으로 들어오는 길목을 방비하게 했다. 더구나 원술에게는 여포의 손에서 황제를 구출했다는 명분도 있었으니, 이제 왕광은 목숨을 걸고 여포에게 맞설 정도로 충신이 되어 있었다. 처음에 항복을 권유하러 왔던 여포의 사자를 죽여, 목을 베어 돌려보낸 것도 그래서였다. 여포 또한 크게 분노하여 하내의 쥐새끼 한 마리 남겨두지 않겠다고 공언한 터였다.

정립이 하내에 도착한 것은 그 무렵이었다.

친히 마중 나온 왕광이 그를 크게 반겼다.

"하하, 어려운 때에 중덕 공이 와주시니 가히 천군만마를 얻은 기분입니다."

"과찬이십니다. 다만, 태수님께서 이 사람의 조언을 받아들여주신다면, 여포 저 짐승의 기를 꺾어 쫓아 보낼 수는 있을 것입니다."

"하하! 그거야말로 제가 바라던 바입니다."

정립의 명성을 익히 들었던 왕광은, 과연 그의 책략을 충실히 따랐다. 어차피 자신의 머리로는 이해하기 어려우니 무조건 따르자는 생각이었는데, 그게 최선의 결과를 낳았다. 여포는 하내의 요충지인 견성을 공격하는 중이었다. 금세라도 떨어질 듯하던 견성은 정립이 끼어든 이후 철옹성으로 변모했다. 그 바람에 애꿎은 병사들만 죽어나갔다.

"진류에 원군을 요청하는 건 어떨까요?"

여포의 부장이자 팔건장 중 한 사람인 위월이 조심스레 물었다.

여포는 고개를 저었다.

"원술도 아니고, 고전했다. 왕광 따위에게. 그래서 원군까지 요청한다면, 뭐가 되겠는가? 내 체면이."

그때 곰곰이 생각하던 주무가 입을 열었다.

"주공, 저희가 나설 때가 온 것 같습니다."

주무는 본래 여포를 폐하라 불렀으나, 다른 사람이 있을 때는 주공이라 칭하기로 했다. 자칫 말이 새어나가 역모를 꾀한다는 빌미를 줄 수도 있기 때문이었다.

주무의 말에 여포가 눈길을 주었다.

"그대의 형제들, 말인가?"

"그렇습니다. 본래 주공의 숨겨둔 검으로 쓰려 했으나, 필요한 상황에서도 쓰지 않으면 검은 녹스는 법. 또 이럴 때 저희의 실력을 증명하는 것도 괜찮을 듯합니다."

여포는 천천히 고개를 끄덕였다.

"좋아. 맡겨보지, 그대에게. 성혼대의 출진을 허락한다."

성혼대란 주무가 자신의 휘하에 있던 지살위들은 물론, 성혼단까지 합쳐서 재편한 부대였다. 여포 직속인 일종의 특수부대였으며 부대장은 주무가 맡고 있었다. 현재 하내에는 성혼대의 3분의 2 정도가 와 있었다. 나머지 3분의 1은 스스로 여포의 대역이 된 여방을 지휘관으로 하여, 망탕산 어귀의 진채에 그대로 머무르고 있었다. 조조 및 그를 지원하고 있는 패국상 진규가 함부로 움직이지 못하도록 압박하기 위해서였다. 여포가 망탕산에서 버티고 있다고 여기는 한, 감히 덤빌 수 없으리라는 게 주무의 계산이었다. 스승이자 무려 천강 제3위인 오용이 걱정되긴 하나, 그는 혼자서 전황을 뒤집을 만한 무투파는 아니었다.

'아무리 스승님이라도 병력이 없는데 함부로 나서진 못할 것이다.'

또 만일의 경우를 대비해 여방에게는 망탕산 진채를 굳건히 지키기만 하라고 당부해두었다. 설령 오천의 병력뿐이라 해도, 오만 대군을 상대로 한 달은 족히 버틸 만한 천혜의 요새였다. 그래도 불안요소가 있으니, 낙양 쪽이 정리되자마자 다시 패국 공격을 개시할 셈이었다. 조조를 그대로 방치해두기가 영 찜찜했다.

"아우, 그러면 난 필요 없겠는가?"

가후의 물음에 희미한 웃음을 머금은 주무가 답했다.

"형님은 당연히 저희 군에 없어서는 안 될 존재지요. 그러나 이번에 제가 보여드릴 싸움은 좀 다릅니다. 희대의 책략이나 천지를 울리는 무력에, 성혼대는 어떻게 맞서는지를 주공께 보여드리려는 것입니다. 말하자면 이능(異能)의 전투라고 할 수 있겠군요."

"이능의 전투라……. 그럼 난 한발 물러나서 흥미롭게 감상하도록 하겠네."

주무는 가후에게 고개를 끄덕여 보였다.

"재미있으실 겁니다."

그날 밤이었다. 전신을 검은 무복으로 감싼 무리가 견성 성벽으로 접근했다. 정립과 한호는 둘 다 정찰 및 정보를 중시했다. 이에 여포군 진채를 면밀히 감시하고 있었다. 그러나 진채는 횃불이 켜진 채 조용한 데다 본진이 아닌 소수 결사대의 움직임까지는 파악하지 못했다. 그 결사대가 보통 사람들이 아닌 까닭도 있었다.

슈우우우— 갑자기 짙은 밤안개가 피어올랐다. 성벽 위를 순찰하던 한호의 부장은 병사에게 명했다.

"갑자기 웬 안개인가. 횃대를 모두 밝혀라."

"옛."

아니나 다를까, 곧 지시가 내려왔다. 갑작스러운 안개로 야습의 위험이 있으니 경계를 강화하라는 내용이었다.

'격수(溴水, 하내군 근처를 흐르는 강)의 물안개도 아닌 것 같은데 괴이한 일이로구나.'

부장은 불길한 예감에 근심 어린 표정이 되었다.

안개는 곧 성벽 위까지 퍼져나갔다. 사람이 안개를 막을 수는 없는 일이니, 하릴없이 지켜볼 수밖에 없었다. 그런데 안개를 무릅쓰고 순찰하던 부장의 표정이 점차 몽롱해졌다. 급기야 눈까지 풀렸다. 보통 안개가 아닌 것이다. 밤이라 구분이 안 갔지만, 잘 보면 안개는 옅은 분홍색을 띠고 있었다.

분홍색 안개의 진원지는 놀랍게도 사람이었다. 성벽에서 100미터쯤 떨어진 지점의 큰 바위 뒤에 한 소녀가 웅크리고 앉아 있었다. 그녀는 온몸에서 땀을 뻘뻘 흘리고 있었는데, 그 땀은 즉각 연기처럼 변해 기화했다. 소녀가 흘리는 땀이 엄청난 양의 안개가 되어 견성 일대를 뒤덮었다.

"수고했다, 손이랑."

짧은 머리카락에, 검게 탄 각진 얼굴의 사내가 소녀의 머리를 쓰다듬었다.

손이랑이라 불린 소녀는 배시시 웃었다. 지살 103위, 현 성혼대 67위 모야차 손이랑. 그것이 소녀의 별호와 이름이었다. 그녀의 천기, 화무(花霧, 꽃 안개)는 땀을 안개로 변화시키는 능력이었다. 그 안개에는 짙은 페로몬과 환각 성분이 섞여 있었다.

"부대장, 나 이제 자러 가도 돼?"

손이랑이 지친 기색으로 간절히 말했다.

"목도 엄청 말라."

"그래, 넌 철수해라. 주무 님께 가면 물과 당과를 주실 거다."

"아싸!"

"혼자 찾아갈 수 있지?"

"응! 나 길 알아!"

손이랑은 희희낙락하며 그 자리를 떠났다. 그녀는 천기 외에는 보통 사람과 거의 다를 바가 없었다. 아니, 오히려 체력이 약하고 지능이 약간 떨어지는 면이 있어 서열이 낮았다. 그러나 사용하기에 따라 가공할 위력을 발휘할 천기의 소유자였다. 바로 지금처럼.

"잠입조는 준비하라."

손이랑을 보낸 사내가 낮은 목소리로 말했다. 그는 성혼대 서열 2위인 진삼산 황신이었다. 주무는 송강을 떠나 여포에게 의탁하기로 결심한 후, 지살위란 이름을 버리고 서열도 새로 정했다. 그렇다고 서열 자체가 뒤바뀐 건 아니고, 37위부

터였던 순서를 1부터 시작되도록 고친 것이다. 즉 지살 제37위이던 주무는 성혼대 1위가, 그 바로 아래의 지살 38위 황신은 성혼대 2위가 된 것이다. 손이랑이 그를 부대장이라 부른 것도 그래서였다.

황신은 임충과 더불어 군에 몸담았던 인물이다. 한때 임충의 부관을 지낸 적도 있었다. 임충은 도중에 군을 떠나 용병이 됐지만, 그는 위원회에 소속되기 직전까지 군 생활을 했다. 그 덕에 꼭 천기가 아니더라도 전략에 능했으며 지휘관의 자질을 가지고 있었다. 물론 천기 자체도 성혼대 2위이자 무력 1위라는 지위에 걸맞게 강력했다.

황신의 말에 세 명의 사내가 성벽 앞에 섰다. 지살위에서 황신을 제외하고 무력으로 최상위에 속하던 자는 '병위지 손립'이었다. 그는 본래 무예를 익혔을 뿐 아니라, 금속을 조종하는 강력한 천기를 지녔다. 덕분에 황신 다음가는 무력의 소유자가 됐다. 하지만 공손찬을 도와 손견을 죽게 했다가, 분노한 진한성의 손에 소멸됐다.

이 셋은 손립 다음으로 강한 자들이었다. 각각 추군마(醜郡馬) 선찬(宣贊), 정목안(井木犴) 학사문(郝思文), 백승장(百勝將) 한도(韓滔)라는 이름을 가졌다. 그들의 임무는 먼저 성벽 위에 올라가 감시병들을 제거하고 동료들이 올라올 수 있게 돕는 역할이었다.

선찬은 얼굴에 심한 화상을 입어 매우 흉측했다. 그래서 늘 얼굴 전체를 덮는 두건을 썼다. 눈만 내놓은 그가 위쪽을 보더니 천기를 발했다.

천기 발동, 야시안(夜視眼, 밤을 보는 눈)!

곧 그의 시야는 대낮처럼 환해졌다. 흐린 한밤중이라 매우 캄캄한 데다 안개까지 더해졌지만, 일단 야시안이 발동되면 낮보다 더 선명하게 보였다. 꼭 밤눈이 밝아지는 것뿐만 아니라 시력 자체도 강화되었다.

'밤에만 쓸 수 있다는 제한이 있지만, 밤이라 더 효과가 극대화되기도 하지. 다른 사람들은 못 볼 때 나만 볼 수 있으니까.'

그때, 왕광군 병사 하나가 무슨 기척을 느꼈는지 성벽 아래로 고개를 내밀었다.

"봤다!"

학사문이 다급히 말했다.

그러자 선찬은 그의 두 번째 천기이자, 무력 상위에 속하게 해준 능력을 발휘했다.

천기 발동, 추살시(追殺矢, 쫓아가 죽이는 화살)!

퓻! 선찬은 혀를 뾰족하게 모아 침을 뱉었다. 침방울이 수직으로 날아가, 막 고함을 지르려던 병사의 목을 꿰뚫었다. 소총보다 훨씬 빠르고 강하며 적중률도 높았다. 불운한 왕광군 병사는 절명하여 성벽 아래 거꾸로 떨어졌다. 떨어지는 시체를 슬쩍 피한 학사문이 말했다.

"서둘러야겠군."

학사문은 큰 키에 길게 찢어진 날카로운 눈매를 가진 사내였다. 그는 유달리 품이 넓고 큰 흑색 무복을 입고 있었는데, 특이하게도 가운데가 나뉘어 있었다. 그래서 언뜻 보면 무복이 아니라 긴 망토 같기도 했다. 그것은 평소에도 그가 입고 다니는 옷이었다.

천기 발동, 만물병기(萬物兵器)

촤락! 그가 무복을 양쪽으로 펼치자, 그 안에서 갈고리 달린 쇠사슬 한 쌍이 튀어나왔다. 쇠사슬은 저절로 솟구치더니 성벽에 갈고리를 걸었다. 만물병기는 상황에 맞춰 열여덟 가지의 도구와 무기를 쓸 수 있는 천기였다.

학사문과 선찬이 쇠사슬 하나씩을 잡았다. 두 사람의 어깨에, 백승장 한도가 올라섰다. 그는 키가 유난히 작고 체구도 왜소했다. 그러나 작은 대신 무섭도록 날렵하고 유연했다.

그는 회에 속하기 전, 유랑 서커스단에서 학대받으며 지냈다. 성혼마석의 힘을 얻은 후에도 서커스 단원일 때의 특성은 고스란히 남아 있었다. 한도는 팔뚝 길이 정도 되는 짧은 단창 한 자루를 든 채였다.

"가자!"

쇠사슬이 학사문의 무복 안으로 빠르게 회수됐다. 그 반동으로 선찬과 학사문의 몸이 위로 딸려 올라갔다. 한도는 그런 둘의 어깨 위에 미동도 없이 서 있었다. 놀라운 균형감각이 아닐 수 없었다.

"타앗!"

어느 정도 올라가자 한도가 어깨를 박차고 성벽 위로 먼저 뛰어올랐다. 마침 또 다른 왕광군의 병사 하나가 동료의 기척이 없음을 이상히 여겨 다가오고 있었다. 그는 갑자기 솟구친 한도를 보고 눈을 부릅떴다.

"저, 적군이다!"

쫘라라라락! 한도가 쥔 단창이 길게 늘어났다. 그 창끝이 몸을 돌려 도망치려는 병사의 등으로 날아들었다. 푸숙! 창에 꿰뚫린 병사는 달리던 기세 그대로 엎어져 죽었다. 뒤이어 성벽에 올라선 선찬과 학사문이 한도를 칭찬했다.

"다른 감시병이 있었군."

"잘했네, 한도."

한도는 잠자코 고개를 끄덕였다. 그는 서커스단 시절 혀를 잘려 말을 못했다.

"이제부터 바쁘다고. 감시 부탁하네."

또 한 번 고개를 끄덕인 한도가 자세를 낮추고 부근을 살피기 시작했다. 그사이, 선찬과 학사문은 줄을 내려 부지런히 다른 동료들을 끌어올렸다.

"팽기 님이 계셨으면 성벽 높이에 해당하는 공간을 축소시켜버리고 올라오셨을 텐데. 그걸 못 보니 아쉽군."

쇠를 긁는 듯한 목소리로 선찬이 말했다. 그는 화상을 입었을 때 성대의 일부까지 타버려 음성이 매우 거칠고 기괴했다.

학사문은 땀을 뻘뻘 흘리며 대꾸했다.

"어쩔 수 없지. 팽기 님은 폐하의 호위병이라 늘 곁에 머물러 있어야 하니까."

"흐흐. 우리가 그 여포를 모시게 되다니, 아직도 믿기지가 않는군."

"어허, 봉선 님이라고 하거나, 폐하라고 칭해야지."

"아차. 아직 입에 붙질 않아서. 못 들은 걸로 해주게."

이십여 명의 전(前) 지살위, 즉 성혼대가 금세 성벽 위로 올라왔다. 망탕산에 남은 이들과 전투보다는 특수 기술에 특화된 이들, 예를 들어 의학의 천재인 안도전이나 해당 지역의 기억을 영상으로 재생하는 단경주 등을 제외한, 사실상 전 인원이었다. 주무는 여포에게 인정받고 싶은 마음에 아낌없이 전부를 동원했다.

실력을 인정받고 싶은 건 이들도 마찬가지였다. 과거가 떳떳하지 못한 이들도 있었으나, 어쨌든 나라를 위해 현대에서의 삶을 포기했는데 영문도 모르고 버림받았다. 삶의 목표를 잃고 좌절하던 중, 드디어 그들이 머무를 곳을 찾은 거였다.

"움직이자. 보이는 대로 죽이고 안에 불을 지르며 성문을 연다."

마지막으로 올라온 황신의 명이 떨어지자, 스물두 명의 성혼대는 순식간에 사방으로 흩어졌다. 본래 역사에는 없던 전쟁. 이제까지 이 세계의 무장들이 보고 겪은 어떤 전투보다 기괴한 전투가 막 시작되려는 참이었다.

19

여포 대 원술, 종장

왕광의 병사들은 손이랑이 뿌려둔 미혹의 안개 때문에 정신을 못 차렸다. 그 틈에 견성에 잠입한 지살위 스물두 명은 빠르게 병사들을 제거해나갔다.

"이제 성문을 열어라!"

이번 작전의 지휘관인 서열 2위 황신이 외쳤다. 그를 필두로, 추군마 선찬, 정목안 학사문, 백승장 한도 네 사람이 성문 쪽으로 내달렸다. 성문을 열어 정예 흑철기가 들어오게만 한다면, 사실상 이 전투는 끝이었다.

천기 발동, 야시안!

다시 야시안을 발동한 선찬이 말했다.

"성문 근처엔 병력이 얼마 없다."

"좋아. 야습에 제대로 대비를 못한 모양이군."

슈욱! 몸집이 작은 대신 제일 날랜 백승장 한도가 바람처럼 달려나갔다.

"이봐, 한도! 새치기하기냐!"

긴 망토 같은 옷을 전신에 두른 학사문이 외쳤다.

그러자 혀를 잘려 말을 할 수 없는 한도는 고개도 안 돌리고 왼손만 흔들었다. 서커스단에서 학대받던 한도에게도 지살위는 새로운 가족이자 안식처였다.

'이번에 꼭 공을 세워서 지살위 형제들이 여포 님께 인정받도록 할 테다.'

한도는 제일 먼저 성문 앞에 도달했다.

뒤쪽에서 추군마 선찬이 지원사격을 해주었다.

천기 발동, 추살시!

선찬은 입술을 모으고 혀를 내밀어 침을 뱉었다. 퓨퓻! 탄환보다 강력한 위력에다 목표를 쫓아가는 침방울이 적병을 우르르 쓰러뜨렸다.

성문 앞에는 유난히 덩치 큰 병사 하나만 보였다. 그는 도망갈 생각도 않고 긴 팔을 늘어뜨린 채 우두커니 서 있었다. 그리고 특이하게도 일반적인 창 대신 철퇴를 들고 있었다. 머리 부분이 유난히 커서 무게가 족히 50근(30킬로그램)은 되어 보이는 철퇴였다.

'흥, 그런 무기로 날 스칠 수나 있겠느냐.'

한도가 비웃으며 그를 창으로 내찌른 직후였다. 부웅! 병사는 엄청난 속도로 철퇴를 휘둘렀다. 거기 정통으로 맞은 한도는 일직선으로 날아가 성벽에 부딪혔다.

"한도!"

학사문이 기겁하여 그리로 달려갔다. 하지만 머리가 쪼개지고 눈, 코, 입, 귀에서 피를 쏟는 모습이 회생은 그른 듯했다. 곧 한도는 학사문의 품에서 숨을 거두었다.

"어? 찔렸다. 조그만 게 빠르다."

거구의 병사는 팔뚝에 난 상처를 핥았다. 한도가 철퇴에 맞는 순간 내뻗은 창에 찔린 것이다.

"모기 같다."

"이 개자식이!"

형제의 허무한 죽음에 분노한 학사문은 거구의 적병을 향해 천기를 발동했다.

천기 발동, 만물병기!

좌라라락! 갈고리 달린 쇠사슬 한 쌍이 튀어나와 거한의 목과 오른팔을 휘감았다. 주춤하는 그를 향해 두 자루 미늘창을 든 학사문이 쇄도했다.

"한도의 복수다. 죽어라!"

한발 늦게 도달한 진삼산 황신이 급히 외쳤다.

"학사문, 경거망동하지 말게!"

순간, 거한이 오른팔을 가볍게 휘둘렀다. 쇠사슬은 물론 거기 연결된 학사문까지 붕 떠서 그에게로 딸려갔다. 당황한 학사문이 미늘창을 내질렀다. 그러나 공중에 뜬 상태에서 휘두른 터라 제대로 힘이 실리지 않았다. 미늘창이 거한의 뺨을 스치며 긁힌 상처를 냈다. 동시에 그의 철퇴가 학사문의 안면에 꽂혔다. 학사문은 비명도 못 지르고 추락하여 그대로 절명했다.

"이런……."

황신은 아연해져 입을 벌렸다. 성벽에서 뛰어내려 성문까지 오는 짧은 시간. 말 그대로 눈 깜짝할 사이에 형제 둘이 죽었다. 황신이 성문 앞에 버티고 서 있는 거한에게 물었다.

"넌 누구냐?"

거한은 우렁우렁한 목소리로 의기양양하게 대꾸했다.

"나, 호거아다. 호거아, 성문 지킨다."

부웅, 붕! 자신이 호거아라고 말한 거한은 어린아이 머리

통만 한 철구가 달린 철퇴를 바람개비처럼 휘둘러댔다.

'호거아?'

중국군에서는 전투 이론 수업 때《삼국지》를 배우는 과정이 있었다. 그 덕에 황신은《삼국지》에 대해 제법 지식이 있었다. 그는 부대에서 배운 내용을 떠올렸다.

'호거아(胡車兒)……. 동탁의 수하였던 장제의 조카, 장수(張繡)를 섬겼던 호걸. 500근(300킬로그램)의 무게를 짊어지고 하루 칠백 리(280킬로미터)를 걸었다는 장사이며, 조조를 호위했던 무쌍 전위의 죽음에 결정적인 역할을 한 괴물…….'

크아아아! 호거아가 짐승처럼 울부짖었다. 황신과 선찬은 감히 다가서지 못했다.

좀 떨어진 망루에서는 세 사내가 그 모습을 내려다보고 있었다. 하내태수 왕광과 정립 그리고 최근에 왕광이 영입한 군벌, 장수였다. 왕광이 장수를 향해 놀랍다는 듯 말했다.

"과연 그대가 자랑할 만하오. 저런 괴력이라니. 덕분에 불의의 야습에도 성문을 무사히 지켜낼 수 있겠소."

장수는 공손한 투로 말했다.

"아닙니다. 그저 힘만 센 필부일 뿐. 그보다 야습을 정확히 예측하신 중덕(정립) 님의 공이 크지요."

오래 쫓겨 다닌 전력 때문인가, 아니면 동탁을 섬겼던 일족의 자격지심 때문인가. 자신을 낮추는 겸손한 태도가 몸에

뱬 자였다.

정립은 희미하게 웃으며 수염을 쓰다듬었다.

"별거 아닙니다. 달이 이지러지는 때에 유난히 흐려 시야가 어두운데 거기다 안개까지 꼈으니, 어느 정도 병법을 아는 자라면 야습을 노려볼 것입니다. 그보다 원사(한호) 님의 반응이 훌륭하여 작전을 수행하기가 매우 수월하군요."

정립의 말에 왕광의 입꼬리가 슬쩍 올라갔다.

"일찍이 제가 동탁토벌군에 참전했을 때, 원사의 지용을 본 동탁이 그의 장인을 잡아다 회유를 시도했는데 이를 무시하고 계속 싸워 전공을 세웠던 일이 있지요. 원공로(원술)께서 그 일을 기특히 여기고 계시다가, 이번에 제가 의탁하자 한원사를 기도위에 임명하신 겁니다."

동탁 사후, 여포와 왕윤의 전광석화 같은 숙청에 이각, 곽사, 장제 등 대부분의 양주 군벌이 죽었다. 그러나 장수는 당시 장안을 떠나 있었던 덕에 목숨을 건질 수 있었다. 그는 숙부 장제의 남은 병력을 이어받아 완성으로 향했다. 그런데 본래 역사보다 세가 강성해진 원술이 완을 차지해버렸다. 이에 갈 곳을 잃은 장수는 여기저기 떠돌며 물자부족으로 허덕이고 있었다. 그 사실을 안 정립은, 견성으로 출발하기 전에 장수에게 사신을 보내 그를 맞아들였다. 목홍과 뇌횡을 잃은 지금, 원술에게 무엇보다 필요한 건 쓸 만한 장수와 병사였다.

물자는 넘쳐나지만 사람이 없는 형국이었다. 이에 정립은 장수의 과거를 묻어두고 그를 쓰자고 제안했다. 원술이 이를 수락하여 장수는 일단 왕광의 밑에 있는 형태로 견성에 주둔하게 되었다.

정사 및 《삼국지연의》에서의 장수는, 가후를 모사로 맞아들여 조조군을 야습한 일화로 유명하다. 조조가 추씨와 동침한 사실에 분노해서였다. 추씨는 장제의 미망인이자 절세의 미녀였다. 즉 장수에게는 숙모가 되었다. 과부가 된 숙모를 탐해 가문을 욕되게 했으니 분노했다는 설도 있고 장수도 사실 추씨에게 마음이 있었다는 설도 있다. 아무튼 장수가 가후의 책략대로 조조에게 항복하는 척하여 방심을 유도한 다음 야습한 것은 사실이다. 그 야습에서 장수는 조조의 장남 조앙과 조카 조안민, 맹장 전위 등을 죽이고 하마터면 조조까지 잡을 뻔했다. 조조의 가장 큰 패배 중 하나로 꼽히는 전투다. 그 일로 장수는 나름 역사에 존재감을 남겼다.

그러나 강성한 세력으로 장수에게 압박감을 주어 투항하게 했어야 할 조조는 패국에서 웅크리고 있었다. 또한 장수가 강대한 군웅들 사이에서 그나마 버티게 해준 가후도 여포의 가신이 된 후였다. 그 결과, 운명이 바뀐 장수는 근방에서 가장 강한 원술에게 투항을 결심했다. 물론 거기에는 그를 설득한 정립의 공이 컸다.

느긋하게 지켜보던 정립이 입을 열었다.

"슬슬 안개가 옅어져가는군요. 노병을 투입해야겠습니다."

노(弩)는 방아쇠를 당겨 화살을 쏘는 활을 말했다. 따라서 보통 활보다 위력이 훨씬 강하고 사용하기도 쉬웠다. 최대 사정거리는 무려 800미터에 가까웠다. 서양에서 '크로스 보'라고 부르는 활이 이것이다. 중국에서는 이미 기원전 5세기경 전국시대부터 노를 사용해왔다. 단, 구조가 복잡하고 제조 비용이 비쌌다. 왕광군은 풍부한 물자를 아낌없이 써서 기병이나 철기 대신 노를 대량으로 생산했다. 노가 비싸다 하나 전투마만큼은 아니었고, 기병을 육성하는 것보다 시간도 덜 걸렸다. 왕광은 노를 이용해 더 싼 비용으로 빠르게 전력을 올렸다.

정립은 삼백 보 거리에서 다섯 발 중 세 발을 명중시킬 수 있는 병사들로 따로 노병 부대를 만들어, 망루 아래의 공간에 비치해두었다. 그의 명이 전달되자, 성벽 곳곳에 서 있는 망루 위로 노병들이 서둘러 올라갔다. 곧 위에서부터 날아온 화살에 맞은 지살위들이 여기저기서 쓰러졌다.

"이러다 몰살하겠어."

초조해진 선찬의 말에 황신은 굳은 어조로 답했다.

"최대한 빨리 성문을 열어서 아군이 진입하는 수밖에 없다. 이미 주공이 이끄는 철기가 근처까지 당도했을 거야."

"그런데 저 괴물 때문에……."

선찬은 성문 안쪽에 버티고 선 호거아를 노려보았다. 잠시 후, 선찬이 입을 열었다.

"부대장, 아니 황신 형제. 내가 화상을 몇 살 때 입었는지 아나?"

상황이 급박하니 선찬의 어조는 매우 빨랐다. 황신은 이럴 때가 아니라 생각했지만, 그의 분위기가 심상치 않아 순순히 답했다.

"네 살 때라고 하지 않았나?"

"맞아. 변변한 치료비가 없어서 저절로 아물도록 방치하는 바람에 얼굴이 흘러내리듯 뭉개졌지. 그 후로 난 단 한 번도 사람대접을 받아본 적이 없었어. 지살위 형제들을 만나기 전까지는. 모두 쓰레기나 오물이라도 보듯이 날 쳐다봤지."

"선찬……."

"이유는 모르겠지만, 결국 회의 위원장이란 양반도 우릴 통째로 내다버린 모양이더군. 그래도 주무 님은 끝까지 포기하지 않고 이 세상에서 우리가 살 길을 열어주려고 애썼지. 그 결과, 책 속에서나 보던 영웅 여포를 섬기게 됐고. 안 그랬으면 우리는 모두 살아갈 목적을 잃고 미쳐버렸을 거야. 가뜩이나 정상은 아닌 자들만 모아놨으니까. 어쩌면 황건적보다 더한 난을 일으켰을지도 모르지."

"나도 고맙게 여기는 부분이네."

"이제 거기에 보답할 때가 된 것 같아."

"자네, 어쩌려고?"

"기회는 단 한 번이니 놓치면 안 돼."

선찬은 품에 있던 주머니를 꺼내 호거아에게 던졌다. 호거아는 무심코 철퇴를 휘둘러 주머니를 쳐냈다. 그러자 주머니가 터지며 흰 가루가 뿜어졌다. 시야를 차단하고 혼란케 하는 연막의 일종이었다. 바람의 방향을 예측하기 어렵고 아군도 뒤섞여 혼전 중이라 독을 쓸 순 없었다.

"크오오! 호거아! 눈 안 보인다!"

호거아가 발악하며 날뛰기 시작했다. 그 틈에 선찬은 야시안을 발동한 채 접근했다. 일정 거리 안에 들어온 그는, 호거아의 목을 향해 추살시를 쏘았다. 퓻! 목이 꿰뚫린 호거아의 움직임이 멈췄다.

"지금!"

선찬의 외침에 달려나간 황신이 호거아를 향해 대도를 내리쳤다. 호거아는 그 와중에도 팔을 들어 대도를 받아냈다. 팔이 반쯤 움푹 파이며 대도가 박혀 멈췄다. 대도는 더 나아가지도 뽑히지도 않았다.

"아차."

호거아는 팔을 힘껏 휘둘러 당황하는 황신을 날려 보냈다. 피가 흩뿌려지며 가루가 가라앉았다.

"흥, 이 정도는……."

말하던 황신이 입에서 울컥 피를 쏟아냈다. 망루의 노병들이 날린 화살에 맞은 것이다. 추락한 그는 허탈하게 웃었다.

"빌어먹을, 고작 원술 따위와 싸우다가……. 이게 군웅이란 자들의 힘인가."

아무리 역사나 소설에서 저평가됐다고 해도, 원술 또한 중국 역사상 가장 험난한 시기에 독자적인 세력을 가지고 한동안 버텨낸 자였다. 가문의 재산과 후광을 등에 업었으며 실은 원소보다 적통에 가까웠다. 거기다 화흠과 정립이란 걸출한 인재를 보유했다. 그런 원술의 저력은 결코 만만치 않았다.

"폐하 그리고 주무 님, 부디 천하를 가지시길……."

황신은 그대로 눈을 감았다. 주무 바로 아래의 실력자가 허무하게 최후를 맞는 순간이었다.

"안 돼!"

선찬이 울부짖으며 호거아에게 달려들었다. 눈앞에서 황신, 학사문, 한도가 모두 죽고 말았다. 살아나갈 생각은 없었다. 어차피 여기서 뼈를 묻기로 결심했다. 생사를 도외시한 공격에 호거아가 움찔했다. 그의 겨드랑이 아래에 선찬의 비수가 박혔다.

"호거아, 아프다!"

호거아는 고함과 함께 선찬의 머리를 움켜잡았다. 그리고 힘을 주어 터뜨리려는 순간이었다. 우웅— 호거아의 앞 공간이 일그러졌다. 거기서 적토마에 타고 방천화극을 든 여포가 불쑥 튀어나왔다. 앞에는 초선, 뒤에 팽기와 초정을 태운 채였다. 팽기의 천기인 공간왜곡으로 이동해온 것이다. 적토마는 무려 네 사람이나 태우고도 멀쩡했다. 주위를 둘러본 팽기가 혀를 찼다.

"이런 망할. 늦었구먼."

초정은 거구에 어울리지 않게 눈물을 흘렸다.

"어머, 어쩌면 좋아요. 저쪽에 부대장과 한도, 학사문 형까지……."

"뭘 어떡해, 병신아. 복수해야지."

호위대 3인은 즉각 말에서 내려 흩어졌다. 그리고 성문 쪽의 이변을 깨닫고 몰려온 적병을 쓰러뜨리기 시작했다. 호거아는 갑작스러운 사태에 멍하니 서 있었다. 한 손에 선찬의 머리를 잡아 그를 든 채로.

"넌, 죽는다. 그를 해치면."

여포가 호거아를 향해 내뱉었다.

어리둥절해하던 호거아의 표정이 험악해졌다.

"너, 호거아 협박했다. 나쁜 놈이다!"

호거아는 선찬을 팽개치고 여포를 향해 철퇴를 휘둘렀다. 퍽! 정통으로 맞은 여포의 고개가 휙 돌아갔다.

"보, 봉선 님!"

선찬이 놀라서 외쳤다.

천천히 고개를 제자리로 돌린 여포의 입가에 피가 묻어 있었다. 손등으로 피를 문질러 닦은 여포가 말했다.

"죽은 거로군. 여기에 맞아서……. 내 가신들이."

놀란 호거아가 여포에게 물었다.

"아, 안 아프냐?"

"아프다."

"헤, 헤헤. 그렇지? 호거아, 놀랐다."

퍼벅! 여포는 팔을 쭉 뻗어 방천화극으로 단숨에 호거아의 명치를 꿰뚫었다. 전광석화와 같은 일격에 호거아는 피할 겨를조차 없었다. 눈이 둥그레진 그를 향해 여포가 말했다.

"마음이 아프단 말이다. 선찬은 살았지만, 다른 가신 여럿을 이미 해쳤으니, 죽어라."

지휘 망루에서 지켜보던 장수는 깜짝 놀랐다.

"아니, 저자는?"

어찌나 놀랐는지 순간 다리가 풀려 비틀거렸다. 총애하던 호거아의 죽음도 죽음이지만, 갑자기 나타나 그를 죽인 자의 모습이 믿기지 않았다. 그는 장제를 따라 동탁에게 인사하러 갔다가 여포를 여러 번 본 적이 있었다. 한 번 보면 잊기 어려운 사내였다. 왕광도 여포의 모습 정도는 알고 있었다. 왕광은 놀라고 겁먹어 다급히 말했다.

"중덕 공, 여포가 대체 어떻게 성내로 들어온 것입니까?"

"허허…… 이건 미처 예상치 못한 일이구려. 하지만 적의 수괴가 제 발로 성안에 들어왔으니 오히려 잘된 일일 수도 있습니다."

정립은 여포를 향해 집중 사격하도록 지시했다. 사방의 망루에서 노로 쏴대는 화살이 쏟아졌다. 여포는 방천화극을 휘둘러 화살을 쳐냈다. 그러나 그렇게 막는 데에는 한계가 있었다.

"큭!"

화살 하나가 기어이 여포의 왼쪽 어깨에 박혔다. 잠깐 움찔한 사이, 수십 발의 화살이 날아왔다. 여포가 낭패한 기색을 드러낸 직후였다. 구릿빛의 근육질 몸뚱이가 그의 앞에 버텨 섰다. 초선이 돌아와 여포를 몸으로 막아선 것이다. 파파팍! 화살이 사정없이 그녀의 전신에 꽂혔다. 여포는 놀라서 초선의 어깨를 잡으며 외쳤다.

"초선아!"

"저는 괜찮습니다."

초선의 천기 중에는 발동형이 아니라 늘 적용되어 있는 형태, 게임식으로 말하자면 패시브형 한 가지가 있었다. 천기, 천상지체(天上之體)가 그것이었다. 육체의 탄력과 강도를 높여, 거의 불사에 가깝게 만들어준다. 지금도 얼핏 화살이 촘촘하게 박힌 듯 보이지만, 촉의 끝부분이 근육에 약간 파고든 것뿐이었다. 그러나 고통까지 사라지는 건 아니었다. 초선의 이마와 콧등에 식은땀이 맺혔다.

여포는 손등으로 그녀의 땀을 훔치며 말했다.

"이러지 마라, 앞으로."

말을 마친 여포가 별안간 앞으로 튀어나갔다. 목표는 노병들이 배치되어 있는 망루였다. 화살을 막으면서 그것이 어디서 날아오나 봐둔 터였다.

"우오오오오!"

여포의 노성에, 망루 안의 병사들이 얼어붙었다.

"히익!"

노의 최대 단점은 장전 시간이 필요하다는 것. 서둘러 여분의 화살을 얹고 방아쇠를 걸려 했으나 손이 떨려 잘 되지 않았다. 심지어 걸자마자 방아쇠를 당기는 바람에 엉뚱한 방향으로 화살을 날려버리는 자도 속출했다. 만약 이 자리에 용운이 있었다면, 병사들의 머리 위에 일제히 떠오른 붉은 글자를 봤을 터였다. 공포(恐怖)라는.

"봉선 님!"

초선은 다급히 여포의 뒤를 따르려 했다. 그러자 전신에 박힌 화살이 거치적거렸다.

"에잇, 귀찮게!"

그녀는 마구 화살을 뽑아냈다. 여포가 위험해 보이자 아픔도 느껴지지 않았다.

옆에 다가온 팽기가 어이없다는 투로 말했다.

"와 나, 무식하긴 진짜. 천천히 해. 폐하는 내가 호위할 테니."

"부탁해요."

팽기는 공간왜곡으로 금세 여포를 따라잡았다.

"아, 거참! 혼자 막 그렇게 뛰어들지 좀 마십시오! 이제 그럴 처지가 아니잖습니까!"

"화살을 막아다오."

"그러지요."

팽기의 공간왜곡과 투명화라면 거의 모든 화살을 막아낼 수 있었다. 안전해진 여포는 더욱 거세게 날뛰었다.

견성 안에 난입한 여포가 난동을 부릴 때쯤, 수하의 다급한 보고를 받은 주무는 입을 벌렸다.

"뭐……? 주공께서 직접 성안에 들어가셨다고?"

"그렇습니다!"

"대체 어떻게……? 아!"

말하던 주무는 팽기의 천기를 떠올렸다.

'공간왜곡으로 넘어갔군.'

팽기가 그 정도로 생각 없는 위인은 아니었다. 아마 여포가 채근했을 것이다. 요 며칠, 최전방에서 싸우지 못하니 재미가 없다고 투덜대던 차였다. 아무튼 주무에게는 최악의 사태였다. 여태 성문이 안 열리는 걸로 보아 성혼대에 사달이 난 듯했다. 또 아무리 여포가 강해도 적이 득실거리는 성안에서 혼자 버티리란 보장이 없었다.

"젠장!"

주무가 다급히 막사를 뛰쳐나왔을 때였다. 끼이이— 육중한 소리와 함께 성문이 열렸다.

'그렇지.'

기회가 왔음을 깨달은 주무는 목청 높여 외쳤다.

"전군 돌격! 성내로 진입하라!"

위월, 성렴을 비롯하여 여포군의 내로라하는 용장들을 선두로, 여포가 자랑하는 흑철기들이 성난 이리떼처럼 성문 안으로 돌진해 들어갔다. 주무도 말 한 필을 잡아타고 뒤를 따랐다. 성문 앞에 도달하자 한 인물이 쓰러져 있는 게 보였다. 주무는 그가 누구인지 한눈에 알아보았다. 머리를 다 덮는 익숙한 복면을 썼기 때문이다.

"선찬?"

선찬은 왕광군의 이목이 여포에게 집중된 틈을 타서 성문을 연 것이다. 그 대가로, 쓰러진 그의 등에는 화살이 꽂혀 고슴도치처럼 되어 있었다. 주무는 말에서 내려 선찬에게 다가갔다. 그리고 무릎을 꿇고 앉아 그를 내려다보았다. 선찬은 성문 앞에 쓰러져 있다가 말발굽에 밟히고 채여 곤죽이 되다시피 했다. 그 와중에 신기하게도 머리만이 멀쩡했다. 흑철기를 탓할 순 없었다. 돌격해야 하는 와중에, 길에 쓰러진 시체까지 피해갈 여유는 없었을 테니. 그래도 울분이 솟구치고 속이 뒤틀렸다. 주무는 떨리는 손으로 복면을 벗겼다. 선찬은 눈을 감고 은은한 미소를 띠고 있었다. 문드러져 추한 그의 얼굴이 아름답게 빛났다.

"편히 쉬게……."

선찬의 얼굴을 어루만지던 주무는 문득 실감했다. 자신들이 이제 돌이킬 수 없는 곳까지 왔음을. 여기서 포기하면, 모두를 위해 희생한 형제들의 죽음은 그야말로 개죽음이 되는 것이다. 뜨거운 눈물이 선찬의 얼굴에 뚝뚝 떨어졌다.

'천하의 혼란을 가라앉히고 우리 형제들과 가신들, 고통받는 백성들 모두가 행복하게 살 수 있는 세상을 만든다. 그러기 위해서는 반드시…….'

주무는 고개를 들고 성벽 위를 올려다보았다. 눈물로 흐려

진 시야에, 다음 망루로 달리는 여포가 보였다. 방천화극을 든 채 검은 피풍의를 휘날리는 그의 모습은 마치 신장(神將)과 같았다.

"반드시 저 사람을 황제로 만들어야 한다."

도박 같은 심정으로 시작한 일은, 이제 필생의 숙원이 되어버렸다.

정립은 제일 안쪽 망루에서 상황을 지켜보았다. 왕광과 장수는 안절부절못했지만 그는 태연했다. 잠시 후, 정립이 말했다.

"이 정도면 되었겠지. 그럼 이만 피합시다."

"예?"

"한 기도위가 준비를 해두었을 겝니다."

"그게 무슨……?"

두 사람은 어리둥절한 채 정립을 따라 자리를 피했다.

여포는 눈에 띄는 망루마다 올라가서 노병들을 잡아 죽였다. 그를 따라온 팽기가 신이 나서 말했다.

"폐하, 저것 좀 보십시오. 성문이 열려 장군들과 흑철기가 모두 진입했으니, 이제 견성은 함락된 거나 마찬가지입니다."

방천화극을 휘두르던 여포의 손이 멈췄다.

"뭐라 했느냐, 지금?"

"예? 아, 장군들이 다 왔다고……."

"분명 성혼대도 전원 투입했었지. 그렇다면 본영에는 누가 있는가?"

"……?"

둘의 시선이 다급히 한 곳을 향했다. 마침 망루 위에 있었던 터라 꽤 멀리서 어른거리는 불길까지 잘 보였다.

"불이 보인다고?"

팽기가 황망히 중얼거렸다.

여포군 본영 쪽에서 불이 타오르고 있었다.

"빌어먹을."

여포는 나직하게 욕설을 내뱉었다.

"자, 여포가 돌아오기 전에 이제 그만 가자!"

한호가 수하들에게 외쳤다. 그는 정립의 명으로, 야습이 행해졌을 때쯤 뒤쪽 문으로 몰래 성을 나와 잠복했다. 소수정예의 결사대만 이끈 채였다. 그리고 여포군 진영을 살피고 있자니, 얼마 후 장수들과 흑철기가 우르르 달려나갔다.

'과연 중덕 공의 말씀대로구나!'

한호는 탄복하며 즉각 다음 지시를 이행했다. 본진을 수비할 병력이 아예 없는 건 아니었다. 그러나 여포를 비롯한 팔건장만 아니라면 상관없었다. 어차피 한호의 임무는 여포군 식량고에 불을 지르고 달아나는 것이었기 때문이다.

'여포는 패국을 치려다 다급히 돌아온 상황. 진군 속도로 봐선 제대로 보급선을 정비할 틈이 없었을 게다. 여기서 식량 사정에 문제가 생기면 진류로 퇴각할 수밖에 없겠지.'

한호 또한 지장(智將)인지라 이제 어느 정도 정립의 생각을 짐작할 수 있었다. 그러나 이런 계략을 미리 떠올리지는 못했다. 특급 책사와 적당히 뛰어난 지장의 차이였다.

견성은 그날 밤이 밝기 전에 여포군에 의해 함락됐다. 하지만 여포는 불과 며칠 후, 모처럼 손에 넣은 성을 버려야 했다. 진류와의 보급선을 확충하기도 전에 식량이 다 떨어진 탓이었다. 공교롭게 전염병까지 돌아 퇴각할 수밖에 없었다. 왕광과 한호는 퇴각하는 여포군의 뒤를 오 리나 쫓아가며 괴롭혔다. 병들고 굶주린 여포군 병사들은 제 실력을 내지 못했다. 그야말로 전투에서는 이겼으나 전쟁에선 진 것이다. 원술과 여포의 대결을 주시하던 무수한 군웅들과 책사들의 예측을 뒤엎은 결과였다.

업성 내, 사마 일가의 장원 구석.

사마의와 노육은 땅에 뭔가를 그려가며 놀고 있었다. 두

아이가 그리는 것은 여포군과 원술군의 세력도 및 현황 등이었다. 사실 대부분 사마의가 그렸고 노육은 구경했다.

"여포가 지겠네."

사마의의 말에 노육은 고개를 갸웃거렸다.

"왜, 형아? 여포는 천하제일의 맹장이잖아."

"노육, 넌 똑똑한데도 이건 모르겠니?"

"응."

"후후, 너는 아무래도 책사나 참모가 아니라 대신이 되겠구나. 노력하면 재상도 될 수 있겠지."

"형아는?"

"지난번에 말했잖아. 난 용운 님을 도와서 일인지하 만인지상이 될 거다. 다만, 그분께서 나의 기대에 어긋나게 나아가시면……."

사마의의 얼굴을 바라보던 노육이 말했다.

"형아, 또 이상하게 웃어."

20

운명의 파도

견성에서 퇴각한 여포는 진류성으로 돌아왔다. 패배 후, 여포 진영의 분위기는 무겁게 가라앉았다. 무엇보다 성혼대, 즉 지살위 멤버들이 다수 전사한 게 타격이 컸다. 확인해보니 호거아의 손에 죽은 황신과 한도, 학사문 외에도 선찬이 성문을 열고 전사했다. 또한 노병들의 공격에 서열 50위 금모호 연순과 58위 왜각호 왕영이 죽었다. 89위 귀검아 두흥, 105위 험도신 욱보사도 낙석에 맞아 추가로 사망했음이 확인됐다. 한 번의 싸움에, 무려 지살위 여덟이 죽었다. 이는 주무에게 큰 충격과 자책감을 안겨주었다.

'형제들을 볼 낯이 없구나. 게다가 그 희생을 치르고 빼앗

은 견성까지 다시 내주고 왔으니. 이래가지고 무슨 책사를 하겠다고…….'

또한 이는 주무가 자신들의 힘을 객관적으로 재확인하는 계기도 되었다. 천기라는 능력에도 한계가 있었다. 지살위 멤버들은 천기를 제외하면 오히려 이 시대의 장수보다 무력이나 책략 면에서 뒤지는 경우가 많았다. 그 앞의 여러 싸움에서 죽은 이들까지 제외하면, 이제 지살위는 쉰네 명밖에 남지 않았다.

그때, 집무실에 처박혀 있던 주무의 앞에 뭔가 희끄무레한 형체가 나타났다. 그것은 피투성이가 된 시은이었다.

"요, 주무 브라더. 웬 궁상? 얼굴이 엉망. 난 사망."

주무는 놀라지도 무서워하지도 않았다. 오히려 반갑기까지 했다.

"……당신은 유령이 되어서 나와도 여전하군요. 날 책망하려고 왔습니까? 아니면 데려가기라도 하려고?"

"책망 노, 데려가는 것도 놉. 아직 브라더는 살 날 베리 매니(very many). 할 일도 베리 매니."

"그 영어, 문법에는 맞는 겁니까?"

"나도 모른다."

히죽 웃은 시은이 진지한 표정으로 말했다.

"자책하지 마, 브라더. 우리 스스로가 택한 길이고 그 과정에서 죽을 수 있다는 것도 이미 알고 있었다. 유(you)는 방법을 제시해준 것뿐."

"시은……."

"복수하려고 하지 마. 거기 집착하다가는 자멸하게 돼. 그레이트 코우즈(great cause, 대의)를 봐."

주무는 느릿느릿하게 말했다.

"확실하군요."

"뭐가?"

"당신이 내가 만들어낸 환영이라는 사실이. 대의 같은 영어 단어를 알고 있을 리 없으니까요."

"오우, 그거 편견이라고. 브라더."

어깨를 으쓱하던 시은이 홀연히 사라졌다. 집무실에 누군가 들어온 까닭이었다. 몸에 착 달라붙는 백색 가운에 안경. 어깨까지 닿는 까만 머리를 찰랑이는 그녀는, 바로 지살 56위, 극에 달한 의학자인 안도전이었다. 그녀는 집무실 안을 두리번거리며 말했다.

"주무 씨, 혹시 누구와 얘기하지 않았어?"

"아니. 나 혼자 그냥 중얼거린 거야."

"아닌데. 분명 다른 사람의 목소리도 들렸는데."

그 말에 주무가 흠칫했다.

안도전은 그를 유심히 바라보며 말했다.

"괜찮아?"

"응. 좀 피곤해서 그래."

"링거라도 한 방 맞을래?"

다가온 안도전의 허리를 주무가 자연스레 감쌌다. 이 세계에서 이 년 넘는 시간을 보내는 사이, 둘은 연인으로 발전해 있었다. 지살위 전체가 운명을 주무와 여포에게 맡기기로 결정하면서, 둘의 사이는 더욱 가까워졌다.

"당신, 참 대단해. 링거부터 시작해서 주사기까지, 이 세계에 있는 재료들로 어지간한 의료 도구는 다 만들었으니."

"이러는 거 보니 괜찮나 보네."

쑥스러운 듯 주무를 살짝 밀어낸 안도전이 말했다.

"그래봐야 한계가 있어. 사실 제일 필요한 건 제세동기나 생명 유지 장치, 수술 설비 같은 건데. 여기선 전기를 못 쓰니까 아예 사용할 수가 없지. 약은 어떻게든 성분이 비슷한 약재를 조합해서 만든다고 쳐도. 번서 형제만 해도 그래. 곧바로 뇌수술을 할 여건만 됐어도 오래전에 자리에서 일어났을 거야. 그런데 아직도 혼수상태로 누워 있으니……."

잠시 생각에 잠겼던 주무가 입을 열었다.

"당신이 이 세계로 올 때 가져왔던 게 분명 초소형 나노 머신 시스템이었지?"

"응. 나노 머신 시스템이라기보다 성수 제조기가 돼버렸지만."

지살위의 일원은 시공 이동을 해오기 전, 현대의 물건을 한 가지씩 소지하도록 허가받았다. 일단 과거로 가고 나면 현대에서는 죽은 사람이나 마찬가지였다. 또한 현대와의 인연을 완전히 끊어야 했다. 대개 삶이 각박하고 험하여 외톨이인 자가 많았으나 모두가 그런 건 아니었다. 당장 안도전만 해도 현대에서 각광받는 천재 여의사였다. 살던 곳과 단절되어 완전히 새로운 세상으로 가는 게 쉽지만은 않았다. 이에 지살위의 인원들은 대부분 현대를 기억할 만한, 증표나 유품 비슷한 물건을 가져왔다.

소중한 이의 사진이나 제일 좋아하는 옷, 힙합 광이었던 시은 같은 경우에는 mp3 플레이어와 이어폰 등을 택했다. 왕정륙처럼 권총을 가져온 자도 있었다. 과거의 문명에 큰 영향을 줄 수 있는 것은 배재되었으나, 그냥 기념용이라고 어차피 총알이 떨어지면 못 쓴다며 부득부득 우겨서 가져왔다. 그때 안도전이 택한 것이 바로 의료용으로 연구되던 초소형 나노머신 시스템이었다.

나노 머신이란 1,024분의 1밀리 크기인 지극히 작은 로봇이었다. 그런 로봇 수십억 대를 조종하여 뭔가를 만들거나, 사람의 체내에 들여보내 수술을 할 수 있었다. 의료계뿐만 아니라 군사, 공업 등 광범위한 분야에 걸쳐 일대 혁신을 일으킬 수 있는 물건이었다. 어떻게 보면 가장 위험한 것이라고 할 수 있었다. 그런데도 나노 머신의 소유가 허가된 이유는 '성혼단 프로젝트' 때문이었다. 시공 이동의 리스크를 점검할 때, 오용은 '과거 인물의 세뇌 가능성과 필요성'에 대해 역설했다. 처음에 위원회가 가장 이상적인 과업 형태로 생각한 것은, 겉으로는 역사가 원래대로 물 흐르듯 하지만, 결과적으로 중국이 부강해지는 형태로 움직이는 것이었다.

예를 들어, 중국 왕조의 몰락을 부른 직접적인 원인은 아편 전쟁의 패배였다. 아편 전쟁에 직접 참여하진 못해도, 전쟁이 일어나기 전에 군사력을 충분히 강화시켜둔다면 패배할 일이 사라진다. 더 나아가 명나라의 멸망을 막는다면? 애초에 청 왕조가 성립하지 못하므로 아편 전쟁이 일어날 일 자체가 없어진다는 식이었다. 오용은 그 과정에서 제일 중요한 것이 사람을 부리는 일이라고 생각했다.

'역사를 만드는 건 어차피 사람. 그 사람을 뜻대로 움직일 수만 있다면 일은 더욱 수월해진다.'

과거를 변화시키려고 결정한 이상, 완전히 영향을 끼치지 않는다는 것은 불가능에 가까웠다. 그렇다면 돌발 변수를 최대한 줄이자는 거였다. 그런 변수 또한, 대개 인간에게서 비롯되었다. 그렇게 과거의 사람들을 순조로이 조종하기 위한 방식으로 나온 첫 번째가 종교였고, 두 번째가 나노 머신을 이용한 세뇌였다. 오용은 회의에서 이렇게 주장했다.

"나노 머신 한 대만 뇌에 침입시켜도, 세뇌받고 있음을 스스로 의식하지 못할 뿐만 아니라 우리의 뜻대로 움직이기에 충분합니다. 게다가 나노 머신은 자기복제가 가능하니 무한대로 쓸 수 있습니다."

여기에 대해 많은 논란이 있었으나, 결국 성혼단 신자에 대한 세뇌용으로만 쓴다는 제한을 걸고 소지가 허용되었다. 그 덕에 안도전은 나노 머신 시스템을 과거로 가져올 수 있었다. 그녀는 나노 머신이 활성화하는 용액을 만들고 성수라는 미명하에 그것을 신도들에게 먹이는 방식을 고안했다. 그 효과는 엄청나서, 이제 성혼단은 규모 면에서 전성기 때의 황건적을 아득히 넘어서고 있었다. 상당 부분을 천강위에게 빼앗겼다는 게 문제지만, 여전히 주무의 휘하에는 적지 않은 성혼단 신도들이 있었다.

"그런데 그건 왜?"

안도전의 물음에 주무가 답했다.

"써. 나노 머신."

"응?"

뜻밖의 말에 안도전이 안경 너머로 눈을 동그랗게 떴다.

"나, 나노 머신을 쓰라고?"

"그래. 나노 머신을 이용하면 발전기와 의료 기기도 만들

수 있지?"

"그야 물론. 발전기는 태양광과 수력을 이용하면 되고 의료 기기는 말할 것도 없지. 하지만 그래도 되는 거야? 그랬다간 뭐가 엉망이 된다고 했었잖아."

"그래, 지금까지는 역사의 전면에 최대한 나서지 않는 게 우리의 방침이었지. 이 시대의 기준으로 오버 테크놀로지에 해당하는 지식과 기술의 사용도 자제해왔었고. 제어 불가능한 돌발적인 변수와 나비 효과를 최대한 줄이기 위해서 말이야. 하지만 이제 상황이 바뀌었어."

"뭐가?"

"천강위의 수장, 그러니까 송강이 곧 위원회의 위원장이야. 그의 뜻이 국가를 대변한다고 봐도 좋겠지. 그런데 우리는 이유조차 모르고 버림받았고, 오용은 병마용군이란 걸 보내 대놓고 날 협박까지 했어. 이런 상황에서 우리가 국가의 미래를 생각해서 희생할 필요가 있을까? 당장 우리부터가 앞으로 어떻게 될지 모르는데?"

"주무 씨……."

주무는 패배 후 며칠간 자책만 한 게 아니었다. 두문불출하면서 현재와 앞날을 고민했다. 그 결과 이런 결론을 얻었다.

"더구나 원술 같은 《삼국지》를 통해서 얕보았던 군웅조차 우리에게 이런 패배를 안겼어. 내 착각이자 오만이었지. 우리 시대의 기술을 안 쓰고 전면에 나서지도 않으면서, 천강위와 군웅들을 이길 방법은 없어."

"그래서 어쩌려고?"

"당신은 방금 말한 대로 나노 머신을 이용해서 발전기와 의료 기기를 만들어. 그렇다고 당장 무기까지 만들어서 이 세계를 뒤집어버리려는 건 아니야. 그랬다간 당장 폐하부터 우릴 거부하실 거야. 눈에 띄지 않는 선에서, 우리가 가진 걸 최대한 이용할 생각이야. 내 형제들이 죽고 우리가 불행한데 이천 년 후의 미래가 무슨 소용이야?"

안도전은 묵묵히 고개를 끄덕였다.

그녀의 이마에 가볍게 입을 맞춘 주무가 말했다.

"그리고 부탁이 있는데, 나 좀 묶어줄래?"

"응?"

"……이상한 생각 하지 말고."

잠시 후, 주무는 양손을 뒤로 결박하고 입에 칼을 문 채 대전 앞에 무릎을 꿇고 있었다. 소식을 들은 여포가 나와 언짢은 투로 말했다.

"뭐하는 짓인가, 이게?"

말할 수 없는 주무 대신, 그를 데려온 안도전이 서신을 읽었다.

"주공, 소인 주무는 성혼대를 동원했음에도 불구하고 적을 얕잡아보아 패배했습니다. 형제를 여럿 희생시키고 주공의 위명에도 누를 끼쳤습니다. 이에 패전의 책임을 지고 달게 벌을 받고자 합니다."

여포 주변에 있던 몇몇 가신들이 동요했다. 대개 주무를 탐탁지 않아 하는 자들이었다.

여포는 말없이 주무를 바라보았다. 두 번 큰절을 한 주무는 입에 칼을 문 채 그대로 엎어지려고 했다. 재빨리 달려나와 주무를 붙잡은 여포가 말했다.

"이미, 잃었다. 많은 신하를. 그대까지 어째서, 내 마음을 아프게 하는가?"

여포는 주무의 입에서 칼을 빼내 던져버렸다.

"병가지상사다. 이기고 지는 것은. 충성인가, 이게? 앞으로 더 공을 세워서, 만회할 생각을 해야지. 실수를."

주무는 목멘 소리로 중얼거렸다.

"주공……. 그러나 누군가는 패배에 대한 책임을 져야 하옵니다."

"그 작전을, 허가한 것은 나다. 우두머리가 져야 한다, 결과에 대한 책임은. 그대로 유지할 것이다, 성혼대 또한. 이럴 때마다 수하를 죽이거나 단체를 해체해버린다면, 누가 열심히 일하며, 누가 믿고 따를 것인가. 그 우두머리를."

"주공……."

"되었다. 자숙하라, 그대는. 이는 패배에 대한 벌이 아니라, 함부로 하려 한 데 대한 벌이다. 내 것인 그대의 목숨을. 또 잘못된 방법으로 충성을 보이려 한 데 대한 벌이다."

주무는 꾸지람을 듣고 물러나왔다.

얼마 지나지 않아 그의 거처로 가후가 찾아왔다. 싱글벙글하던 가후는 대뜸 주무에게 말했다.

"연극은 잘 봤네, 아우. 보기보다 영악하구먼."

"무슨 말씀이십니까, 형님."

"나한테까지 숨길 필요 없네. 책망하는 게 아니라 칭찬하는 것이니까. 자네가 직접 죄를 청하고 그것을 주공께서 물리침으로써, 자네에 대해 들끓던 비난 여론이 가라앉게 되었지. 사실, 주공께서 자네를 지나치게 싸고돈다고 불만인 자들이 많았거든. 자고로 책사는 의견을 개진하는 데 신중해야 하나, 옳다고 여겨지면 그것을 밀어붙일 줄도 알아야 하네. 이번 일로 자네가 위축되거나 한직으로 밀려나면 나는 그게 더 속상했을 것이네."

주무는 쓴웃음을 지었다.

"반대 세력들의 음해를 막으려는 의도가 없었다곤 말 못하겠지만, 폐하께 벌을 받으려 한 건 진심입니다. 뭐, 세로가 아니라 가로로 문 칼을 물고 엎어졌다고 죽기야 했겠습니까. 입이 귀밑까지 찢어지는 정도였겠지요."

"하하! 볼만했겠군."

말하던 가후가 목소리를 낮췄다.

"아무튼 현재 상황이 위기인 건 사실일세. 본래 승승장구하던 세력이라도 한 번의 패배로 분위기가 바뀌곤 하니까. 이번 것은 좀 컸네."

"면목이 없습니다."

"특히 낙양과 황제를 빼앗긴 게, 그것도 원술 따위에게 빼앗긴 게 뼈아팠네. 주공은 아직까지 공공연히 제위에 오르실 상황은 아니니까."

주무는 화들짝 놀랐다.

"그게 무슨 말씀이십니까?"

"하하, 또 이러는군. 내게는 솔직해도 된다고 하지 않았나. 자네와 그, 자네의 형제들이 주공을 왕으로 여기고 있고 장차 황제로 추대하려고 한다는 것, 알고 있네. 뒷조사한 건 아니니 오해 말게나. 그 정도는 자네들이 무심코 보인 언행만으로도 유추할 수 있으니."

주무는 결국 가후의 말을 반쯤 시인했다.

"……그렇게 표가 났습니까?"

"나 정도나 되니까 알아본 거지. 그리 노골적인 건 아니니

염려 말게. 아무튼 주공은 이번 패배를 반드시 만회해야 하게 생겼네. 한데 이제 슬슬 조조 쪽에서도 뭔가 이상함을 느끼고 움직일 때란 말이지. 망탕산에 진을 친 채 위협만 하고 있으니."

"형님 말씀이 옳습니다."

"사실 내 책임도 없다곤 할 수 없네. 자네 책략에 불안한 부분이 보였을 때 말렸어야 했는데, 처음으로 성혼대가 다 나서는 일인지라 그러질 못했네. 그래서 이번에는 이 위기를 타개할 책략 한 가지를 주공께 올리려 하는데, 그 전에 자네의 의견이 궁금하여 들른 것일세. 이 책략이 잘 실행만 된다면, 불안요소인 조조를 해결할 수 있음은 물론이고 원술도 격파할 수 있네."

"그게 뭡니까?"

"기주목과의 동맹."

뜻밖의 말에 놀라 잠깐 굳었던 주무가 답했다.

"안 됩니다."

"자네 형제들과의 원한 때문인가?"

"……."

"내가 알기로 진 기주목을 먼저 건드린 것은 자네들 쪽 같은데, 아닌가?"

"그렇다 해도 그자와 우리는 한배를 탈 수 없습니다."

"누가 한배를 타자고 했나. 필요한 동안만 잠시 손을 잡자는 것이지. 이러니저러니 해도 기주목은 최근 떠오르는 신흥 강자일세. 동군에 침범한 흑산적 대군을 격파했으며, 원소의 공격을 거듭 막아냈고, 얼마 전에는 원술의 땅이었던 산양까지 빼앗았다고 하더군."

"산양성을요?"

"산양은 패국과 가까우니, 그가 우리 동맹이 된다면 조조도 함부로 움직이지 못할 걸세. 또 원술이라는 공동의 적을 두고 있지 않은가."

"하지만……."

주무는 반박하려 했으나 딱히 반대거리가 떠오르질 않았다. 오히려 그때 떠오른 것은 시은의 유령이 한 말이었다.

—복수하려고 하지 마. 거기 집착하다가는 자멸하게 돼. 대의를 잊지 마.

'이런 일이 있으려고 나타났던 것인가, 시은.'

그러고 보니 지살위는 최근에 진용운과 충돌한 적이 없었다. 단, 여포와의 사이가 걱정되었다.

"진용운 쪽에서 수긍하겠습니까? 주공께서 동탁의 밑에 있었을 때, 진용운은 반동탁연합군의 책사였습니다. 그가 아끼는 여무사를 납치하기도 했고요. 게다가 진용운의 주인이었던 공손찬을, 예전에 주공이 참했지 않습니까."

"기주목은 반동탁연합군 총사령관이었던 공손찬에게서 독립한 지 오래인 데다 나올 때도 뒤끝이 좋지 않았다고 하네. 따라서 그건 문제가 안 돼. 그리고 최근에는 나름대로 진용운에게 은혜를 베푸셨던 일도 있지."

"어떤…… 아!"

주무는 조운의 일을 상기했다.

가후가 고개를 끄덕였다.

"그가 제일 아끼는 장수인 조자룡을 그냥 보내주었지. 사실 점령지에서 과거 적이던 상대를 만났으니 어떻게 처리해도 할 말 없는 상황이었는데 말일세. 기주목도 그 일은 고마워할 걸세. 마지막으로 기주목은 천하의 뛰어난 책사들을 휘하에 두게 됐으나 그에 비해 장수가 부족하다고 하네. 우리와 손잡으면 그 문제도 해결이 되네."

명분과 실리, 가능성. 모든 면에서 빈틈이 없었다. 인간 심리에 정통한 가후의 말이었다. 무엇보다 주무는, 그 책략이 주는 이점이 상당함을 인정할 수밖에 없었다. 원술과 조조의 위협을 한 번에 해결할 가능성이 있는 책략은 이것뿐이었다. 결국 그는 가후의 의견에 동의했다.

"확실히 시도해볼 만한 일인 것 같습니다."

가후는 흡족한 투로 말했다.

"좋아. 내가 주공께 직접 상신하도록 하지."

산양성의 용운에게, 여포가 보낸 사신이 찾아온 것은 그로부터 약 한 달 후였다. 이제 산양성이 안정되어 슬슬 업성으로 돌아갈까 하던 참이었다. 용운은 생각지도 못한 제안에 깜짝 놀랐다. 사신으로 온 사람 때문에 놀라움은 더욱 컸다. 그는 다름 아닌 가후였다.

'가후, 동탁 토벌전 이후 처음인가. 이제 완전히 여포의 가신으로 자리를 굳힌 모양이네.'

용운은 즉각 주요 모사들을 소집했다. 가후는 그 자리에서, 차분하지만 유창한 달변으로 여포와 용운의 동맹이 주는 이점에 대해 설명했다.

듣고 있던 곽가가 날카로운 질문을 던졌다.

"우리가 원술과 돌이키기 어려운 사이가 된 건 사실이오. 그자가 감히 주공을 암습했기 때문이오. 허나 그 보답으로 우리는 산양성을 기습하여 차지했으니 일단 보복은 한 셈이오. 이제 원술은 앞마당까지 쳐들어왔던 봉선 님과 싸우느라 바쁜데, 거기 끼어들어 우리가 얻는 이득은 뭐요?"

오히려 원술이 여포와 싸우느라 힘이 빠지길 기다리는 편이, 용운의 입장에서는 낫지 않겠느냐, 라는 뒷말은 굳이 하지 않아도 가후 또한 알아들었다. 가후는 가벼운 웃음을 띠고 말했다.

"그건 하나만 알고 둘은 모르는 말씀이오."

"흥, 뭘 모르는지 들어나 봅시다."

"입술이 없어지면 이가 시리다 했소. 그럴 일은 없겠지만, 만에 하나 봉선 님께서 원술에게 패하여 진류를 내주고 물러난다 칩시다. 원술의 다음 목표는 어디가 될 것 같소?"

"으음……."

곽가는 침음했다. 원술이 진류를 차지한 후 공격할 대상은 당연히 바로 북쪽에 인접한 복양성, 나아가 동군, 즉 업성이 될 것임은 분명했다. 사실 예전에 여포가 진류를 차지했으면서도 복양성을 공격하지 않은 데 대해 곽가도 내심 의아해하던 차였다. 거기에 대해 순욱은 "아마 여포도 조조와 대적하던 중이었으니, 적을 더 늘리고 싶지 않았던 것이겠지요" 하고 정확한 분석을 내놓은 바 있었다. 그리고 그런 곽가와 순욱 둘 다 모르는 이유가 한 가지 더 있었다.

용운은 바로 그 이유를 떠올리고 인상을 썼다.

'청몽.'

그랬다. 여포는 더는 청몽이 속한 세력과 싸우고 싶지 않아 했다. 의식적이든 무의식적이든. 그것을 눈치챈 용운은 신경이 쓰일 수밖에 없었다. 이제 큰 세력의 수장이라 하나, 그도 어쩔 수 없는 젊은 사내인 것이다. 누군가 자신의 정인에 대해 묘한 감정을 품고 있음을 알자 기분이 썩 좋지는 않았다.

가후의 제안에 대해 논의하느라 좌중에 잠시 소란이 일었다. 그때, 종요가 손을 들었다. 그는 업성에 있다가 얼마 전 용운의 부름을 받고 산양으로 왔다. 그가 내정 및 행정 실무 분야의 최고봉임을 아는 용운이, 순욱을 돕는 동시에 산양의 상황을 하루빨리 정리하기 위해 부른 것이었다.

"제가 한 말씀 올려도 되겠습니까?"

용운은 호기심에 찬 시선으로 종요를 보았다. 그는 상대적으로 용운 진영에 늦게 합류한 데다 직후 산양 원정을 떠나는 바람에 실력을 견식할 기회가 없었다. 과연 어떤 말을 할지 궁금하고 기대가 되었다.

"말씀해보세요. 괜찮겠죠, 문화(가후) 님?"

"저도 궁금합니다. 고견을 들려주시지요."

종요는 특유의 느리면서도 또박또박한 말투로 이야기를 시작했다.

"지금 주공께서 주저하시는 가장 큰 원인은, 근본적으로 적이었던 봉선 님에 대한 불신이라고 봅니다. 그 불신을 해소해주신다면 되겠지요. 먼저 동맹을 제안해온 건 그쪽이니까요."

가후는 흥미롭다는 듯이 물었다.

"저희 주공께서 어찌하시면 기주목의 불신이 해소되겠습니까?"

"간단합니다. 동맹을 맺되, 먼저 우리가 원소를 치는 데 힘을 보태주십시오. 그러면 우리도 원술을 격파할 때 봉선 공을 도와드리지요. 뒤가 안전해야 마음 놓고 움직일 수 있지 않겠습니까?"

종요는 대수롭지 않게 말했다. 그러나 그 말이 미친 파장은 작지 않았다. 먼저 원소를 쳐부수고 뒤이어 원술을, 나아가 조조까지 무너뜨린다. 그럴 경우 용운과 여포 동맹은 말 그대로 하북의 패자가 된다. 남는 것은 북쪽의 유우와 남의 유표 정도. 물론 그다음에는 용운과 여포가 일인자의 자리를 놓고 싸우게 될지도 모른다. 하지만 아직 거기까지 생각할 단계는 아니었다.

책사진으로는 중원 최강일 용운과, 흑철기 및 여포 자신 그리고 팔건장까지 최고의 무력을 보유한 여포 진영. 이 둘이 힘을 합쳐 가운데서부터 원소와 원술을 치는 것이다. 가후의 제안으로 그려진 밑그림은, 종요의 말에 장대한 전략으로 탈바꿈했다.

잠깐 멍해진 용운의 귓가에 순욱이 속삭였다.

"나쁜 제안은 아닙니다. 여포가 수락하면 훨씬 적은 수고를 들여 원소를 처리할 수 있고 거부해도 그만입니다."

용운은 퍼뜩 정신을 차리고 고개를 끄덕였다.

"좋은 생각이네요. 봉선 님께 전해주십시오. 먼저 원소를 칠 때 도와주시면 우리도 원술과의 전투에 참전하겠다고요."

가후는 이미 일이 결정됐음을 알았다. 아마 여포는 수락할 것이다. 그러나 그는 짐짓 난색을 표했다.

"흐음, 원소와 싸우는 동안 원술이 가만히 있으라는 법이 없어서……. 뒤가 곤란해지는 건 저희도 마찬가지입니다만."

"거기에 대한 방비는 문화 님께서 충분히 하시겠지요. 제가 아는 최고의 모사 중 한 분인데. 늘 원래 실력의 삼 할을 숨기지 않습니까?"

무심코 말한 용운은 아차 싶었다.

'가후 정도나 되는 사람이, 원술 때문에 뒤가 불안하다는 말을 하니 우스워서 나도 모르게 그만…….'

아니나 다를까, 가후가 의아해하며 물었다.

"기주목께서는 혹 저를 아십니까?"

용운은 순간적으로 핑곗거리를 생각해냈다.

"아시다시피 저도 참모 출신이라. 예전에 공손찬군의 막료로 동탁 토벌전에 참여했을 때, 문화 님에 대해 조사를 좀 했었지요. 그때는 동탁 진영에 계셨으니 말입니다. 봉선 님과의 인연도 그때부터인 것으로 압니다만."

"아아, 네."

다행히 가후는 껄끄러웠던 시절의 얘기가 나오자 얼른 수긍했다. 동탁 밑에 있었다는 과거는 대부분의 인사에게 숨기고 싶은 일이었다.

용운은 속으로 안도의 한숨을 내쉬었다.

가후는 용운 진영에서 융숭한 대접을 받고 이튿날 돌아갔다. 원소를 연합 공격하는 일에 대해, 여포의 의사를 물어보겠다는 말을 남기고. 다음 회견 장소는 아마도 업성이 될 터였다.

순욱은 돌아가는 가후의 모습을 성벽 위에서 내려다보며 말했다.

"대담하면서도 냉정을 잃지 않고 예의바른 듯하면서도 음흉하군요. 저 정도의 사내가 있는데, 어째서 원술에게 패했을까요? 원술 쪽에도 상당한 책사가 버티고 있다고는 들었습니다만."

정립, 《삼국지연의》에서는 정욱. 용운은 그가 원술 밑에 들어갔다는 사실을, 이번에 가후를 통해 들었다. 원술이 정욱을 손에 넣으리라는 것은 생각도 하지 못했다. 더구나 그가 원술 밑에서 순순히 활약하리라는 것도. 역사가 변화하는 폭은 점점 더 커지고 있었다. 이제 용운으로서도 앞일을 예측하긴 어려워졌다. 그저 자신이 알고 있는 인물의 성향과 능력

등으로 그의 행동을 미루어 짐작하는 게 다였다. 이는 곧 더욱 많은 인재가 필요하리란 뜻이었다.

'난 주요 인물 대부분에 대해서 기억하지만, 그들 모두를 신경 쓸 수는 없었다. 나 또한 내게 닥친 일들을 처리해야 했기 때문에. 그러나 이번 원술과 정욱의 일에서도 알 수 있듯이, 마냥 버려뒀다가는 엄청난 결과로 돌아올지도 몰라.'

얕보던 원술이 자신의 동선을 입수하여 과감히 습격해오고 이제는 여포마저 이겼다. 그 결과, 여포가 용운 자신에게 먼저 동맹을 제안해올 정도의 궁지로 몰았다. 용운 또한 이 무렵에는 거의 중원 최강자로 부상해 있을 원소를 거듭 패퇴시켰다. 이는 모두 인재들의 힘이었다.

'적어도 꼭 신경 써야 할 인물들은 이제라도 관리에 들어가야겠어. 예를 들면 제갈공명이나 주유, 육손 같은.'

그러고 보니 오나라의 주요 인물들이 아버지를 따라왔다고 얼핏 들은 듯한데 아직 소개받지 못했다. 그들을 통해 강남 쪽, 손책의 세력과 연을 만들 수 있을지도 몰랐다. 워낙 거리가 있는 데다 얽힐 일이 없으니 남부는 미지의 세계에 가까웠다.

'이따가 아버지한테 가서 누군지 물어봐야겠다.'

순욱이 조심스레 용운을 불렀다.

"저, 주공?"

"아! 미안해요, 문약. 잠시 뭣 좀 생각하느라……. 가후에 대해서 물었죠? 어쩌면 일부러 그랬는지도 모르지요."

"네? 일부러라 하시면……."

"비약일 수도 있지만, 여포의 세력 내에서 가후 자신의 위치를 좀 더 확고히 할 필요성이 생겼다거나 하는 식으로 말이죠."

"여포가 가후 아닌 다른 모사의 책략대로 행하게 놔뒀다가 대패하여, 역으로 가후 자신의 존재감을 높인다?"

"말하자면 그런 식이에요. 다시 말씀드리지만 어디까지나 억측입니다."

"주공께서 그런 억측을 하셨을 때는 그만한 이유가 있겠지요."

용운과 순욱은 멀어져가는 가후의 뒷모습을 계속해서 바라보았다. 하지만 가후의 입가에 떠오른 묘한 웃음까지는 볼 수 없었다.

청몽은 여전히 근처에 은신한 채 용운을 경호하고 있었다. 하지만 그녀는 며칠 전부터, 정확히는 가후가 왔다간 후부터 걸핏하면 가슴이 두근거렸다. 그 남자, 여포에 대한 생각 때문이었다. 자신을 붙잡았을 때 이마에 떨어지던 뜨거운 피, 허리를 휘감은 강철 같은 팔뚝, 쓸쓸한 그의 목소리 등이 자꾸 떠올랐다.

'만약 동맹이 되어 함께 싸우게 된다면 아무래도 가까이에서 그를 또 보게 되겠지?'

청몽은 고개를 세차게 내저었다.

'미쳤지. 내가 왜 그자를 떠올리면서 두근대고 있담? 그 무례하고 짐승 같은 놈을.'

이는 용운에 대한 감정과는 뭔가 달랐다. 용운은 동경의 대상이면서 가슴을 따뜻하게 만드는 친숙함을 느끼게 했다. 반면 여포는 그녀를 두려우면서도 설레게 만들었다. 청몽에게 용운이 이상형의 남자라면, 여포는 너무도 낯설어 호기심을 부르는 타입이었다.

원술의 움직임에서 비롯된 물결이 각 세력들 간뿐만 아니라 사람과 사람, 남자와 여자 사이에도 거대한 운명의 파도를 일으키려 하고 있었다.

그로부터 일주일 후, 여포가 용운 측의 제안을 수용함으로써 진-여 동맹이 성립되었다.

그 첫 번째 목표는 바로 원소였다.

(7권에 계속)

외전

1
운명의 사람

깊은 밤, 낙양의 한 저택에 거문고 소리가 울려 퍼졌다. 거문고를 연주하는 자는 40대 중후반으로 보이는 사내였다. 사내는 당대에 대학자로 칭송받는 채옹이었다. 마음을 비우기 위해 거문고를 뜯었으나, 정작 그의 얼굴에는 근심이 가득했다.

"문희냐?"

채옹이 인기척에 연주를 멈추고 물었다.

방문 사이로 소녀가 고개를 빼꼼히 내밀었다.

"예, 아버님. 접니다."

"늦은 시간까지 안 자고 뭐 하느냐?"

"아버님이 안 오셔서 기다리고 있었어요."

"허허, 이리 오너라."

채옹은 총명한 딸 채염 문희를 몹시 귀여워했다. 그의 부름에, 문희는 방 안으로 쪼르르 들어와 냉큼 무릎에 앉았다.

"오늘 하루는 뭘 하고 보냈느냐?"

"전 글공부를 했어요. 아버님은요?"

"난 오늘……."

잠깐 말을 끊었던 채옹이 입을 열었다.

"시중(侍中)이 되었단다."

"와, 감축드리옵니다!"

채옹은 어린 딸의 똑 부러지는 인사에 쓴웃음을 지었다. 그를 시중으로 임명한 자는 악명 자자한 동탁이었다. 동탁은 무력으로 정권을 잡은 후, 명망 있는 이로 하여금 자신을 보좌하게 해 부정적인 여론을 가라앉힐 필요성을 느꼈다. 이에 불러들인 이가 바로 채옹이었다.

채옹은 병을 핑계로 거절했으나, 분노한 동탁이 집안을 멸족시키겠다고 위협하자 마지못해 임관했다.

'어쩔 수 없었다. 이 아이까지 죽이려 들었단 말이지. 악독한 자 같으니…….'

하지만 그 후 동탁은 채옹을 극진히 대접했다. 목 좋은 자리의 저택을 내주는가 하면, 사흘 동안 거듭 승진시켰다. 시중이 된 오늘이 바로 사흘째였다.

"한데 이런 좋은 날에 어째서 거문고 소리에 근심이 가득 한지요?"

"……그게 느껴지더냐?"

"예. 뿐만 아니라 음정이 어긋나는 걸 보니 늘어진 현이 있는 듯하옵니다."

"현이 늘어졌다?"

채옹은 고개를 갸웃하며 다시 거문고를 연주했다. 그도 음률에는 일가견이 있으나 그런 사실을 느끼지 못했다.

잠시 듣고 있던 문희가 말했다.

"알았어요! 두 번째 현입니다."

채옹이 살펴보니, 과연 두 번째 현이 살짝 늘어나 있었다.

"호오…… 문희야, 내가 더 연주할 터이니 또 한 번 맞혀 보겠느냐?"

그는 이게 우연이라 여기고 다시 딸을 시험해보았다. 이번에는 문희가 못 보게 한 상태에서 네 번째 줄을 일부러 당겨서 늘였다.

문희는 처음보다 더 쉽게 알아차렸다.

"네 번째 현입니다, 아버님."

"어찌 알았느냐?"

"그냥 저절로 아는 것입니다."

문희의 나이 불과 여섯 살이었다. 음률뿐만 아니라, 그녀는 나이가 믿기지 않을 정도로 변설에도 뛰어났으며 채옹이 보는 서적들을 척척 읽어냈다. 채옹은 딸의 지나친 재지(才智)가 오히려 염려스러웠다. 그로 인하여 자칫 험난한 삶을 살게 될까 걱정한 것이다. 이에 그는 알면서도 부정했다. 아니, 부정하는 척했다.

"아아, 네가 운이 좋았구나. 그냥 저절로 아는 것이라니. 우연히 거듭 맞힌 모양이구나."

"네……."

문희는 입을 다물었다. 그녀의 얼굴에 그림자가 드리웠다.

그러고 보니 동탁의 부름으로 급히 거주지를 옮기고 조정에서 살다시피 하느라 딸과 대화한 지도 제법 되었다. 채옹은 화제도 돌릴 겸 문희에게 은근한 어조로 물었다.

"혹 요즘 어려운 일은 없느냐? 이 아비뿐만 아니라 네게도 뭔가 근심이 있는 듯하구나."

그냥 떠본 건 아니었다. 아내에게서 들은 얘기가 떠올라 한 말이었다.

—요즘 문희가 부쩍 침울해 보여서 걱정입니다. 무슨 일이냐고 물어도 아무것도 아니라고만 하니…….

영특해도 아이는 아이였다. 잠시 주저하던 문희가 어렵게 입을 열었다.

"아버님, 혹시 너무 많은 것들이 기억되어서 힘드실 때가 있나요?"

"음, 예전의 나쁜 일들이 자꾸 생각난다는 얘기냐?"

"아니요. 모든 것들이요. 보고 들은 모든 것들이 조금도 잊히지 않고 계속 기억되는 거요."

"모든 일이라 하면, 어떤……."

"말 그대로 모든 일이에요. 예를 들어, 아버님은 열흘 전 진지를 평소보다 적게 드셨고, 감기 기운이 있는지 기침을 조금 하셨으며, 조정에서 나온 가마에 오르기 전에 한숨을 쉬셨지요."

"……설마, 네가 그렇다는 말이냐? 그런 세세한 것들이 다 기억된다고?"

"네."

믿기 어려운 일이었다. 뛰어난 수재 가운데, 간혹 경전을 모두 달달 외우는 자들이 있다는 얘기는 들었다. 그 정도는 채옹 자신도 가능했다. 하지만 이렇게 모든 일을 다 기억하는 이의 얘기는 듣도 보도 못했다.

채옹은 아이가 워낙 머리가 좋은 편이라, 제 기억력을 과장되게 인식하는 게 아닌가 생각했다. 이에 몇 가지 실험을 더 해보았다. 문희가 이제까지 본 적 없는 책을 가져와, 제 앞에서 읽게 하고 바로 내용을 물었다. 문희는 어떤 구절을 물어도 그게 몇 번째 장에 있는지 척척 짚어냈다.

"네가 실로 기이한 재주를 가졌구나."

채옹은 깊은 한숨을 내쉬며 덧붙였다.

"문희야, 이런 재주가 있다는 사실을 남들 앞에서는 절대 드러내지 말거라."

"왜 그래야 하는지 여쭤봐도 되겠습니까, 아버님?"

그는 잠시 생각에 잠겼다. 어찌해야 딸에게 인간의 추함과 세상의 일그러진 부분을 최대한 순화해서 전할 수 있을까?

"사람들은 어느 수준까지의 탁월함은 찬탄하고 인정한다. 하지만 자신들의 상식을 넘어, 너무나 뛰어난 존재는 시기하고 경계한단다. 그 대상이 여인이라면 더더욱. 뜻대로 다루려 하다가 안 되면 짓밟을 것이다."

"그럼, 저는 평생 이런 것을 감추고 살아야 하옵니까? 알아도 모르는 척, 기억나도 잊어버린 척 살아야 하는 것이옵니까?"

채옹은 말문이 막혔다. 동시에 문희가 딸로 태어난 게 안타깝기 그지없었다. 태평성대라도 쉽지 않을진대, 난세인 지금은 여인이 벼슬길에 나아가거나 학문을 닦기가 거의 불가능했다. 그나마 대학자인 자신의 여식이기에 집에 틀어박혀 경전이라도 읽을 수 있는 것이다.

어느새 문희의 까맣고 총명한 눈에 눈물이 그렁그렁 맺혔다. 채옹은 딸을 손짓해 가까이 앉히고 머리를 쓰다듬었다.

"이해해주는 사람을 찾으려무나."

"이해해주는 사람이요?"

"그래. 네 재주를 알고도 경계하거나 시기하지 않으며, 요긴하게 여겨 써줄 사람. 귀한 재주라고 기뻐해줄 사람. 그런 이의 곁에 있으면 되지 않겠느냐?"

"그럼, 계속 아버님 곁에 있을래요."

"하하, 고마운 얘기다만, 이 아비는 이미 노쇠했다. 언제까지고 함께 있어줄 수는 없단다."

"그런 사람이 있을까요?"

"천하는 넓으니 그런 이가 하나쯤은 있지 않겠느냐? 그게 네 주군이라도 좋고, 낭군이라면 더욱 좋을 게다."

"낭군이라니 망측하옵니다."

채옹은 부끄러워하는 딸이 귀여워 웃음을 터뜨렸다.

"하하! 지아비 얘기인데 무엇이 망측하단 말이냐?"

갑자기 왜 그때의 기억이 떠올랐을까.

머릿속에 담아둔 기억이 너무나 많아서, 나중에는 머리가 깨질 듯이 아팠다. 그래서 문희는 필요할 때만 해당 기억을 찾아서, 꺼내 활용하는 법을 체득했다. 상상의 커다란 저택을 만들어, 각각의 건물과 방을 기억의 종류별로 구분했다. 즉 유학은 본당의 안방, 시화는 사랑채에 넣어두는 식이었다. '그리운 추억'과 연관된 기억도 그렇게 따로 넣어두는 공간이 있었다. 그곳을 열지도 않았는데, 문득 이 기억이 멋대로 튀어나왔다. 눈앞의 이 사람을 본 순간.

"실례했습니다. 저는 진용운이라고 합니다."

"아, 기주목님?"

아버지 채옹이, 동탁도 아닌 사도 왕윤의 손에 죽었다. 문희는 양수와 함께 낙양을 벗어나 유랑했다. 그러면서 마음속으로는 깊이 절망하고 있었다. 그녀는 왕윤을 존경했다. 학자로서도 존경했고, 관리로서도 그의 청렴함을 훌륭하다 여겼다. 왕윤은 그 결벽에 가까운 청렴함 탓에 채옹을 기어이 살해했다. 죽은 동탁을 애도했다는 이유에서였다.

양수를 처음 만났을 때, 어쩌면 그가 아버지가 말한 이해자일지도 모른다고 생각했다. 그만큼 양수는 총명하고 문희의 말을 대부분 이해하는, 몇 안 되는 사람 중 하나였다. 그러나 거기까지였다. 그는 분명 천재였지만, 자신과 근본적으로 달랐다. 이런 거듭되는 고난과 실망이 그녀를 절망케 했다.

양수에게 이끌려 업성으로 왔을 때도 큰 기대는 없었다. 기주목이라는 자의 행보가 주목받고 백성들이 칭송한다는 얘기도 들었지만, 다른 모든 이들과 마찬가지로 허명(虛名)이리라 여겼다. 보호해준다던 관리들이 그랬듯 음심이 담긴 눈으로 훑어볼 것이며, 자신의 세계를 이해하지 못할 게 분명했다.

그런데 그의 눈은, 눈빛은 뭔가 달랐다. 한없이 맑으면서도 기이한 눈동자에서 문희는 뭔가를 읽어냈다.

—네 재주를 알고도 경계하거나 시기하지 않으며, 요긴하게 여겨 써줄 사람. 귀한 재주라고 기뻐해줄 사람. 그런 이의 곁에 있으면 되지 않겠느냐? 천하는 넓으니 그런 이가 하나쯤은 있지 않겠느냐?

돌아가신 아버지의 목소리가 귓가에 들리는 듯했다. 가슴이 세차게 두근거렸다. 너무 긴장한 탓인지, 가뜩이나 여독에 약해진 몸 상태가 나빠졌다. 현기증이 일어나고 식은땀이 흘렀다. 그때 눈앞의 아름다운 남자가 갑자기 자신을 번쩍 안아들었다. 그런데도 전혀 거부감이 일지 않았다.

그가 물었다.

"편히 계십시오. 한 가지만 여쭙고 가겠습니다."

문희는 터질 것처럼 뛰는 심장을 애써 억누르면서 답했다.

"네, 뭐든 말씀하세요."

"혹 소저는 아주 어릴 때의 일을 기억합니까?"

"네?"

그러니까 네 살 되던 해의 8월 12일에 무슨 일이 있었는지, 한 달 전 이 시간에는 뭘 했는지 지금도 생생히 기억하느냐 그런 말입니다."

눈이 저절로 커지고 입이 벌어졌다. 어렴풋이 짐작했는데도 놀란 소리가 새어나왔다.

"그걸 어찌……."

"역시. 그대도 나 같은 사람이었군요. 나 또한 그렇습니다. 모든 것을 기억해버리는 천형에 걸렸습니다."

아아. 문희는 앞섶에 모은 손을 꼭 움켜쥐었다.

그가 따스한 목소리로 말했다.

"많이 힘드셨지요?"

찾았습니다, 아버님. 저와 같은, 절 온전히 이해해줄 사람을.

"내가 그대에게 기억을 제어하는 방법을 알려드리겠습니다. 대신 그 재능을 날 위해 써주세요."

저의 재주가 이능이 아니라, 아무나 갖지 못한 재능이라고 여겨줄 사람을. 그 운명의 사람을 향해, 문희는 웃는 얼굴로 눈물을 흘리면서 답했다.

"기꺼이 그러겠습니다."

언제까지고, 나의 남은 생을 다해.

6권의 주요 사건 연표

3월

- 정립, 화흠의 설득으로 원술에게 임관.
- 진용운, 상당에서 원술군의 매복에 걸렸으나 조운과 마초 등의 도움으로 위기를 모면.
  원술군 장수 뇌횡, 목홍 전사.
- 진용운, 유우와의 동맹 체결 및 흑산적 수령 장연의 포섭에 성공하고 업성으로 귀환.
- 장연, 휘하의 흑산적을 이끌고 진용운에게 귀순.
  진용운, 채염과 첫 만남.
- 진한성, 이랑과 함께 단양을 떠나 산양성으로 떠남.

4월

- 진용운, 팔만의 병력을 거느리고 산양성으로 출진.

진한성, 손책과 주유, 이랑 등을 거느리고 산양성에서 천강위들과 교전.

기주군 팔만, 산양성을 공격하여 원술군과 교전.

기주목 진용운, 진한성과 연합하여 천강위와 대결.

진용운, 천기 시공복위(時空复位)를 처음 각성하고 좌자와 조우.

- 기주목 진용운, 산양성을 점령하고 정비.

  여포, 진류로 진격하던 원술군과 하내에서 교전.

  여포, 견성을 점령했으나 보급선 확보에 실패하여 진류성으로 퇴각.

5월

- 여포, 산양성의 진용운에게 가후를 보내어 동맹을 요청.

주요 관련 서적

• 삼국지 정사(三國志 正史)

중국 서진의 역사가이자 학자인 진수(陳壽)가 저술한 삼국시대의 역사서. 위서 30권, 촉서 15권, 오서 20권, 총 65권으로 이뤄졌으며 위나라를 정통 왕조로 보는 시각에서 쓰였다. 내용이 엄격하고 간결해 정사 중의 명저로 손꼽히나, 인용한 사료가 지나치게 간략하거나 누락되어 훗날 남북조시대에 배송지(裵松之, 372~451)가 주석을 달았다.

• 삼국지연의(三國志演義)

중국 명나라 말기에서 원나라 초의 사람 나관중(羅貫中, 1330?~1400)이 진수의 《삼국지》를 바탕으로, 전승되어온 설화 등을 더하여 재구성한 장편소설이다. 후한 말의 혼란기를 시작으로, 위, 촉, 오 삼국의 정립시대를 거쳐 진나라가 천하를 통일하기까지, 유비, 관우, 장비 삼형제의 무용과 의리 그리고 제갈공명의 지모를 중심으로 서술했다. 《수호전》, 《서유기》, 《금병매》와 함께 중국 4대 기서의 하나로 꼽힌다. 중국인들에게 오랫동안 애독되었고 한국에서도 16세기 조선시대부터 매우 폭넓게 읽혔다. 현대에도 영화, 게임, 애니메이션 등으로 활발히 재생산

되고 있다. 정사와 다르다는 지적이 많은데, 그 이유는 애초에 정사를 참고한 소설인 까닭이다.

• 한서(漢書)

중국의 역사학자 반고(班固)가 편찬한 전한의 역사서. 한 고조 유방이 한나라를 세운 기원전 206년부터 왕망의 신나라가 망한 서기 24년까지의 역사를 다루었다. 총 100편, 120권으로 이뤄졌다.

• 후한서(後漢書)

남북조시대 송나라의 학자 범엽(范曄)이 후한의 역사와 문화를 정리한 책. 서기 25년부터 220년까지의 시기를 다루었으며 본기 10권, 열전 80권, 지 30권으로 이뤄졌다. 후한서 동이열전에 '동이'에 대한 언급이 있는데, 고구려, 부여와 더불어 일본이 동이로 분류되어 있다.

• 수호지(水滸志)

중국 명나라 때 시내암(施耐庵)이 처음 쓴 것을 나관중이 손질한 장편소설. 북송시대 양산박에서 봉기한 호걸들의 실화를 바탕으로 각색하였다. 우두머리 송강을 중심으로, 별의 운명을 이어받은 108명의 협객들이 호숫가에 양산박이라는 근거지를 만들어, 부패한 조정 및 관료에 대항해 싸워 민중의 갈채를 받는 이야기다. 특히, 《금병매》는 이 《수호지》의 일부를 부분적으로 확대하여 재생산한 것이다.

호접몽전 6

1판 1쇄 발행 2018년 8월 10일

지은이 최영진
펴낸이 윤혜준
편집장 구본근
고 문 손달진
본문 디자인 박정민

펴낸곳 도서출판 폭스코너 | 출판등록 제2015-000059호(2015년 3월 11일)
주소 서울시 마포구 월드컵북로 400 문화콘텐츠센터 5층 15호(우 03925)
전화 02-3291-3397 | 팩스 02-3291-3338 | 이메일 foxcorner15@naver.com
페이스북 www.facebook.com/foxcorner15

종이 광명지업(주) 인쇄 수이북스 제본 국일문화사

ISBN 979-11-87514-18-3 (04810)
ISBN 979-11-87514-00-8 (세트)

• 이 도서의 국립중앙도서관 출판예정도서목록(CIP)은 서지정보유통지원시스템 홈페이지
(http://seoji.nl.go.kr)와 국가자료공동목록시스템(http://www.nl.go.kr/kolisnet)에서
이용하실 수 있습니다.(CIP제어번호: CIP2018022754)